SHUANG YE HONG YU
ER YUE HUA

贵定县脱贫攻坚纪实

★★★★★

霜叶红于
二月花

贵定县扶贫开发领导小组办公室　编

中国出版集团　现代出版社

图书在版编目（CIP）数据

霜叶红于二月花：贵定县脱贫攻坚纪实／贵定县扶贫开发领导小组办公室编．－－北京：现代出版社，2022.11

ISBN 978-7-5231-0083-7

Ⅰ．①霜… Ⅱ．①贵… Ⅲ．①纪实文学－中国－当代 Ⅳ．①I25

中国版本图书馆 CIP 数据核字（2022）第 227364 号

霜叶红于二月花：贵定县脱贫攻坚纪实

贵定县扶贫开发领导小组办公室　编	
责任编辑	毕椿岚
出版发行	现代出版社
地　　址	北京安定门外安华里 504 号
邮政编码	100011
电　　话	010－64267325　010－64245264（兼传真）
网　　址	www.1980xd.com
印　　刷	北京建宏印刷有限公司
开　　本	710 毫米×1000 毫米　1/16
印　　张	18
字　　数	230 千字
版　　次	2022 年 11 月第 1 版　2023 年 1 月第 1 次印刷
书　　号	ISBN 978-7-5231-0083-7
定　　价	88.00 元

版权所有，翻印必究；未经许可，不得转载

《霜叶红于二月花》编委会

顾　　问：张丽芳　曹礼鹏　凌　毅　韦明刚
主　　任：马登宏
副 主 任：董永松　张红灵　顾龙先　邹　敏
成　　员：夏昌书　李安光　柳方元　赖文龙
　　　　　邓正中　王才慧　周奕伶　陈　勇
　　　　　安晓琳　郭启政　贺　宇　蒋　政

主　　编：顾龙先
副 主 编：邹　敏　王安平

霜叶红于二月花

为《霜叶红于二月花——贵定县脱贫攻坚纪实》序

中共贵定县委书记　张丽芳

当我翻阅完这本《霜叶红于二月花——贵定县脱贫攻坚纪实》的书稿，作者笔下一个个鲜活人物，呈现在我的眼前。他们或是为脱贫攻坚默默奉献的村支书村主任，或是从偏远简陋危房搬入新居的贫困户，或是走村串寨的驻村工作队员，或是致富帮扶的带头人。他们脱胎换骨般来到我的眼前，魅力无限，灿若夏花，我不由得心里升起无限的敬意。

他们代表一个时代，是我们党领导的脱贫攻坚胜利的一个缩影，也是县委县政府打赢这场战争的最好见证。特别是贫困户通过帮扶和自身努力脱贫，破茧成蝶，真真正正伸直了腰杆，抬起了头，不是哪个社会哪个国家都能做得到的。只有在以习近平同志为核心的党中央领导下，只有在中国特色社会主义新时期，才能让他们走出大山，甩掉贫穷，做回了真正意义上的人。他们用自身实践再次证明，只有社会主义才能救中国，只有社会主义才能发展中国，只有进入新时代，我们才能实现中华民族伟大复兴。

决战决胜脱贫攻坚这场和平年代的人民战争，虽然没有硝烟战火，没有飞机大炮，但有辛有苦，有血有泪，更有豪情万丈。"贫困不除，愧对历史；群众不富，寝食难安；小康不达，誓不罢休。"这不光是口号，是信念，也是每一个新时代公务员、企事业单位干部、民营企业的使命。

我县2000多名干部响应县委县政府的号召，抛家舍子，离父别母，住进了贫困村寨，成为冲在第一线的反贫困战士。他们不辱使命，起早摸黑，奔走于田间地头，活跃于偏远村寨。有的为这场战争负伤生病，甚至付出生命，但他们没有退缩，没有畏怯，而是坚定地与贫困作斗争，不达胜利决不罢休，其精神可歌可泣，其坚韧可褒可扬。这样的英雄壮举只有今天的脱贫之战才会有，也只有胸怀慈母之心的人才会有。

脱贫之战从1987年开始，打了30多年，打的是一场持久战，消耗的人

力物力不计其数，依然没有从根本上解决百姓的贫困问题，然而挑战和机遇同在。党中央号召打一场脱贫攻坚歼灭战，我们再次担起打歼灭战的重任。

2014年，全县有贫困乡8个，贫困村51个，其中深度贫困村22个，贫困发生率18.3%。一分耕耘，一分收获，通过全县上下不懈奋斗，截至2019年底，全县累计减贫12335户45168人，全县8个贫困乡，51个贫困村全部出列。实现了各项保障政策100%落实到位；全县30户以上自然寨全部修通了水泥路，全县村村寨寨通连水泥路；家家用上自来水，户户住上安全屋；山上产业村村有，山乡环境处处美。农民人均收入由2014年的7197元提高到2018年的12100元。全县农村生产生活条件实现了跨越性改善，乡村环境实现全域性、舒适性变化，产业开发得到全面性覆盖性铺开，农村发展综合性协调性有效增强，广大群众思想观念普遍性扭转和更新，干群关系密切性融洽性全面强化，同步推进乡村治理工作取得明显成效。

2019年3月10日至15日，我县顺利通过贫困县摘帽升级第三方评估检查，4月25日省政府正式公布退出贫困县队列。在此，我可以代表县委县政府骄傲地宣布，贵定县脱贫攻坚战终于赢得了全面胜利！

这个胜利来自全县干部的努力，来自广大群众的艰苦奋斗。不忘初心，初心在哪里，它在人民群众的幸福里；牢记使命，使命在哪里，它在为人民服务的宗旨里。

《霜叶红于二月花——贵定县脱贫攻坚纪实》都是作者亲历采访的实录，饱含作者的心血，是一部记录脱贫攻坚战斗的鸿篇巨制，对于激发教育青少年热爱党，热爱祖国，热爱家乡，树立坚定的共产主义信念，具有一定的指导意义。希望各单位部门党政干部将之纳为学习读物，各中小学也要将之作为辅助教材，择优在学生中进行讲解学习，资政育人。

"霜叶红于二月花。"庚子年，新冠肺炎猖獗，西方扼华势力抬头，我们迎来百年不遇之大变局，但我相信，在以习近平同志为核心的党中央正确领导下，一定会克难而进，赢得最后的胜利！

目 录

第一乐章　堡垒对决堡垒

化　愚
——贵定县思想扶贫工作报告…………………………………王安平 02
堡垒对决堡垒
——贵定县鼓坪村党支部决战贫困纪实…………………………王安平 19
黄龙山下一棵松……………………………………………………陈冰华 26
没有品级的村干部
——记冲锋在反贫困前线的罗登文………………………………兰　馨 42
村民的贴心人
——访盘江镇马场河村党总支书记罗福军………………………郭云仁 48
脱贫路上追梦人
——记宝山街道城北村副主任张成发……………………………杨　勇 59
高坡村上一面旗（通讯）…………………………………………沈振辉 64
马家坡下领头雁……………………………………………………李永平 70

第二乐章　战贫一线

老周，加油！（特写）……………………………………………王安平 75
石头寨的蜕变………………………………………………………李永平 80
轮值组长杨开佐（特写）…………………………………………王安平 85

用脚印丈量人生（报告文学） ………………………………… 王安平 89
"心焦"组长（特写） …………………………………………… 罗仕军 94
翁金坡有个能人（特写） ……………………………………… 王安平 97
龙塘湾人的战贫法宝 …………………………………………… 唐诗英 101

第三乐章　党恩难忘

上篇：告别深山，迎接幸福 ………………………………………… 107
移民搬迁户的苦乐年华（报告文学） ………………………… 王安平 107
搬出来的幸福
　——记易地搬迁户付科禄 …………………………………… 兰　馨 112
无悔做个中国人
　——黄文群印象 ……………………………………………… 彭　芳 118
从新荒寨到阳光家园（特写） ………………………………… 罗仕军 124
贫困户中的老支书 ……………………………………………… 唐诗英 127
张开龙一家的幸福家园（特写） ……………………………… 邓招能 132
我家住在福来家园（纪实通讯） ……………………………… 唐诗福 135

下篇：幸福不是梦 …………………………………………………… 139
我所知道的陈家贵（特写） …………………………………… 王安平 139
懒汉到标兵的蜕变
　——访贫困户彭绍明 ………………………………………… 兰　馨 142
人穷志不穷 ……………………………………………………… 沈振辉 147
闪亮的小星星
　——访盘江镇长江村养殖专业户刘永鹏 …………………… 郭云仁 154
石头般坚强的柏利周（纪实通讯） …………………………… 彭　芳 158
破茧成蝶（特写） ……………………………………………… 邓招能 163

第四乐章　精英出贫

山路弯弯（报告文学）………………………………………王安平 168
致富带头人罗富祥（纪实）…………………………………兰　馨 175
北雁南飞靠头雁 ………………………………………………唐诗福 180
高原上的牧场 …………………………………………………沈振辉 187
兰启文的跌宕人生 ……………………………………………唐诗福 191

第五乐章　基层口碑

正能量传播者（特写）………………………………………王安平 199
银行舅子（通讯）……………………………………………兰　馨 203
乡村行军路 ……………………………………………………唐诗英 207
一方小舞台，演绎万种风情
　　——访布依族妇女罗显琴 ……………………………郭云仁 212
一个不可思议的女人 …………………………………………彭　芳 220
以平凡之心铸就不平凡
　　——访退休教师赵仕群 ………………………………郭云仁 227
弱小女子抗疫情 ………………………………………………李永平 231
山长青，水长流
　　——记致富带头人刘秀 ………………………………曾荣丽 235

第六乐章　神圣之责

黔粤情深，携手共进
　　——广州市南沙区援定工作组采访纪实 ……………郭云仁 240
搭载过幸福列车的人
　　——张建华纪实 …………………………………………唐诗福 246

贵定教育改革的践行者

——吕登豪采访纪实 ………… 教育局：黄云　记者：郭云仁 250

挺进大山的"水军"团队

——贵定县水务局驻乐邦村脱贫攻坚工作队纪实 ………… 郭云仁 255

我的老公在扶贫 ……………………………………………… 晓　翠 263

为了乡村的亮丽

——贵定县住建局脱贫攻坚纪实 ………………………… 郭云仁 269

后　记 ……………………………………………………………… 276

第一乐章

堡垒对决堡垒

贫困是堡垒，几千年一直顽固地钉在薄弱的广大农村，历朝历代试图攻克，却无能为力。时间进入21世纪，中国进入新时代，以基层党支部为战斗堡垒的党组织冲杀一线，攻破堡垒，涌现出众多风采人物。本章所列，实属众珠选粒，挂一漏万。

化 愚
——贵定县思想扶贫工作报告

王安平

一

这是一个石头的故事。

者高离新巴镇不远,大约 5 千米。者高百姓喜欢用石头砌房,用石板盖房,因此被称为石头做成的寨子。当年红军曾在者高驻扎,这里的石头被赋予了鲜红的色彩。如今石头房已沉入历史,村庄环境像公园一般。

这么大的变化,来自思想扶贫。2018 年 5 月,驻村工作队进驻者高,村居环境整治开始提上议事日程。然而,问题也从这一天开始。

者高有个烂塘,早年是个清水塘,牛马养牲在这里吃水,鸭子也在这里游泳,夏天的荷花开得招摇,村民们享受着这方池塘的蛙声虫鸣,倒也快活惬意。不知从何时起,清水塘变成了垃圾池,煤灰、瓦片、菜叶,连女人用的卫生巾也往里面扔。清塘变成沼泽池,上面长出了像脓疮一样的青苔,臭味熏天,者高人抱怨连天。

岁月就这样慢慢滑过,小孩变成了老人,姑娘变成了奶奶,池塘依然如故,脓疮越来越烂,成了老鼠的家,苍蝇的宅。这些生物猖狂地和者高人争夺食物,扰乱环境,传播疾病……

终于有一天,班能文紧急召集组民开会,放出一颗"卫星"——治理污泥塘,建设休闲广场!

组民们一下蒙了,这可是奇思妙想呀!怀疑之余,七嘴八舌议论开了,这不是开国际玩笑嘛?我看根本就搞不成,农村就是农村,农民就是农民,广场,那是城里人玩的,乡下人一身泥一身灰的,哪有那个闲心?喊,班能文这老小子是不是脑壳进水了?

班能文是者高组的组长,年近六十。自从 1985 年大家选他当组长,如今已是 35 年了。这些年组长当得尽心,大家对他很尊重,今天突兀地提出这样一个问题，组民们以为他是说梦话，一时没转过弯来。

原来者高寨通过整合，已不是单纯的者高了，它包含了以前的和平1组、和平2组，丰收1组、丰收2组4个组，整合之后有了新和平组和新丰收组。又脏又臭的烂塘，原属和平1组、和平2组部分村民，虽然脏得无地自容，臭得无人敢近，但老和平1组、和平2组拥有遗产主权。后来，者高4个组合并成2个组，遗产变成了公产，要治理烂塘，原和平1组、和平2组村民不同意了，凭什么占他们的好处？宁可烂塘烂下去、臭下去，也不希望别人占便宜。

原和平1组、和平2组村民内部意见也不统一，有些人主张共享，认为小组合大组了，大家就是一家人。反对派鸡蛋里挑骨头，歪理一堆，行啊，你家园子地不种我种行不行？这样的比方实在太牵强，但也噎得别人无话可说。同样，和平组与丰收组的村民之间也公说公有理婆说婆有理，在治与不治这件事上争论不休。丰收组村民理直气壮，抬出来的一个现实就是，现在是一个组了，虽然过去没有份，但现在有份了，政府出钱治理，丰收组为哪样不能享受？

班能文做梦都没想到，治理一个烂塘还治理出一堆矛盾来了。他几天几夜睡不好觉，一直纠结这件事。以前虽然不是一个组，可由于地缘关系，不是亲就是戚，没有合组之前，大家从没红过脸，见到像兄弟姊妹一样，客客气气，合组了，按理更应该亲近才是，可为何为一个烂塘互不相让隔阂加深呢？班能文苦思冥想，找不着理由，他做了工作也不管火，一时成了肠梗阻。

新巴镇领导得知此事后，及时召开了院坝会，讲了一支箭和十支箭的故事，阐明了兄弟齐心其利断金的道理。还说你们都是布依兄弟姊妹，都在一个地方生活，抬头不见低头见，难道就为这么一方烂水塘伤了和气？再说，政府出钱改造成广场，不是好了谁的问题，是锦上添花的事！大家都有权享用。通晓的道理打动了村民，解开了思想疙瘩，达成了共识。

开工那天，班能文第一个跳进烂塘，其他村民也跟着跳进去。榜样的力量是无穷的，丰收组村民特别卖力，挖的挖，抬的抬，几天工夫，烂塘中的垃圾就清理干净了。班能文又联系外出务工青年积极捐款筹资，完成了"臭水塘"到"荷花池"的华丽转身，打造出了一个休闲玩耍的农家公园。村民陈家强、陈文芝主动拆除旧屋，出让宅基地修建了停车场和休闲广场。

如今，广场成了茶余饭后聊天的好场所，在光洁的地坝上，村民一屁股坐下去，盘起腿就可以吹半天壳子，大家不分彼此开开心心，有点个人的不快，也在壳子中烟消云散。

第一乐章 堡垒对决堡垒

· 03 ·

大妈们唱起了传统的布依山歌，跳起了时尚的广场舞，孩童们在广场上追逐嬉闹，一派和和美美的景象。

者高人为了纪念这一有深远意义的事情，大家动手，将原有的乱放乱堆的石块，一人一石，将其垒砌成墙，即风景墙。风景墙完工以后，还赋予了它一个好听的名字——"石头的故事"。

一场春风化雨，洗净了村庄的蒙昧。多少年以后，者高人一定还会用这个故事教育子子孙孙，红军曾经走过的地方，绝不能玷污其名。

二

当我走进燕子岩的时候，有一幅画面令我感动不已。

那天，不知是谁家在办喜事，炊烟袅袅，人声鼎沸，地坝冲洗得一尘不染。有位老人悄悄跟在外来吃酒的客人后面，弓着腰捡拾客人扔在地上的烟头……

老人年纪很大了，满头银发在阳光下闪亮。我瞥一眼他提在手里的塑料袋，笑着问，老人家，你好闲心啊！多大年纪了？他两指叉成一个八字，83岁了。我说，你——捡这烟头……我指指他手中的袋子，何必这么认真？老人有点不高兴，看你也是个知书达理的人，你以为我多事？我的脸暗自热了一下。他瞟我一眼又说，如果人人都乱扔乱丢，这么好的水泥坝子岂不是姑娘脸上打锅烟——花眉潦眼？

他从怀里掏出短烟杆，在我眼前晃悠了一下，你看，我也吃烟，吃的是叶子烟，但我的烟灰是抖在这里的。他嘿嘿一笑，拍了拍塑料袋，里面已经装有一大把烟头了。我很讶异，作秀吧？我自问，一个农村老头儿这样关心环境卫生，莫不是燕子岩有什么诀窍？之前，县委常委宣传部部长赵波就推荐过，说思想扶贫有特色有亮点，燕子岩算一个。

燕子岩几年前还是一个贫困村，不光是穷，还是出了名的"粪坑村"。在这样的底色之下，青壮男子找不到媳妇，年轻姑娘远嫁他乡，谈不成媳妇便成了燕子岩青年人的硬伤。偶尔听说哪家接媳妇了，场面比过年还热闹。年轻哥们儿吃酒是幌子，看姑娘才是真的，看得快淌口水了，心里才怅然若失，怏怏而归。

更要命的是，环境脏，蚊虫满天飞，细菌原因导致疾病蔓延，有时像瘟疫一样，一个传一个，一户传一户，日常生病率达到6%~7%，三天两头有人住院。猪瘟鸡瘟经常发生，有时整个寨子的猪或鸡死绝。

那时寨子间都是泥巴路，燕子岩的土质本来就是大眼泥，一下点儿雨，就像踩瓦泥，满脚稀泥巴。外部环境落后，致使老百姓长期养成了不爱卫生的习惯，所以，整个村被疾病包围，也就见惯不怪了。

这样的情境一直被一个人悄悄关注着，但当时他人微言轻，不犯于发表看法，心却在难受。尽管他已为人夫，可村里大龄小伙对性爱的焦渴，他是看在眼里的，也成了他的一块心病。几年后，他荣任燕子岩村党支部书记，也成了改变燕子岩臭名的人，这个人就是罗荣富，一个脸上长些"骚丁"的中年人。

问及燕子岩的变迁，他如数家珍，娓娓道来。他说，有志气才能有生机，用智慧指导工作，是苦干加巧干的推动力。这几年燕子岩发生了天翻地覆的变化，说实话，烂泥凼里抱石磙——费大劲了。罗荣富有艰辛的苦涩，也有成功的喜悦。他说这几年扶贫力度大，道路硬化了，院落美化了，生病率从原来的6%~7%下降到了1%，几乎没人住院，偶有住院的都是些摔伤和崴伤的，没有一个是传染疾病的。通过治理脏乱差，村寨漂亮了，文明程度也提升了。

别看罗荣富说得轻描淡写，其实他付出的绝不是几句话就能说得清楚的。破除旧习惯是燕子岩的硬核手段。记得2018年刚开始乡村整治行动，彼时道路已经硬化了，街道脏乱差还是"涛声依旧"。老罗很着急，召开院坝会田坎会做动员，提出用示范感化民众的设想，村干、驻村干部共同组成志愿者服务队。院坝会之后，志愿者服务队戴着手套，拎起火钳，拿上铲子，大庭广众下率先清理垃圾，用行动宣示整治行动开始。

然而，一阵嘲笑传来，哈哈哈，这些智障，做样子也不要做得这样假嘛！一盆冷水浇来，志愿者服务队员从头凉到脚，多年看不到的雷锋，在人们眼里成了怪胎。他们伤心但依然坚持，毫不退缩。鄙夷者说得更难听，我倒要看看，你们能坚持多久？罗荣富理直气壮，那你就看看，我们能坚持多久！

一个做给一个看，一个带动一个干。燕子岩村边关组，有个村民故意向卫生自愿服务队发难，将自己家的垃圾倾倒在大街上，驻村工作队员和村干看到了，心里委屈得直想哭，仍默默将垃圾清运到垃圾池里。一次两次，三四个回合之后，倾倒者终于良心发现，自觉将垃圾倒在池子里了。

志愿者服务队用行动宣扬了正义和文明，村民们也不是那种打不开的顽石，更多的人主动加入了志愿者服务队，原来只有几个人，猛地增加了三四十人，仅热心人士就有20多个。各组组长分片包干，形成了上下齐心，分进

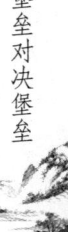

合击的良好格局。

　　思想扶贫说起来容易做起来难哪！罗荣富说，当初的抵触情绪呀，有点像当年搞计划生育。他说什么手段都用上了，口水说干了人家也不买你的账。

　　燕子岩村是古村落演变而来的，街道很窄，2017年开始，村组道路大规模修建，拓宽道路要占村民的土地，老百姓以为修路就是发财的机遇，故在随之而来的调剂土地中强要补偿，房前屋后，边角旮旯也成了生钱土。村两委做工作，驻村队员做工作，死活做不通。一句话，拿钱换。罗荣富就从最亲最信得过的人做起，这一招还挺管用，后来他把它归纳为一把钥匙开一把锁思想工作法。

　　燕子岩有个王发远，其父是罗荣富的保爷，他就是罗荣富的保哥。村里硬化路要通过他家自留地，地里有柏芝树，开始做工作，他不愿，还扬言，不拿钱，免谈。罗荣富亲自登门，说保哥，以前的路是什么样子，你是晓得的，大家都希望有条好路走，如今机会来了，国家拿钱修路，我们调点土地都不行，上对不起国家，下对不起老小啊！他用亲情感化他，你我是兄弟，现在我来牵这个头，你不支持，别人会咋看？

　　保弟的话入情入理，王发远也是心软的人，听了罗荣富的话就说，兄弟，你不要说了，以前是我糊涂，只想到自己那一亩三分地，没得大局观念，都是我不好。放心，明天我就请两个人，把树子砍了。第二天王发远果真请了两个帮忙的，忙活了一天，一下子就放倒了六七棵柏芝树。柏芝树直径大约40公分，市场上随便都要卖五六百元一棵，王发远一下子就损失了三四千元。

　　硬化路拓宽又要占到罗乾森家牛圈，罗乾森是个寡妇，丈夫早些年过世了，日子过得清苦，就是这个牛圈也是有圈无牛，村委做了五六次工作，就是不肯拆掉，一时无法施工。王发远主动请缨，因为罗乾森的丈夫和他是一个家族的，叫王发平。他给嫂子现身说法，说嫂子啊，不是我说你，你那个破牛圈值几个钱呢，我几千块钱的树子都舍得，你那个破牛圈就舍不得？寡妇不吱声。王发远又说，你想啊嫂子，寨子里大马路一通，亲戚走得会更勤，如果你牛圈横在路边，不美观不说，人家要问起是哪家的，都说是你罗乾森家的，你脸上光彩不？明起人家不会说你什么，背地里肯定骂你不通人情。也许就是这几句话打动了嫂子，罗乾森拉长的脸乌云散去，答应拆。

　　牛圈无偿拆除后，有人开她玩笑，说是哪把钥匙开了你这把锁？罗乾森红着脸说，开始没得支持大家的工作，内心有愧，对不住了。寨里的公益事业，一个破牛圈，是我心甘情愿拆的。

　　最后这一仗还是打赢了！罗荣富笑笑说，真正让老百姓彻底醒悟的还是那次全县环境卫生大比武，燕子岩荣获全县第一名，得了3万元奖金，引得省内外的乡镇来燕子岩参观，光经验报告就搞了300多场，老百姓有了充分自信心，提升了燕子岩的知名度，有了一张亮丽村庄的名片。

栽好梧桐树，引得凤凰来。现在的燕子岩年轻人谈恋爱，一谈一个准，不像过去，看一眼就跑了，有的甚至还没到寨子，半路就溜了。燕子岩原有的十几个光棍汉陆续成家，2019年新增了20个媳妇。事实证明，乡村治理，幸福花开。

讲起燕子岩思想扶贫，罗荣富自豪地说，燕子岩几大玩家的转变故事，就是明证。

祝冬冬，2018年30岁，是一个肌腱虬突的帅哥，家庭条件一般，应该说有"门当户对"那一个才对，可就是机缘不巧，说一个走一个，连他自己都不相信咋会落魄得像瘟神一样，人见人怕，真实的原因是环境太差，姑娘来一趟，就再也不回头了。祝冬冬心灰意冷，垂头丧气，再也不敢奢望自己会有爱情。哪知燕子岩整治之后不久，美女不请而至，一位惠水姑娘带着20多万元的小车嫁妆，主动嫁进了燕子岩，如今已是一个孩子的母亲。

祝时标，35岁，在广西打工，认识了几个女孩子，带回家里过春节，美其名曰是看家庭，回去以后就杳无音信了。去年打工认识了铜仁姑娘，来了燕子岩就不走了，如今已经生儿育女，其乐融融。铜仁姑娘说燕子岩山清水秀，是个生活的好地方。还把她的闺蜜、同学介绍给燕子岩的小伙。

祝江，54岁，是个大名鼎鼎的玩家。20多年前，祝江兄弟姊妹多，家庭贫穷，读书少，父母忙于农事，没有时间管孩子，祝江便成了江湖浪人，游手好闲，一年四季不归家。为此，祝江成了当地不少家长教育孩子的"反面教材"。罗荣富却不这样认为，他说，祝江虽然不着调地与村里决策唱反调，其善良之心并未泯灭。祝江讲义气头脑灵活，如果能"浪子回头"，同样是燕子岩青年人的"正面教材"。罗荣富决心打开这把锈蚀多年的旧锁。

2017年初春，罗荣富抱着试一试的想法走进了祝江家，这时祝江正在看电视，罗荣富突然登门，祝江先是一愣，随后揶揄道，支书大人怎么有空来我家？罗荣富看他一副玩世不恭的样子，也不生气，笑眯眯地答，不欢迎？祝江尽管心里不欢迎罗荣富，但也不愿当场驳他的面子。罗荣富开门见山说明了来意，祝江意外地发现，其实自己也在转变，他没有像从前那样挤兑罗荣富了，而是乖乖地听他"教训"。你年纪也不小了，应该成个人了。语重心长的话语叩动祝江的心灵，再联想和自己一起的狐朋狗友，除了进监狱的，大多走了正道，只有自己还在社会上"跑单帮"，忽然觉得形单影只起来，冰冷的心第一次萌发了做人的尊严。但懒散惯了，对做事始终提不起兴趣。村干部们又三番五次登门，反复劝诫，终于使祝江幡然醒悟，发出了"人家是男人，我也是男人，我就不信改不了"的豪言壮语。

愚顽一旦开化，变化是惊人的。祝江思想一通，干劲就来了，凭着他的小聪明干起了砖工，后来单干承包工程，几年间便成了一个有10多个工人的小老板了，还修了自己的小洋楼，举手投足间有了老板的洒脱。

2018年过年前，村里争取到了30盏太阳能路灯，村里没有人会摆弄，祝江自告奋勇，实际上他也没安装过这玩意儿，就自个儿琢磨，拆了装，现学现卖，最终掌握了安装技术。离过年只有10多天，祝江杀了年猪准备炕腊肉，接了这桩活儿，一门心思放在完成任务上，腌了的腊肉没时间炕，等他把路灯安装完毕，才想到炕腊肉的事，结果可想而知，腌的腊肉已经沤臭了。

老婆一顿臭骂，只晓得帮村里做事，家中肉烂了都不管，过年吃什么！老婆骂归骂，晓得老公为村里做事，一字入公门，九头牛拉不回。无奈地骂过之后，又捞起锄头拌起了灰浆。因为这一年，村里要举办春节山歌大赛，所有墙面要清光，张贴警示语和风情画，祝江一个人忙不过来，又把老婆拉上了，一对骂不散的鸳鸯。山歌赛开幕那天，祝江主动捐了1500元。钱少心意浓，浪子回头金不换。

三

在燕子岩，我看到老人捡垃圾的感人一幕，在摆城，我目睹的是小朋友自觉将废纸丢进垃圾桶的动人画面。

那天，我循着九曲十八弯的公路找到摆城的时候，正是上午10点。几个小朋友在水泥球场玩踢足球，因为学校没有宣布开学，网课上得懒心无常，就聚在一起玩足球，小脸上挂着汗珠。有一个小朋友打了几声喷嚏，从荷包里扯出纸巾，在鼻孔下胡乱地揩了一把，又跑到路边，把纸巾丢进了垃圾桶。这个动作让我长了见识，原以为这样的事情在北京上海才会有，想不到一个小山村，一个曾经鸟不拉屎的地方，居然有此一出感人的剧情，真叫人大开眼界。

其实3年前的摆城并不是这个样子，那是因为来了个第一书记，才有了今天的变化。说起赵明红，摆城人不一定都知道，但说起垃圾书记，可是无人不知无人不晓的。

这件事还得回到2017年他下派到摆城村当第一书记说起。赵明红是打铁乡土生土长的人，生就一副白皙透红的娃娃脸，30多岁的人，嫩口嫩嘴像个中学生。一个人独立出来偏于一隅任封疆"大吏"，心里忐忑不安。临行，州政协领导谆谆嘱咐，小赵啊，你这次去任务很重，完得成完不成任务，就看你的了。摆城人生地不熟，你首先要宣传好自己。赵明红到摆城，当地党组织召开党员大会村民大会介绍他，毕竟范围有限，认识也有限。赵明红想，这样下去，哪天老百姓才晓得自己的名字？于是他想了一招，在垃圾车上安个喇叭，每天播放"摆城村第一书记赵明红提醒倒垃圾！"垃圾车走到哪里，这句提醒语就喊到哪里。垃圾车天天跑天天喊，没几天，第一书记赵明红就在摆城村出了名，人称"垃圾书记"。

既然"垃圾书记"这样受欢迎，不如再发挥到极致？他又灵机一动，把垃圾车变成了名副其实的宣传车，提醒村民交医保、养老保险、卫生费和森林防火。小小垃圾车，竟然起到了常人发挥不了的作用。

赵明红走村串寨，从百姓口中了解到摆城发展的瓶颈，借助县里对贫困村的扶持政策，硬化了摆城的村组道路，安装了太阳能路灯，同时借助原来摆城的茶叶种植基础，扩大了茶产业。如今，摆城的茶园已扩大到了6000多亩，少的人家有10来亩，多的人家有七八十亩，每亩收入达4000多元。

至今说起在摆城的日子，一共1080天，最令他开心的一件事就是"小手牵大手"的成功举措。

2017年8月，赵明红刚到村口，牛屎马粪猪臭味就扑鼻而来，再往前走，一片狼藉的摆城，无处下脚的小心翼翼，至今想起来还心有余悸。之后，环境治理便成了赵明红的一块心病。来到摆城第二年，他把此事提到了摆城工作的议事日程，因为这时摆城在政府资金的助力下，环境大大改善，治理摆城是最佳时机。然而，生活习惯不好是摆城人天生软肋，坐在茅厕坎上不晓得臭的当地百姓，竟然对治理脏乱差无动于衷。怎么办？

赵明红突然想到阿基米德的一句话，给我一个支点，我就能撬起地球。对，他就是要用小学生纯洁的心理撬动顽固习惯，调动家长的主观能动性。"小手牵大手"策划应运而生。

破题是从金家院开始的。

金家院是摆城一个纯苗族大寨子，120多户700多人，喂牛的人家就有60户，有的人家喂了七八头，黄牛、水牛、公牛、母牛，一大早听到的都是牛叫声，后来硬化了道路，1000多米路也是只见牛屎不见路，人称"牛屎街"。对于这条"牛屎街"，老百姓怨声载道，可就是张家不说李家，你好我好大家好，一团和气，在臭日子里得过且过。

"小手牵大手"活动启动后，老师忙碌了，学生紧张了，都生怕自家的名字进入黑名单丢面子，每天从学校回来都要提醒家长。与此同时，赵明红通过人脉关系"化缘"3万多元，每户一个垃圾桶，从硬件上保障垃圾有放处。接着又组织卫生突击队帮助老弱病残户清理垃圾，村两委和驻村工作队组成评议组，评选文明示范户。每月一次，名单公示，好的家庭学校表扬学生，发给奖品，村里表彰家庭，同样发奖品。差的家庭村里挂牌整改，老师要求学生回去督促家长。这样一来，户户争先进，人人争标兵的热潮猛浪震荡着摆城村。经过几个月的努力，终于消灭了"牛屎街"。

金家院的彻底治理，带动了整个摆城村。如今的摆城，无论走到何处，整洁干净，一派亮丽。赵明红说，这个办法后来用在做贫困户工作上效果也很好。赵明红稚嫩的脸上，有着灿烂的笑容，成就感显而易见。

摆城的风是香的，漫山遍野的茶园收割了半壁春天，墨绿是摆城的底色。以前的摆城到哪里去了呢？赵明红说，他收藏在自己的记忆里了，有一天还原出来的时候，一定会是一部不用改编的历史剧。

四

脱贫攻坚，是一场亘古未有的歼灭战。这场浩大的战贫之役，既是对贫困的围歼，也是对党员干部初心的拷问。

新铺至今流传着一个故事。

某天，坤堵堵工作队早上拉开门时，发现宿舍门口放了一个塑料袋，里面装着老腊肉，队员们深感诧异。

是谁做的好事？

2018年新春伊始，坤堵堵网格员王清祥说这几天搞累了，买块腊肉打牙祭。大家都说好久没吃老腊肉了，坤堵堵老百姓家炕的腊肉好吃，可没一个愿意主动去办。王清祥就自告奋勇，他出去转了一圈回来，沮丧地说，拿钱买他们不卖，说送可以，我不敢做主，只好空手而归。王凯说，不要钱不行，大家就忍着点馋了。王凯时任县人大民工委主任，大家听他一说便不再讨论，事情就这样过去了。

几天之后发生了这件事，整个团队无不惊讶。是谁？大家七嘴八舌，有说可能张家送的，有说李家送的，最后说管他谁送的，先吃了再说。王凯却犯难了，这个问题不搞清楚，违反群众纪律不说，会极大挫伤脱贫攻坚的影响力。他预感是王清祥走过的人家送的，便问他都去过哪几家。王清祥说有五六家，并一一点了名。王凯说，你一家一家地问，一定要搞清楚，把钱给人家。王清祥又去跑了一圈回来，丧着脸说没一个认账。王凯说，那这个肉就不能吃。说完，急匆匆跑了出去。

坤堵堵是省级一类贫困村，有5个网格员。他们刚进寨的时候，没有路灯，夜间行路必须拿电筒或是打火把，否则会踩到蛇。团队住宿的房间，就曾两次发现毒蛇钻进屋里，幸好及时发现才没有出现意外。为了解决夜间照明问题，团队争取了政府扶贫资金17.55万元，安装了太阳能路灯65盏，老百姓第一次看到团队为他们办了实事，心里自然有了杆秤。

坤堵堵共计210户1051人，清一色苗族，喜欢唱歌跳舞，民族氛围非常浓。王凯请来县城文艺人才专门给他们免费培训，先后两个月，培训学员30多人，培育民族文化，坤堵堵人第二次感受到了温暖。

2018年8月27日，为了检验学员们的水平，坤堵堵组织了一场空前的文艺会演，即"党建促脱贫，人大在行动"花苗民族文化传承暨思想扶贫精品文化乡村行文艺会演。所有培训学员都拿出了自己最得意的节目，展示了自己的才艺。县人大主任凌毅受托凯丹公司老总郑成华委托，向贫困户子女张梅捐赠5000元助学金，将演出推向了高潮。也就是这笔资助费，使一个贫困户子女顺利上了大学。坤堵堵人情感再次升华，以后的日子里，但凡有个什么事，就要请他们拿个主意，像兄弟姊妹一样亲切信任。事后老百姓说，我们坤堵堵能有今天的变化，都是因为有了工作队。

王凯找到那个送腊肉的村民，村民死活不认账。王凯说，我看看你家炕的腊肉哈？村民晓得瞒不过，只得认账。王凯不高兴了，说你不是不晓得，我们有纪律的，偷偷摸摸送腊肉是哪样意思？村民见他垮起个脸，有些尴尬。王凯换了张笑脸说，我们不能随便要你的东西，你这样做，成心为难我们了。村民说，拿钱我不卖，我叫婆娘煮块腊肉给你们，会犯哪家王法？再说你们帮我做了那么多事，是我的心意，与别人无关。王凯自知说多也无益，掏出钱放在他手里，扭头便走。村民一把扯住他，你如果这样，下次就不要再踏进我家门了，执意把钱又放回了王凯的荷包……

村民叫颜明风，我问他为什么这样做。他说，我从内心感激他们，当时我家老房子漏雨，工作队帮我家捡瓦，瓦不够，出钱给我买瓦换，帮我刮瓷粉，打地坪，一个两个衣服都湿透了，也没舍得闲一下，我不能忘恩，一块腊肉算得了什么，这是感情。

第一乐章 堡垒对决堡垒

· 11 ·

老百姓平时想请工作队吃个饭喝杯酒，工作队都婉拒了。那天小王想买腊肉，正是春节过后，农村炕的腊肉已是油干腻除，香喷喷的非常可口，结果就有了颜明风送腊肉的事。

之后，工作队经常发现有新鲜蔬菜放在门口，有时还有煮熟的鸡鸭肉，好心的百姓不留名，上百户的大寨子如何查？这倒成了驻村工作队的一件头痛事。王凯晓得这事也查不清，一理还一沓，就动员队员们自己掏腰包，买了棉被胶鞋衣服等物品以示回报，干群之间犹如鱼水，结下了深厚情谊。王凯说，驻村工作队不光是脱贫队，也是宣传队。双扶形式多种多样，只要符合激发百姓积极性的方式就是好方式。金杯银杯不如百姓的口碑。说了多少年的密切联系群众，这回才是真格的。

坤堵堵工作做得好，整村已经脱贫，正在向小康迈进，与工作队深入基层，百姓配合是分不开的。志智双扶不是一句空话，因为，老百姓需要真心实意办实事的干部。王光明是一个69岁的退役军人，送菜送腊肉的也有他。他是这样评价驻村工作队的：以前干部驻村是走马观花，现在干部驻村是芝麻开花，要是哪天他们走了，还真舍不得，有事找他们反映惯了，突然间找不到人了，我会很不习惯。

实践证明，使命在哪里闪光，百姓就在哪里回报。物质的力量是短暂的，精神的富有才是永恒。

五

扶贫攻坚，既是向贫困开战，也是向落后观念和自私堡垒开战。通过志智双扶，暴露出来的矛盾如何解决，考量着基层干部和驻村工作队的能力和远见卓识。者高村烂塘得以完美解决，增进了民族团结，创造了和谐氛围。无独有偶，乐邦村多年的一桩土地纠纷积案，也是在一个古代故事中产生共鸣，得以消化的。

思想扶贫没有固定模式。

事情追溯到1981年第一轮土地承包时，萍江村的土地数为85.5亩，乐邦村的土地39.8亩。1998年第二轮土地确权，土地证的数字有出入，直到2001年萍江村和乐邦村因地界不清发生纠纷，才引起了相关部门的重视。

原来是1998年土地确权，边界划分有差异。1973年萍江村农户在两村边界处开荒、挖蕨根等，乐邦村以承担上粮任务重为由（该村22户承担了过界的上粮任务）要求他们分担，双方意见不统一，最后没有解决下来，成了历史遗留问题。

2014年，政府引进了中药材香榧连片种植项目，由于马家坡地块存在土地边界争议，连片种植受阻。当时土地租金每亩150元，山林租金每亩30元，老百姓是可以受益的，但山林土地涉及萍江2组和乐邦7组，双方为此又发生了口舌之战，互不相让，僵持不下，大好事情就此搁置。结果同意共同到国土部门调取历史依据，结果是找不出依据，这事成了老大难，失去了一次发展机遇。

2015年，经过新巴镇政府、省档案局、县水务局等部门共同协调，双方在村委会反复争议了近半个月时间，仍然得不出终结结论，最后上级领导建议村民们观看"六尺巷"的视频资料，以求相互谅解和退让。

无数调解撼不动的利益之争，视频播放中张英的几句话，宛如神针打开了群众的天眼："千里修书只为墙，让他三尺又何妨？万里长城今犹在，不见当年秦始皇。"是啊，为了区区小利，几十年亲戚不是亲戚，朋友不成朋友，难道就为了这么一点土地，子子孙孙还要争下去吗？调解人员说，乐邦村，关起门来都是一家人啊！古人尚且如此大度礼让，我们为何还要为那点小利益揪着不放呢？

开窍的密钥一旦投进，再坚的桎梏也能打开。双方村民被"六尺巷"的故事打动了，乐邦组主动提出和解，萍江组更是大度豁达，最后双方协商将山林一分为二，双方联合发展果园。"纠纷地"变成"同心地"，43年的世纪难题就这样得以解决。

为了纪念这个具有历史意义的感人事情，更好地启迪后人，2016年5月10日，村里在马家坡交界处竖了一块"和乐碑"，一面镌刻和乐碑的由来，一面镌刻两个组共有农户的名单，同时在乐邦村委会的休闲广场上，立起了一块巨大的"同心石"，正面镌刻新版"六尺巷"简介，背面镌刻"同心石"几个大字。

争一争，真闹心；让一让，六尺巷。

一个典故醒梦人，四句话语照春秋。萍江乐邦的土地纠纷完美解决，为乐邦的发展注入了新活力，连片种植的2000多亩刺梨已经挂果，每到采摘售卖时节，村民握着手中的红票子，心里乐开了花。如今走进乐邦村，上万亩的连片油茶种植壮观怡人，要不了多久，乐邦村就会是名副其实的小康村。

六

如果说,"六尺巷"的故事是打开乐邦人世纪矛盾的钥匙,那么丰收村的"四大"就是开化丰收人千年愚钝的良药。

其实丰收村距离县城只有10千米,离镇政府所在地沙坝不过几千米,而且丰收村村口就是贵定县城公交车的最后一站,交通不算困难,至今没有到过县城的却大有人在,其落后程度可想而知。而最大的落后是观念落后。

为了有针对性地摸清贫困户底数,掌握村情,开化愚顽,第一书记陈鑫提出了大走访、大观摩、大电影、大讲堂的工作思路。

通过大走访,暴露出来的问题触目惊心。丰收村文化贫瘠,高中生比例只占全村人口1%左右,大学毕业生寥寥无几,即便是早已算不上文凭的初中毕业生,也不过占全村人口的3%左右。经济落后更不用说,2017年农民人均纯收入才3500元,全村贫困人口837人。封闭保守,等靠要思想突出,得到政府的好处不认账,或者隐瞒不认,下次再报。这些问题,成为扶贫攻坚的最大阻碍。

村里还发生一件事,2017年4月,天泷集团老总刘水波为了开发窖藏刺梨汁,经县里相关人士牵线搭桥,意欲开发燕子洞,既可窖藏刺梨汁,又可作为景点打造。老百姓见财神来了,狮子大开口,喊出每年租金100万元的天价。刘水波当时的出价是每年10万元,关键不是看租金价格如何,而是看燕子洞的开发前景。价格谈不成,一次很好的合作机遇就这样泡汤了。

大走访暴露出来的问题是尖锐的,沉重的。为破解这一难题,陈鑫及村两委一班人提出了大观摩的扶智方案,想通过大观摩让老百姓接受教育。村里组织40多人的队伍到附近的高枧坝参观,因为高枧坝的村情与丰收村大同小异,他们有参照,触动才大。后又组织了50多人到黄丝镇江边寨参观,江边寨的支书介绍情况时说,当初他们的村民思想故步自封,老板来开发,老百姓守着自己的土地不肯放,错过了一次又一次好机会。要不是后来转变观念,恐怕现在都还在一亩三分地里打转转,哪来现在的富裕。丰收村人怕他说假话骗他们,背地里暗自踅到江边寨洋芋粑摊点打听情况,弄清真假。得知真相后,冥顽开窍,幡然醒悟,但却失去了燕子洞开发的良机。尽管丰收村与刘水波签了个意向性协议,终归时间拖得太久,这件事胎死腹中。百姓非常懊悔,然而世上没有后悔药,因当初的一分私心杂念留下遗恨。

如果说参观过程是一个受启发的过程，那么大电影就是拨动灵魂的武器。谁也想不到，多年没用的电影阵地，居然能在丰收村释放巨大震撼力。丰收村留守人员绝大多数是老人、妇女和孩子，平时除了看电视就是吃茶喝酒，多数信息是从朋友和孩子们嘴里得知，而这些信息又都是经过过滤了的，真实性有多少，他们无法判断，有时会偏听偏信。裸寨放《十八洞村》电影，居然全寨子的人都来了。电影主人翁是个退伍军人，家里很穷，连老婆都娶不上，一直是个光棍，村里评他贫困户，他坚决不要，在村委的鼓励下，他带领乡亲们苦战穷困，改变家乡面貌，一个美貌的姑娘寻上门来嫁给了他。这是一个勤劳致富的故事，裸寨村民看了很受感动。原来开会宣传，他们很不理解，见到驻村干部都不打招呼，通过看电影他们才知道，原来天外还有一片天。

大讲堂的举办，为开化愚顽注进了强心剂，开班最多时有50多人，人员也扩大到打工回乡的青年人，先后开班20多场，参与学习人数上千人次。

陈鑫说，通过大讲堂，老百姓思想观念发生了很大变化。有个贫困户叫王正虎，他弟是侏儒，劳动力弱，生活困难，被评为贫困户后，政府发给他鸡苗、猪崽，帮助他脱贫，他吃食瞒食不认账，通过学习参观，意识到自己的问题，主动承认了错误。

陈鑫说起这些事很得意，他说兰明华也是贫困户，家住茅草坪，老房子年久失修，安全隐患大，他已享受了危房改造的福利，修建了新房，但就是不愿搬迁，工作队多次走访做工作，他也不为所动。参加大讲堂学习之后，思想180度大转弯，不但自己主动搬出了，还做起别人的思想工作。

春风化雨，润物无声。丰收村在脱贫攻坚的道路上，迈出了坚实的步伐。"四大"发明不一定很完美，但它起到了启迪思想、化愚开顽的作用，不失为山区群众工作的创新模式。

七

丰收村的"四大"发明开出了思想扶贫之花，而四寨村独辟蹊径，寓传统"会亲节"于启智立志目标之中，创新了思想扶贫工作又一模式，为精准扶贫赋予了新的文化内涵。

四寨是小花苗聚居区。传说北宋时期，苗族酋长黑蛮龙随抗金民族英雄岳飞南征北战，立下汗马功劳，遂升为先锋官，眼看就要收复失地，疆土统

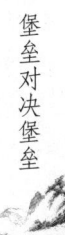

一，哪知皇帝赵构听信谗言，放弃国土，退守临安（今杭州）。岳飞痛不欲生，奋笔疾书"还我河山"四个大字，并将《中华地舆图》分发各部，以表收复之志。黑蛮龙得到《中华地舆图》后秘藏于胸，视如生命。次年，岳飞被秦桧以"莫须有"罪名下狱，黑蛮龙脱离军队，逃回家乡贵州，他怕《中华地舆图》长期带在身上被汗渍浸坏，谎称族宝，命妇人用苗绣将其绣下秘密保存起来。

以前苗家都有在栽秧上坎后庆祝农闲的习惯，大家聚在田间，开展"跳月"活动，祭祀鬼神，祈求风调雨顺粮食丰收。黑蛮龙辞官归隐后，引进中原文化，开办学堂，结合苗家"六事"习俗，把这个农闲日定为农历六月二十四，从此便有了苗家自己的节日。"三月辛苦六月闲，祭祀谷神祭祀天。一族之计早谋划，不给家中断火烟。"此后每到这一天，三亲六戚都要前来共话亲情，分享喜悦，还可以商议儿女婚事。青年男女吹笙跳舞，对歌求偶，释放情怀。

节日有了但没名称，就像生了儿子没取名。谷撒、大新寨、甲耳沟、大坤主四寨长老集体请示酋长给取个名，黑蛮龙看着眼前欢乐的场面，咧嘴笑道，就叫会亲节吧！此后，会亲节便成了四寨苗家一年一度的盛大节日。

岳飞被害后，消息传到苗乡，黑蛮龙恸哭七天七夜，悲痛而亡。苗家人生怕招来官府追剿，遂将苗绣《中华地舆图》深埋地下，一代酋长传给一代酋长，秘而不示。中华人民共和国成立后，酋长制寿终正寝，这个秘密也随之湮没在历史的长河中。移风易俗之后，会亲节也随着没落了，但苗家人并没有忘记这一天。他们利用赶场这种形式聚集贵定城里，自己带腊肉、糯米饭，在县城的大小十字四区社一带摆家常，青年人谈朋友，但毕竟失去了原来的色彩，更因贫困夺走了欢乐。

不想900年天缘未了。2016年初夏，四寨村民在原址上扩建苗家斗牛场，不巧挖出了刺绣的《中华地舆图》，不过已经钙化成石，但其文字线条清晰可见，这给会亲节重启找到了有力的依据。

从2011年开始，会亲节重放异彩。扶贫攻坚战打响，四寨村以之作为凝聚人心提神打气的平台，重新将这一形式发扬光大，赋予新内涵。使苗族同胞摒弃陈腐，接受新思想，振兴四寨，起到了奠基立业的作用。

如今会亲节已经举办了八届，每一届有每一届的花样，传统与现代结合，民族团结与战胜贫困结合。以前的四寨各自为政，相互攀比，一盘散沙，现在不一样了，心往一处想劲儿往一处使，把心思都用在了脱贫致富上。四寨发生了天翻地覆的变化，茅草房已成为新中国成立前的事了，欧式风格的别墅随处可见，小车开进了农家小院。

我在四寨找不到当年的感觉了，小康离他们越来越近。600多户3000多人全部退出了贫困。2019年的农历六月二十四日会亲节，3万多苗胞们穿着节日的盛装，齐聚谷撒，吹着芦笙，跳起欢乐的舞蹈，脸上充满春色，那情景，那笑靥，谁能说，他们心中的花没有开呢？

八

老百姓日子过好了，这好日子谁给的？鼓坪村党支部又有了新招式。是啊，新时代给老百姓幸福生活，万千百姓脱了贫、移了民、进了城。该感谢谁？可不能让老百姓糊里糊涂地认为是全凭自己的本事，把党的恩情、国家的关爱丢到阴山背后去了呀！

为强化饮水思源、感恩奋进，鼓坪村两委班子商议建个感恩馆，以此教育富裕起来的贫困人和子孙后代。这是鼓坪历史以来最没有争议的一件事。

感恩馆建在什么地方？党支部书记费锡伦一时蒙头，村主任黄光时突然想起退休老师丁增先、丁增良的老宅。二丁先生退休在城里买房过日子后，老宅就没人居住了，但三间砖木结构的房子依旧完好，门前的院坝宽敞，村里的活动可以在这里开展。闲置也是闲置，不如把它利用起来。费锡伦和黄光时抱着试一试的想法上门找丁增先商量，丁老师一听，二话不说，极力支持，老房子给村里用，一分钱不要。并说，水有源树有根，你们想得远做得对啊！丁老师的爽快，令费锡伦和黄光时不知如何感谢为好，两人激动地向他鞠了一躬，以表谢意。

房子谈妥，村两委马不停蹄，精心设计，土法上马，搬来那些农家用过的农具炊具、牛具马具、磨子柜子、耙子犁头等，专门放在一间屋里，称乡愁馆；中堂有历年支书介绍、中央精神宣传和脱贫攻坚政策等，称党史馆；另一间是村里的成果展览，各种奖状奖牌、前后变化的图片，称春风馆。此外，还将进馆道路用鹅卵石铺成一条坎坷前行的感恩路，路侧的石壁上，嵌贴了历年考取大学的学生照片，彰显他们的读书爱国情怀。

春风吹绿鼓坪村，这一间小小的感恩馆，浓缩了鼓坪村从贫穷到小康的发展历程，也是鼓坪人追思往事的乡愁记忆。村两委利用这块阵地对青少年进行传统教育，感恩馆贴出的20多位大学生照片，并非作秀，鼓坪村青少年都以他们为荣，暗地里发力使劲，争取自己的相片也在感恩馆有一席之地。

村里的大会小会、党员教育和对贫困户的现身说法，都在感恩馆进行，给鼓坪村注进了活力和勇气。到目前为止，前来参观学习的单位有 30 个 1500 多人次，村党支部开展主题教育活动 25 次 750 人次。在外读书的大学生回到村里，自觉前来参观，了解过去的艰苦生活，增强三观教育，提高自信心。

　　今天的鼓坪村，摆脱贫困，生活向好，人心安定，人均收入达 7200 元。全村有汽车 80 多台，摩托车 70 多辆，家家户户有液晶电视，人人用上了手机。小河水库的蓄水成功，更为之平添一景，有的人家开起了农家乐。

　　鼓坪村一举攻破贫穷堡垒，完胜于巅峰对决的 1000 多个日日夜夜，像雷鸣爆出的电火，点亮了苗乡山水。

　　而贵定县思想扶贫的实践，已然形成不小的冲击波，震荡着新时代的农村大地，有力推动了全县脱贫攻坚取得全面胜利，更为未来的乡村振兴奠定了坚实的思想基础！

堡垒对决堡垒
——贵定县鼓坪村党支部决战贫困纪实

王安平

历史回溯

鼓坪村一直沉淀在历史的长河中,以它不敢示人的丑陋面貌成为穷山恶水的代名词。鼓坪人在烈日下,在月光中,用汗水涂写着"抗争"这两个沉重的大字,过着艰辛、悲悯、卑贱的日子。

国家开展扶贫攻坚 30 多年,鼓坪村享有的优惠政策无法用数字一一列出,可鼓坪百姓仍然在贫困线上挣扎,挣扎的最后结果,得到了一顶贵州省深度贫困村的"光荣"帽。

鼓坪村有多偏僻,没有到过的凭想象是猜不出来的。它与县城的直线距离大约只有 10 千米,可它就是出了名的"灯下黑"。

凤凰往都六方向,翻过垭口有一条小路左拐,跨过鼓坪河(这条河以前称为茶山河,鼓坪人今天把它改变了,更名为鼓坪河)。顺着河底一直沿着河走,穿过无数草棵,碰落无数露水,鸟音便在耳畔交鸣。抬头看天,一条麻线缝在头上晃晃悠悠,人称"一线天"。巉岩俯瞰着蚂蚁般的路人,发出诡异的狞笑。过路人毛骨悚然地蹚过 42 道"之"字河水,踩过 42 道"之"字河墩,消磨 3 个多小时,再从河底爬坡,近者再爬一二百米,远者爬 1000 米不等,拉着茅草树藤,挽着漆黑回家,衣襟汗湿,拧得出水,这就是当时鼓坪人的日子。

那时的路是 5 寸宽的毛狗小路,天干勉强能走,雨天又陡又滑,鼓坪人就得坐"梭梭板"了。当时鼓坪人的经济收入,主要是靠养猪、养鸡,卖自留树,由于进一趟县城困难,价格卖得很便宜。利用自己的土特产换取少得可怜的人民币,再购买一些生活必需品回家,两头摸黑,鼓坪人称数星星出门,揣月亮回家。

与贫困斗争,鼓坪人也不是懒惰无能,是一把交通不便的大锁把他们锁

进贫困铁笼,成为顽固堡垒,攻而不破,贫穷的子弹射进鼓坪人的胸膛,殷红的鲜血汩汩而淌,红色褪去,便是苦涩的眼泪。

人往高处走,水往低处流。鼓坪村的自然环境如此恶劣,有点思想的鼓坪人不得不"嫌贫爱富",另谋出路。青年人就是这伙谋求新活法的人。他们借着国家改革开放的东风,纷纷外出打工,赚回钱了,再也看不上鼓坪这个曾经养育过自己的穷乡僻壤,在城里买房做起了城里人,寻找生活的另一活法。走不出去的鼓坪人,一边苦熬着日子,一边盼着改变命运的那一天。

寻找开拓者

环境决定命运。贫穷总叫人楚楚可怜,鼓坪村竟然没有人愿意当村委主任,可一个村又不可能没有村主任。咋办?

时间来到2013年,定南乡党委做出一个大胆决定,请能人回鼓坪定乾坤。多方打听和筛选,得知老支书的儿子在县城做生意,想必能挑起这副重担。于是派人在县城找到河边寨人黄光时,请他回鼓坪担任村主任。

黄光时时年43岁,正是风华正茂之年,但当时他开大车跑运输,生意做得风生水起,已落户县城,有了一个安稳的家,之前虽在鼓坪,可鼓坪曾经的穷挥之不去。定南乡党委一顾茅庐,黄光时婉言谢绝。派去做工作的同志长叹,鼓坪人都不愿意当村主任,还有哪个愿意?快快而归,一身牢骚。

二顾茅庐,乡长亲自登门,一番鼓励和期盼的语言,打动黄光时,答应考虑考虑。客人走后,妻子直接一票否决,说鼓坪就是天王老子也改变不了的穷山沟,徒劳无益,枉费心机,到头来羊肉没得吃惹得一身骚。一大堆理由说得他垂下了头。黄光时当时的感动在于乡里领导的信任和支持,自己也想体现一下自身价值。把老婆的唠叨当耳边风,心里自有自己的盘算,毕竟祖祖辈辈在鼓坪生活,故土难离。老婆使出绝招,说当个村主任一个月1000多元,能养得活一家人你就去,否则,免谈。黄光时一想,那点小钱不如自己拉两车货,还真养不活一家人。他茫然了,徘徊在村情和亲情之间。说实话,这时的黄光时非常痛苦,但他又很无助。

乡里又来人了,这回是乡党委一班人,书记乡长人大主席,几乎倾巢出动。谈话的主题还是一个,请他回鼓坪当村主任。黄光时彻底被打动了,答应试一试,真的不行,他再辞职。入夜,他第一次给老婆吹枕头风,说乡里这样重视,他不去未免有点不近人情了。就算是颗炸弹,拆不拆得掉,不试试咋晓得？妻子第一次被感动，不说话了，她怕一说话就会大哭一场，因为丈夫虽然这些年走出了鼓坪，可他也经常念叨着鼓坪，鼓坪是他的根啊！

2013年1月，黄光时走马上任，成为鼓坪村第9任村主任。

强基础，练内功，找出路

鼓坪村党支部一班人接力脱贫，一任接着一任，终因为资金困难，大部分半途而废。黄光时接任村主任之前，他的前任和村里一班人，就在脱贫路上走了很长一段路，为他的到来夯实了基础。鼓坪富，得修路。交通始终制约着鼓坪的发展，打通连接山外的路，就成了几代村委奋斗的目标。

2007年，村里争取到了一个10多万元的修路项目。鼓坪人不用动员，村党支部一声令下，村民拿上钢钎大锤，扁担撮箕，开山劈石，肩挑马驮，人海战术，开掘出了能过拖拉机的毛路，那种场面真是感人至深。但由于没有项目资金接力，毛路就是毛路，通不了汽车，鼓坪的土特产品运不出山门，经济收入还是停滞不前。

鼓坪被列入全省22个深度贫困村之后，国家一些脱贫项目侧重深度贫困村，鼓坪开始了新一轮脱贫攻坚。修路又提上了村两委的议事日程。2015年开始，国家通村公路硬化工程上马，鼓坪村得到2.9千米的修路项目资金，一鼓作气从河边寨修到了水冲，瓦厂田修到了到两鸡坡。"组组通户户连"脱贫项目，鼓坪实施了17.78千米，截至目前，鼓坪村一共硬化道路20.68千米，户户连道路硬化21893平方米，打开山门，接通致富路，鼓坪人的希望变成了现实。

然而，修路为百姓，百姓不一定理解修路。大家盼望有条好路走，但不希望动到自家的奶酪。修路调到自家承包地时，老百姓想不通了，有抵触。村两委主要领导不管天晴下雨，不论白天黑夜，深入群众做思想工作，一家家，一户户，费尽口舌，终于攻破百姓自私利己的小农思想的堡垒。

黄光时讲了一个故事，说有一次修路，占到了他一个长辈的田，老一辈人站在田里阻拦施工，施工单位不敢开动挖机。黄光时给他做工作，他也不听，不仅骂黄光时一顿还趁机打了他一巴掌，黄光时非常无辜，但他还是忍住了疼痛。趁长辈发蒙的瞬间，就把长辈抱开了，赶紧下令挖，长辈哭笑不得。事后有人说他，只有你忍得哈，要是我就不客气啦。黄光时笑笑说，不忍咋办？姑且不说他是我的长辈，就是自己肩担的这副担子，也不容许对之

第一乐章 堡垒对决堡垒

不恭呀！既然组织把我放在火上烤，就得做好皮开肉绽的准备。啧啧，这话地气十足，老百姓爱听。

鼓坪村破茧成蝶，现实是最好的证明，组组通户户连以后，现在不管走到哪一组哪一家，绝对脚不沾泥，水不湿鞋。公路通了，汽车开进来，各种物资也随之进来，城市和乡村不过是名字的不同而已，百姓的生活城乡一样。

鼓坪村的变化不光是道路，还有房屋。全村446户人家2045人，公路没有修通之前，村民居住的房子大多建于20世纪六七十年代，基本建筑材料是泥土、石块和树木，盖的是茅草，一部分盖的是自己踩瓦泥烧制的小青瓦，人均建筑面积10~20平方米不等。多数人家房屋年久失修，比较破旧，下雨天便成了"滴水洞"，茶缸、洗脸盆、洗脚盆，能够接雨水的物件都用上了，仍然小雨不断，百姓苦不堪言。20世纪90年代开始有了砖混结构的房屋，但非常少，主要是在外务工人员挣钱修的。鼓坪村有外出人员1040人，打工人员就有800多人，是鼓坪主要的收入人群，而鼓坪村的变化，特别是农房的改造，打工者是主力军。脱贫攻坚战开始，危房改造，新建贫困户房等一系列政策的落实，建房速度加快，房屋结构发生了天翻地覆的变化，不但有欧式别墅，还有洋楼大厦，人均住房面积达到了三四十平方米，最多的达到了上百平方米。

黄光时举了一个例子，河边寨有个王树发，老婆是残疾人（聋哑人），两个孩子读书，一家4口住在石头砌的破房子里，雨天外面下大雨家中下小雨，白天还好点，要是晚上，那就是一个通宵。脱贫攻坚战开始，教育扶贫，为他俩孩子减免了读书费用，孩子安心上了学，不用操心每年沉重的学费了。危房改造政策来了，村里给他申请了危房改造补助款，修建了一幢崭新的砖混二层小楼，再也不心焦漏雨了，人均住房30多平方米。民政兜底政策的实施，村里为其申报低保，保障了基本生活费的开支。大儿子王仕华高中毕业后，村里推荐到广州南沙电子厂工作，每月收入5000~6000元。王树发过去低着头走路，现在腰杆挺直了，能抬起头看人了。他说，国家把我从贫困拉进幸福，千言万语汇成一句话：世代不忘党恩。

鼓坪村过去吃水靠肩挑，政府启动了饮水工程后，进寨水工程全部完成，全村安装进寨自来水管道130多千米，户通自来水管道约40千米，实现了家家户户用上了自来水的目标。

"日出江花红胜火，春来江水绿如蓝。"鼓坪村变了，变得认不出来了。鼓坪村能有今天的成就，除了党的政策和县政协领导帮助之外，与村两委充当滚雷英雄的角色，夜以继日工作，舍小家而顾大家是分不开的。

建长效机制，固扶贫成果

基础设施的完美解决，把鼓坪人带入了一个全新的世界。如今的鼓坪，到处莺歌燕舞，一派和平宁静的景象。特别是美丽乡村建设的推动，鼓坪村以前没有广场，活动只是在自家的院坝里进行，生活富裕了，百姓有了休闲的想法，村两委及时调整思维，新建了5个广场1672平方米，安装了体育器材，供百姓休闲娱乐。

诸如这些，老百姓体会颇深。但如何巩固现有的脱贫成果，使之长期保持下去，又摆在了村两委的面前。党支部及时召开会议，商量长效机制问题，黄光时建议产业支撑的中长战略，并提出"支书管内我管外，内外结合求发展"的工作思路，党支部一班人在他的建议下，分工合作，发挥了堡垒作用，目前鼓坪建立了长效产业基地4个，基本支撑了鼓坪经济的半壁江山。

第一，鼓坪借国家财政扶贫资金的东风争取建设水晶葡萄基地300亩，每亩投入1500元，总投资45万元，主要放在干沟和两鸡坡，解决225户贫困户续接能力。为了连片种植规范管理，村里协调非贫困户将土地流转给贫困户，实现了连片种植。水晶葡萄2020年挂果，预计每亩毛收入4000元，合计总收入120万元，每户毛收入5333元。

第二，鼓坪村种植折耳根200亩，每亩收入6000多元，有80户贫困户受益，每户收入15000元。

第三，鼓坪村种植土豆870亩，每亩投资500元，共计投入资金43.5万元；种植辣椒800亩，每亩投入资金500元，合计投入资金40万元；异地种植中药材白芨300亩，总投入30万元；小河种楸树90亩，投资29万元，这些项目总共投资142.5万元。产生效益以后，总收入应在170万元以上，全村人均收入1700元。

第四，政协帮扶项目一个，也是贫困户得到实惠最见成效的一个。鼓坪村河边寨两个组种植粉团花3万株，四季花谷公司负责回收，人均收入1000元。

鼓坪村两委在完成这些项目之后，同时也考虑了进入市场的问题，葡萄出来了要有人收购，村主任黄光时第一个想到了市场问题，他说，我现在就是在考虑销路问题，目前正在做市场调查，准备销往贵阳。按照葡萄产出估算，300亩葡萄的产量60万公斤，买主也要是一个大主儿才行。黄光时说，我准备利用自己的人脉资源，上贵阳找销路，要不然赚钱的东西变成垃圾，我们对不起父老乡亲。黄光时信心满满，看得出他已成竹在胸。

小河水库蓄水成功，改变了鼓坪的大环境，到这里谈项目的人多起来了，但鼓坪人有了自己的选择，好不容易得来的好环境，绝不容许那些污染项目进来，保有鼓坪的一片净土。

后续项目也在继续，黄光时说："我们引进了江苏老板戴玉虎来我们这里养三花鹅，就是看上了这里的山清水秀。"项目已经开始启动，养殖基础设施在紧锣密鼓地进行中。黄光时微笑着给我算了一笔账，"养10万只三花鹅，孵出的鹅仔老板负责回收，下5个蛋保本，一只母鹅可赚100元，羽毛球厂回收羽毛也是钱，三花鹅浑身是宝，一只大概能赚120元，如果10万只鹅养殖成功，一年创下的产值将是1200万元左右。"巩固扶贫成果有望能实现了，抑制返贫才是我们的终极目标。

当时的定南乡党委的确有眼光，黄光时，确确实实是一个一心为民的好主任。

感恩馆里寄相思

鼓坪村百姓日子过好了，好日子是谁给的？鼓坪村党支部又有了心事。是啊，新时代给老百姓幸福生活，该感谢的是谁？可不能让脱贫的百姓糊里糊涂地认为是自己的本事，把党的恩情、国家的关爱丢到阴山背后去了呀！

村两委紧急磋商，一致同意建一个感恩馆，以教育子孙后代和富裕起来的贫困人。一致同意建感恩馆，是鼓坪建立以来最没有争议的一件事。但建感恩馆建在何处，场地如何落实？费锡伦和黄光时一时也蒙了头，突然想起退休老师丁增先、丁增良的老宅，两位老师退休在城里买房过日子后，老宅就没人居住了，但三间砖木结构的房子依旧完好，门前的院坝宽敞，村里的活动可以在这里开展。闲置也是闲置，不如把它利用起来。费锡伦和黄光时抱着试一试的想法找丁增先商量，说准备用他的老宅布置一个感恩馆，以教育下一代和脱贫的乡亲，饮水思源不忘党恩。丁老师一听，极力支持，说这是个好事啊，好日子来了，我们千万不能忘记好日子是咋来的，水有源树有根，这个事情做得对，同意将老房子给村里使用，一分钱不要。丁老师的表态令费锡伦和黄光时不知如何感谢为好，两人激动地向他鞠了一躬，以表谢意。

房子谈妥，村两委马不停蹄，精心设计，土法上马，陈列原用的实物，农具炊具，牛具马具，磨子柜子，耙子犁头，等等，称乡愁馆；中堂有历年支书介绍，中央精神宣传和脱贫攻坚政策问答等，称党史馆；另一间是村里的成果展览，各种奖状奖牌、前后变化的图片，称春风馆。此外，还在进馆的地方设置了感恩路，路侧的石壁上，嵌贴了历年考取大学的学生照片。

　　春风吹绿鼓坪村，这一间小小的感恩馆，浓缩了鼓坪村从贫穷到小康的发展历程，也是鼓坪人值得追思往事的乡愁记忆。村主任黄光时说，这几年我很欣慰，终于看到了辛苦换来的成果，过去和老百姓吵架打架，今天看来，值了。

　　村两委利用这块阵地对青少年进行传统教育，感恩馆贴出的20多位大学生照片，并非作秀，它像春天的花朵，一花引来百花开，鼓坪村青少年都以他们为荣，暗地里发力使劲，争取自己的相片也在感恩馆有一席之地。

　　村里的大会小会，党员主题教育和对贫困户的现身说法都在感恩馆进行，消除悲观情绪，传递正能量，给鼓坪村注进了活力和勇气。到目前为止，前来参观学习的单位有30个1500多人次，村党支部开展主题实践活动25次750人次。在外读书的大学生回到村里，自觉的来参观，了解过去的艰苦生活，增强三观教育，提高自信心。

　　今天的鼓坪村，摆脱贫困，生活向好，人心安定，人均收入达7200元。全村有汽车80多台，摩托车70多辆，家家户户有液晶电视，人人用上了手机。小河水库的蓄水成功，更为之平添一景，有的人家开起了农家乐。

　　"长风破浪会有时，直挂云帆济沧海。"鼓坪村攻破贫穷堡垒，完胜于巅峰对决的1000多个日日夜夜，像雷鸣爆出的电火，点亮了一方水土一方人。相信鼓坪的明天一定会更美好。

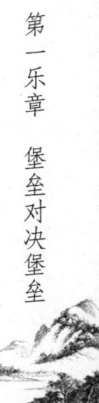

黄龙山下一棵松

陈冰华

新铺村村委会所在地，位于黄龙山脚下。新铺村党支部书记金仕政，两次走马上任村支书一职，共计任职20年。20年的时间里，金仕政像一棵坚挺的松树，守望在贵定北端高原的土地上，风雨四季，严寒酷暑，与新铺村群众战干旱、斗贫穷，全村贫困人口全部脱贫。

一

接到采访新铺村支书的任务，脑海中不禁浮现出破烂的民居、坑坑洼洼的村级公路的样子。土地贫瘠，严重缺水，是我对新铺村最深刻的印象。偏远一些的村寨更是刷新了我从小到大对贫穷的认知。

20年前，我刚毕业就分在新铺乡政府工作。那时新铺村是原新铺乡政府所在地，作为政府干部的我与金仕政有一些工作上的接触。

见到金仕政，他沉稳内敛了许多，当初青涩的脸上有了沧桑，那时特有的大男孩偶尔假装邪魅的表情已被岁月洗涤。

一见面，他就说："开我的车带你们去看看我们的中药材基地和黄桃基地。"还是风风火火的做派。有些稀疏的头发被风一吹，立起来，茅草般地张扬。

坐上他的车，一路上漂亮的民房让我已回忆不起当年它真实的模样了，依稀的印象中，这是一条根本不算路的黄泥巴小道。

金仕政一边开车，一边介绍新铺村的发展变化："这几年，我们整合村内土地资源，种植了太子参、牛大力中药材，种了黄桃，还有15个蔬菜大棚种植富钼蔬菜。"

到达长势良好的太子参基地，金仕政指着远处的一个个山头，以及远近相间的一片片绿油油的中药材基地，犹如一个指挥千军万马的将军那样，表现出挥洒战场的风采："那边是牛大力基地、那边是黄桃基地、那边是蔬菜基地，那里，叫作门口坝，我要继续种大棚蔬菜，那里，背后山，我规划做油茶……"

看着金仕政自信满满的样子，我问他"你当村支书有 20 多年了吧？"他叹了一声说："一言难尽，离开过两年。"我纳闷，为什么？金仕政点燃一支烟，缭缭绕绕中，似乎走回了过去。

金仕政曾经离任新铺村党支部书记两年多。当初离任，是因为生活所迫，万不得已离开连任了 10 年的党支部书记岗位。

辞去职务的当晚，金仕政心里像被猫抓，血淋淋的。不舍与无奈就像两个打架的鬼，在他的心里拼命撞击，一直撞得伤痕累累，血流如注。

金仕政怎么不留念呢？他 18 岁进入村委，22 岁入党，24 岁任支书，风风雨雨，历经了 10 年的岁月，他成长了许多，也承担了很多。从当初每个月补贴 60 元到 800 元，说没有感情，是假的，但眼看着身边和自己一样年纪的年轻人到外面去发展，回来建了房，开上了小轿车，金仕政可以装着不在乎，整天风里雨里地忙活村里的事，让神圣的为人民服务的职责掩盖与身边同龄人生活落差的事实，但妻子不满意了，数落金仕政，嫁给你 3 年，孩子都两岁了，每个月还是那 800 元工资，除掉吃饭的就没有买盐巴的，以后拿什么建房，拿什么养孩子？你看看和你差不多大的朋友，他们如何，你又如何？挣扎了几个月，金仕政不得不屈服现实，辞掉了支部书记的职务。

两年后，党支部换届时，村上很多老辈跑到金仕政家里，动员他竞选村支书。还鼓动其父母给儿子做工作，父母心软，也跟着劝金仕政。他又开始纠结了。

离任村支书两年的时间里，金仕政以跑运输为主业，顺带承包一些小项目的建设工程，日子渐渐有了起色，有时一两个月一个工程项目做下来，一年的村干部工资就赚到手了，还不像任村干部时每天忙得跟救火队员似的。

最后打动金仕政的，是低保户李叔朴实的话："什么是脱贫？我是穷人，也没有文化，但在我们这个阶层，得到最基本的生活保障，就是脱贫。可是得有公平公正敢说话的村干部呀！如果村干部有私心，把本该属于贫困户的补助款、补助粮发给那些关系户，真正的贫困户就脱不了贫。"李叔抹了一把鼻涕，"幺哦，你知道大家为什么舍不得你吗？你敢说敢做，不怕得罪人，该下的低保都得下，该评的都给评上，不认什么关系户，这样的干部，老百姓不拥护谁拥护？"

金仕政有自知之明，要说自己有多大的超常能耐，他没有，但善于思考、

富于挑战、秉公办事，敢于尝试创新思路，站在群众的立场开展工作，解决百姓的实际困难和问题，这是他的长处。目送穿着救济衣服出门的李叔，金仕政那颗曾经年轻燃烧的心复活了。

经过层层筛选后，金仕政终于站到了演讲台上。他说"如果大家选我当村支书，第一件事，我想办法把裤子田800多米的路修通……"与其他人不一样，金仕政没有开篇的空话套话，一开口就直奔主题，要做什么，怎么做。

裤子田距乡级公路860米，早时村里动员裤子田群众投工投劳，把路面拓宽到3米，也铺上了马牙石，但一直没有找到项目资金，水泥一直未铺上，导致人、畜通过时比之前的泥巴路还难走，群众怨气很大。

众望所归，金仕政再次走马上任新铺村党支部书记。

二

再次走上党支部书记岗位，金仕政感到压力比原来大了很多。群众的信任使他充满信心，与此同时，也必须兑现他对支持者的承诺。因此，上任的第二天，金仕政就到乡政府、到县相关部门去找资金。凭借他一心为群众办事的劲头和自己的人脉，把政府领导干部找了个遍，最后调整得到了一事一议项目，终于把路给铺上了，了结了裤子田群众的一桩心愿，兑现了演讲承诺。

此时的他，已不是当初的青涩少年了，在他身上，更多地看到了成熟、稳健。他一直在思考，什么才是群众真正需要的？是宣传出去的脱贫，还是真正意义上的脱贫？是只是顾及迎检的路边花，还是群众的腰包真正地鼓起来？是打造表面的示范基地，还是拿着政府补贴买单的项目？权衡再三，他决定不搞那些轰轰烈烈的假把式，他要让人民群众真正过上越来越红火的日子。因而在工作开展中，金仕政都会问一个为什么？都会全面评估要去开展的工作目的、意义，达到的效果和群众最后所能得到的实惠。

在全县各类大会小会上，金仕政总是最活跃的，与其他乡镇的村党支部书记、主任交流产业发展走向，讨论工作中遇到的困难和问题。在交流过程中，他在考察各地产业发展的情况时，默默思考着这些产业存在的利弊，还做了很多假设，如果这项产业放到自己的村会不会做大做强，会不会为老百姓带来根本利益。

在这之前的2012年，他曾经盲目跟风，发动群众种植了150亩核桃，一直未见成效，所以引进产业，他越发谨慎了。

产业发展，必须向公司、大户、合作社转型，这是金仕政经过深思熟虑之后形成的思路。再结合新铺村荒山资源丰富，适合种植养殖的实际，一条以产业发展为龙头，带动乡村旅游、农特产品销售的新铺村发展蓝图慢慢成形。

2015年，新铺村成立了以贾高祥、熊淑亮、贾美江等3位同志为主体的龙井富民种植养殖专业合作社，并种植葡萄1000亩，连接贫困户45户，每年实现务工增收30万元。第一炮打响。

2016年，新铺村引进了贵州秋之裕农林科技发展有限公司种植300亩油用牡丹，每年吸纳务工人员150人，助农增收16万元。第二炮打响。

2018年，成立贵定县德坤黄桃种植农民专业合作社，种植黄桃2000亩，2019年已挂果见收益，年助农增收60余万元。第三炮打响。

俗话说，新官上任三把火，这三把火把金仕政练成了金刚铁骨。底气更足了。

2019年下半年，金仕政找到下寨组杨栋，杨栋开了一个制砖厂，有一些积蓄。金仕政结合村里现在产业已初具规模的实际，以及他的实力，动员他积极投身到产业发展的大流中来。杨栋相信金仕政，经过短暂的思考后，投资种植了90亩杨梅、170亩蜂糖李、90亩饲料基地，当年解决了本村务工需求，助农增收12万元，同时带动27户贫困户种植蜂糖李。

金仕政的能耐在于鼓励村里的致富带头人在家乡创业。2019年春节期间，听说安炳寨长期在外务工的郭昌模回家过年时对发展种植很感兴趣，金仕政立马上门动员郭昌模，希望他用多年在外打拼积累的资金和经验，回来发展，造福家乡百姓。郭昌模不假思索地说道，"我信得过你"。郭昌模不再外出打工了，第二年便种了1000亩牛大力。

邱克强是新铺的富人，有钱，金仕政就动员他联合大户带动散户，依托县土地开发项目，流转500亩土地种植太子参，同时规划土地换季种富钼蔬菜，年带动周边农户就业收益50万元。

2019年，是金仕政充分展示能力的一年，这一年，他在黄桃基地旁建了一个大型冷库。结合基地环保施肥的需求和新建冷库的便利，新铺村将筹划建立生猪养殖基地，预计年出栏生猪2万头。同时流转土地种植富钼蔬菜增加至了500亩。此时，一条以种植养殖业带动高山旅游休闲促销农产品的思路已初具雏形。2020年的春天，黄桃基地已吸引了省内多批游客，赏花品果，要不是新冠肺炎疫情的原因，游客还会更多。目前，林下养鸡项目正在筹备

· 29 ·

中，预计 2020 年秋季到明年春天，游客就可以在游玩的同时，享受自己选购捕捉土鸡的乐趣。

2017 年新铺村从贫困村成功出列，2019 年，剩余的 17 户 56 人全部脱贫。

接下来，新铺村将围绕花果做文章，拟种植油茶基地，在黄桃林、核桃林里散养大量土鸡。此后利用春季的茶花、牛大力花、黄桃花，夏季的清凉，秋季的油茶果、黄桃等，吸引游客，大力发展农村旅游产业，同时带动销售蔬菜、土鸡、鸡蛋等农产品。实现村民自己造血。

三

火车跑得快，全靠车头带。这个车头，金仕政的理解，不是他，而是新铺村整个村两委的班子，从组长到委员、到主任、到支书。而整个新铺村，就是向前奔跑的火车。

对于管理，金仕政没有过多的高谈阔论，也没有好听的大话空话套话。他以务实、勤政、为民的座右铭诠释了一个掌舵人的本分。

2015 年临近年关的时候，下寨组的组长把金仕政恨上了。原因很简单，就是金仕政把组长 2014 年整年的补贴 2400 元扣掉了。扣掉的原因很简单，但也是不容宽恕的，那就是一整年时间里，没有履行好组长的职责。

对这个问题，金仕政没有回避，没有怕得罪人而睁一只眼闭一只眼当老好人，更没有让其他的村干部去做这得罪人的事。他直接找到组长说："你今年一整年没有好好干好分内的工作，这是不称职，这份补贴再低，它也代表着党和人民赋予你的神圣职责，代表着群众对你的信任，你既然不愿意承担这份职责，也辜负了这份神圣和信任，所以按照考核规定，懒政，这个补贴你就不该要，扣留在你们组里，充作公用经费。"

随后，他和村委会主任，来到下寨组，组织村民代表开会，宣布了这个事情，并要求他们推选一名代表来管理扣掉的原组长的补贴。对于这个决定，参加开会的乡亲个个拍手称快，都向金仕政竖大拇指，对于这样敢说敢管的村干部，他们是绝对信任的，并直接点名要求金仕政代管这笔经费，说谁管都不放心。

最终，金仕政说服不了村民们，只得帮着代管扣下的补贴。在后来修建该组的组组通时，差部分工钱，就用一部分扣款支付了。到目前为止，该笔扣款还有剩余。但每一年金仕政都会向组里公布款项剩余情况。

对于乡亲们的信任，金仕政唯一回馈的，就是更用心地去履职。

每天清晨睁开眼睛，心里想的眼里看到的，尽是村里的工作和群众的大事小事。特别是他爱管敢管的性格，以及公道公正的作风，让他不得不做了很多超越本职的工作。

谁家闹矛盾，寨邻有纠纷，谁去都不好使，都要说上一句："这事要等七爷（七叔）来。"看到金仕政到了现场，觉得有理又觉冤屈的，像见到了救命稻草："七爷，你可来了，你看……"自觉有些理亏的，会给他递上一支烟："七爷你看这事，其实也没这么严重到劳你大驾的……"

金仕政有金仕政的处置之道，他摆摆手，不接烟，自己从包里掏出自己的烟，递给当事人，再慢慢了解情况。

家和万事兴。一个村，就是一个家，和谐促进发展，和谐推动致富。如果一天尽为了鸡毛蒜皮的小事吵吵闹闹，怎么有心思和精力去脱贫致富？了解完情况，该谁错他就打谁板子，从不和稀泥、当和事佬，解决矛盾不拖泥带水，情法两用，以情感人，依法治人。新铺村的人，就只服他。

四

对于如何真正的脱贫，金仕政的见解一语中的：扶志为先，共同参与。扶贫工作面对的不仅是贫困的群体，富人要帮衬、穷人要自立、不富不穷要发奋。这样才能形成富人带着穷人跑、勤劳人跑得更快的新局面。

基于这样的考量，在各种扶贫种植养殖项目中，金仕政都是用心分析各类扶贫项目的适宜群体，尽量不浪费扶贫资源。

譬如在发展太子参项目上，他动员有资金积累的大户去投入，让没有一点资本的贫困户去投劳挣钱，在黄桃树苗、李树苗供应和家庭养殖等项目上，倾向于有劳动力的贫困户，也顾及主动参与的一般经济条件的农户。一些项目，政策上是应该发放给贫困户，但有些贫困户等靠要思想严重，就想领着最实惠的钱和粮，解决温饱就行了，这样的人，你把鸡苗给他，他会养死，把半大的鸡给他，他能把鸡煮了吃，把经果苗发给他，他乱种一气，几天就死光光。其实他在用这种办法鼓贫困户的士气。只要积极参与发展的，金仕政会在不违反政策规定的情况下，采用一些小手段发动全民参与，先富带后富，后富带动贫困户。

黄桃树苗发放初期，金仕政就开始摸底，将有劳动力的人家列入可种植

范围，每户100棵。多余的树苗退回去。金仕政说不应该浪费政府资源，他既为国家着想，又为贫困户着想。如果每户按照标准把黄桃秧苗栽下，并好好管护，效果非常棒了，他会在下次的扶持项目中给其"优惠"。而不是一味只向政府打包票，领取过多的扶贫项目任务，最终无果。

发放黄桃树苗时，金仕政就开始上网学习黄桃树种植相关知识。行距，施肥，管护。他的理念，不懂，就没有权利去督促帮扶户。坤坪寨王力的儿子在外打工，去年儿媳妇跑了，留下两个孙子让王力一个人带着生活，两个孙子一个在读中学，一个在村上读小学，成绩都很优秀，奖状贴满了房间。对这样的贫困户，金仕政是格外关注的，很多政策都会向他们倾斜，再怎么都不能让孩子辍学。王力家劳动力有限，但也报名领取了100棵黄桃树苗，金仕政挤出一些空余时间帮着王力按照距离码一下黄桃树苗的距离，这样王力就省很多事了。后来，王力还种植了白菜，每个星期都挑到城里卖，据说每个星期能有100多元的收入。后期庭院经济发展中，金仕政也打算帮王力多留意一些鸡苗的饲养项目，这样他在照顾两个孙子上学的同时，可以赚取一些零花钱。

太子参基地的除草杂活儿，金仕政也推荐王力去干，一天50元工资，干完下午正好回家煮饭给孙子吃。除王力外，坤坪寨光林家，属于非贫困户，但光林勤劳肯干，每次有什么扶贫项目，都会主动问上门。这次的黄桃树苗正好有几户贫困户说没有劳动力，不愿意种植，他就想到了光林。

说起金仕政，还真是一个好当家人。我们采访他的那天一大早，他就到村委等陈熊，陈熊说10点钟要来和他说火龙果试验种植的事情。这火龙果本不是很适宜在这高寒地区种植，但陈熊早前在外打工，有种火龙果的技术，所以说想要承包村委门口的几个大棚来试验。

去村委会的路上，他突然想到头天下寨组组长说今天县纪委要到村里开展帮扶工作。想起罗兴海，懒汉一个，什么都不愿做，心里就一股子气，看着日头渐高，心里不禁说，这家伙不会还在睡懒觉哈，别等到县纪委帮扶同志来了都没起床，这不是丢了大脸？想着想着，便来到了罗兴海家。罗兴海单身一个，好吃懒做，什么项目都不愿接招，烂泥巴扶不上墙。有时金仕政介绍一些零工给他做他都做不长，干着干着就跑回家睡觉了。

金仕政打算哪天好好训导一下他，让他这个懒得烧蛇吃的家伙动起来。一个大男人，整天窝在家里，像什么话？

到罗兴海家门口的时候，他居然关门闭户，还在睡懒觉。金仕政气不打一处来，一脚踢到罗兴海的门上，大声呵斥："你个不成器的东西，大早上不起,你这样还想说婆娘,就天天做白日梦吧,你看隔壁的老金叔,人家都来回拉了几趟粪了。"金仕政手脚并用,用力拍着门。

罗兴海迷迷糊糊打开门,金仕政又是一顿臭骂:"你活得真舒服,啊!政府出钱帮助你,扶持你,你倒好,在家睡大觉,你对得起谁?"金仕政是真生气了,脸黑得像墨,雷公火闪一起来,大声斥责道:"再这样下去,不要说吃饭,连屎你都要找不到吃的。不愿干,谁都帮衬不了你!"罗兴海被一顿劈头盖脸的怒吼,轰得瞌睡瞬间没了,他说:"七爷,没想到你来这么早?"

"还早?人家县纪委的同志要到你家走访,人都要来了,你还在蒙头睡大觉,还不快点儿收拾收拾。"金仕政真想给他几锭子,转眼看到门口的垃圾,一脚又踢过去:"你真的懒到家了,垃圾都懒得扔,真的无药可救了!"

生气之余,金仕政没忘给罗兴海交代:"县纪委领导来,别给人家提非分的要求,你大男八汉的,有手有脚,自己挣吃喝,别靠政府。过天把我一个朋友的工地招人,你去那儿上班。""是,是,七爷,都听你的,你放心。"罗兴海知道自己的短处,小声应着。

金仕政看着罗兴海结实的身体,打定了主意,一定要想尽办法,动员也好,逼迫也好,要让他靠自己勤劳致富,别年纪轻轻的就养成等靠要的思想。

后来,在金仕政的多次开导下,罗兴海渐渐克服懒惰,到县城周边打零工,靠自己的双手一点点改变了贫穷的现状。

五

天刚蒙蒙亮,金仕政在一堆乱糟糟的梦中醒来。依稀还记得自己被一堆乱哄哄的人群推来搡去。

他揉了揉眼睛,下楼,推开饭厅的门,他还没有完全清醒。穿过厅廊,准备往卫生间走的时候,他听到有人喊他:"七爷。"金仕政定睛往声音处看去"哪个?""我,潘文忠。"坤坪寨的潘文忠就坐在挨着门的地方,一脸愁云。他坐着的椅子旁,有一个蛇皮口袋,蛇皮口袋开了一个口,一只公鸡昂起高高的头颅,左顾右盼,比潘文忠神气多了。

"哟,兄弟,"金仕政略吃一惊,随即镇定,"这么早,得水喝了没?"以示关切。

"喝了喝了,老金奶客气,给我倒了水呢。"潘文忠有些局促不安,补一句:"不好意思,这么早来,打扰七爷了。"

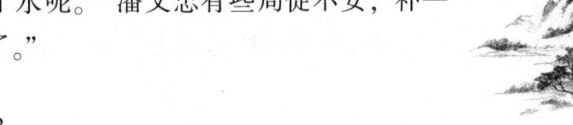

"咦，兄弟说的什么话。"金仕政抱歉地说，"你等我，我上个厕所哈。"

"好，好。"潘文忠连忙回应。

从卫生间出来，金仕政顺便打湿洗脸帕擦了一下眼睛，来不及漱口，就走了出来。

母亲在扫院子，金仕政问候母亲后说："您就放着等媳妇来扫嘛！"心底里，金仕政是真的感激母亲。自己10多岁到村委工作，一直和父母生活在一起，两个哥哥和姐姐都在外地生活，他名义上是在身边照顾父母，实际上这么多年是父母在照顾他，照顾他的孩子，引导他的人生。

走到潘文忠身边，他给他续了开水后，拉过椅子坐下，问潘文忠发生了什么事。

"唉，这家事，都不好意思再说了。"潘文忠埋着头，双手捧着脸，闷声闷气地说。

潘文忠是上门女婿，妻子是坤坪寨罗正元的二女儿。罗正元和老伴共育有5个女儿，为了照顾二老的生活，二女儿当初招女婿上门，一直和两老生活在一起，其他4个女儿相继出嫁。罗正元5年前去世，他在世时，把被矿山占用获得的10多万元土地补偿款，分别借给了其他4个女儿，反而照顾二老生活的二女儿女婿一分钱都没有。罗正元去世后，4个女儿均不承认借了这笔赔偿款，也不愿意主动承担母亲的生活起居，无奈之下，潘文忠只好来求金仕政解决。

了解情况后，金仕政眉头皱成一堆，马上拿起电话，给罗正元的其他4个女儿打电话，郑重地说一天之后要约见她们，解决他们家里的矛盾纠纷。

听到几个女儿答应了金仕政的预约，潘文忠松了一口气，站起来感激地说："麻烦你了七爷，实在不好意思，家里的事让你费心了。"随即起身欲走。

"你搞哪样哦兄弟，这是小事，是我应该做的。"金仕政拉住他，"把鸡拿走，你这样我就不管了哈，你知道我脾气的。"潘文忠犟着要走，金仕政有点儿生气，"这么多年了，你听说过我收过哪家一分钱、一份物了？"

廉洁奉公，这样的规矩，除了自己坚守，父母的把关也至关重要。父亲曾说："老七，乡亲们信任你，是你的造化，是我们家祖宗有德，你要好好为他们做事，千万千万不要收人家的东西，这样我们闭了眼才有脸去见祖宗。"贤惠的母亲在一旁不说话，默默地附和着点头，满脸慈爱地看向儿子，不语中的那份凝重，金仕政再明白不过。

这样的坚守，从金仕政18岁入职村里，一直至今。

潘文忠羞愧地拎着大公鸡，冲他干笑了一下。就在他看金仕政的那瞬，他差点儿哭了。大公鸡不喜欢蛇皮口袋的黑暗，挣扎着想蹦出来，发出怨恨的"咯咯"声。潘文忠重复了一句："那我们明天到村委会来。"随即把蛇皮袋往肩上一甩，头也不回地走了。

第二天，金仕政当了一次法官，也做了一次煽情的文青。

金仕政的两段话，让罗正元的5个女儿握手言和，并主动承担母亲的养老问题。金仕政当时在村委会，对女儿和女婿们说："我和你们没有什么关系，我今天能在这里，是因为一个母亲，一个值得我们尊重的人，更值得你们用生命去守护的人，你们今天过得再富有，再贫穷，没有你们的母亲，你们什么都不是，如果你们因为补偿款分配不均，不管她的养老问题，那么很简单，我会尽力为他申请五保户的资格，到时看你们的脸往哪里搁。"

随后，金仕政丢了一本册子在桌子上说："根据相关法律，如果你们因为赔偿款的问题，不管母亲的养老问题，那么我告诉你们，也不行！你们会被起诉，到时我看你们的脸往哪里搁。"

最后，几个女儿均表示，要好好对待母亲。

看着罗正元一家远去的身影，金仕政有些"痞气"地笑着拿起他丢在桌上的村规民约小册子，用手指弹了弹说："看你们横！"

六

忙了一天，从村委会回到家，金仕政洗了一把脸，准备吃晚饭。

刚坐下，拿起筷子，就听到院坝里有声音传来："老七，你真的是长本事了，为了让别人说你的好，你居然下我的低保。"

听到这儿，金仕政放下筷子，站起来，看到怒气冲冲的堂叔走到了门前。

金仕政谦恭地说："叔，生气伤身，来，一起吃个饭吧。"

"我不吃，吃不下，你都把我饭碗砸了，我还吃什么吃！"叔叔余怒未消，一脚踢翻旁边的矮凳子。

眼见叔叔气未消，金仕政拿起一把椅子出门，将之放到院坝里，笑着对叔叔说："叔，您就是今天打我一顿，您也是我叔。踢凳子干吗，凳子又没惹您。"叔抬起手，又轻轻放下，在金仕政后脑勺摸了一把，"你这个憨小娃呀，要气死我不是？"一屁股坐在椅子上，"我理解你的难处，可我是你叔啊！人家怎样看我？"

在夕阳的余晖中，金仕政把情况给叔说清楚："您当初评上低保户，享受低保，是因为您身体不好，我妹也还在读书。现在我妹大学毕业，她有足够的能力保障你的生活需求，所以按照相关政策规定，您的低保应该取消了。低保，是最低生活保障，没有人想要它，它是贫穷的体现，也是最没能力的表现，我不希望我叔一直享受它，我相信我妹也不会希望您享受它。"堂叔还是转不过弯来，余怒未消的样子："我不管，你给我说说，坤坪寨的老王，和我的情况一样，为什么没给他下。"

金仕政说："叔，您和老王的情况不一样。老王有病，他老大大学是毕业了，但他老二还在读高中呀！如果你也有个读高中的子女，肯定也不会下。您是我叔，您得支持我的工作不是？连您都胡搅蛮缠了，别人也跟着您学，叫我怎么工作，我怎么在全村人面前树立威信？"

这时，父亲也从饭厅出来，拿着一把椅子，走到院坝，默默地坐下，不说一句话。金仕政退到一旁。叔摇了摇头，对坐在一侧的哥说："你看老七……哎！"哥说："你就支持老七一回嘛！日子好过了，要那低保做啥？"顿了顿又说，"老七也难做人哪！你，他都摆平不了，他又能摆平谁？"叔说："你两爷崽合起来整我喽？"当哥的又说："你一个当叔的，说话都不会说，什么叫合起来整你？老七他当这个书记不容易，原则就是一杆秤。懂吗？"金仕政连忙倒了一杯茶，双手递给叔，"叔，这个事事先没给您老通气，是我的不对，我给您老人家赔罪了"，说完，朝着叔鞠了一躬。"唉，你这臭小子，真是搞不赢你。"听着堂叔的口气有所松动，金仕政松了一口气。"叔，别生气了，就当支持我工作了，走，进家，我敬您一杯酒。"金仕政拉着堂叔往屋里走。

在低保评审大会上，他把堂叔的低保下了，正愁怎么给叔叔做思想工作，说曹操，曹操就来了。金仕政回到屋里，从橱柜里拿出杯子，正在给叔叔倒酒的时候，电话急促地响了起来。

放下杯子，金仕政按下接听键："喂，哦，李桂？李叔啊，低保？您知道，这是村民大会评的，我只是按照政策办事而已。您当初患病，孩子又都在读书，所以适合条件。现在通过治疗已经痊愈，所以按照政策规定，您应该把这个让给更需要的父老乡亲。所以请您理解。"

叔叔见状，接过金仕政的手机："喂，老李啊，唉，我们同病相怜啊！还有那个下组的老党，就是在厂里上班出事故手断的那个，2008年时不是也评上了吗，听说现在孩子大了，有劳动力了，也被下了。唉，算了，不用说了，我是他叔啊，我也下了，所以这小子，不用怀疑他优亲厚友，哪天你来我请你喝酒，好酒没有，老土酒有的是。"叔叔拿着手机，离开饭厅，走出门去，捂着嘴说："唉，我说老李，这臭小子说得也对，谁愿意一直当那低保户啊，说起来都丢脸，行了，哪天我们细说，先挂了啊。"

七

自从收到省城参加村干部集训学习的通知，金仕政一直很兴奋，要知道，只有中学文凭的他，能参加各类学习，提升综合素养，真的很开心。但开心的同时，他有一项重要的工作必须抓紧完成了。下寨组的文化广场要建设了，这个文化广场占地涉及几户村民的建筑和耕地。他要在学习之前把这件事办了。

这段时间正值秋收农忙，金仕政只好利用晚饭后的时间到乡亲家里唠嗑，给他们讲广场建设的重要性，需要得到他们的支持。村民想不通，为何偏偏选择这个地方，无偿让出，这不太符合情理。一次不行，再来一次，因为村里是没钱的，无法谈补偿的事，唯一的就是用感情和影响力感化村民。当他做通最后一家人的工作时，他浑身瘫软了，老婆骂他，"何苦呢！又不是你一个人享受，何必受这样的洋罪。"他傻笑着，回怼老婆："我喜欢。咋的？哪天广场搞好了，你不要去啊！"老婆亲昵地说："傻样！"

可是刚到省里两天，村里的电话就打来了。下寨组的文化广场拆迁干不下去了，涉及拆迁的村民放话了，有什么等七爷来了再说，谁说都不好使。一句话，不让！

接到电话，金仕政很郁闷。走的时候，他把工作已经做得差不多了，涉及拆迁的农户都答应支持工作，可是看到最终协调拆迁的人不是他，就又变卦了。给他打电话的人说："村民说了，拆迁的事必须你说了算，其他人来都免谈。"

第二天下午，为了不耽误文化广场建设，金仕政坐最后一班车回到村里，当夜无事。

时值秋忙，农户都在稻田里。天刚放亮，金仕政就到田里通知他们到拆迁现场，解决文化广场修建事宜。

当时金仕政鬼火冒得很，一脸乌云。怎么可以当面一套背后一套呢？明明答应支持工作的，怎么一转身就不认账了呢？他想不通，问题出在哪里？应该说，他金仕政在寨邻的心目中，还是有一些信任度的，怎么说变就变？

上午8点钟左右，涉及的几户拆迁户齐展展到了文化广场建设现场，一个个面面相觑，再看金仕政那副脸相，知道金支书很不高兴，低头不作声。施工队的人也冷眼旁观事态发展。

金仕政扫了他们一眼，虽然有些恼怒他们的反复无常，但还是很快压制了怒火。轻言细语说："李叔，您想想，您家这么宽，您这个猪圈又没啥实际意义，把它拆了，建成文化广场，可以打篮球，可以健身，以后小杰开车回来还有停车的地方，带个女朋友回来看着也宽敞是不，多有面子呢。还有王叔，您这个小斜角，就是一只脚的占地，把这个灶房的角拆了，也不影响您的居住环境和生活质量，看起来多周正，以后嫁到寨上的媳妇看到这么漂亮的休闲广场，说不出多喜欢呢。还有老刘叔……"

还没等金仕政说下去，站在一旁拿着镰刀准备到稻田里割稻子的刘天赶忙伸手作停止状："金书记，别说了，我懂，我这个菜园子的角角，我从来就同意让出来的，你别多说，我还忙，得去抢收了，你爱占多少占多少。"

老刘叔一发言，其他两户也纷纷表示没意见："我们也同意啊，谁叫他们上家来那样说话，心里就是不爽。"

金仕政哑然失笑，反过身朝建设工程队的人说："好了，哥们，开工了。我得回省城继续'深造'了。"

几分钟的活儿，整出了那么一出，金仕政心里不是滋味。坐在回省城的大巴车上，他一直在想，是什么让本来同意的事主又反悔呢？是贪婪的本性？还是不善的行为？抑或是失却的尊重？金仕政没有来得及探究，他也不想探究了。即便之前他做过那么多工程，他都是用一颗善良之心对待人和事，从未粗暴对待过别人。自从再次走上村干部的岗位，村里所有工程项目，金仕政没有染指过半分，少了诸多瓜田李下之嫌。心底无私天地宽，这大概就是金仕政的思想境界吧。

八

金仕政早已不是白面小生，这与他常年的日晒雨淋有关。某一天，太阳烈得叫人睁不开眼，金仕政却和一个有意向发展油茶生产的朋友转了一早上，汗湿衣襟也不管。朋友叫万林，邻县的油茶种植大户。万林是应邀来考察的，金仕政带着他这山转到那山，介绍土壤气温等情况。12点多钟了，又困又渴又饿，他还兴致勃勃，万林却告饶，"我的书记哥，解决温饱再说啊。"

回到家里，母亲已经把饭菜摆到桌上了。第一次见面的万林心感歉疚，站着不好坐下，说，"我请你们到馆子去吃吧，怎么好麻烦奶奶呢"。

"坐下吧，客气什么，在哪儿都一样。"金仕政一边拉着万林上桌，一边说，"来的都是客，何况你是稀客。"

父母也客气地邀请万林："坐下吧，随茶便饭而已，不嫌弃就好。"

吃饭当中，妻子给金仕政说："下午你记得去接玲儿，别像上个星期又忘记了。"玲儿是他闺女，在城里上小学。

金仕政说："哎呀，你怎么又说这事呀，当时不是走不开嘛，今天一定不会了。快吃你的，吃了快去开门，刚才我看到有人在门口等着，可能是要交费。"妻子在村里开了个移动营业厅，每个月3000元左右收入。近年来，随着生活水平的提高，妻子一直闹着要去外面打工，说收入会高得多。但闹归闹，她非常理解金仕政。两个女儿的生活父母可以帮着照顾，但教育和精神方面是不能缺失陪伴和引导的，金仕政只记得工作，经常忘记家里的事。妻子有时埋怨，关键时刻，他就是她避风的港湾。夫妻本是同林鸟，大难来了一起飞。

吃过饭，妻子要去经营门面，父亲帮着母亲收拾餐桌。忽然想起来什么，拉过儿子，对着他耳朵悄声说："今早对门寨的老熊爷，提了一提牛奶来家里，说感谢你今年又给他评上了低保，我说了，那不是老七评的，是村民们按政策评的，但说什么他也要感谢你，留下牛奶就走了，你妈反应快些，提上牛奶去追，但赶都赶不上他，你下午记得把牛奶提去还给他。"

金仕政毫不意外，每当评低保的前后，都会有一些挨着政策边的乡亲，提上礼物到家里，但父母是明智的人，都会帮他拒绝，如果拒绝不了，也会帮他记录清楚，并提醒他去归还。他答应父亲，"好，知道了，爸"。

父母停下手里的活，把万林送出家门，金仕政还得和他继续商量种油茶的事。他们在村委会办公室里，一讨论就是一个下午，出门的时候，已经是晚上7点钟了。又忘了去接大女儿的事。幸好同村的同学爸爸去接同学，大女儿跟着回来了。

刚出办公室门，金仕政就接到妻子的电话："你接的人呢？"

"啊？啊！不好意思，又忙忘了，我现在马上去。"金仕政刚刚从交谈的愉悦中清醒过来，意识到又犯错了，赶忙道歉。

"人都到家了，你还接个铲铲啊。这一天天的，就不知怎么当爹的。"妻子生气，说话很生硬。

"哦，到了就好，到了就好，我马上回来了。"挂上电话三步并两步地往家赶。

· 39 ·

"你啊，这样真的很过分啊，你忙我们理解，都没要你操心家里什么事，但这样的事，只有你能去做，你就记事一点嘛，再忙，家庭也要顾及不是？"在工作的问题上，话不多的父亲从来都是支持他的，很少责怪他，但这样的事接二连三地发生，父亲不由得不发话了。"好的爸，下次一定注意。"看着一桌子丰盛的晚餐，金仕政愧疚无比。父母为这个家，付出实在太多了。照顾他们全家的生活起居，还帮着他接待来访的乡亲、朋友，甚至一些项目进驻商。因为他长期以来一直坚守着，从不参加项目进驻商的吃请，所以很多事情要么在村里谈，要么在家里谈，一到饭点，有时有顺便在家里吃饭的情况。

他也是当父亲的人，此时，他更感到父爱母爱的伟大。离开父母和妻子的大力支持，他知道，他不知能坚持多久。

他默默地打开一瓶酒，给父母和自己倒了一杯，并给妻子倒了一杯白开水，举起杯子愧疚地说："爸妈，老婆，多的不说，一切歉意和感激都在酒杯中，我敬你们！"

九

"七爷，来了啊，走，家里今天杀猪，喝酒去。"

"七爷，家里做了点腊肠，你带回家给金公他们尝尝。"

腊月，是金仕政最不愿出门的季节，走到每一处，乡亲们总是非常热情，非常客气，非要表示一点心意。吃人嘴软，拿人手短。金仕政有金仕政的原则。他从来不接受别人的一点点好处，无论是寨邻的小心意，还是入驻村里的投资大户的宴请。但无论怎么躲避，每到冬月开始，只要进村，经常都是醉着回家的，特别到苗族村寨，苗胞们的热情更是抵挡不住。村里的老老少少都会叫他一声"七爷"。苗胞喜酒，以酒交友，在不违反规定和不影响工作的前提下他不能推托。说破例也可，在民族地区工作，拒绝喝酒，等于拒绝友谊。

喝酒也是动力。喝了乡亲们的酒，那就得为乡亲们服务，这不是交换，是信任。金仕政只能更卖力地为乡亲们谋取更多的实惠。引进黄桃种植项目、太子参中药材项目后，他极力主张使用本地劳动力，每年为本村剩余劳动力提供就业，增加收入。除草、锄地、摘菜、摘果，这是一般的劳动力都能从事的活儿。即使老弱病残也能干的事。还好，现在的太子参、蔬菜、黄桃，能够消化很大一部分劳动力。让年轻的强壮劳动力外出作为家庭经济收入的主力军，而留守的劳动力也能赚取到基本的生活成本，这是最优质的搭配了。

当然，有一天，能够吸引投资大户和剩余强壮劳动力回来发展，这是金仕政梦寐以求的事。所以他拼了命地找项目、拉产业，连火龙果这样喜温喜光的水果，金仕政也要试一试，在新铺村这样的高寒区域，试种火龙果，是有些冒险精神的。金仕政的观念里，不试你怎么知道会成功？

再次上任的压力，让金仕政十余年如一日地早出晚归，像陀螺一样旋转着，他停不下来，不能停下来，乡亲们脱贫了，振兴乡村的规划也出来了。不能辜负寨邻们的信任，一直是金仕政坚守的底线，也是这么多年他恪守勤政、廉洁自律、爱岗敬业的动力。

"青山遮不住，毕竟东流去。"期望有一天，更多的人看到新铺村的花海和果蔬飘香的春秋美景，感受呼之欲出的避暑胜地的清凉。

和金仕政约定，春天一过，在成熟的夏天，黄桃基地花期盛开之日，便是我们的再见之时。

没有品级的村干部
——记冲锋在反贫困前线的罗登文

兰 馨

1998年,一个青年跟随着妻子在云雾镇营上村落户。勤劳的他白天打工,晚上加班编织竹产品,村民们都对这个小伙子有好感,选举他当了村里的村委副主任。谁也想不到,正是这个人,给营上村带来了翻天覆地的变化。他,就是罗登文。

想不到这个村委副主任,罗登文一当就是12年,因为当时的村干部除了他都不识字。12年间,他所有工作一手抓,从整理宣传资料到管理村里的账目,甚至连农民种田上粮的工作他都一手包揽,因此,整个村每家每户的情况他都了如指掌。

他不惧艰难困苦,带领全村人民战斗在脱贫攻坚的战场,使得营上村从一个贫困的小村庄,变成了现在的"小康村""文明村"。

党的十五届三中全会的召开,发出了建设有中国特色社会主义新农村的号召。贵定县也积极地响应号召,开展了一系列的基层组织建设,罗登文也抓住了这个机会,在2000年到2001年,做出了两件大事。

首先是用电的改善。2000年,即使电灯已经大量普及,但落后的小村庄,依旧存在线路老化等诸多问题,细心的罗登文率先想到了这一点,为了村民们的生活更加便利,他开始着手对电路进行改造。然而,改造之初就遇到了一个大难题——缴纳费用。改线路必然要买物资,可是本就不富裕的村民们大多数都不愿意再在自己的日常支出中加上这一笔180元的费用。开电改宣传会时,就有人找各种借口缺席,张三来,李四就不来。罗登文挨家挨户动员,多次上门做工作,才将电改一事落实下来。

其次是带动竹产品的发展,以及小作坊酿酒。云雾镇本身就有着丰富的竹资源,有句老话说得好:"江比米窝窝,营上篾箩箩,云雾街上买卖多。"用竹子编好的竹伞竹筐等竹艺产品,给村民们带来了一笔不菲的收益。营上村连片的土地,也给人们提供了极好的酿酒原料。在罗登文的带领下,村民们慢慢地走上了脱贫致富的道路。

但是随着时代的变迁，以前的草鞋变成了现在的皮鞋；以前的竹伞变成了现在的自动伞；以前需要竹箩装东西，慢慢地背到集市，现在东西一放，货车一开，省事又省力。再加上懂得竹伞制作的手艺人也去世多年，年轻人都想着如何挣大钱，对于传统手工艺向来是没有心思的，因此，随着传承手艺的后继无人，竹产品也渐渐地淡出了人们的视野。

立志带领村民们致富的罗登文并不会因此消沉，开始寻找其他的致富之路。这时云雾镇的云雾贡茶吸引了他的注意。云雾贡茶，又名鸟王茶，早在元、明、清时期就成为皇家贡品，一直都深受人们的喜爱。营上村又坐落在云雾山脚下，云雾山终年云雾缭绕，气候特殊，冬无严寒，夏无酷暑，时而云雾蒙蒙，时而日光照射；云雾湖水质清澈，四周绿树成荫、环境优美、风光旖旎，是云雾贡茶优质的环境资源。曾有诗云："井泉溪流灌阡阳，成茶品质最优越。"在天时、地利的帮助下，罗登文开始致力于发展茶工业。

2003年，为了茶业的发展，为了保障村民们的利益。罗登文与龙里县村民进行了"三界分议"，费尽心力打官司、划分界线，将属于营上村的地盘分了出来，不让任何一个人损害村民的一分半点权益。要想富，先修路，分清地界后，罗登文多次跑县里和镇里拉赞助，争取到了水泥和沙子。在县公路管理局的指导下，由村里出工出力，修了一条1000多米的从营上到七里冲的水泥路，给茶叶运输和发展创设了更好的环境。营上村的茶叶种植面积大大增加，产业得到了发展，走上了正轨。

2008年，贵州经典茶业有限公司落户云雾湖。这个消息令罗登文喜出望外，这是发展营上村茶业的大好机会！于是他积极参与了征地协调工作，为了让村民们有龙头示范，能够以公司带动产业发展，他不辞辛苦，日日奔波在协调工作的前线，只为了给村民们争福利、学到更好的制茶方法。拥有了征地协调工作的经验，同一年，罗登文紧接着就引进了大型茶场，并成立了"品御春"农民茶叶合作社。

改革，向来是没有一路顺利的。刚开始，没有很多人愿意入股，罗登文先带头入股，自己再上门动员村民入股；他挨家挨户地测量各家的土地，只为了不少村民一分一厘，并进行补助。为了提高村民的技术水平，他邀请了中国茶协会的专家刘栩来上培训课。发现村民们对参加培训积极性不高，他又想出了一个绝佳的办法：参加培训的人可以领取化肥等奖励物品。在他的良苦用心下，"品御春"逐渐发展壮大，他又给营上村的人们开辟了一条致富路。

2004年，云雾镇派了一位干部下乡任支书，初来乍到的新支书，对营上村并不熟悉，工作的开展陷入了僵局。罗登文就包揽了诸多大事——修甲子屯的路、收农村合作医疗金等。其中，最为人称道的便是"村社合一"的工作。

他将村里闲置的房子租给汽车修理厂并收取租金，租金的70%分给贫困户，用以保障村里贫困户的基本生活。他又让人们继续经营酿酒作坊，并主动组织了牛打场等活动。而办这些活动的目的，就是为村里创收。

兢兢业业为民服务的罗登文一直被群众记在心里。2013年村里换届选举时，他以一致通过的信任票，当上了营上村的村支书。当上了村支书，他依旧谨记"为群众办实事办好事解难事"的原则，一如既往追求富民之路。

他上任的第一件事，就是改善营上村的村容村貌。他策划了"组组通户户连"活动，也就是组组连通、户户连通，将营上村的道路进行改造，又在路边安上了路灯，照亮了村民们回家的路。甚至于村民们家里的院坝，他也一一进行了改造。

水，是人们的生命之源，细心的罗登文一直清楚村里的老式水管给村民们带来了诸多不便。于是，改善自来水也提上了议事日程，他厚着脸皮多次找水利局、镇领导汇报工作，请求改造营上村的自来水管道。最终感动了各级领导，把清亮的自来水引进了每家每户，整个营上村从此焕然一新。

即使上任村支书，对于村里的账目他也一直是账务清楚，公私分明，清清白白。罗登文印证了那句诗："勤政为民心坦荡，清风两袖守清廉。"无论是去办什么事情，他都不会去村里面任何一家吃饭，绝对不会借着自己村支书的身份为自己谋任何好处。评低保户，从来都是在村会议室里面集体评，公平公正公开，高度透明，谁也甭想徇私舞弊。评低保户的标准也体现了他设身处地为他人着想的品格，以家里有孩子，有很强的读书需求的优先。"读书患不多，思义患不明；足以患不学，既学患不行。"他认为：最好的投资，就是对孩子的教育。

他常说："一般人都说村支书了不起，其实支书就是个跑腿的，是老百姓的马前卒。大家看得起我，选我当支书，我就只想把自己的家当好，同时做好老百姓的跑腿干部。"也许，正是因为他把营上村当成了自己的家，才不顾辛劳地为村子谋福利谋发展。

营上村的村民雷老火，家里有两个女儿。受传统观念影响的妻子，因为迟迟没有儿子，受尽了风言风语，也不想再继续过贫苦的生活，便抛下丈夫女儿三人，一走了之。心灰意懒的雷老火受了打击，每天消极度日。因为妻子的事情，他总认为，自己没有儿子，别人都瞧不起他，脾气也日日见长。渐渐地，村民也认为他不好相处，连跟自己亲兄弟的关系也越处越差。罗登文了解了这件事情后，主动上门去给雷老火做思想工作，用接地气的话来改变他的观念。他劝雷老火："有些人有儿子有什么用，对爹妈不孝道，这样的儿子你要不要？姑娘才是贴心的小棉袄啊，我还羡慕你家里有两朵金花嘞。"雷老火看他一眼，似信非信。"你抬头好好看看寨子里有姑娘的，哪次回家不大包小包的，而且三天两头来家看看，爹妈多高兴啊！你再看看那些有儿子的，哪个不是抬起一张嘴，踩着辆火轮，酒足饭饱就逍遥去了，让爹妈给他们收拾。半两东西没有不说，还约起一群人，好吃好喝，他们想到过爹妈累吗？所以啊，你要把两个娃娃带好。"罗登文这样一开导，雷老火的心智立马洞开，对罗登文说："想来也是哈，我这两朵金花，说不定就是我的福星呢。"

　　罗登文还帮雷老火申请了低保补助，保证了他们一家的基本生活所需。他甚至用危房改造基金给雷老火修缮了房子，改变了他的居住条件。罗登文是党员干部，他把心掏出来给老百姓看。百姓服他，就是服个"理"字。他说过，只要做到心地善良、正直，工作就好开展。只有把人心做到了，人们就会理解你。

　　村干部的工作是繁重和辛苦的，我问他："你爱人支持你的工作吗？"他回答说："我爱人的父亲以前也是村干部，她可以理解这份工作，而且全力支持我的工作。"不过，谈到在新冠肺炎疫情中光荣牺牲的黄和艳，罗登文无不动容。他说他和黄和艳共事9年，对她的工作很佩服。黄和艳有才干，肯工作，他怀着爱惜人才之心，每天都带着黄和艳去收农村合作医疗金，慰问贫困户，做计生工作。天长日久，风言风语的话就传到了他妻子耳朵里，时间一长，妻子对他有了误会，还差点闹出大矛盾。他诚恳地给妻子解释："我都是可以当她父亲的人了，这女娃儿是个外地人，不熟悉村里的环境，我不带一下谁来带？再说人家为营上村办事都这么全心全意，我不帮她说得过去吗？"又说，"你和做我夫妻时间也不短了，我是哪样人，你不知道？"推心置腹的话就是一剂良药，妻子打消了对他的误会，夫妻和好如初。

　　后来的工作中，妻子用自己的行动，做好了贤内助的工作。让他在结束一天辛苦的工作后，享受她给他带来的温情。有了贤内助的支持，他放下了包袱，干得更欢了。家庭是力量，妻子就是力量的源。只要有源，罗登文工作起来就没有后顾之忧。"如果家庭不和谐，夫妻不理解，工作就不顺心。"罗登文说，"一个人最重要的是心态要好，好的心态就是动力，就能做好一切事"。

我问他:"村支书的工作会不会和家里的事情有冲突?工资不高,事情又多又累,会不会影响家庭关系?"

他说:"看你怎么处理了。处理得当,她是动力,处理不好,她是阻力。"罗登文说起了印象中最深刻的一件事:那是2019年9月22日,正是收稻米的季节,全村只有他一家还没有收稻米。于是他便请了收割机来家里进行收割。可是,村里面临时出了一些事,耽搁了他一些时间。好不容易回到家,开收割机的还多收了他一些钱,自知耽搁了一些时间的罗登文,只能吃下这个哑巴亏。刚把米收进自己家里,又接到了村里彩排节目的电话,他只能急忙赶去现场参加彩排,因为劳动了一天,彩排时的他,腰都直不起来。到了第二天,准备晒米的他又接到了一个去县里面参加会议的电话,匆忙中,他将晒米一事拜托给邻居,就急忙坐上了去县城的车。等到工作结束回到家里,米还晒在院坝中,他连忙拿起扫把撮箕,一个人边扫边撮,豆大的汗水滴落在口袋中金黄的米粒上,身上的衣服泛起了盐花,等他把十几袋米收进家,已经是深夜12点了,老婆得知他大晚上还在收米,心疼地说:"老罗,你是讨得的呀!"

罗登文累得来不及洗脸洗脚就倒在床上睡着了。老婆回到家,看他累成那副样子,叹一口气,揪心地说:"老罗啊老罗,就是铁打的汉也支撑不住几天呀,照这样下去,我看你挨得住几天?"心中窝火,但看他睡得像死猪一样的憨态,还是不忍心惊动他,轻轻为他拉上了被子。

村干部的日常工作,几乎就是"共产党员是块砖,哪里需要哪里搬"。他觉得累,可他更觉得值。虽然现在妻子去城里帮女儿照顾孩子,儿子在外面工作,家里只有他一个人,按理说应该轻松了,但他仍坚持种田。他说这样做的目的,只是能和群众同甘苦,保持农民本色。

在和黄和艳共事的9年中,他被黄和艳认真的工作态度感染,并为之敬佩。采访过程中,他翻开了黄和艳留下来的日记本给我看,本子上记录了脱贫攻坚战和防疫中的点点滴滴。他感叹说:"你看,一个女孩子工作多么细致,对工作是这么负责。我作为一个男人,应该向她好好学习。"

罗登文一直以黄和艳一心为民的奉献精神激励自己。在他的工作室中挂着一副很大的对联。上联是:"真心帮扶解民困,精准发力助脱贫。"下联为:"流血流汗不流泪,脱贫攻坚不掉队。"横批:团结一家人。工作室的对联体现了他一心为民,无私奉献的精神。

采访结束,从罗登文的家中走出来,眼前的营上村,水泥筑成的大道宽敞洁净,路边上明亮的路灯,投射出柔和的光。村里一栋一栋小别墅错落有致，中西合璧。

　　黄昏来临，太阳缓缓下沉，犹如一轮烧红的铁球，在天际徘徊。远山如黛，苍穹静穆。微风拂过田野，茶香与酒香飘染过来，令人心旷神怡。

　　饭后的村民们，早早地就跳起了广场舞，欢声笑语打破了山村的宁静。致富后的人们，尽情地绽开喜悦。此时的罗登文，欣赏中内心有了小小的激动。汗水浇灌的笑颜，开出来就是浓烈的夏花。

　　"以前是让村民吃饱，现在是让村民吃好，吃得有营养。"罗登文这样对我说。是啊，让村民过上好日子，是许许多多村支书梦寐以求的事，罗登文做到了。在脱贫攻坚战这场战争中，罗登文只是普通的一员，如尘世中的一粒微尘毫不起眼，但战场也是熔炉，它锻塑着一个普通人的信念，也激发着自身的力量，他是贫困群众的领路人、贴心人、带头人，他们有一个共同的信仰——为共产主义奋斗终身。

　　情为民所系，权为民所用，利为民所谋。这是做好一名领导的准则；想为民所想，急为民所急，才能更好地为人民服务。以"民主管理、民主监督、民主选举、民主决策"来监督自己的他，冲锋在反贫困的最前线。为攻坚贫困堡垒冲锋陷阵，愈战愈勇，使营上村经济快速发展、基础设施不断完善、精神文明不断进步，他为百姓交上了一份满意的答卷。

　　人的一生，能有几个20年？罗登文把自己的青春和热血给了他所挚爱的乡村工作，从芳华时代到华发早生，他为营上村的发展一直冲锋在反贫困的最前线，怎能不令人心生敬意？

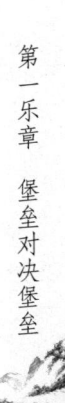

村民的贴心人
——访盘江镇马场河村党总支书记罗福军

郭云仁

笔者第一次约见他的时候,他正在政府出席会议,他答应会议结束后见一面。后来他真的如期而至了。但是,他提出只可以交谈几分钟,因为忙着赶回村里组织会议,笔者只好理解他的"忙",约定改日再会。

后来的约见也被他一再推迟,理由还是那个字,"忙"!

他到底在忙些什么?

自讨苦吃的忙人

每个人的生活、工作都有一定的规律。罗福军的生活、工作规律则是早出晚归,当然也有深夜归或夜不归的情况!

一周后的一个星期日早晨,我终于和他见了面,便逮着这一难得的机会,同他去了他工作的所在地——马场河村。交谈中,他很少说到自己的事情,然而,从他的言辞里听得出来,他现在依然很忙。估计他是从"百忙"中抽出时间来见我的,我只得化繁就简,把预计两天的采访时间压缩到半天。

罗福军确实很忙!常常忙得没有时间吃饭,忙得没有时间坐下来歇歇气,甚至忙得生病了连住院治疗的时间都没有。在马场河村黄土寨的一户农家里,罗福军的父亲罗清祥如是说:"过年,是中国民俗中最隆重的一个节日,辛苦了365天,一家人好不容易聚到一起,享受天伦之乐,小军却跑出去了,从天亮就出门,一点影子都见不到!"

天擦黑儿了,他才灰头土脸地拖着疲惫的身子回到家里——这一家的年夜饭吃得应该不太爽快。父亲问他:"大过年的,你还在忙些哪样?"

罗福军愧疚地说:"新冠肺炎疫情暴发了,国家发出防控疫情的紧急通知!我得赶快把这个重大的情报传达到每一个村民组、每一个自然寨,让每

· 48 ·

一个村民早点晓得，免得有人今天笑明天哭！"

父亲又问："你和哪几个去的？"他说："大过年的，人家一家人团聚一次不容易。我一个人跑得过来，何必去影响人家！"

原来，他一个人奔波了一整天，把防控疫情的标语、传单、通知、告示贴遍了全村28.5平方千米范围内的32个村民组36个自然寨，遇到村民问起他来，还要耐心细致地讲解一通。这么大的工作量和工作范围，想必是没有几个人能够在一天时间内完成的，他却完成了。只是，他感觉对不起父母。近在咫尺的父母，一年难见他几次面，大过年的，他也没能安安稳稳地陪父母过一个团圆年。父母渴望与他在除夕之夜团聚！然而，刚刚放下饭碗的他，又匆匆出了门，一个人在村委会值更整宿，天一放亮，又邀约了几个年轻人，在过村的道路隘口设立了疫情检查卡点……

"几年前，小军在一家大型国营企业上班，但他关心村里的事情，有空就往回跑，义务到村委会帮忙。因为村里的干部们都不会摆弄电脑，这些工作自然而然就被他承包了；他的业余时间几乎都用在村委会的工作上面。"罗清祥老人说。这是一个父亲对儿子无奈的肯定。

罗福军热爱家乡，关心集体，勤奋肯干，和谐邻里，乐于助人的行为，得到马场河村的广大村民及"村支两委"的普遍认可和高度赞赏，因此，他在村党支部的关心和培养下，于2010年6月21日在马场河村光荣加入了中国共产党。2014年村委会换届选举时，被群众推选为"村委会"委员，主持马场河村团支部工作，同年9月，被组织推荐到贵定县党校攻读电大"农业经济管理"大专班，2015年以农村知识青年身份参加马场河村驻村工作组至今。

2017年元月，罗福军觉得实在顾及不到"两头"了，毅然放弃原单位优厚的工资及福利待遇，辞去了15年工龄的生产管理工作来到马场河，全身心地投入村委会的工作当中，并担任了村党总支部副书记职务。

罗清祥老人还告诉笔者："2017年以前，整个马场河村的环境卫生搞得还不够到位，到处都是随手丢弃的垃圾废品，小军为了改变这种现状，经与'村支两委'集体商量后，向镇里申请领取了47个车载式户外环卫垃圾箱，分别安置在全村各个村民组和各个自然村寨。垃圾有了归口的堆放处。生活垃圾有了固定的半封闭式的堆放处，环境卫生就好得多了。但是，这些垃圾的集中处理还是亟待解决的问题！小军又主动要求承担起转运垃圾这项工作。他完全是利用完成分内工作的业余时间或是晚上去转运这些垃圾。按常规，这项工作需要一个专人来做的，他硬是一个人定期地把这些垃圾转运到垃圾站，巩固了环境美的治理成果。这项工作不是一时搞得完的，他一干就是好几年……"

肯定地说，罗福军兼任的业余工作还很多很多，所以他是个忙人，而且是个自讨苦吃的大忙人！

临别时，罗清祥老人又从里屋捧出一大堆获奖证书和荣誉证书，说："小军做的这些事情，我们都理解，我们全家都支持他！他从16岁参加工作到现在，不论是在工厂还是在农村，年年都被评为先进，这是组织上对他工作成绩的肯定，也是我们一家的光荣！"

群众利益无小事，一枝一叶总关情

2014年5月9日，习近平总书记在参加兰考县委常委班子专题民主生活会时，曾引用清代著名书画家、文学家郑板桥的一首诗："衙斋卧听萧萧竹，疑是民间疾苦声。些小吾曹州县吏，一枝一叶总关情。"习近平总书记引用郑板桥的这首诗，意在告诫与会者：为官一任，无论官职大小，都应勤政爱民，以人民为中心，将百姓的冷暖安危放在心上。

罗福军是否熟悉这首诗我不知道，但是我认为罗福军不是郑板桥而胜似郑板桥！虽然罗福军没有说出什么惊天动地的豪言壮语，而他确实把群众的冷暖时时刻刻放在心上，并且落实在行动上。

2020年春节期间，因为受到新型冠状肺炎病毒疫情影响，罗福军没能与老人和孩子过一个团圆年，偏偏在大年初一又遇到大面积停电。疫情影响到人们出门走动，而停电却将人们正常的居家生活也破坏了。正在值班、宣传疫情防控知识的罗福军考虑到千家万户春节用电需求，急忙与供电部门联系，找到了停电的原因。原来是穿越沙坝的一片树林中的高压线、触碰到被积雪压弯的树枝导致接地停电，他马上带着人对接触高压线的树木进行处理，连续奋战8小时，电通了，村民们开心极了。可有谁知道，在抢修的过程中，罗福军差点被倒下的大树砸中——有惊无险！事后有人提及这件事时，心有余悸地说："太危险了，要是你被那棵倒下的大树打中，麻烦就大了！"

罗福军说："我当时没有考虑那么多，只希望早点疏通电源，让大家能够过上一个亮堂堂的春节。"参加抢修的人都知道，罗福军避过危险后，他没有退缩，还是跟着抢修人员一起圆满完成了抢修任务。

棉花冲村民组的贫困户张新安说："我因为患脑卒中，花了不少钱去治疗，幸好我种植的独角莲很挣钱，现在病情基本好转，这个家没有因病而返贫。我已经60多岁了，身体又差，没有条件从事其他营生了，就打算种植独角莲。村干部知道我的想法后，给了我很大的帮助和支持。我从山上挖来野生的中药材'独角莲'培植，收了种子再扩大种植面积。在我种植独角莲的过程中，罗支书经常来看望我，多方面给予关心和帮助，出主意，想办法，解决实际问题。我的信心越来越足，现在已经扩种到5亩地左右了。栽种独角莲的经济效益非常好，我家快速脱贫致富，去年我看病就花了20多万元，依然没有因为经济问题压倒，还把原来的平房加盖成三层的楼房。现在，好多人家都跟着我种，整个棉花冲的栽种面积差不多有20来亩地了。"

红岩组的雷光学家住房紧挨着公路，由于修房时没有设计好，门前走廊和公路保坎中间有一个很大的缝隙，存在严重安全隐患。每次罗福军路过，都提醒雷光学赶快搞个护栏。提醒了几次，雷光学也没有行动。有人说罗福军是皇帝不急太监急！确实，罗福军着急了，他真担心那一道缝隙，万一出行时一不小心掉下去，后果不堪设想，危及雷光学一家老小的生命安全！就上门去找雷光学商量解决的办法。雷光学说："要搞围墙，最少需要一吨水泥，问题是现在没得钱买！"

罗福军没有怨怪雷光学，而首先想到的是怎样去帮助这个贫困户。他找到雷光学，对他说："这一吨水泥我买来送给你，你家这里有现成的砖，你就负责把自己家围墙搞好，可以吗？"雷光学感激涕零，拉着罗福军的手说，"谢谢书记！谢谢书记……"钱不多，但罗福军的行为，就像一把火，点燃了百姓的热情，融化了冷漠。

马场河村的下寨组，有一条进入寨子的通道与寨子外直行的村级公路相连。形成一个"T"形直角，直角的两端都有房屋遮挡转弯车辆的视线，并且进寨路口坡度很大，出行的车辆必须加大马力猛冲才能驶入村级公路，明显存在严重的事故隐患！罗福军经常经过这里，一直担心危险发生，就去找村民组长陈世华协商，建议抬高路面降低缓冲以确保行车安全。陈世华说："这个活儿不小，出工出力不说，还要花不少钱买砂石来铺垫，我们组上没有钱！"罗福军说："这条路只是你们组的人和车行走，解决自己家门口的问题，大家凑点钱不就行了嘛！"陈世华强调村民不愿意出这个钱。多次开会也没能落实此事，硬化道路施工队一直等待解决后好硬化。罗福军再次找到了组长陈仕华说："那就联系愿意出资的人进行捐款修建，我先捐，我出两百元！"罗福军果断地说，然后取出200元塞到组长手中。在他的带动下，家家户户都自觉捐了钱。这段存在事故隐患的路段很快就改造好了。

习近平说："吃百姓之饭，穿百姓之衣，莫道百姓可欺，自己也是百姓；

得一官不荣，失一官不辱，勿说一官无用，地方全靠一官。"看来，罗福军是把习近平的这段话深深地印在心里了。

当官没架子，党群关系更亲近

在马场河的地界上，罗福军无论是走在乡间还是街上，是公共场所还是农户家里，总有很多人热情地和他打招呼。然而，那些直面和他打招呼的，基本上没有称呼他罗支书或罗书记，而是亲切地叫他"小军""福军""军哥"，亲热得就像一家人。不明底细的人，往往会误解他们之间的关系，或者以为罗福军不是这一方地界上的最高行政长官。了解实情的人才知道，罗福军从来没有把自己视作村民的长官，而只是村民的勤务员。村民也从来没有把罗福军当成一个管制者而只把他看作脱贫致富的领头人。说穿了：罗福军有威信而没有官架子，得民心而置身民众之中。他总是想群众所想，急群众所急，解群众之难。

堡子村民组有一个村民叫刘莲妹，年近60岁，属极重度智力障碍者，她的丈夫袁佑新也已经年过花甲，两人相依为命。袁佑新每天起床后，要伺候刘莲妹穿衣起床，要收拾家务，要照料牲口，要做饭做菜，然后把妻子背到大门口的屋檐下放在一个坐墩上，自己才下地去做活儿。日复一日，年复一年。在众人的心目中，这就是一个无以为继、自生自灭的家庭。罗福军却始终把这个特困家庭放在心上，凡是下到堡子，一定要去他家看望。

有一次，罗福军准备下组时，突然想到平时吃饭都困难的刘莲妹，可能从来都没有吃过糖果，甚至可能连"甜蜜"是什么味道都不知道！于是专门给她买了一大包糖果带去。当刘莲妹吃到香甜可口的糖果时，脸上浮现出难得的复杂的笑容。罗福军在回程的路上，忽然想起这包糖果有1斤多，任由刘莲妹这么不停地吃下去，恐怕要吃出麻烦。于是返身回去，把那一大包糖果拿过来放到屋里，只给她留下几粒。这一点儿不起眼的细节，深深感动了随行人员，给他拍下一张令人难忘的珍贵照片。

张家寨村民组的石明江，30多岁，父亲早年失踪，母亲也是个重度智障者。天不怜悯，石明江在2018年初时骑摩托车摔了一跤，导致下肢瘫痪，使这个本来就不富裕的家庭，从此走进缺吃少穿的极度贫困群体，家庭生活重担完全落在弟弟石明贵身上！罗福军经常送米、送油、送衣、送鞋、送棉被，一家人感动不已！当石明贵的母亲接过一件新衣服和一双新鞋时，眼里滚动着幸福的泪花!

家住大山组的雷光发家中老人过世,按规定必须埋葬在公墓,还要交2000元的安葬费。雷光发一脸苦笑地对罗福军说:"能不能少一点儿,我实在拿不出这么多钱!"

罗福军答复他:"这个钱一分都不能少,否则,这个制度就执行不下去了。你现在有多少?"

雷光发摸出身上的钱数了数,说:"只有1200元!"罗福军说:"还差800元我先借给你,但是,这个款一定要全额交上去。"雷光发千恩万谢,说:"这个钱我一定还你!"罗福军沉静地说:"以后再说吧,赶快去把老人的后事办了!"

雷光发处理完老人的后事,又到村里开了死亡证明,匆匆赶往盘江镇办理和领取老年人丧葬补助,途中又遇到罗福军书记。

罗福军问他:"来回六七十里路,你咋个不坐车去?是不是没得车费了?"雷光发是个懂得感恩的人,他不好意思再麻烦罗支书,羞愧地说:"没得关系,乡下人,走习惯了!"因为,他借支书的钱还没还呢!罗福军知道他这是兜里没钱的托词,遂从衣兜里掏出一把零钱,数都没数就递给他,说:"我这点儿钱,够你来回的车票钱了。拿去吧。"60多岁的雷光发,眼里噙着泪花,不知说什么好,愣在那里好半天。一直望着罗福军的背影远去,才喃喃自语:"这孩子太善良了。"

2019年9月1日,罗福军看见本村的小孩儿陶龙飞和陶燕两兄妹在路边玩耍,就问她俩为什么没有去读书。两个女孩儿说:"我们想读书,但是妈妈没有钱!"这个妈妈就是周道翠,一个离异后单身带着4个孩子过日子的妇女,生活艰难,哪有钱给孩子读书。

罗福军用电话联系了在外打工的周道翠,告诉她学杂费可以缓交,希望周道翠领工资后把孩子的学杂费补上,千万不要耽误了孩子读书。随后,亲自带着两个娃娃去学校找到陈文校长说明情况。陈校长为难地说:学杂费可以缓交,"保险"是不能缓的!罗福军当即从手机上转了200元给陈校长。陈校长马上帮陶龙飞和陶燕两兄妹办了入学手续。

当罗福军看着两个活蹦乱跳的孩子欢欣鼓舞地跑进教室的时候,他的心灵震颤了!他首先想到的是自己的工作做得太不够了!他更想到脱贫攻坚刻不容缓!

罗福军是典型的菩萨心肠,他做的每一件事,都是百姓的急需。村民罗恩富也是一个典型的弱智者,他花了很长时间在村道旁的半坡上垒了一间摇摇欲坠的小石窟和一间简易的窝棚，孤苦伶仃地在里面住了几十年。罗福军每次去看望他时，都见到他的锅里炒着一碗苞谷花，这样的贫困状况深深地触及了罗福军那颗善良之心。每当有民政救济的寒衣寒被、救济粮等发下来时，罗福军首先想到的是他，还自掏腰包顺便捎带买些油盐酱醋给他送去。可怜巴巴的罗恩富只能用那傻傻的笑表示回馈。

危房改造工作开始时，罗福军第一个想到了他。但是，罗恩富死活不愿意搬出来。他怕失去了自己曾经坚守几十年的"家"！对于这样一个重度智障者，是不必做耐心细致思想工作的。罗福军与驻村工作组同志一道，不由分说地拆除了他的石窟，但也留下了旁边的窝棚给他做念想。当他看到漂亮的新家落成时，终于露出了笑脸。

90多岁老人李贤芬，家住棉花冲，本来有一个温暖的家，不幸儿子去世，顶梁柱就倒了，贫困紧随着一步步向她袭来！罗福军不仅经常去看望她，还帮她做家务，端茶倒水，问寒问暖，就像亲孙子一样。当罗福军把扶贫物资送到她的家里，并亲手把一件崭新的衣服帮她穿到身上的时候，她感激地笑了，笑得那么灿烂，笑得那么开心！罗福军暗自发誓：我一定要尽快地让这个老人永远开心地笑下去；让马场河村的377户贫困家庭、1458个贫困者都这么开心地笑下去；让马场河村的全体村民都这么开心地笑下去！

疫情有了好转，马场河村受命解除封村，罗福军每天自带着干粮，就这么马不停蹄地一连走访查看了270多家贫困户，了解他们的身体、就业就学及生产生活情况。

这就是大山的儿子罗福军！这就是马场河村民的贴心人罗福军；这就是优秀共产党员、优秀党务工作者罗福军！

以身作则，从我做起

常言说：火车跑得快，全靠车头带！一方百姓的物质生活水平和精神生活水平的高与低、好与坏，往往体现了干部的领导水平、执政能力和"作为"程度！

马场河村是一个布依族、苗族相对集中的民族村，千年来留下的生活习俗和相对落后的经济条件，导致他们养成了不注重环境卫生的不良习惯。

搞好环境卫生，不仅是预防疾病、增强体质、维护健康的重要因素，也是有利于提高工作、学习效率，提高生活质量的重要前提，还是培养道德情操，升华文明境界的重要手段。在这个问题上，罗福军动了不少脑筋，想了许多办法，使本村普遍存在的脏乱差现象得到改观。为实现"山乡环境处处美"，罗福军在抓紧全村环境卫生改造的同时，深入谷汪和棉花冲两个村民小组，带领群众大搞环境卫生，还根据两个村民组不同的环境特点，设计不同的改造方案，打造出了有自身特色的两个示范寨。

现在的谷汪寨，眼前一派新气象：干干净净的路上难得看到一张废纸、一片树叶、一颗乱石头，更不用说牛屎狗屎猪屎鸡屎。我问村民组长罗先光是怎么做到的。转寨子捡渣渣刚刚回到家的罗先光笑呵呵地说："全靠大家自觉。治理几年了，大家都习惯了在这种清清爽爽的环境里头生活。赶着牛马出去做活儿的人，都会带把小铲铲在身边，牛马屙屎了就连忙铲干净。路上有一点儿渣渣，哪个见了都会主动把它捡起来丢进垃圾箱。我们谷汪的环境卫生，从2017年8月到现在，一直保持这个样子。我敢说，以后我们都会保持这个样子，绝对越来越好，不会变坏！"罗先光喝了口茶接着说，"小军抓工作就是实在，那年搞大扫除，他是每一个影响环境卫生的细节都不放过。从屋里到屋外，从厨房到厕所，从寨子里头到寨子外头，他检查了一遍又一遍，不留一处死角。在整个大搞环境卫生的过程中，他不光是指挥和检查，还处处带头，脏的累的活儿他都抢着做。在他的带动下，没有一个人好意思偷懒！"

2017年11月22日，贵定电视台记者到谷汪采访后报道说：云雾笼罩下，谷汪寨这幅独具特色的美丽画卷清晰可见。沿着小路往前走，路上看不到一点垃圾，家家户户门前、墙上各类家风家训、文明标语随处可见，邻里之间有说有笑……整个谷汪呈现出一幅和谐、美丽的感人景象。如今的谷汪寨宛如世外桃源，每一处都是风景，每一户都是典范。

棉花冲，更是一幅美丽的画廊，山美水美寨子更美！干净的路面，整洁的民房，清新的运动场，韵味十足的文化室，展示了一个特殊的文化型新农村。几十幅精美壁画反映的全是本村民小组的新人新事新风尚。迎面一条醒目的大字标语写着：不给子孙留贫困，多给后人留精神！这条标语完整地表达了棉花冲人的精神境界！

村民组长刘鑫说："罗支书就是个实干家！去年（2019）9月份，他当了我们村的支书后，亲自下来我们棉花冲帮助工作，家风家训墙的改建，一个星期就搞定了。"听起来很简单，做起来很不容易！片石是自家开车到百十里路外的新巴镇山上开采的，连搬带运一个来回就要花两天时间。这些活儿不是说福军指挥村民干，而是他亲自动手干，凡事他都跑在前面，脏的累的抢着干，群众哪有不尽心尽力的道理？事后，罗福军还请来了书画艺术家，在各家各户的墙上有针对性地画了壁画，写了标语。他还经常到贫困户、低保户家去慰问。

罗福军为进一步加强全村推广卫生大比武活动，他与其他驻村干部、村两委领导，制定了一套规章制度，并定于2018年5月15日开展马场河村卫生大比武观摩总结会，之后在每月25日举行卫生评比活动，将卫生示范户、标兵户及开展活动中涌现出来的先进个人作为学习榜样，全村宣传学习。

2018年5月15日，县委、县政府领导到谷汪和棉花冲两个村民组观摩，给予了很高的评价。

新年期间，新冠病毒来袭，罗福军没日没夜地坚守在疫情防控岗位上。他将村里8个集中点的大喇叭利用起来，每天循环播放防控宣传知识，他还自己录制了宣传录音，用于全村进行疫情防控宣传。因为马场河村面积比较大，一些边远的村民组光靠大喇叭宣传不到，他和其他领导成员商讨后决定：没有在卡点值班的其他工作人员，一律用拉杆音响到没有安装大喇叭的村民组进行宣传和发放宣传资料。

村民们这样说：罗支书不仅工作认真，原则性也很强！在卡点值班的时候，经常遇到一些不配合的村民，他总是耐心细致地劝导，动之以情，晓之以理，直到把对方的思想工作做通为止。

他们说了一件事，有一天，一辆外地卡车经过马场河辖区的卡点，执勤人员无论怎样劝说，司机不为所动，态度极其恶劣，还粗暴地加大油门闯关，疫情就是命令！罗支书挺身上前，用身体为全村群众挡住了风险。卡车刹停了，司机终于在大义凛然、无私无畏的罗福军面前，低下了惭愧的头颅。

整个疫情防控期间，罗福军一天也没有休息，一次都没有回过家，一直坚守在一线。

众人心中的好书记

罗福军病了，而且病得不轻！他面黑身瘦、食欲不振、大量出汗、浑身乏力。那是在2018年农村危房改造期间，全村"危改"和"老旧房通风漏雨整治"重担压在他那单薄、瘦小的身上，从统计、落实、施工，到检查、验收，他样样亲自过问，常常通宵达旦地工作。他说："但凡出现半夜12点以前下班的情况，我都会产生早退的自责感！"

繁重的工作强度终于把他这个小小的身躯压垮了。

有人怀疑他患了癌症。同事们很心疼他，催他赶快去医院检查治疗，但他放心不下村里的工作，依然不分昼夜地坚持在自己的岗位上。他毕竟是人而不是神，终于有一天，他被病魔击倒了，被乡亲们强行送进了医院。

以前，罗福军天天和大家在一起，亲亲热热、和和睦睦，就像一家人，现在，他真的住进医院了，大家才猛然发觉很不习惯，心里空落落的，好像丢失了什么东西！

76岁的刘开贵老人说："我原来在村委会工作，当了14年的副主任，接触和见识过的村干部多了！还真的没有见识过像小罗这样的村干部。全村5000多口人，没有一个他不认识的，也没有听到有一个不满意他的！他关心村民的生活，胜过关心自己的家。特别是那些贫困老人，哪个缺粮了，哪个没寒衣穿，他随时都记在心上。他下村看望贫困户的时候，经常都是顺带帮人家送救济粮，送寒衣，自己还掏钱顺带给他们买点酱油盐巴、肥皂洗衣粉。他做事就是那么细心！我们寨子里的运动场，原来就是倒渣渣的地方，又脏又臭；现在的党员活动室，以前就是一厢陈旧的空房子，以前也发动群众搞过，两年了，也没搞出哪样名堂。小罗担任村支书后，快速果断、雷厉风行、一鼓作气就搞成了，篮球架等健身器材也安装好了。以前的棉花冲，典型的脏乱差，现在一片明亮整洁，干干净净！关键是他带头亲手干。如果没有他，现在可能还没有搞起来。"

驻村第一书记余诚在他的《小支书》中写道："……他时时处处以党员的标准严格要求自己，全村随处都能听到他的声音。自从他参加驻村工作组以来，把村里当成自己的家，坚持务实的工作作风，从不走过场，不做表面文章，干真事，干实事，干成事，做到村不漏户，户不漏人，与其他同志一起深入全村1397户，其中贫困户377户1458人，调查摸底、访贫问计，为本村劳动力务工问题尽职尽责。

"为加强自身建设，其努力自觉学习、工作、深入田间地头，实地查看环境卫生、产业发展、危房、路、沟渠等情况，深入农户专访群众，同群众面对面地交谈，详细了解本村的经济发展情况，群众的生产生活情况，始终把群众满意作为衡量工作成效的根本标准，主动从群众最盼、最愿、最急、最难的事情做起，以民为本，无私奉献，恪尽职守，自我加压，践行基层党员先进性，尽心尽力为群众办实事、办好事，在村里的大小角落，随处都能见到他的身影，赢得了群众的理解和支持，干群一心，共谋发展，思想扶贫，产业扶贫，六山行动等得到落实。

"他时时刻刻牢记全心全意为人民服务的宗旨,工作中开拓创新、务实求是,受到领导和广大群众的一致好评,2017年被盘江镇评为优秀共产党员。老百姓提起小支书,都说他是带领大家建设新农村的主心骨,是群众的贴心人。"

就在罗福军的同事和马场河村的乡亲们默默为他祝福,期盼他早日养好身体归来的时候,他却捧着一大摞文件材料躺在医院的病床上阅读。医生护士一再告诫他要注意身体,安心治病!罗福军无奈地暂时收起手上的文件材料,等到治疗完毕,就悄悄溜回家里,继续他的工作,一天,两天,三天……

病情稍有缓解,罗福军就匆匆返回村里。同事们关切地埋怨他:"你就这么不知道爱惜身体啊!万一有个什么好歹我们咋办?"

余诚和他开玩笑,说:"福军嘞,你死不得嘞!你要是死了,光是给你写悼词恐怕几天几夜都写不完,你的事迹太多了!"他却笑着说:"我是共产党员,就要为党的事业鞠躬尽瘁死而后已。假如我真遇到你们说的那个万一,我也不会后悔。"

采访临结束的时候,我问罗福军:"你对今后的工作有什么打算?"

罗福军说:过去的几年,我们村、支两委这个团队,带领大家甩脱了贫困村的帽子,全村377个贫困户1458口人全部退出贫困,正在向小康迈进,这是一个良好开端。今后,我们还将继续巩固物质扶贫"六个山"的成绩,继续落实住房保障政策,实现全村所有农户都有安全住房,解决易地扶贫搬迁户有劳动力的家庭至少1人就业,确保搬得出、稳得住、能致富。通过拆除重建一批、维修加固一批的方式,实施老旧房改造,同步进行老旧房整治、改坝、改线等配套建设。

是啊,巩固脱贫攻坚成果,坚决避免返贫。推动乡村旅游发展。探索"乡村旅游+扶贫"的新模式,利用马场河村穿心洞省级风景名胜区的优越条件和落北河漂流的地理区位优势,因地制宜,大力发展乡村旅游和农家乐等产业。这是罗福军新的思路,也是长效机制。我相信,马场河村的明天,春光更绚丽!前景更辉煌!

脱贫路上追梦人
——记宝山街道城北村副主任张成发

杨 勇

城北村地处城乡交界，土地少而贫是事实，但做小生意的不少，按理应该早就脱贫了，谁知一调查一统计，真还令人大骇。

说到城北村人穷，一般人是不可思议的。城北村位于贵定县城区北面，城市扩容，他应该是受益者，可偏偏没有多大受益。地理位置偏高，平均海拔高度1150米。土地贫瘠，但也不是那种高寒山区，平均气温15摄氏度，属中亚热带湿润气候，典型的喀斯特岩溶地貌，村民以农耕为主，这就与依托城市发展不太协调。

历届村委劳思费神地想要依靠产业带动村民改变穷的境况，最终没能走出这一步。村民们多数还是靠务工来增加经济收入，年老力迈的，只得守着3尺扁担，蹲着四壁漏风的土窝艰难度日。经济发展缓慢带来的后遗症，鬼魅般妖魔着人们的思想，固守着那片期盼的天空。

自从新一届村委增加了新成员，张成发当了村副主任，事情就悄悄地发生着变化。2018年5月23日，贵定县正式吹响决战脱贫攻坚的号角，张成发也成了一个网格员，毅然接受西门组和水巷组两个组的网格任务，名副其实成了驻村干部。这时候，张成发才真正发现城北村的穷，第一手得来的资料像徐霞客游历时写下的日记，从中看到了村民的疾苦和辛酸，那颗原本平静的心竟然不平静了。

驻村两年多以来，张成发说他的鞋底儿都磨穿了。尽管是一句玩笑话，夸张了点儿，但也说明张成发驻村的辛苦。不过我认真地看了一眼他的鞋，是一双运动鞋，鞋底儿是没有走穿，泥巴倒是敷了一层。张成发到百姓家了解情况时，老百姓在田里干活儿，他会跟着在田土里忙上一阵，田土里的泥巴自然附在了鞋子上。在田里和百姓们唠唠嗑，他要的情况随手就得了，他管这叫"顺路带货"。这样的办法还真好，一方面接了地气，另一方面和群众打成了一片，张成发的名字逐渐得到了村民们的接纳，信任度得到了空前

提升。

　　一般来说，城乡接合部的村民和城镇人沾亲带故，见的世面多一些，都比较"油头滑脑"，难打交道，可张成发和他们混得溜熟，亲如兄弟姊妹一般，有什么事爱跟他讲，有什么困难也爱和他反映，把他当作了自家人，很随便。

　　建档立卡贫困户江萍，原本生活过得马马虎虎，丈夫张国敖2013年因车祸大腿被折断，几年的治疗和保养费用，不但花光了家里所有积蓄，还背上了沉重的债务，一夜回到"解放前"。她身体单薄，个子又小，风都吹得倒，面对这副沉重的生活担子，她经常在僻静的地方，悄悄地以泪洗面，叩问自己的命为什么那么苦。

　　丈夫受重伤干不了体力活，家里又是一贫如洗了，像样的东西都拿不出来，想想以前的家、看看现在的家，不觉心酸至极。她又是个沉默寡言的妇人，有难处打落牙齿往肚里咽，不善于释放自己，经常一个人默默地想心事，有几次她望着星星呓语，想一了百了算了，人世间不是她享福的地方。可一想到活蹦乱跳的孩子，心就针扎般疼。自己可以一死了之，孩子呢？孩子咋办？他们可是无辜的啊！眼泪流干了，绝望的心又有了挣扎的恢复。但清醒过来之时，她又纠结想一死了之，因为这个家她实在无力支撑。心和心撕扯，简直就是生不如死。眼看孩子要开学了，他们读书所需的费用无着无落，再看看那只挂在墙上已经生锈的铁锅，她就会再次起着轻生的念头。钱，就像一个疯狂的魔鬼，折磨得她死去活来。

　　孩子眼睛看在母亲的脸上，纯净的眸子有了慌乱的迷离，生怕妈妈断了他们读书的念头。乞怜爬上母亲的视网神经，母亲浑身一颤，打了个冷噤。拉过孩子，不好说没钱读书了，之前叨咕了一句，想不到孩子听了进去。哄着他们说，你们放心，妈保证开学那天带你们去报名。虽是普通的一句话，于她来说非常心虚，于孩子来说，这是给他们点亮一盏灯。善意欺骗，无可奈何。孩子的眼睛有了喜悦，可妈妈的眼睛却滚动着泪水。

　　张成发知道这件事以后，心里五味杂陈。一个遭受命运折磨的女人，既要服侍一个病体的男人，还要满足孩子的希冀，多难啊！如果不帮她一把，这个家可能就要毁了。张成发急得团团转，到处打电话，利用自己的资源，多方联系，磨破嘴皮，才为江萍找了份兼职工作，每天打扫两三个小时的卫生，每个月可以挣1600元。1600元，对于一般人家可能无所谓，对于江萍那可是救命钱啊！开学那天，她真的实践了自己的诺言，带着孩子报了名。孩子天真地问母亲，妈妈，我们家真的有钱了？妈妈眼睛里又盈满了泪花，不过这一回是感激的泪花,是张叔叔帮忙的,你们长大了,要记得张叔叔啊!

张成发为了解决她丈夫不能外出的实际困难,特地申请了政府扶贫项目,发放了鸡苗给张国熬在家养殖。400只鸡苗就像孩子一样调动了张国熬的生活欲望,打开了心理的结,鼓起了生活的勇气。

张成发还引导张国熬酿酒卖,帮助他打开市场销路,先后为他销售酿酒12000斤,收入108000元。一下子解决了张国熬有事做,贫困孩子有学上的问题。风雨飘摇的家,就这样被张成发给救活了。江萍逢人就说,要不是张副主任这样热心帮助我们,这个家哪会是这样?

张成发一心一意为贫困户着想,找事干增收入,真帮实扶。让他们感受了党和政府的温暖,拉近了政府和贫困户之间的距离,增进了解,加深友谊,改善了干群关系。

脱贫攻坚打的是实仗硬仗。张成发深知群众利益无小事,为很快进入角色,天干,他头顶烈日,奔走于田间地角;下雨,他脚踩泥泞,和农户促膝谈心。一顶草帽、一把雨伞和一双运动鞋成了他的最爱。短短的两周多时间,他和驻村干部入户走访140户462人,了解民情,掌握了第一手资料:城北村村辖13个居民小组6个自然寨、769户3045人,全村党员34人,特困供养户4户4人,低保户89户137人,建档立卡贫困户48户146人,残疾14人。

为了产业发展的需要,也为了征得民众的意见,他的足迹遍布城北村的山山水水、家家户户,他亲自把自己的手机号码书写在农户的门上。通过走访,张成发对整村情况了如指掌,建立了城北村脱贫攻坚行动到户情况基础台账,为精准扶贫做到了心中有数。

张成发考察的结果,现实是城北村虽然离城区较近,但不容乐观。城北村虽有5平方千米面积,地少产业少,村民发展不均衡,强弱比较明显,两极分化渐成态势。全村无特色产业,无旅游景观,无矿产资源。好在近年来,在国家政策的大力扶持和当地百姓的自强自立下,全村基础设施大有改善,生存环境有所改善,生活水平有所提高。尽管如此,勤劳朴实的城北村人依然生活在贫穷边缘,致富之路任重道远。这就是城北村的现状。张成发抬眼望着大关坡,低头观看西门河,进和退的思想碰撞,犹如两个拳击手,展开着激烈的博弈。退可以保全自己,进有可能是万丈深渊。最后,张成发选择了进。

为了转变村民的观念,学习经验,开拓发展视野。张成发先组织全体党员干部、种养大户及致富带头人到全县示范村镇参观考察,共计2批102人。实地考察,学习了先进经验;通过相互交流,解放了思想,寻求到了发展出

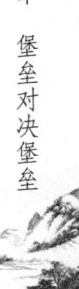

路。明刚就是个学了肯闯肯干的人，学习回来后，他贷款买了40头牛，自己带着年轻力壮的孩子，学着卖不打水的、老百姓放心的牛肉。不到半年，群众口碑好了，养的牛也不愁卖了，生意越来越红火，父子俩索性开起"无水牛肉"餐馆，一年收入超过20万元。

老百姓要真正脱贫致富，必须坚持"造血型"的扶贫模式，有可持续发展的产业支撑。城北村的建档立卡贫困户是重点帮扶脱贫对象，更需要产业发展将他们带进富裕行业。鉴于城北村目前的状况，要达此目的，需要镇、村、户联动才能完成。可喜的是这些建档立卡户们因为贫困，发展的愿望十分强烈，主动参与和接受的信心十足。张成发对每一户都做了产业发展项目规划。规划归规划，没有资金作支撑，项目难以落地，规划便是一句空话。于是，张成发多次向街道汇报，最终获得"特惠贷"，为每户争取了50000元的产业发展帮扶资金。城北村有8户受益，合计争取"特惠贷"41万元。

与此同时，他还极力推动实施种养大户示范工程，按照示范点、片的发展思路，有劳动能力的群众广泛参与。这样做，既刺激他们带动示范的主动性，也调动大户带动贫困户的积极性。最终促成了全村种植示范、养殖有规模的大户4户，带动贫困户养殖9户。

城北村紧靠县城，荒山离住处较远，不适合养殖，扶贫部门下发的33只羊，分给8户人家，其中有6户贫困户，2户非贫困户。这8户人家均无法自己饲养。于是张成发想出以"大户带散户"的办法，将8户人家的33只羊由自己请人饲养，每只羊每年分红200元，3年后归还羊仔给主人。其间，他还主动联系商家，为农户销售羊仔，截至目前，已销售羊仔300只，销售收入33万元。羊主人彭芝元说："张主任真是太好了，帮我们养羊，还帮我们销售，为我们增加收入。"但于张成发而言，这就是一种脱贫的方法，这种方法能够将贫困户们从贫困带进富裕，也不枉自己辛苦。

从"大户带散户"养殖中，张成发尝到了甜头，他主动联系贫困户杨华，因为杨华为人忠厚老实，年轻时只会做一些简单的粗活儿、脏活儿，又不计收入，有时跟别人搬运了一天的水泥，人家给他30元，招呼他吃两餐盒饭，他也不计较，只要有活儿干，有饭吃，钱多钱少，他无所谓。随着年龄的增大，重活儿没人叫他做了，诚实人变成了贫困户。50岁的杨华，至今仍无儿无女，两口子住在偏远的山顶上，靠着种田和栽种苞谷，偶尔喂一头猪过年，生活十分困难。杨华也是张成发走访的所有贫困户中最大的牵挂。2018年，张成发花了10万元钱买了156只羊给杨华养殖，饲料、饲养技术和防病药物等均由张成发负责，一年半过后，杨华饲羊喜获丰收，共销售了300只羊，收入30万元，杨华纯收入8万元。拿着那一张张红色的票子，杨华的手抖了。他做梦也没想到，张副主任的这个办法，竟然使他"咸鱼翻了身"。

这一实践，帮助了贫困户增收，带动产业示范，城北村村民的发展积极性空前高涨，邻里之间相互较劲，攀比着谁更勤奋，看看谁发展得更多更好，一时间，养殖成为脱贫致富的比赛场。养殖出来的羊和鸡一只只膘肥体壮，丰收在望。但如何销又是个问题，这可是村民增收的希望呀！养殖产业有了初步发展，张成发很欣慰，但市场是否接纳，心里一直有疙瘩。张成发又当起了推销员，多方打探，联系销路，最终协调贵定餐饮企业及个人以略高于市场价收购，彻底解决了村民信息不通、销售困难的后顾之忧。

小小鸡苗，促进全村8户建档立卡贫困户人均增收近600元，养殖户们心里乐开了花。大家激动地说："张成发办事，我们放心。"事后，张成发语重心长地对村组干部说："有些事对领导来说也许是小事，但对群众来说却是大事。如果我们把一点一滴的小事办好了，群众会记住你一辈子的。"

因病致贫、因病返贫几乎是农村的共有现象，而产生这种现象的原因，主要是就医不及时、小病拖成大病、大病拖成危重病。张成发在走访中发现这一问题后，他那颗爱民之心又沸腾了。他协调宝山街道卫生院，开展"精准扶贫　送医下乡"活动。卫生院积极支持，及时抽调8名医护人员深入山寨，免费为村民测量血糖、血压，做心电图、B超及妇科检查，对常见疾病进行初步筛查和诊断，及时救治。这次义诊活动，村民们既了解了自己的身体状况，也培养了健康的生活习惯，明白了疾病要早发现早预防早治疗的道理，他们发自内心地说："张成发，是一个想着百姓的好主任！"

"数风流人物，还看今朝。"张成发在众多的村干部之中，可谓沧海一粟，他的事迹比之其他，也许微不足道，可他就是凭着自己一颗火热之心，从小事做起，为贫困户服务，体现了一个基层干部的初心。张成发说，他做的这些事不求有功但求无过，大家真的脱贫了、富裕了，不要骂他就行，因为人都不可能做得十全十美。

如今的城北村在张成发的带领下，村民们已迈开了大步，朝致富的大路迈进，有了骄人的成绩。张成发成了大人小孩无人不知无人不晓的网红，哪里有张成发那里就会洋溢着温馨的笑声。正是由于他工作突出，张成发获得了贵定县"劳动模范"荣誉称号，贵定电视台多次报道了他的帮扶先进事迹。

张成发并不满足现状，并没有停住脚步，而是创新思维，开拓进取，继续加大种植养殖产业发展，开发生态旅游和文化产业，为城北村彻底脱贫致富开辟一条崭新的道路。

展望未来任重道远，城北村脱贫致富的路很长很长，面对成绩，张成发冷静之余又有了新的思考，手中的画笔，开始描绘城北村更加美好的明天。

高坡村上一面旗

（通讯）

沈振辉

我们的汽车在蜿蜒曲折的盘山公路上迤逦而上，用了将近40分钟才来到高坡村的药材种植基地——千篷山组，一眼望去，2000亩吴茱萸种植基地，犹如绵延的草原，翁郁诱人。

这里海拔1657.75米，生硬的风从我们耳边呼啸而过，呼呼声响彻耳际。4月的映山红开满山坡，这儿一丛，那儿一簇，犹如燃烧的山火，那些开得懒散的野花只能是它的陪衬。高坡村党支部书记高才友给我们讲起他的故事，感动中有些许最初的无奈，工作后的自信和对远景的憧憬。

上 篇

2010年春天，在享受够了春节的休闲和天伦之乐后，高才友打点行装准备像往常一样外出打工，二叔来到他的身边。二儿，你不能就这样走啊！我对你讲的那些话你想好没有？二叔说。

高才友知道二叔的来意，已经讲了不下四五次了，但在他的心里就像咀嚼的苦涩。我有我的考量，高才友心里说。我们高坡村情况比较特殊，而且我们村大多数都是居住在高冷寒的半山腰，或者坡头上，距离最近的集市——打铁场坝都很远。近的有四五千米，远的至少有10来千米，像千篷山、新厂、高坡山，咱们茶山都是。而且从场坝出发，起脚就是爬山。这些我就不多说，你是知道的。二叔照样苦口婆心，他要用真心的话打动这个他认为可以挑起重担的侄儿。

高才友一边收拾着行李，一边听着二叔饶舌，心里突然冒起一股烈火，冲二叔嚷了一句，"你烦不烦啊？二叔，我说过了我搞不了什么村主任，我要打工赚钱养家"。二叔蒙了一下，马上又说："现在的年轻人都想搬出去，离开这个祖祖辈辈居住的地方。我也知道你也有搬出去住的想法，你出去倒是好，但是出不去的咋办？"这一叩问真的把高才友镇住了。

二叔要他担起村主任这副担子。他明确地和二叔讲了自己眼下的情况，两个孩子小，读书生活都要钱，有时恨不得一分钱掰成两半儿来用，根本没有心思去操那份心。

"你不能撂挑子，甩大家嘛。"二叔说，"我知道你有你的困难，只要你一答应牵这个头，我们大家帮你。"二叔拍着那并不厚实的胸口保证，"只要有益于村发展，你安排的事情，我敢说没有一个人打嗯声，保证所有人都支持你。"

高才友闷着头说："我要是不呢？"二叔来了气，提高声音说："你就走不成。我拼着是你长辈，死也要拦住你。"高才友平时受着二叔的关照，真的很感激二叔，可这个事对他来说太压头了。"二儿，你要学你爹，他在我们村当了几十年大队支书，为我们做了那么多好事嘞。"二叔说，"他为村民的大小事跑上跑下，从来没报一句怨，没喊一声累。""哎——"二叔叹一声，"二儿啊，你要学你那死鬼爹，敢作敢为，大公无私。"二叔像一个泼皮无赖，知道自己说不动高才友，干脆来个硬堵，坐在门槛上不让他出门。"年轻人，应该有点奉献精神，为整个高坡村着想才行啊！等到一定年纪后，回头看看能无愧于心，现在大家用得着你，你冲，等大家用不着你那天，你有用又咋的？"

他的心矛盾着，犹豫着。走出去，那是轻装上阵，辛苦几年买个房子在城里过日子肯定没问题，留下来，村务肯定千头万绪，所有东西都要从头开始，没什么经验可言。不要说当城里人是个幻想，就是过日子也肯定艰难。

他答应二叔好好想几天。

高坡村的现状就是如此，他自己有自己的顾虑，也是担心自己做不好，高坡村地理环境太特殊，一不挨马路，二不靠集市，三不集中居住。老百姓山一家水一家，极度分散。四五家农户一个寨，10多家一个组。出门靠双脚，进屋靠肩挑。14个自然村寨，1600多人口的村才组成8个组，98户贫困户361人，摆在眼前的实际困难比他想象的还要恼火，加上特殊的自然条件，可以说内外交困。

答应了二叔，肩上的担子不是一般的重，自己到底能不能坚持得下来？做得好不好？别到时候辜负了大家对自己的期望。也是担心家人不支持，自己两个孩子都小，以后读书需要很多钱，现在不抓紧（挣钱），以后就有天无太阳了。还有就是，假如妻子不支持，怎么办？

高才友思考了整整两天，也和老婆商量了两天。最后还是老婆那句话一语点醒梦中人："才友，二叔的话也有道理。你不试试，咋晓得自己行不行？""是的，二叔说得对，年轻人要有点奉献精神，要有点时代责任感。"答应二叔的前一夜他失眠了。

中 篇

　　那一年，在全村党员会议上，高才友提名得到了全票通过，先当上高坡村副主任锻炼，后面任用提拔。凭借年轻人的思想活络，办事效率高和任劳任怨，2013年选任村主任。2014年7月向党组织递交了入党申请书，2015年7月正式成为光荣的共产党员。2016年10月由组织推选担任高坡村党支部书记。

　　"其实所有的名头都是身外之物，其中的酸甜苦辣只有自己知道，要干实事做实事必然要流血流汗。"高才友说。高坡村，就是居住在高坡上的村庄。要改变高坡村的落后面貌，眼前必须要解决的事情就是修路。要致富，先修路。没有一条公路，各寨各组的农产品，山上的原生药材根本出不去，一切都是免谈。但是修路，对高坡村来讲，这是一项前无古人的伟大工程，也是一件极其棘手的工程。修路的资金，和农户协商土地，没有一样是轻松的。

　　2014年开始，县里实施改造乡村公路的"一事一议"工程，这个消息像春风一样吹到了高坡村所有人的心中。"一事一议"工程由县交通局具体实施硬化，但是村民要负责土方，公路线经过的土地不能有争议，否则卡壳影响进度。村委会也热闹起来，经常是午夜了还在灯火通明。经过研究决定，把任务下到各组，由各组组长召集农户开会协商土地问题。硬任务，死命令，要在规定的时间拿出商量结果，在规定的时间内开工。

　　到集中反馈协商信息的日子，各组汇报工作，汇报的节点出奇一致。村民们的反应是只要能够把路修到家门口，土地没有问题。不用置换，不用补偿。听到各组汇报的结果，村两委、村警、各组长等所有成员都非常惊讶，也肃然起敬。原本认为非常棘手的事情，在村民们的心中一点障碍都没有。是的，自然环境的制约太久了，大家因为出行不便流的汗水太多了，路，就是富裕的希望。如今好机会就在眼前，多年的盼望就在眼前，岂能放过这稍纵即逝的机会？村民们自然而然，不约而同，这才是村民的奉献啊。这件事感动了高才友，也增强了改变家乡的信心。在此工程的推动下，连接各组的乡村公路硬化道路工程，到2019年基本上都实现了户户连，组组通。

　　公路修好了，出行方便了，高才友买了一辆摩托车。村里很多人家也买了摩托车、三轮车、金鹿车、面包车开始跑运输，几年时间，各村寨的新房像雨后春笋般拔地而起，展现了新一代的农村新貌。

　　小伙子们找媳妇的信心更足，不像以前来一个跑一个，现在找得进来，留得住心。高才友说，虽然处在山区，其实有我们的优势。以前碍于交通不便，很多农产品、野生药材、竹笋制品、竹篾制品，木料加工等手工产品都出不去，现在等的就是机会。主要的道路问题解决了，下面要解决的是怎样发展产业经济的问题。要发展经济，必须要对本村的整体地理环境，各组特色，气候，土壤，水质进行研究讨论，不能盲人骑瞎马，什么项目都上。"我们村不是平原村，或者集市村，其他村的发展经验在这里不一定适用，也不能照抄别村的作业。"高才友说，"村情不同，我们需要另辟捷径。探寻适合本地发展的产业。"

高坡村总面积13.93平方千米，耕地面积2992亩，林地达到21375亩，林地远远大于耕地。村民们世世代代居住于此，总要设法养家糊口，等靠要的想法在所有村民心中还不存在。老一辈人对山有感情，对坐山靠山，坐山吃山很有办法。春有百花秋有月，夏有凉风冬有雪。老人们对生活的理解就像读书人对诗句的理解一样非常透彻。以前，苦于交通不便利，出不去进不来，现在主要问题解决了，大家建设家乡，改善生活和生存条件的情绪高涨，不甘于落后。

高才友通过村情分析，村两委多次讨论，对全村的资源资料进行采集，邀请专家到村里考察研究，拟定了初步的发展方案。高才友说："我们可以发展种植养殖业，像千篷山组地处高寒区域，又有后山大片草坡，可以发展耐寒耐旱的药材，春夏秋季还可以养牛养羊。半山腰上，像板凳坳、豁妈冲、三田，高坡组等地方，平时温度要高一些，可以种植周期短、效益快的经果；高坡山组、拉袄组、茶山组可以种植周期相对长一点、见效也快的作物。这三个组的竹林（春天有油竹、金竹、毛竹、水竹、钓鱼竹，秋季有八月竹）比较丰富，可以继续发展竹子产业，扩大竹林园地，把春笋、干笋、秋笋、竹篾制品做大做强。河流也可以发展渔业，清水鱼是市场比较畅销的，高坡村的水资源比较充足，山泉水比比皆是。各农户还可以依托山区特色发展小农经济，三小经济。种白芨、龙胆草、鱼腥草、独角莲、柴胡，等等，不一而足，都是市场上价格比较好销的药材。养殖土鸡、鸭、鹅。总之，想干事情的人总有事情干，不想干事情的人总有很多羁绊；办法是给有准备的人的。"

从2017年以来，高坡村陆续引进了多项种植。千篷山是种植耐高寒的吴茱萸药材基地，面积达2000亩以上，发展养殖牛羊当年已见成效。在白新寨、摆梭组、平寨组、高坡组种植刺梨500亩，现在已经开始挂果，初现经

济价值。全村现种植有钩藤 500 亩、黄檗 500 亩，中药材属于长远经济林，要在两三年后才能见经济效益。新厂组试种晚熟梨 100 亩。

各类种植养殖基地，采取农户自愿加入，公司承包管理，主要模式为"公司+合作社+农户（贫困户）+基地"的管理模式。农户除了用土地参与合作社分红外，每年还可以参与劳务合作，（中老年人、贫困户）每人每天还可以拿到 60~80 元的收入。既解决了高坡村剩余劳动力闲置问题，又增加了他们的收入，还为各贫困户村民脱贫提供了创收条件，这是两全其美的结果。

这些年，村务工作千头万绪。学生入学，高铁征地，脱贫攻坚，其中 2016 年开始的殡葬改革就是一个比较令人头痛的事情。老人们见惯了土葬，如今要火化后进行集中安葬，很多老人都转不过弯来。村民们大多数都持抵触情绪。没有办法，高才友只能和村里所有成员一家一家地上门讲解国家政策，宣传殡葬法律法规，实施火化的必要性。那段时间真是吃不香睡不着。当时，只要思想工作做不好，只要有一个村民不答应，站起来振臂高呼，其他人绝对是一呼百应。为了完成工作，高才友瘦了好几斤。不过由于村民对他平时的工作比较满意，年轻人也能够想得周全，老年人们虽然心中不情愿，但是嘴上也不说了。在所有人的支持下，高坡村的殡葬改革有惊无险地安全着陆，挂在他心头的一块石头终于落地。

高支书，你为村里的工作毫无挑剔，有首歌是这样唱的：军功章啊，有我的一半，也有你的一半。老婆支持你吗？我问。

谈工作，高才友眉飞色舞，但是当问到家庭时，他脸上写满了愧疚。他说自从答应担任高坡村领头人以来，对自己的小家庭很难有时间照顾，对孩子的教育几乎为零。"我的小家都是妻子在打理，你知道像我们这个年纪，上有老下有小。妻子既要照顾我年迈的双亲，哺育两个还未懂事的孩子，还要想方设法挣钱养家，她肩上的担子不比我轻多少，甚至比我还要重。对于孩子，通常是我走时他们未醒，我归时他们已睡。父子之间的交流话语少之又少，他们读书的成绩从没有问过。不过两个孩子在妻子的严格管理和悉心教育下成绩还算不错。现在长女高燕在福建闽江学院读大三，次子高德江在都匀一中读高三，孩子们都算争气，但都是处在急需用钱的时候。这不，今年疫情刚刚解除封锁，妻子就已经裹起背包南下打工去了。这些年一直都是在外面打工，用她那柔弱的肩膀支撑起我的小家而毫无怨言。老婆真的很辛苦！"

高才友家里还有 80 多岁的老母亲，父亲已于几年前去世，母亲真正成了空巢老人。即使高才友在母亲的身边，也没有多少时间陪伴老人家。高才友说,"我实在是愧对我的母亲、妻子和孩子们。如果说有军功章,她的应该不止一半。没有他们在我的背后默默付出,我是不可能全身心投入到村里的工作的,我愧对他们。"

2019年1月29日,高才友因为鼻子疼痛难忍不能安心工作,驻村干部们都劝他去医院检查。没有想到检查的结果使他仿佛遭到了晴天霹雳,顿感天旋地转——诊断证明上写的是肿瘤,其实就是鼻癌。病情很快恶化,8月份到省医院做了一次化疗,现在感觉良好。回来后的一段时间里,他想向组织辞去这个职务,让年轻有为而又年富力强的年轻人来做。镇里和县里领导宽慰他,叫他安心养病,村里的工作他们会考虑。并劝他说,高坡村产业已经初见成效,后续的脱贫攻坚主要是巩固,高坡村所有贫困户已经脱贫,问题不大,驻村领导会妥善安排的。话是这么说,高才友哪里能放得下?脱贫攻坚在2020年决战之年,所有的工作一刻都不能松懈,但愿他的身体能够扛得过去,继续为高坡村的发展做出贡献。

下 篇

"我相信一切都会好起来的,当然也包括你的病。"我对高才友说,"你对高坡村后续发展有信心吗?"

高才友的确是瘦了许多,但精神很好,像没有病一样。他说,继续深化已经种植好的产业,加强管理,做好后续脱贫攻坚工作精细化安排以及产业分红和劳务输出。加强高坡村产业的深入研究,继续扩大各类药材的种植引进,增加闲置土地的利用率,为村民组成员创收。同时提倡文化教育脱贫。积极鼓励高坡村适龄青年加大学习力度,自主学习,用知识武装头脑。没有知识是可怕的,不愿学习更加可怕。高才友说,同时利用现有资源,引进外资打造原生态旅游开发项目。一个地方的文明程度高,能延续文明传统,规范好的行为习惯,积极参与地方公益事业,树立责任心等,没有文化的指引是不能坚持多久的,在一定的条件下,还会复古。在适当的情况下开设村级阅览室,为青少年们设立学习的场地,使他们不再迷恋打牌赌博、酗酒、玩游戏,还要保证读书的适龄儿童一个都不能少地进入学校,学有所成,要学有所得,学有所思。

高才友的病他没有说,我也不好多问。只想把他的见识和胸襟归为善。善良是一颗种子,它会激发更多的善良出来。善之大者,必得天道。高坡村上的一面旗,他能倒吗?

马家坡下领头雁

李永平

独木河地处贵定县德新镇、盘江镇和新巴镇三镇交界，景色秀丽，风光宜人，两岸山峰险峻、重峦叠嶂，以险称雄于贵定，公路沿半山腰弯弯曲曲、折折叠叠横跨独木河，是通往新巴镇的必经之道。乐邦村隶属新巴镇，该村地势四面高，中间低，形如桑叶，平均海拔1200米，没有河流，水源较缺乏，主要以发展高寒种植养殖产业为主。感人奋进的"六尺巷"故事就发生在乐邦村七冲山，在乐邦2组与坪江2组"同心地"的马家坡下，陈元国就生活在老甘地这个普通山寨里。

陈元国属于"60后"，不老不少的中年人，事业正当时的年纪。他先后任萍江村村主任，2016年10月村党员大会选举他为乐邦村村支书，2018年10月享受副科级待遇。

20年前，他带着老支书、主任的嘱托和群众的信任，挑起了萍江村村主任的重任，时年才30岁。打那时起，陈元国一门心思为民办事，甘当人民的勤务员。由于琐碎事情多，又要解决村民的急难事情，还要带领群众修桥补路、发展致富产业，基本无暇顾及家中的事情了，父母的照料、子女的教育、田间管理，一切都压在了妻子的肩膀上。

妻子宋青莲为了支持他和照顾一家老小，也无法外出务工，年过花甲的父母身体不好，经常要备一些常规药品，孩子上学开支也很大，周末孩子回家，宋青莲都要向邻居借点生活费，打发他们安心在学校完成学业。周末是妻子既高兴又忧虑的日子，高兴的是可以见到听话懂事的儿女，担心的是无法凑齐孩子的生活费，那时陈元国月工资才100元，无法填补家庭开支的窟窿。宋青莲就忍住泪水，强装笑颜，迎送每个周末返家的孩子。

这是一段难忘的记忆。

随着国家各种富民政策的实施，周围邻居盖起了漂亮的新房子，妻子熬不住也开始抱怨了，陈元国的信念也开始动摇，可一想到对着党旗宣誓的曾经，想到选举会上的郑重承诺，他立即摒弃了歇歇脚、散散伙、撂挑子的杂念，全身心投入工作状态中。每当拖着疲惫的身子回家，他都要先问候二老，给两位老人烧烧热水泡泡脚，待二老睡去，他才耐心地陪妻子唠唠嗑，反复做妻子的思想工作，这位坚强的农村妇女，从开始的不理解、抱怨到后来的全力支持，经历了痛苦的过程。陈元国也是一位好丈夫，他愧疚地说："如果没有妻子的理解和支持，我是难以坚持下去的。"他说的是真话。

如今走进陈元国的家，依然低矮破旧的老木屋，呈现独特的温馨。屋内陈设尽管简单，但是整洁有序。父亲89岁，意识有些混沌了，母亲81岁，思维依然清晰，谈及陈元国，高龄的母亲总说儿子太忙，但儿子、媳妇和孙子都非常孝顺。老人眼里充满着幸福的慈祥。

位于乐邦村七冲山马家坡上的"同心地"，真实再现了历史上出名的"六尺巷"故事，至今仍作为邻里之间礼让的典型广为传颂，许多党政团体和个人都慕名前来观摩学习，陈元国就是新巴"六尺巷"故事的亲历者和见证者之一。事情的来龙去脉，细枝末节，陈元国讲起来如数家珍。

事情是这样的。2001年萍江村和乐邦村因地界不清发生纠纷。原因是1981年和1998年的土地证上，边界划分有差异，一村农户1973年在边界处开荒、挖蕨根等，另一村以承担上粮任务重为由（该村22户承担了过界的上粮任务）要求他们分担，双方意见不统一，矛盾差点激化，最后没有解决下来，成了遗留问题。

2014年，政府引进了中药材香榧连片种植项目，由于马家坡地块存在土地边界争议，连片种植受阻。当时土地租金每亩150元，山林租金每亩30元，涉及利益的萍江2组和乐邦7组为争议地块又发生了口舌之战，互不相让，一时僵持不下，同意共同到国土部门调取历史依据，结果也没有解决实际问题，成了老大难。

2015年，经过新巴镇政府、省档案局、县水务局等部门共同协调，双方在村委会反复争议了近半个月时间，也没有做出结论，最后让两个村村民观看了"六尺巷"的视频资料，被里面的故事打动了，受到古人"让他3尺又何妨"的故事感化，双方达成和解，两个组协商后，将山林一分为二，"纠纷地"变成"同心地"，43年来的世纪难题得以解决。

为了纪念这个具有历史意义的感人故事，更好地启迪后人，2016年5月10日，村里在马家坡山上交界处划出了一畦共有地块，立了一块"和乐碑"，一面刻和乐碑的缘由，一面刻两个组共有农户的名单。同时在乐邦村村委会旁边的休闲广场上，立起了一块巨大的"同心石"，正面是新巴镇新版"六尺巷"的简介，刻有"和乐新巴、礼让谦和"等文字，背面刻"同心石"几个

大字。总而言之，礼让和睦是中华民族的传统美德，古代开明之士尚能如此，今天邻里之间处理小是小非，更应该比古人做得更好，争一争，行不通，让一让，六尺巷。

陈元国家旧木屋右侧小门的旁边，挂着一块特别显眼的红色简易木匾，上书授予陈元国"三星级党员创业致富示范户"。谈及这块牌子，陈元国打开了话匣子。他说，为了更好地发展村集体经济，早日使乐邦村摘掉深度贫困村的帽子，创业初期，我自费到湖南、四川学习考察，组织带领村民组长和代表到云雾镇燕子岩、东坪村、塘满村学习观摩。每次学习回来，我都要求大家结合乐邦村实际，召开村民大会，让大家对家乡方方面面的发展建言献策。

2017年，参观学习回来的乐邦村栗山7组组长罗华在村委会会议上主动要求改造寨容寨貌，这是一个以布依族为主的少数民族村寨，村居环境恶劣，生活杂物乱堆乱放，垃圾满天飞，臭气难闻无法驻足。罗华积极组织召开栗山组全体村民大会，开展户与户比争先进活动，制定村规民约。罗华还免费用自己的货车无偿为村民清理、运送垃圾，体现了共产党员的主动作为和使命担当，他的行动潜移默化地影响了大家的行为习惯，慢慢改变了村民的陋习。如今的栗山，垃圾收治及时，街道整洁有序，孩童嬉戏欢乐，老人饭后话桑麻，成为新型农村的典范。

扶贫更要扶志，群众的思想引导好了，对推进乐邦村的产业发展，就会起到事半功倍的效果！特别是2014年脱贫攻坚冲锋号吹响以来，乐邦村的产业发展项目推进迅速，村集体经济逐年递增。

乐邦村特殊的地理环境，给乐帮村的产业发展带来极大困惑，选择项目很关键。陈元国思之再三，决定种刺梨，2014年、2015年先后引种了两批刺梨秧苗，如今刺梨已经连片挂果，总种植面积发展到了2000多亩，每到采摘售卖的时节，村民握着手中的红票子，心里乐开了花。

2014年，乐邦村还引入了油茶种植项目，虽然陈元国等村干部做了大量的宣传动员工作，但收效甚微，当年只种植了17亩。但非常巧的是，有一件事情提高了村民发展种植油茶的积极性，村民李昌洲之女患脑瘤，四处求医问药，没想到踏破铁鞋无觅处，得来全不费功夫，看似不起眼的油茶挽救了小女孩的生命，她食用油茶，拔出了病根。一石激起千层浪，油茶的药用价值和经济效益吸引了不少的群众纷纷腾出土地，大力发展油茶种植项目，如今走进乐邦村，上万亩的连片油茶种植非常壮观。

乐邦村新时代农民讲习所是很好的宣传阵地，陈元国利用这块阵地宣传国家政策和农技知识。讲习所讲习安排计划里，陈元国讲习的内容是最多的。他用通俗易懂的授课风格对参训的农民开展农村实用技术培训，宣讲了乐邦村发展的刺梨、香榧、油茶、蜜蜂等种植养殖技术。特别引以为豪的是他的蜜蜂品种改良技术。2018年春天，曾经从外地引进的蜜蜂，由于水土、气候不服等因素，100箱蜜蜂很快就"全军覆没"了，作为村支书的陈元国，心里在滴血，后来经过协调，供货方答应，10个空箱换一箱，与对方签订承诺书后，陈元国决定对更换来的蜜蜂进行驯化改良，把原来的蜂王取走换为本地的野蜂王，那就要有刀刃向内的勇气，稍不小心就会被毒蜂叮咬，皇天不负有心人，不知经历了多少次惨痛教训，终于改良成功，2019年售卖蜂蜜收入近2万元。

在陈元国带领下，乐邦村在发展香榧、茶叶、猕猴桃等长效产业中，涌现出了李生君、周正红、罗成等茶叶种植大户。作为村集体经济发展项目的70亩猕猴桃，每年均实现贫困户利益联结分红，有效巩固了贫困户的脱贫质量。同时，结合地方实际，发展了养猪、养鸡、蔬菜种植等短效产业，以短养长，长短结合，稳步提升群众脱贫致富的本领。

由于常年的操劳和艰辛的付出，陈元国的脸上显现出了与实际年龄相差太大的形态，脸上的皱纹更深了，也慢慢出现了许多白发。但陈元国总是精神饱满地面对生活。家，是一个幸福的家，三代同堂，儿女有为，这是他的底气。工作有成绩，村民拥护，这是他的使命使然。

第二乐章

战贫一线

中国最小的官是村民组长,既无权也无钱,可千头万绪的工作却是组长做的。他们默默承担着委屈,卑琐,冷眼,谩骂,却无处申冤。但他们的心总是热的。脱贫攻坚,他们是排头兵。踏遍青山人未老,组长也喊出一声"我们赢了!"

老周，加油！

（特写）

王安平

有生以来第一次到沙帽坡，给我震撼的是这儿不像农村，而且是高寒山区的农村，倒像一个小镇，其实它只是一个组。

整个村庄掩映在绿树之中，樱花怒放，彩蝶纷飞，有一种世外桃源之感。不远处，真有几株桃树，粉脸照人，桃之夭夭，盛艳得如火如荼，犹如刚烧旺的一笼火。椿香馥郁，欲吞不能，叫人馋涎欲滴。周以科就站在那颗椿树下，翘首张望，其实我早看到他了，不识，没打招呼。最后是电话牵了线，双双恍然大悟。

和周以科见面是在下午4点。原本电话约好的3点钟，我从马场河上山，指路人嘱咐我一直顺左走，到新峰村委会一直朝前就到沙帽坡了，殊不知我还没有到新峰村委会就已经走岔了道，当时一路疾驰，不疾驰也没办法，又没有人可以问路，还以为一条水泥大路通沙帽坡，只是心里无数，加着油一直朝前走，越走越觉得不对劲，导航又没有稳定的信号，没法确认对错，直到离龙里喇蟒乡大谷兵3千米的地方才遇到一对夫妇骑着摩托车过来，我强行将他们俩拦下问路，才知道南辕北辙了。也怪我孤陋寡闻，这两年脱贫攻坚战，早把水泥路修到村组了。幸好夫妇俩是好心人，亲自给我带路，才找到了沙帽坡，才找到了我要采访的主人，比原本约定的时间足足晚到了1个小时20分。

老周很热情，迎我到了家里，说实话，我当时心里有点憋屈，但错不在主人，憋屈什么？有什么值得憋屈的？我自己都觉得好笑。一杯茶水下肚，心情舒畅了许多，老周充盈着一脸的笑，几句闲话也把我心里的郁闷融化了。

老周是沙帽坡组的组长，也才当了两年，可他对组里的情况熟悉程度犹如自家的锅碗瓢盆，随口应答，如数家珍。

沙帽坡海拔高，气温低，属于高寒山区。说到过去的沙帽坡，老周揪起一张脸，表情一下子恢复到旧时光，痛苦而沉重地说，"真的不愿再回想过去"。他接上一支烟,烟灰被风一吹,撒落几许在炉盘上,"以前的日子哪能和现在比啊!不说别的,就说这路,要不是党的扶贫政策英明,沙帽坡恐怕还在泥泞里挣扎"。他说得没错,之前的1998年,我来过新峰,爬过松林坡,在一片灌木中听过鸟鸣。那时节不要说到沙帽坡,就是叫你顺着小路走1000米,保准借故打退堂鼓,可想而知沙帽坡人是如何与外界来往的了。

周以科说起以前的路,他形象地打了个比方,"鸡的肠子有多细,那路就有多细,鸡的肠子如何弯,那路就如何弯"。俗话说,天上有路上不去,地上无路我偏行。他叹一声后继续说,"扶贫攻坚开始,我们组是县总工会的帮扶点,两个驻村工作队员要来组里帮扶,刚来的那天,没办法我们是用摩托车去接他们上来的,想想都惭愧"。他猛抽几口烟后又说,"这两年的确不一样了,国家给我们出钱修通了进寨路,这是一条幸福路啊,老百姓心里记着呢!"老周忽然就来了兴头,话也多了起来,"讲实际的话,国家搞脱贫攻坚,我们也晓得不是一朝一夕的事,我记得1986年开始就提到过这话题,一晃就是30多年了。老百姓没有感受到实惠,也就不会太在意真假,反正该咋做就咋做,也不会抱太大的希望"。他嘿嘿一笑,有些意味深长地说,"喊多了,看不到变化,也就少了盼头,平头百姓嘛"。

我说:"政府有政府的难处呀!都一下子要实惠,不可能啊!要理解。"老周很坦诚,说话也很受听,"当然理解,农民们要求不高,有饭吃有衣穿就满足了。"他顿了顿又说,"不过呢,这两年来实的了,脱贫的事变成了大事了,政府加大了扶持力度,也才有今天的大变化,老百姓看得到摸得着,心里舒畅了。"我问他以前沙帽坡是个什么样子?老周又是紧蹙眉头,一脸的异样,"说起样子嘛,我反正找不到合适的说法,路就是那种羊子走的路,又窄又茂,天干好一点,下雨天和寒冬腊月,稀泥巴翻帮算是轻的,更多的时候是打光脚板走路,或者是穿胶草鞋,再后来就穿3537厂生产的解放鞋了"。

我说以前你们就没想过修路的事?他若有所思了半天才梦醒般地呓语:"想过,咋不想啊!钱呢?哪里有钱啊!"说到钱,他一脸严峻,"过去不要说修路,连想都不敢想。他说从3537厂到沙帽坡大概有七八千米,少则百万,沙帽坡的百姓只能做梦想一下,根本就不可能"。他抬眼朝窗外撩了一眼,激动地说:"我们老百姓要想改变环境,只能靠国家,老百姓的力量太小。"老周是个有见识的人,晓得一些国家大事,他说,"这条通村路不知申报了多少年,结果是落水不响,我们也知道国家难啊!"

他说的是大实话,他家祖祖辈辈生活在沙帽坡,旧社会吃不饱穿不暖,没有半分安全感。中华人民共和国成立了,他们当家做了主人,再也不被人欺负了，可当时的国家正处在一穷二白的困境之中，政治上解放不等于经济上的解放，他家仍然过着穷日子，但他们没有怨言，仍然不屈不挠地与天斗与地斗，默默地做着改变一穷二白的事情。改革开放后，农村实行家庭联产承包责任制，农民的积极性得到了充分发挥，他家也一样，解决了温饱问题，日子越来越好，但终究囊中羞涩，他不得不为了生活到处奔波，当起了打工仔。他希望富裕，与城市生活接轨。要致富先修路。他希望有一条通往山外的路，这样就能货畅其流，沙帽坡的土特产就会换来更多的银子，可路啊路，路在何方？

盼了几十年的路，终于在扶贫攻坚的战役中盼来了出山的大路。周以科拿眼睛看着我，静待着我说几句好听的话，我没有说，也没有这样的任务。但我还是有些不解，寨子里的路也是国家出钱？我想。周以科好像看出了我的心事，没等我发问，他便感慨万千地介绍，"主路修通了，通户路要修啊，各家各户也需要一条好路走呀！"周以科说，"又是钱的问题，组里商量后决定集资解决"。主路通了，老百姓感激之余也好做工作了。周以科此时有了兴奋，润红的脸上多了喜悦，他说："组里决定按人头集资，每个人口集资350元，合计集资了35000元，实际到位25000元，有些人口多的一下子拿不出这么多钱，过后才结算。"我插话，老百姓都乐意？"很乐意！"他说，"没有哪个有怨言。不像过去，一提到钱的事，大家就装憨，背后说长道短。"他指着门口的水泥路说，"你看现在，干干净净的，美丽乡村建设也好整了，这就是扶贫的成果，老百姓不服都不行啊！"

周以科1963年生，已近耳顺之年，看上去还很年轻，瘦削的脸上笑是最多的表情，也许笑一笑十年少吧，他和同龄人相比，的确青春了许多。聊天中，我问他，"一条大路通山外，作为组长你有哪些新想法？"周以科憨笑着，"也没什么新想法，承头搞了个赢峰农民专业合作社"。他申明他只承头，法人代表另有其人，因为当组长事情多，顾不过来。赢峰农民专业合作社共有股东8人，有章程。他们准备以此作为带动发展种植养殖业的引擎。目前赢峰农民专业合作社流转土地200多亩，其中种植桃树100亩，嫁接杨梅10亩400株，樱桃300株，蜂糖李1000株，药材基地一个，大约30亩，总投资6万多元。

说到土地流转这个问题的时候，周以科一脸自信。他说他们的土地流转是按照参与分红的方式来流转的，参与者通过协商自愿流转，不强求。

其实他们流转土地的方式简单且有用。流转土地以3年为一个周期，如果在这一个周期内没有赚到钱，也就是说没有利润，土地无条件退还土地承

包人；如果有利润，按照商定的比例分红。

　　赢峰农民专业合作社不光是发展经果林，也搞养殖，其中有两个股东主要养猪和养蛋鸡，目前已贷款32万元养猪25头，还有一个养鱼，目前有4亩多水域，投放鱼苗6000多尾。未来三年，赢峰农民专业合作社可望实现产值1000多万元，利润100万元左右，沙帽坡再也不是原来的沙帽坡了。

　　老周展望未来，满满自信铺在脸上，像盛开的梓木花。他说，以前沙帽坡是个"三不管"的地方，"我相信通过扶贫攻坚的强效工作以后，基础设施得到了较大改善，沙帽坡一定会有一个较大的改观"。老周说"三不管"，我觉得很不好理解，问他"三不管"是啥意思？他解释说，"三不管"就是县不管乡不管村不管。我说"三不管"也太夸张了吧？难道这么多年，真就没人管过？事实上我真的不信。老周一本正经地给我诉说，"你不晓得啊"，他像在忆苦思甜，"说起我们沙帽坡，坡脚就是总后3537工厂，灯火彻夜通明，热闹非凡，可那里的灯火映衬着的沙帽坡，却是一片漆黑，偶有火把照路，那也是有急事的人的无奈办法。后来经过协商，3537厂同意我们用他们的电，但经常因电费问题扯皮，不稳定，直到农电改造完成，沙帽坡才有了彻底光明。可路不好走，堵断了干部们的脚步。县里干部没人来过沙帽坡，乡里干部几乎没来过沙帽坡，村里干部一年难来一回沙帽坡。"

　　事实上如此，我也是第一次听说沙帽坡。要不是可以开车上来，打死我都不会来一次。沙帽坡坡陡林密，估计从3537厂爬上沙帽坡，少说也要一个半小时左右，若挑上东西那就不知要闲多少气了。

　　老周说沙帽坡以前几乎清一色是木结构的房子，年久失修，破烂不堪，安全隐患大，自2000年开始，大家意识到防火问题，开始了新一轮建设，以砖混结构建设为主。那时毛坯公路已经修通寨门口，但汽车上不去，砖、水泥、沙子等建材都要从3537厂用马驮上去，成本至少要增加一倍。一幢120平方米的房子，不知要流多少汗水才能建好，且不说花钱了。

　　沙帽坡三通已经完成，老百姓喝上了洁净的自来水。可聊到自来水，周以科很感慨，发出淡淡的叹息。他说，"原本沙帽坡的自来水建设是考虑用自流水的，这样可以减轻老百姓的负担，因为现在用的是提灌，增大了用电成本。"说到这件事，他一脸阴郁，他说，"做人难啊，整个寨子顾大局得多，但也有个把不听招呼的耗子屎打坏了一锅汤。"

　　其实这两年沙帽坡有进步，有起色，绝大多数人和谐相处，有活力，这与老周的努力是分不开的。自来水这件事没办好，他一直如鲠在喉，觉得对不起大家，很是愧悔。实际上这件事根本就怪不了老周，他也尽力了。

事情是这样的。多年来沙帽坡吃水都是人工挑抬,扶贫攻坚战开始,县水务局准备投资为他们解决吃水难问题,组里村民很积极,水务局工程人员勘探水源,拟用最节约的办法解决水源问题,可就在管道通过的地方出现了梗堵,管道要通过一户人家的田土,这户人家死活不同意调剂,导致整个工程前功尽弃,只得改用现在的提灌式。周以科对此耿耿于怀,他愧疚自己没有做好工作,但他几次与这户人家交心,晓之以理,可就是感动不了别人,奈何?

　　大千世界无奇不有,他强任他强,清风拂山岗,他横任他横,明月照大江。一个人只要问心无愧,心地自然坦然。我相信,周以科也会如此。

　　沙帽坡偏远,却是块风水宝地。这里的人艰辛,但却不忘重视文化。再苦也不能苦教育,在这里得以完美的诠释。沙帽坡47户人家,170多人口。近几年考出去的大学生有16个,占户数的34%,占人口的9%,其比例高于其他地区。

　　周以科说到这里时喜形于色,因为他家就出了两个大学生。说到经济压力,高兴之余也有烦忧。他说,"真要说贫困,实际上只要勤快也就贫不到哪里去。关键的是怕病,病来如山倒,一家人只要有个病人,返贫快得很。再就是读书,开支也比较大,有时真的是养不起"。他拿他自己举例子,他说,"我家两个大学生,一年开支实打实要4万元左右,4年下来十六七万元,除了贷款,谁能养得起?如果我不靠打工来还这个钱,4年后我就是贫困户,甚至是极贫户"。他苦笑一下,"难啊!"

　　从老周的眼神中,我看到了一个男人的自信和酸楚。他最大的成功莫过于创办了赢峰农民专业合作社,而他最困惑的也莫过于走出一条发展经济的路子。沙帽坡要变,肯定在他的领导下变,沙帽坡的未来,也会是在他的带领下重现生机。

　　老周,加油!下次再来沙帽坡,我相信,你会有更多的话对我说。

石头寨的蜕变

李永平

走进班能文的农家小院,首先看到的是一株形如巨伞的桂花树,桂花树绿意葱茏,赏心悦目。入院处右面的石头墙上最前端放置着一块刻有"为善最乐"四个大字的家训石,并不宽敞的庭院里收拾得干净整洁,这幢简易的两层平房,便是一家10多人的温馨居所。班能文,一个朴实无华的布依汉子,年近60岁的主人,十指成茧,略显佝偻的身子像一张打开的弓,脸上爬满的皱纹,逶迤而行,轮廓分明,但眼睛总透着一股勇敢和坚毅。

1985年秋,血气方刚的班能文选为村民小组长。那时的者高,由于经济基础差、交通条件落后等原因,全寨的居所几乎是石墙石瓦,即使是木屋,上面盖的也是薄石板,因为搬运成本太高,盖瓦的房子寥寥无几,是名副其实的石头寨。这种独特的布依族民居,一般是上中下三层,下层圈养牲畜,中层住人,顶层比较窄小,用来存放杂物。民居的主体部分,都是利用石头来搭建的,只有在梁、柱等地方,才会使用少量的木材,而石头与石头的接缝处,也只是用了少量的黄泥和砂浆来粘合,安全系数极低。

由于人、畜混居,炎炎夏日,石头房里倒是凉快,但气味难闻,蚊子叮咬凶狠,难以入眠。每逢暴雨侵袭,雨丝透过石头板缝飘洒进屋里,家里面就会像下小雨一样,盆盆罐罐成了接水的器物,发出滴滴答答不规则的声音。冬天是最难熬的日子,寒风从石头缝吹进屋里,一家人蹲坐在石头围砌的简易"火塘"边,在烟熏火燎中度过漫漫寒冬。

新巴镇地处贵定西北面,气候高寒,水资源紧张,并不适合栽种优质的大米和玉米,但很适合栽种烤烟,烤烟也是当年最挣钱的经济作物,作为新华村的者高也不例外,出现了很多有经验的烤烟种植大户,班能文就是其中一个,为提高烤烟质量,他自己探索了一套关于烤烟育苗、栽种、管理和烘烤的技术,还耐心地向其他村民介绍自己的经验和做法。

古训有云:"纸上得来终觉浅,绝知此事要躬行。"按照班能文的说法,贵定北面的新铺、新巴等都适合种植烤烟,但是由于气候、土质、水资源等因素的影响，在细节管理上还是存在差异的。但无论怎样，育好烟苗是烟草优质高产的基础。具体来说就是齐、壮、足，以便做到适期移栽，保证大田、大土烟株生长整齐，使田间管理措施更好地发挥作用，充分利用适宜的生态条件，达到增质增产的目的。每年仲春，是育苗的最佳时期，育苗是一个细致活儿，烟怕晒，但又要时不时地给它们采光透气，光是揭膜盖膜，就挺麻烦。而为了给烟苗洒水，几乎每家人都买了一把麻子眼眼的喷壶。杂草要除掉，病苗也要剔掉，在苗圃边一蹲就是老半天，腿都蹲麻。但最令人腰酸背疼腿抽筋的，要数移栽这一道活儿。用来栽烟的地块，犁一遍、耖一遍，最后拖出犁沟。犁沟里先打底肥，一株烟苗对应一把油黑油黑的草粪。苗圃里的烟苗有大有小，拣那些壮苗扯一撮簊，就去栽了。将烟苗站在草粪上，一只手将它扶稳，另一只手刨来泥土把它固定，最后松松地围盖上泥土，自然是不能盖住它叶片的，用"泥巴拢齐颈根脚"这句话来描述，再恰当不过。栽烟的过程一般都是蹲着，栽了一株又栽一株，蹲得脚麻腿抽筋了，那就跪下来栽吧，给土地公公多磕几个头，或许烤烟可以多卖几个钱的。移栽的烟苗成活后，要给它薅草松土，薅、铲的活儿一般两道。这期间，为保证烟叶的长度宽度厚度，烤烟开花了要摘掉，分枝了要剔除，叫作"打顶抹芽"，一家至少种几千株烟，工作量很大。7月间，烟叶可以烘烤了。一株烟最先成熟的烟叶是根部两三张，叫"脚叶"，剥菜一样将它们剥下来烘烤，三四天后这第一"棚"烟就出来了。脚叶烘出来的烤烟质量并不高，卖价也不好，好的可以捡回来烘烟的煤本，不好的连煤本也捡不回来。但保本也好，蚀本也罢，这第一棚烟都要烤的，目的是要掌握这一季烟的"脾气"，以便下一棚烟正确掌握火候。如果说绿色代表希望、黄色代表收获，那么，烟叶从绿到黄，它们成熟的这个过程，也是农人的希望变成现实的过程。7月间烤烟渐黄的时候，正值暑假，那些学子就会回家与父母共同摘叶、绑烟，烘烤，拣烟，然后跟大人一样，肩扛马驮，把烤烟成品拿到新巴镇上的烟叶站去评级、售卖。班能文总是喜悦地望着烟田、烟土，底气十足地对孩子说："下学期的学费有了……"成熟的烟叶，从烟秆上剥下来的时候，会"咔嗒"地发出一声脆响，"咔嗒咔嗒"，在我们听来，那是农耕生活中最为欢快的旋律！

卖烤烟的乐趣随着父母年迈，也逐渐走进了历史。父母的药费加上子女的教育费，家庭开支开始捉襟见肘，入不敷出，为了维持一家人的生计，也为了子女不会中途辍学回家，班能文和妻子只得背井离乡，加入了外出打工的行列。

由于疏于管理，小儿子班辉因为其他原因差点儿一失足成千古恨。儿子从小生性顽劣、游手好闲，上初中的时候和一帮偷鸡摸狗的不良小青年在一起，可以吃嫩苞谷的时候，偷摘别人家的回来烤着或煮着吃，成熟以后偷摘别人家的，藏在村后山洞里，准备拿去集市上卖来换烟抽或购买零食，班能文发现后，痛斥了儿子一顿。小班辉依然故我，不思悔改，还变本加厉。爷爷奶奶非常着急，一气之下报警求助，在警察的帮助下，这小子最终弃恶从善。己所不欲勿施于人，班能文常常用孩子作反面教材，教育、警醒其他劣迹青年。

女儿上学时有厌学情绪，经了解原来是看到父母辛劳在外奔波想放弃学业，看着女儿可怜巴巴的样子，这位坚强的汉子可谓五味杂陈，心里既难过又心痛，女儿懂事理，值得欣慰，不读书是愚蠢之举，他不允许。班能文不厌其烦做女儿的思想工作，"你不要有什么想法，你的责任是把书读好，难道你要走我们没文化的老路吗？"女儿在父母的慈爱下认识到了读书的重要性，最终从财校毕了业。

说起父亲，班能文沉痛地说，父亲终因医治无效在79岁那年辞世了，两年后，81岁的母亲也跟着走了！一生中，两位老人对他的影响很大，特别是母亲，班能文基本上传承了母亲孝顺、善良、坚强、正派、乐于助人的良好品质。虽然在外务工，班能文总忘不了要为家乡做点什么事，看着外面的繁花似锦和家乡的贫困落后，作为一名普普通通的共产党员，他浑身不自在，每年春节回家，他都要和乡亲们围坐在一起，在喝酒闲聊中分享外面的务工生活，为家乡的发展出谋划策，由于各种条件限制，虽然理想是丰满的，但现实是残酷的。

在外务工奔波了六年之后，在村委领导和许多村民的反复劝说下，班能文又"重操旧业"了，挑起了撤乡并村后的新华村者高组组长这个重任，这是最低层次的"村官"，收入低不说，但管的事不少，上情下达、东家长西家短的大小琐事经常把他捆绑着，根本无法顾及自己的春耕生产和其他农活儿。

脱贫攻坚的决战打响，各种扶贫项目和资金开始向农村倾斜，地处边远的者高也不例外。要致富先修路，在土地资源并不丰富的者高，每家都把自己的那一亩三分地视若珍宝。多年来，班能文在通组路、通村路的协调施工方面做了大量磨嘴皮子的工作，也算一个经验丰富的老将了。特别是从者高到乐邦的这一段，以前的茅草路要扩展为适合错车通行的通组路，势必会占用到很多村民的土地，大多数被占用的村民意见很大，工程难以实施，但项目不能拖呀，资金不等人，时间也不等人，他反复奔走于相关村民家里，不断从思想上、情感上、发展上动之以情、晓之以理，功夫不负有心人，在班能文等历届组长的接续努力下，最终了却了几代人的心愿。

路修通了，基础设施的改善就更快了。建筑用的钢筋、水泥、砖头等一车又一车地拉进了者高，不到几年的时间，家家盖起了漂亮的小楼房，昔日摇摇欲坠的石板房逐渐退出了历史，担惊受怕的石头房成为历史的记忆。

者高有一处烂塘，寨里百姓的生活污水、垃圾都往这里排，往这里倒，腐烂不堪，刺激难闻的气味比大粪池还臭。路人经过，都要骂几声，"什么鬼地方，真臭"！

说起改造小广场，班能文流露出美美的成就感。2018年5月，县工作队到村里开展脱贫攻坚，村居环境整治和思想扶贫提上了议事日程，班能文到贵定县几个思想扶贫点参观学习，感触最深的就是人家的休闲广场和院墙文化打造。参观学习回来后，班能文第一时间召开群众大会，开始了治理乡村脏乱差的攻坚战，臭水塘就是第一仗。

原来者高寨包含了以前的和平1组、和平2组，丰收1组、丰收2组四个组。这块又脏又臭的烂塘，属于和平1组、和平2组及部分村民，虽然脏臭，但没有人管，见怪不怪。后来，者高四个组合并成者高组，要治理烂塘的时候，原和平1组、2组的部分村民不同意了，他们不是不愿意治理，而是怕好了别人。烂塘是原和平1组、2组的地界，治理好了，得享受的不仅是和平1组、和平2组，丰收1组、丰收2组同样可以享受，于是部分人宁愿烂塘脏下去、臭下去也不愿改造。就这样，和平1组、和平2组内部意见很多，大家为治与不治吵得不可开交。同样和平组与丰收组之间的群众也在争论不休，丰收组的群众也在七嘴八舌，说我们没有份，但如果是政府出钱治理好的，是政府的心意，丰收组为什么不能享受呢？

争论不已，吵个不停，难道就不弄了？新巴镇党委、政府得知此事后，及时和村组干部做通了群众思想工作，解开了思想疙瘩。思想达成共识后，班能文发动群众清理烂塘中的垃圾，联系外出务工青年积极捐款筹资，完成了"臭水塘"到"荷花池"的华丽转身，打造出了一个休闲玩耍的农家公园。村民陈家强、陈文芝在思想扶贫的感召下，主动拆除旧屋，出让宅基地修建了停车场和休闲广场。

如今，茶余饭后，大家不分彼此欢聚一起，心手相牵，都在广场上纳凉、聊天，有的老人哼起了传统的布依山歌，有的年轻人跳起了时尚的广场舞，孩童们在广场上追逐嬉闹，一派和和美美的景象，可以说臭水塘的华丽变身成就了一段民族和谐的佳话！

班能文一路走来，除了组织村民修桥补路、发展产业，更多的时候是出现在处理邻里纠纷的现场,要把"吵"变为"好",并非一朝一夕之功,也不是说变就变的,需要的是时间,需要的是非常人可以做到的耐心与技巧。

记得有一次,班能文的两个叔伯兄弟为了房屋宅基地界线寸土不让,男的躲在家里不吭气,两个女人指手画脚,整个场面混乱不堪吵闹不断,清官难断家务事,轮到自己的家务事了,班能文又怎能全身而退?最后他以亲情打通了血脉的经络,以退为进,反复沟通,叔伯两兄弟握手言和,恢复了睦邻友好关系,两家还聚拢在一起吃了"合心饭",两个兄弟不停地向班能文敬酒,最后还亲自扶着喝醉的班能文回家!

2019年春耕时节,由于贵黄高速修建损坏了村组道路、沟渠等,影响春耕生产,村民反映多次,但始终没有解决。所谓民以食为天,眼看无法春耕,大家都很着急,村民陈某某组织了几个村民堵路,影响了交通,车辆排成长龙,形势紧张,但贵黄公路项目工程是不能停的,老百姓春耕生产也不能误了最佳时间,弄不好会发生斗殴事件!班能文知道后心急如焚,立即赶向现场,多次往返项目部和建设单位,反复打电话沟通,在他辛苦协调下,把闹事群众劝离了现场,损坏的道路和沟渠也得到了及时的修补,既保障了春耕生产,又保障了施工单位按时作业。

如今,走进者高,干净的水泥路面,整洁的农家小院,优美的文化小广场,一幅幅富有民族文化的墙画、一条条振奋人心的家风寨训……都能强烈感受到社会主义新农村的文明和谐气息,班能文说,他只是做了一些力所能及的事,作为一名普通的农村党员,他觉得还有很多需要学习和改进的地方。但他相信,将来的者高,一定会更加富裕美好。

轮值组长杨开佐

(特写)

王安平

很有意思，竹坪村河边组的组长采用的是轮值方式。杨开佐前年开始轮值组长，至今已经连续轮值了3年，因为该轮到当组长的人家不愿当了，推"赖鬼"推给了他。杨开佐本来也不愿接这个摊子，无奈受人之托，或许看他当这个组长尽职，也就把这顶组长"乌纱帽"硬给他戴上了。

杨开佐谈及轮值组长的诞生，他也是轻声一笑，说，这也好，大家轮流当，酸甜苦辣各个尝点。这是村民们集体同意的方案，以前的组长，有人怀疑他们"以权谋私，假公济私"，后来有人提议一家当一年，村民居然全体通过，为了以示公平，采用了拈阄的方式决定，谁抓到一号谁家当第一年组长，以此类推。听到这样的方式决定组干部，既感新鲜又觉荒诞，按照这样的方式继续下去，河边组有40多家农户，要40多年才轮一次。看起来貌似公平，其实很原始。但无论咋说，老百姓喜欢，也就约定俗成。对于计划的延续性和实施有无影响？当时我也问过这个问题，杨开佐淡然一笑，说："我们河边组总共也就100来亩田，土都在坡上，除了退耕还林的部分，基本都撂荒了，组长也就只起个上传下达的作用，没有多大的事。"说到组长轮流当，他说还不是河边组的发明，竹坪村大部分的组都是这样。不算创新，但它的好处就是老百姓觉得公平。

我不好评价对错，只嫣然一笑。事实上有很多东西只要群众拥护，它就是好东西，譬如村规民约，它不是法律，但老百姓自觉遵守，它就是法了。

杨开佐连续轮值3年，想必有他的过人之处。攀谈之中才知道，他其实不是一个能说会道的人，但他有一定威信，老百姓拥戴他，也放心他当这个组长，因而，杨开佐自然有他得民心的地方。我采访他时，旁边有个嘴呱呱的人喜欢插嘴，说起杨开佐时，他一说一个笑，说开佐这人公正，也不爱贪小便宜，办事情实诚。实际上他补缺了杨开佐许多想不到的事情，这倒给我提供了很多的帮助。杨开佐憨笑，承蒙大家看得起，我搞一年组长就用心做好一年，不要拿口实给别人说。

　　我问他当组长究竟做了哪些事？特别是脱贫攻坚期间。杨开佐说，说老实话要说做哪些事真不好一桩桩一件件数出来，讲起来都是些鸡毛蒜皮的事。他说，做得最多的就是当说客。东家有个皮西家有个闹，磨嘴皮子的时间多。

　　他说河边组贫困户有几种类型，每种类型必须要摸清楚，因人施策。他说贫困户也有贫困户的不同，有的是残疾型的，家里有残疾人，根本不可能干活，需要人照顾，孩子幼小，这样的贫困户，值得同情，享受政府的帮扶政策，大家没意见；弱智型的那种，大家也不会有太大意见；老小型的那种，要看情况，有的是没办法；只有懒惰型的，大家不服气，这年头，人只要勤快一点，哪点会没吃的？他反问这种贫困户，不值得同情，可国家的政策偏偏便宜了这类人，你说咋个平衡老百姓的矛盾？

　　当然我是无法回答的，党和政府扶贫要求是绝不能漏掉一个，大政策在那里，只能靠做工作。

　　开佐往铁炉子里添了几根柴，柴灰马上飘起来，斑斑点点，像一群白色的飞蚁从远处飞来，铺满了整个炉盘。柴火呼噜噜地燃，还有炸裂声。我说这种情况老百姓都同情吧。他说，谁会同情？哪家遇到哪家自认倒霉。但他有几句话说得是非常精彩的，他对懒惰型贫困户说，"这年头只要不得病，无论做什么都是可以活得下去的。你想想，现在国家可以帮扶你，将来没有这些政策，难道你还要自甘堕落吗？国家把你扶起来，就是要你把腰杆也硬起来。错过了这个机会，以后就不会再有机会了"。杨开佐说话直，也不太留情面，组里的人都知道他一根肠子通屁眼，即使有时说得无法接受，都晓得他说的是为自己好，也就免服而受了。

　　有一回他批评了一个懒汉，那时他还没有当组长，组长从上面领来了一些油粮等物品，懒汉半路去拦住组长，厚着脸皮问他要油要粮，组长很为难，这些东西上面明令是要给那些实实在在困难户的，当然他也是困难户，但空有一身腱子肉，就是吃了睡睡了吃，有时做一顿饭吃两三天，只吃干饭，不做菜。这样的懒人村民们嗤之以鼻，恨铁不成钢。但懒人脸皮厚，信息灵，国家有点大大小小的补助，他们都能知晓，于是跑去村里胡搅蛮缠，来到组里死皮赖脸，有时不得不拿一点打发他。杨开佐没当组长时就遇到了这种事，村里出名的懒子某某纠缠组长要饭吃，组长无奈，不得不打发了他半袋粮。杨开佐当时在场，心里非常窝火，下口说了懒汉，你一身赘肉，勤快点嘛，活泛于求爷爷告奶奶讨饭吃？懒汉不屑，蔑视他多管闲事，杨开佐气急，骂他，就你这个熊样，一辈子也不会有好日子过。山不转水转，他上任了河边组组长，同样摆不脱懒汉的纠缠，懒汉成了帮扶对象，原先的怨气再也不能撒在他们的身上了。党的大政策，他懂，看不惯也得看得惯。

河边组门前有条河，现在治理得很好，河段实行河长制，杨开佐自然就成了这一段河的河长。他说组里现在都是硬化路了，村里虽然有专门人清扫，但河边组的卫生都是我自己打扫。组长不是官，就是为人民服务。苦点累点没啥，只要老百姓有个好环境，值了。河道清理也是他自己清理，他说那活儿不多，个把星期清理一回，也没有多少垃圾。

旁边老头补充说，"他倒是很累啊，不说别的，就说这回这个新冠病毒防控，他一个人就值守一个多月，有些驻村工作队员还不安逸登记消毒，说些难听的话，开佐不管，为寨子的安全，他愣是逼着那些不太守规矩的人消毒登记。"他顿了顿又说，"去年的非洲猪瘟也是，坚守如磐，消杀打药，大家心里是佩服的。"

杨开佐这种行动不值得提倡，作为组长应该是指挥，表率作用，调动老百姓自我管理，凡事亲力亲为，不发动群众，一个人的力量是有限的。但这种精神应该褒扬，如今这样的干部实在是很稀罕了。

杨开佐在河边应该是比较富裕的人家，三层楼房都是砖混结构的，家里有汽车，家具一应俱全。城市拿工资的人户也不过如此。我问他河边的经济来源主要靠什么？他说河边组人多地少，靠种地是不可能达到小康的。经济收入主要还是外出打工。他掰着指头数了数，整个河边组有40多人在外打工，占年轻人中的70%，他家就有3个，一个儿子在佛山，一个儿子在浙江，一个女儿在都匀。他说，修这个房子，我修了第1层，他们修了2层和3层。黝黑的脸上有了自豪。

回到帮扶的话题上，杨开佐说，他们组里一共有6户移民搬迁户，全部进城了。他说到罗熙勇家两兄弟，一脸同情，说他们年纪都不大，遇到灾难谁也不愿意。话说到这里有点哽咽，他说40多岁的人，落得一身瘫痪，那可是最大的不幸啊！罗熙勇是建自己房子时摔下来摔断脊骨而瘫痪的，如今两个孩子要养，自己又不能动，还要老婆服侍，真是难啊。像这样的极贫户，国家的政策该享受的都得享受，我们绝不打折扣。罗熙勇一家移居城里后，政府还给他老婆安排了一份有收入的工作，但还是杯水车薪。不过比以前好多了，至少有了个像样的房子住。

罗熙勇的哥罗熙乾也是贫困户，他情况特殊，是健全人，身体也很好，老婆和他结婚后生下一个儿子就跑了，至今杳无音信。母亲家挨着他家，他要管老又要管小，靠区区那几分薄田，连吃饭都成问题。他曾经想到过出门打工，可年迈的母亲和年幼的孩子谁来照顾？几经纠结之后，他还是放弃了打工，在家服侍一老一小。可没有收入的家是非常难过的，油盐柴米酱醋茶，一月下来少说也要一两百元的开支，罗熙乾只得靠低保艰难度日。他自己没有住房，常年睡在他弟弟的沙发上，这次移民搬迁，杨开佐做了很多动员工作，他才勉强接受。按照杨开佐的想法，姑且不管他有吃无吃，至少有个遮风挡雨的地方，一老一小寄人篱下，的确令人不堪。但愿他们借助国家的政策渡过难关，杨开佐说，大人就不管了，孩子们有个读书、住的地方，生活安定，就是菩萨保佑了。

　　杨开佐很有意思，他说，"我这个轮值组长尽到自己的责任，只要大家不骂我就万事大吉了。"他嘿嘿一笑，"现在就是想考虑把组里这100多亩田盘活，让大家有几个收入。"实际上他也是这样做的，去年下半年，广州南沙公司对口帮扶，流转他们组的田种萝卜，说好的，每亩流转费250元，萝卜收成以后，每斤按照8毛钱包收，给他种萝卜的老百姓每天60元工钱。算起来，老百姓比种农作物（油菜）强，每亩收入1150元。可南沙公司只种了一季就不种了，地现在又闲置了。他又再想办法，最近有广东人同他联系，准备栽水芹菜。杨开佐虽然轮值，但他却是尽职尽责了。

　　竹坪村在变，河边组也在变。我相信，等不到杨开佐再一次轮值当组长，河边人就会进入小康了。

用脚印丈量人生

（报告文学）

王安平

老王田寨口有块风景石碑，上面草书"老王田"几个字。令人想起那些山清水秀，田园风光，村落文化独特的古寨。单凭一个田字，想象中应该是一个不知多少人心生向往的田园牧歌式的世外桃源。老王田属于莲花村，莲花二字也会使人想起观音坐莲的平静和禅意。谁知道莲花和老王田都是前辈因贫穷而幻想出来的名字，生活在这里的村民一年到头面朝黄土背朝天，竟然吃不饱穿不暖，老王田就像一个骗子，今天骗了明天骗，今年骗了明年骗，就这样，骗了村民多少年。

罗德友呱呱坠地的那年是1977年10月，也就是粉碎"四人帮"之后的第二年，国家发生了重大事件，那就是党的十一届三中全会的召开，确定了农村家庭联产承包责任制，老王田迎来了春天。罗德友的父辈对这个新时期的接班人寄予了厚望，因而对罗家的长子格外地宠爱，罗德友几乎是在娘背上度过的孩提时代。

罗德友渐渐长大，该是读书的时候了，那时候报名读书只交几元钱的学杂费，可罗德友的父亲却为区区几元钱东家借几角，西家凑几角，走了半个寨子才凑齐了学费。罗德友倒是高高兴兴去报名了，老父亲却暗自神伤，借的钱几时能还清呢？这学期算是过去了，下学期呢，再下学期呢？父亲虽然年轻，可一想到今后的日子，心里五味杂陈。就这样为了儿子的前程，为了罗家出人头地，父亲借了还，还了借，周而复始，春秋轮回，家庭债务就像雪球一样越滚越大，直至罗德友读到初二，懂事的儿子再去给父母亲要书费学费的时候，发现父亲遮遮掩掩，母亲却是背过脸去，不愿看到孩子乞怜的眼睛。罗德友什么都懂了，原来是家里实在拿不出那10多元钱了。罗德友将书包连同书包里放得整整齐齐的书和文具盒轻轻放在那条3只脚的板凳上，一口气跑出去几百米嘤嘤而泣，哭够了哭累了，蹒跚着脚步回了家。"我还能读书吗？"罗德友问自己。然后自己对自己说，"不读也罢！"此后，罗德友在父母面前再也不提读书的事，父母也好像做了错事一样有意避开儿子，大家心照不宣。

罗德友便成了一个辍学生。

罗德友辍学两年，跟着爹妈种地，使他饱尝了生活的艰苦。留在老王田土里的汗水不仅不能解决吃穿用度问题，而且手头越来越紧，老王田多少年来都是靠天吃饭，"田"只是背了个干名。吃苞谷沙勉强填饱肚子还可以，真正要把它变成钱袋子，罗德友真的看不到希望。而钱这个怪物不是因为努力就可以得到回报，还得要有技术。俗话说，钱朝钱窝钻。单说老王田也是烤烟区，种烟人辛辛苦苦种一年烤烟，赚得一点儿劳力钱，大部分跑进了投机商的腰包。罗德友怨声载道，他晓得做烤烟生意赚钱，可资本在哪里？钱生钱，他没有资本，只得眼睁睁地看着白花花的银子流进别人的荷包。罗德友曾经深深地爱着老王田这片土地，也幻想着在这片土地上发家致富，可事实上老王田从来没有让他穿过一件像样的衣服，吃过一顿像样的饭菜，付出的劳动和收获的成果完全不能成正比，罗德友痛定思痛后，决心另寻他途，闯荡出一片天地来。

17岁开始，罗德友为了生活四处奔波，打工便成了他闯荡社会的必由之路，既为自己创造财富，也为社会添砖加瓦。其间，他学会了烟花鞭炮生产的管理技术，成为爆竹生产厂的骨干。

罗德友的每一个脚印，就是他丈量人生的尺子。看看他的打工历程吧，兴许，这样的历程是一代新型农民罗德友为社会做贡献的最好诠释。

2001年，罗德友凭借着自己学习到的爆竹生产安全技术证书，应聘到新疆伊犁爆竹厂从事安全生产管理，虽然工资一年才八九千元，但他发挥了领头羊的作用，将老王田一伙年轻人带了出去，一方面为打工赚钱，另一方面为了开阔视野，转换观念。在伊犁的3年时间中，他带出去了100多人，这些工人分别来自谷撒、牛屎寨、老王田、四寨等地。打工者老板包吃包住，按计件拿工资，多的每月拿到五六千元，少的也拿到4000多元。回家路费和到厂路费都是老板出资，他带去的工友都十分满意。

2004年2月，罗德友带着队伍转战安徽，通过在伊犁工作3年的经验，罗德友明显提升了领导能力，工友们都很信任他。在安徽，他们主要的工作是出效果，这是鞭炮生产中最关键的工序。第1步是卷纸筒；第2步是打泥底；第3步是组盆（鞭炮成团）；第4步就是出效果了。罗德友在安徽爆竹厂期间，工资有了大幅提高，每年有1.5万元的年薪，工人工资平均每月五六千元。这个工序需要女工，随行工人增加了女工，有五六人。

2005年秋天，罗德友只身到了黑龙江的一家爆竹厂。到黑龙江之前，他和工友们主要生产烟花爆竹，到黑龙江后却是生产挂鞭，技术要求不同，罗德友的工作还是生产安全管理，这个工种按照要求必须持证上岗，罗德友不得不参加培训，重新考试上岗。黑龙江的收入也翻了一番，年薪3万元。不过，在黑龙江的时间不长，也就一年。

2006年至2009年，罗德友带着弟兄们闯荡了内蒙古鄂尔多斯烟花爆竹厂，工作依然是生产安全管理，年薪涨到了3万多元，工作也比较稳定，哪知2009年鄂尔多斯城市扩容，爆竹厂被迫征用，不得不另迁新址。无奈之下，罗德友于2010年被乌拉特前旗聘为安全员，在乌拉特前旗，工资每月拿到了七八千元，吃住老板全包了，挣的是干净钱。又过了3年后，罗德友终于回到老家老王田，结束了打工生涯。

罗德友自懂事起，大部分时间在外打工，已经成了真正的打工族，但他的心里没有忘记家乡，没有忘却父老乡亲。每一次打工回到老王田，看到那些因为穿得单薄而瑟瑟发抖的老人，他会毫不犹豫地买衣服给他们穿上，看到李家老人没鞋穿，他也奉上自己买回来的新鞋，亲眼看到的要送，听到别人说的也要送，他说这是乡亲们的见面礼。

老人们在老王田生活几十年，看到好吃的东西就嘴巴馋，但自己没钱买，罗德友就经常买些生活食品回家，送给那些年迈的老人，让他们尝鲜。有位罗姓老奶奶，说起来也是族中人，他经常给她好东西吃，时间长了，他一回家，罗姓老人就会有意无意来他家，他也知道老人的来意，将准备好的好吃的东西送给她，老人笑嘻嘻地一边感谢一边不好意思地说，"又要你的东西了"。罗德友心里暖乎乎的，时间一长便成了惯例。罗德友说："花钱不多，看到老人们的样子就心疼，能帮就帮一点儿，谁家都有老人。"

实际上老人也有儿女，因为穷，连买盒蛋糕的钱也拿不出。至今为止，罗德友送了好多东西，他也记不清了，他就这样被乡亲们记在心中，成为乡亲们眼中的乖娃娃。难怪罗德友说，他原本是不愿干这个组长的，乡亲们非得选他，说选他当组长他们信得过。信任就是百姓的重托呀！他推不脱，只好挑起这副担子。

2011年罗德友回到老王田，一时无事可做，想到自己的房屋窄，儿女也大了，就在公路边调剂了一块地，花了40多万元，修建了大约500平方米的两层小楼，虽然花了3年多时间才完成，终于过上了小康的日子。罗德友一家4口，大儿子在云南当兵，是部队的骨干；小女儿读高中，不日将考大学。每每提及一家4口其乐融融的生活，罗德友就喜形于色。他说，"要不是在外打工赚钱，我是没办法撑起这个家的"。说得也是，现在政策好了，只要勤劳，没有过不好的日子。当问到其他和他一道打工的工友情况如何时，罗德友一脸喜色，"他们啊，一个两个都比我好过啊"。他说得没有假，同他一道打工的乡亲，一大半已经像他一样建起了小洋楼，成为当地的有钱人。从老王田出去的，以前都是穷得叮当响的，如今哪一个不是大房大屋？

　　罗德友一脸善相，说话慢条斯理。自从2015年选为组长。"这个组长的事情真多，"罗德友说，"以前觉得没有好多事，当上了事情一个接一个，总是做不完。没办法，出外打工不可能了，我就花了3万多元买了台大地二手车跑运输，为镇里一事一议工程拉水泥沙子，赚点钱贴补家用。"新官上任三把火，罗德友就任组长后，他就一心想为家乡做点事情，带头发展产业，正巧镇里动员农户种丹参，他就带头申请。殊不知，第一个项目就使他亏损五六万元，拖欠银行债务10万元。罗德友说起这件事，红润的脸庞顿时冷峻起来，他说："眼看利息就要产生了，原先是政府贴息，3年后自己付息，一个月780元，一年就是万把块，这是块压在背上的石头，沉重啊！"

　　事情原来是这样的：2017年，镇政府动员农户种丹参，采取"公司+农户"模式，实际上想扶持老百姓创业。罗德友为了带头，申请了12亩丹参和10万元的贴息贷款，准备做个示范。丹参收成了，公司按标准收购，而这种收购标准是单方标准，罗德友根本没有修改的权利。收参人不是说水分重了不合格，就是个头小了要压级，辛辛苦苦一年下来，投资6万元，只卖得1万多元，不但不赚钱，还亏损了4万多元。我以为他说谎，他就给我算了一笔账，他说："既然是产业带头人，劳动力我主要请的是村里的贫困户，工资每天80至100元，平均七八个劳力，人工费就得3万多元，工具费肥料钱加起来2万多元，我的工资还不算，加上我的工资，总亏损六七万元。""哎，"罗德友叹气，"辛苦一年，背了一大屁股债。"所以他现在带着一伙人在惠水爆竹厂打工，挣钱还债。罗德友说到这里，流露出无比的辛酸，他说，"政府的好意并没有给我带来利益，但这不怪政府，是怪我们没有经验才被别人算计。这就给我们一个教训，今后遇到这种事，绝不能以善良之心去度商人之腹，一定要按市场规则来办。商人想的永远是利益最大化"。

　　原本说带领组里的村民发展产业，想不到自己精心打造的创业板，竟然亏得一塌糊涂，罗德友真的害怕了。不知是他不适应这样的创业模式，还是"顶层设计"有问题，反正罗德友投资的钱打了水漂是事实。一朝被蛇咬十年怕井绳，罗德友对于发展产业的事有了悸怕，他不得不重走老路，继续打工。他说："这次带到惠水打工的共有8个工友，其中贫困户3人，工资保底每月

8000元，干得好一点儿可以拿到9000多元。贫困户的熟练程度差一点儿，一个月也有五六千元的收入，总比在家无所事事好得多。"作为组长，为乡亲们找一条赚钱的出路，未必是坏事。"我没有本事做产业，带动不了乡亲们富裕"，罗德友说，"但我尽其所能给他们找一份工作，赚点儿收入，也是我的无奈之举。"也许，他的想法单纯，现实毕竟如此。反过来说，如果所有的组长都有一份这样的助人之心，小康何愁实现不了？

老王田是个杂居的寨子，全组70户人家300多人口，苗族人口就占了70%左右。其中贫困户有27户。通过近两年的扶贫攻坚，贫困户的日子有了根本改善。单就住房来说，全组除了移民搬迁的8户以外，其余贫困户都享受到国家的扶贫政策，住房焕然一新。那些享受独立建房优惠的贫困户，衣笼帐被、锅碗瓢盆、粮油盐醋、家用电器，样样齐备。但他们还不满足，罗德友说，"优越的福利他们觉得是应该的，不会感恩"。他说组里有个叫兰万生的贫困户，一开始组里准备叫他移民搬迁，一听说土地有可能集体收回，房子要被拆除，他就不愿意了。政府根据他的情况新修了60平方米的房子，他儿子也一样享受60多平方米新建房。他眼睛有眼病，只要有点儿不舒服，他就满嘴跑偏，说政府不管他了。"这样的人，就是喂不饱的狗。"罗德友有些愤愤不平。

他还说了一件"大义灭亲"的事。这说法有点儿悬，什么"大义灭亲"，夸张了吧？我笑他。他说有些事不得不这样做，"大义灭亲"重了点，但不徇私情是真的。他说自从当了这个组长，亲戚朋友不得不跟着受苦，该得的东西只好让给别人。他说他家有个弟弟连房子都没有住的，但不能报他是贫困户。我有点儿好奇，问他为什么？他说："我舅舅是村支书，我是组长，怕别人说我们以权谋私，只好受良心折磨。"原来他舅舅是兰大洪，莲花村支书。据说兰大洪办事公道，没能眼见为实，听罗德友这一说，我心里油生几分敬意。

也许，组长这个乌纱帽实在是微不足道，可它在村民们的眼里却是一个最接地气的官，上承下接，都需要一个诚实能干、公道正派的人。罗德友被老王田的乡亲一致推为组长，大概基于此。但罗德友说，他还是想出门打工，因为一个月300元工资养不活家人，等到换届他就不当组长了。他说的也是老实话，当组长多半是奉献。不管罗德友主观愿望如何，他能用一颗慈祥之心对待生活，对待工作，对待乡亲，他就是一个值得信赖的人。金杯银杯不如老百姓的口碑，罗德友做了多少，做了什么，下届能否再当组长，也不是他说了算，群众的心是雪亮的。

"心焦"组长

(特写)

罗仕军

在去六寸田之前，我一直在纳闷，县政协怎么会安排这么一个村民小组的组长作为专访对象，而且这个人并没有什么素材，别说在网络上，就是镇里的微信公众号，也翻不出郭愉定这个人的半点事迹来。

我曾经在云雾镇工作过一段时间，对于云雾镇各个村组虽不能说了如指掌，但大抵情况还是了解的。东坪村是云雾镇"万亩大坝"的主要区域，也是云雾镇农业产业园区的主要生产基地，位于镇政府驻地西北面，村委会距镇政府所在地3千米，全村10个自然寨，15个村民小组500余户2300多人，是一个汉族、布依族、苗族杂居的村，经济作物主要有种植茄子、番茄、辣椒、水果玉米、茶叶等。而六寸田组距村委会不足1000米，坐落在一个小山丘下，四面全是良田，自然条件比较好，群众贫困发生率低。

组长郭愉定是一个什么样的人呢？我电话先联系东坪村支书彭忠祥，提到郭愉定，彭支书十分赞赏，"老郭是2013年当的组长，这人特别务实，热心助人，不管是参加脱贫攻坚、疫情防控，还是土地流转、项目协调，只要是村里组里的公益事业，都是随喊随到、从不推辞。像六寸田有两户贫困户，一户杨家，一户郭家，都是家庭成员有大病，老郭不仅带头提议将他们纳入建档立卡贫困户，还主动指导他们搞种植，为他们跑项目、跑销售。今年疫情防控形势最严峻那几天，老郭主动在寨口设卡，用自己家的车去封路，两个儿子也都排到值班人员里去，每天除了去巡查以外，还经常为大家送吃的喝的和取暖的物资。老郭办事公正公平，组里哪一户有什么矛盾纠纷，总是第一时间先把郭组长找来，让他来帮忙解决，他经手调解的纠纷都不会闹到村里来。一句话，六寸田的事，村里基本上不用操心"。

听县档案馆驻东坪村的网格员杨俊讲，老郭当这组长主要是他不怕吃亏，关键是他眼光比较准，群众信得过，2019年老郭带领群众种生姜，种水果玉米。有些人不愿意种，怕卖不出价。他自己也种了几亩生姜，每亩收了5000

多斤，恰好去年市场行情比较好，最高卖到8元每斤，最低3.5元，光这几亩地就赚了三四万元。水果玉米也不错，一元一穗，一亩地也有三四千元的进账。今年姜种太贵，老郭就没鼓励大家种了，改搞养殖喂牛，到年后牛肉价涨到近50元每斤，老郭的两头牛还没喂足半年就净赚了1万多元。

电话联系了组长郭愉定后，我和作协的朋友趁周末下午有时间赶了过去。在寨前的一个钢架棚里，我们见到了郭愉定本人，他正在给饲养的水牛拌料，宽敞的牛棚里散堆着一些牛草、饲料，几头牛从栏杆里伸出长长的脖子要舔桶里的草料。说明来意后，郭愉定把草料倒进牛槽，就热情地招呼我们到家里坐。

郭愉定是一个50多岁、圆脸、体型相当敦实的精壮汉子，他的家就在牛棚对面，隔着一条马路，是一幢呈"U"形的两层砖混平房，虽不是很新，但在寨子中间仍然比较惹眼。

沏茶后，郭愉定打开了话匣子，"我今年56了，有两个儿子，大的29岁成家了，在云雾街上开小吃店，小的25岁，在西藏当兵8年，考上武汉陆军工程大学，现已经转成志愿兵，想在都匀买房。原本我也是在外面打工，天津、浙江、福建都去过，主要是做钢筋工。2012年儿子结婚、添孙以后不能外出了就一直在家。这两年孙子读小学了，不需要再带，现在没有什么操心的，身体也还好，基本没负担，就想趁吃得做得的时候多做些事。后来选组长，就选上我了，这一当我就走不脱了，到现在已经干了七八年了"。

说到当组长这几年，郭愉定自认为没为组里做什么事，"也就只是牵头整了个广场、安了几盏太阳能路灯，整了个提灌工程"，老郭说得轻描淡写，仿佛他就是个局外人似的，这些简单事，与他关系不大，水到渠成而已，似乎忘了他才是忙前忙后的牵头人。

"今年寨子上种植方面主要是茄子、水果玉米，也有种豇豆、无筋豆的，200亩茄子是公司加农户的订单农业。"他说，"我自己种了5亩茄子，十五六亩水果玉米，3亩无筋豆和豇豆。今年还想养牛，以前做了10多年的养牛生意，对牛的特性比较了解，看一眼我就晓得牛的长势，现在想进一些西门达尔品种，这种牛长得比较快，但圈还需要改进，改造好后看看有没有无息或低息项目，把养殖规模扩大。等做成熟了就可以带领大家一起做。"

老郭话锋一转，却说了很多他"心焦"的事，让我们帮他想办法，支"点子"。

其实就是寨中间有条机耕道路，4米宽、1200米长，需40万元，这路一旦修好，10吨、20吨的大汽车就能开到田间地头，节省很多搬运时间和劳

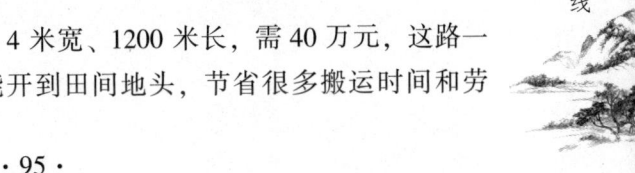

力。2018年和休闲广场一起申请的项目，但没有得到落实，今年又重新申报了，可否通过审批，还是个未知数。

老郭心焦的不光是项目问题，他还担心寨上青年大多数常年外出务工，今年疫情一来，出不去了，天天在家浪起，没钱用不说，怕他们聚众喝酒惹事，长期下去是个问题。

他说的也是老实话，组上的田土，去年流转900多块一亩，受新冠肺炎疫情影响，到现在都没人来承包，年轻人不会种也不愿种，有些人家都撂荒了，老郭很心疼。

和郭组长一坐，不知不觉一个多小时就过去了。他心焦的事太多，他说："贫困户老杨的小儿子患小儿麻痹症，本人胃糜烂，不能做重活。老郭家孩子得精神病，虽然很勤快，天天早出晚归，但儿子的病消耗太大，光靠那点低保生活还是起不来……得想法给他找条出路。"

整个访谈中，郭愉定没有什么豪言壮语，也没有说出什么宏伟目标计划，最明显感觉就是简单。他对每家每户的情况了如指掌、如数家珍。不管是家里的事还是组里的事，对他来讲都是"心焦"的事，没什么区别。或许正是因为"没有区别"才让老郭得到村民的认可，才让大家觉得服气，才让他这个小组长一直歇不下来。

他那些"心焦"事，我们还来不及支"点子"，就有电话喊他出门了，没办法，只得带着些许遗憾踏着暮色返程。

翁金坡有个能人

(特写)

王安平

如今什么最实用？手机导航最实用，穿城过巷，串寨走村，离不开这鬼东西。

这回我到贵定胜利村采访李应平，之前没去过，不知路朝东朝西，相信的是导航。一下贵定匝道，出了收费站，导航就指令我朝环东路走，行驶到了港边，导航又再一次提示走右转专用道，一直牵着我往定东方向疾驰，到了半边街，我就怀疑了，它指示我要过隧道，我知道过隧道就是去竹坪新寨大梨树了，心里一直打鼓，看来要走冤枉路了。可导航固执地引导我继续往前走，我还是相信这高科技的东西，心里说，走就走吧，人会骗你，机器总不会骗你。穿过隧道大约1000米，它又指示右转，右转就右转吧，只能相信，就这样跟着感觉走，还真走到了胜利。后来找到了李应平，他哈哈一笑说，你走错了嘛，起码绕了七八千米路。从县城到我们翁金坡也就20分钟的事。我哑然一笑，嗨，真被导航愚弄了一回啊！

但不管怎样讲，不虚此行。以前连做梦都不敢想的事，如今全部兑现了，开天辟地以来，这是前所未有的大喜事。我绕了一圈，全部是硬化路，盘山而上，盘山而下，顺溜快捷，要是在几年前，不要说过轿车，就是坦克也到不了这地方啊！这就是党的领导，祖国的力量，人民的力量创造的奇迹。

其实胜利这个名字本应是一个完美的名字，胜利胜利，该是个人民幸福的地方，可它却是贫穷的代名词。我记得当年老同学徐彬在定南当书记的时候，他就曾给我说过当地老百姓的一句话，胜利胜利，上山爬死你，下坡脱层皮。可想而知这个名字隐含的辛苦。

翁金坡是胜利村的一个组，李应平就是这个组的组长。他年纪和我相仿，谈话也就这样随随便便地展开了。老李健谈，一说一个笑，虽说是第一次见面，好像很有缘分。听他口音不是贵定人，我很好奇，和他开玩笑说，"你是外来的和尚会念经，把藏在地下的金子挖出来了"。老李哈哈一笑说，"你还别说，翁金坡的确有金子，是政府把它刨出来的，我可没这能耐，只是跟着享福"。他说的这个福，其实就是政府引来的海螺水泥厂。所谓挖出来的金子，就是海螺水泥厂给他们的补偿。说起这件事，李应平一脸讪笑，略显诡异。他说："说起来有些内疚，但我们发自内心感激县委和政府做了件利民的好事。"李应平说得没错，当年县里招商引资引来海螺水泥厂，采矿区就定在翁金坡，所有程序全部走完了，村民补偿也一一兑现，后来不知是何原因没有开采，老百姓也就没搬迁了，相反得到了一大笔补偿款。少则七八万元，多则20几万元，李应平得了补偿款15万多元。这就是他笑得诡异的事情。

李应平带我看了原来的老宅子，老宅子被拆光了，剩下一个空屋基。但从其他家残存的房屋来看，当时翁金坡的住房都是传统的石头房子，屋面盖了小青瓦，总体低矮简陋窄小，泥石流灾害随时威胁着他们的安全。翁金坡老百姓得到补偿款后，将新房移到了坡脚较为平坦的地方，现在是清一色砖混结构的两层楼，人均面积都在四五十平方米以上。

李应平也用这笔款建了新房，一家人其乐融融，言谈之中好像还有种占了别人便宜的幽默。他说其实我们也希望他们来开采的，只是后来海螺水泥厂另选地点了，怨不得我们。我开他玩笑，就当海螺水泥厂扶贫帮扶了，这点钱于他们来说九牛一毛。

我笑他外来的和尚会念经，其实他就是毕节赫章恒底人，曾祖辈因为家贫，独自出外讨生活，来到贵定翁金坡，发现这个地方地广人稀，清净无扰，便在这里开荒拓土，过起了世外桃源的生活，以后娶妻生子，延续香火，枝繁叶茂，人气大振，便有了李家一个大家族。据李应平说，如今翁金坡全组32户132人，李氏人几乎占了40%。喜形于色之后，小眼睛眯着偷偷乐。看得出，他在李家之中是很有威信的人。就李应平这一房也很不简单，两儿两女，完美结合，而且衣食无忧，幸福满满。大儿子当过兵，现在开出租车，独立门户。二儿子在上海打工，举家迁沪，想必已融入上海大都市。两个女儿生活都很好，早已安家立业，各有自己的一方天地。说到家庭，老李整张脸洋溢着幸福。

老李说他当组长已经13年了，2007年选上的，当时实行差额选举，他是全票通过的。想想当时选举的情景，李应平至今回忆起来，洋溢着骄傲感。他说从来没有想到要当组长，既然组织安排，群众信得过，全国最基层最小最难做的官帽就这样戴上了。

开始，李应平不晓得咋做，心里着实慌乱。忆及当时的惶急，他说真有点赶鸭子上架——强人所难。可这是大家的信任，不好辜负，只好硬着头皮干下去了。一年之后工作熟悉了，心里才踏实点。那时当组长是没有报酬的，上面一根针，下面千条线，谁来都得应对，就是个活路头。李应平不好说出自己的难处，慢慢习惯了，好像一天不考虑组里的事，心里就空空的，想组里的事成了他生活的一部分。

这些年翁金坡有很大变化，是他尽力的结果。且不说水泥路修到家门口，这是近年来的事，就说村民们的变化，以前老百姓绝大多数过的都是穷日子，主粮是苞谷、洋芋和番薯，如今还有哪家吃这些东西的？他说，32户人家，除了两户是建档立卡户以外，另外的30户人家，家家过上了小康生活。李应平关心两户贫困户可以说无微不至，替他们想办法出主意，能够争取的政策，他绝对不放过。两户人家都是因为孩子读书返贫，一户是老人，80多岁了，因为儿子是憨包，媳妇不会过日子，孩子一个读大学，一个读中学，一个读小学，需要钱，导致家庭贫困；一户是因为孩子多，男人得癌症过世了，家中顶梁柱坍塌了，失去收入来源，4个孩子都在读书，返贫成了极贫户。老李为他们争取了低保，有些人想借故取消，老李据理力争，说服了他们，这两户才得以保留。尽管如此，老李还是觉得未能使老百姓满意，心里愧疚，不过他补充说，"天地良心，我做到问心无愧就行了"。

这两年不一样了，国家"三农"政策很到位，李应平借鸡生蛋，搞起了产业扶持。翁金坡地理位置受限，要发展其他产业，几乎没有条件，老李思之再三，从发展经果林入手，因地制宜发挥翁金坡的优势。

去年，村里引来了一个老板，准备发展猕猴桃，联系了几个组都不同意，眼看这件事情要黄，村里试着和李应平谈，李应平满口答应。答应归答应，具体操作起来确实很伤脑筋，一方面他一家一家做工作，向他们宣传发展猕猴桃的好处，最后以土70元/每亩、田280元/每亩的价格流转了50亩土地。另一方面，他又同老板讨价还价，如果要使用劳动力，翁金坡村民必须优先。劳动力价格80～100元不等，以工论价。如今栽上的猕猴桃苗初现成果，长到了60多厘米。

李应平对此项目的成功落地费尽了心血，有些人不理解，说一些难听的话，李应平默默忍受，反倒说，老百姓的觉悟毕竟参差不齐，计较只能是自取其辱。

和他坐下交谈，李应平一连说了几个"现在的政策好得很，实在好得不得了"。我问他好在哪里？他说，你看嘛，种粮有补贴，种刺梨有补贴，都是国家包起来喂。赫章母语还很浓，就说栽刺梨这件事，每亩刺梨政府补助1200元，其中第一年500元，第二年300元，第三年400元，栽刺梨是政府请人栽，成活率要求达到90%，达不到90%的还要补栽，农户只晓得管理，挂果了，有效益了，收益是农户的。你说政策好不好？老李满脸笑容，政策好得不得了，只要用点心，不想赚钱都不行。

他说的的确是事实。现在除了懒汉和那些有大病的人，哪个百姓不富裕？虽说不是万贯家财，但至少不会缺吃少穿，至少银行里有一定存款，至少穿着上没有了补丁。党和国家给老百姓带来的幸福，就是芝麻开花——节节高。祖国，家乡，谁还能忘得了？

要建产业园，必修产业路。李应平找到了政府，政府答应为翁金坡开辟一条产业路，前提是组里自行调剂土地，政府没有补偿，全凭自愿。李应平知道这是一件困难事，再困难也要干，因这是关系到几十户人家发展的大事。他又揣了几包烟一家一家地家访，做工作，这里的矛盾太大，调剂的土地多少不等，建筑物好坏不等，不拿钱叫人家无偿奉献，这年头这样的事情恐怕只有老李才干得出来，只有翁金坡百姓才有这样的觉悟。土地调剂多的一亩多，少的才几窝苞谷地，但老百姓很齐心，多少不论，建筑物拆除，李应平损失了一个牛圈一个板圈，大家也就不吭声了。如今这条产业路毛坯已经修出来了，只等政府硬化。

一般人听起来好像是天方夜谭，翁金坡人就是这样做的。他们不看谁，只看李应平。难怪连续当了四届多的组长，不是吹出来的，而是用行动和魅力示范出来的。

走进翁金坡的寨子，使我想到了城乡差别。实际上老李带我去看了老翁金坡，除了破旧的房屋之外，就是一股臭气。住在原处的人家不多了，更显苍凉，那一片风景只能用旧时光来形容了。

现在的翁金坡，水泥路已经通户，家家户户都有了干净的院子，美丽乡村建设启动，翁金坡也不再是那种山一家水一家的散乱寨子了。但翁金坡人仍然改不了过去的不良习惯，牛屎马屎遍地，垃圾依然到处乱堆，小孩随地大小便，表面看很现代化了，其实是金玉其外败絮其中，这不是一锅饭端出来都有几颗谷子的问题了，关系到一个村的文明化程度和对外形象问题，李应平对此很伤脑筋。

旧习惯，必须改！李应平修改了村规民约，以制度的形式约束村民乱扔乱倒，同时专门聘请了保洁员，贫困户、低保户协助，一场整治脏乱差的大幕就此拉开，经过一段时间的努力，翁金坡旧貌换新颜，如今的翁金坡整齐有序，干净利落，太阳能节能灯一溜一排，亮丽工程从城市来到了乡村。老李笑得很坦然，也很自信，他说，城乡一体化，说来说去都是个管理问题。大到一个国家，小到一户居民。老李说他没读过几天书，这句话，说到点子上了。有文化的不一定悟得出这个道理。

龙塘湾人的战贫法宝

唐诗英

他是一位山歌爱好者,在脱贫攻坚战中,作为组长的他用唱山歌的方式团结组里的人,鼓励组里的人,带领组里的人勇战贫困,成为智力扶贫的典范。

国家脱贫攻坚战的打响,无异于一场没有硝烟的战争在祖国的贫困山区拉开。贵定县昌明镇秀河村龙塘湾组的布依族居民,在组长谭光军的带领下,接过战贫接力棒,以独特的方式与贫困展开了新一轮的战斗。他的方式很独特,很实用,被誉为新时代的扶贫歌手。

生在自然风光迷人,地理位置优越的龙塘湾组居民,仰仗天高地阔,山清水秀,交通便利的好居所,人人不仅帅气美丽,且勤劳善良。他们的组长谭光军更是优秀至极,不仅聪慧能干,且山歌醉人。在大伙心里,他的山歌是那春日和煦的阳光,能给大家带来渴望的温暖;是那秋日里微微的凉风,能给大家带来惬意的舒爽;是那暗夜的明灯,指引大伙前行的方向;是战场上振奋人心的冲锋号,鼓舞将士的战斗士气……

龙塘湾的战贫武器——山歌,还得源于谭组长年轻时的一种爱好及勤学苦练。上学时他家里经济条件特别不好,为减轻家庭负担,作为姊妹中大哥的他,在初中没念完就毅然退学在家帮助父母干农活。白天和父母一起上山下地,晚上休闲时就到邻居家串门玩乐。一次偶然的机会,和谭幺公在家闲聊,聊到尽兴时谭幺公突然哼起本地方的民族山歌来:"我们农村夜生活,自古就是唱山歌。有客来了幺客唱,又混时间又娱乐。"突如其来的歌词和腔调一下子吸引了他,待歌声停下时,便缠着谭幺公追根究底山歌的来历、唱腔、编创等,好长时间搅得谭幺公不得安宁。从那晚起,他深深迷上了这歌词简单,内涵丰富,曲调好听的山歌。于是后来只要一有空闲,就情不自禁到谭幺公家去,迫不及待请求教唱。谭幺公见他这般兴致浓厚,也愿意、乐意耐心去教,他呢,也很用心地去学。

或许是天资聪明,或许是兴趣使然。几个月下来,他的唱腔赶上了师傅。

但一向勤奋的他哪能满足现状，除了把师傅教的全学到手，还自己开始学编歌词。谨记师傅教诲：山歌要根据不同场合、不同人物即兴创编，用以表达欢迎、感谢、激励、劝诫等意思，同时也用来愉悦自己，鼓励斗志，鼓舞人心，排忧解闷等。爱上山歌的他不管出于何意，已是无法自拔，一有空就编写，练唱，这样反复做着。时间一天天，一月月，一年年过去，他却从不间断，且持之以恒。果然，功夫不负有心人，1996年的一天，在家族聚会上，他以歌敬酒，"一杯米酒慢慢斟，先敬老人再敬青。老人喝了来长寿，青年喝了勤几分"。赢得了族人的赞赏，这一阵阵掌声给了他莫大的信心，也从此开启了他的山歌之门。于是唱歌，写歌，写歌，唱歌成了他忙里偷闲，茶余饭后的必修课，周而复始。闲时唱，忙时唱，逢年过节唱，吃酒做客更要唱。他这想唱开口就来的山歌功夫，不仅赢得村里村外人由衷的夸赞，更迎来了许多年轻姑娘真心的青睐。

2000年，他和一直迷恋他山歌的外村姑娘阿芳结为连理，有了一个幸福的家庭。此后，他一边打理小家，一边仍旧继续编唱自己热衷的山歌。听得多了，大家也自然而然喜欢上了，妻子爱听，寨里人喜欢听……不知不觉大家接受了他的山歌，也喜欢听他说话。于是寨子里东家有事找他，西家有事请他，渐渐地他成了寨子里红白喜事的总管家，在他管理的喜事中，没有哪家出过问题，没有哪家浪费一点物资。左邻右舍大小事务纠纷，也来请他调解，大家就是愿意听他讲，乐意听他劝，他成了组里的大管家、业余法官。

2017年龙塘湾改选组长，很得民心的谭光军，高票当上了龙塘湾组组长。那一天，他既兴奋，又担心。兴奋自己被群众认可，受群众拥护；担心自己文化不高，能否胜任，能否带领大家过上幸福生活。但转念一想：既然大家信任，就不能辜负其心意，既然大家认可，就要尽其所能为大家干事。从那天起，在他心里，组里的事，便是自家事，大家的幸福，便是自己的幸福，以此作为组长的奋斗目标。

语言是花苞，行动才是果实，任何伟大的思想和漂亮的话语，没有实际行动的付出都是苍白无力的。为了顺利完成党和政府交给的战贫任务，为了带领乡亲们按时摘下脱贫之帽，为了让乡民们过上富裕生活，他开始实施自己的计划。组织大家开会是他任职的第一项工作，通知开会就是一件难事。前一天他就开始挨家挨户上门通知，整个寨里百来户人家都在一个组，光通知要花上一天一晚时间。这耗时又耗力的工作，他还是提前完成了家家走到，户户通知的任务。可到了第二晚开会的时候，尽管耐心等了好长一段时间，还是只有一半人到场，情急中，他叫上几个年轻小伙儿跟着再次通知。最后虽然人到齐了，但却已是深夜，引得按时到场的人怨声载道。

说实话，按理他才更应该有怨气，延时受累不说，还受大伙埋怨。但他必须忍着心里的懊恼，因为他知道是自己经验不足，在头一天通知开会时，有的忘了讲清开会时间，有的则忽略了告诉具体地点，总之是自己办事考虑不周造成的失误，咋能怪村民呢？好在大多数乡民理解、支持工作，第一次开会商量的清理、改修寨里古井一事，大伙一致同意，并积极主动集资购买水泥、砂石等材料，然后又出工出力动手干起来。当然，作为组长的他率先垂范，挖、砌等粗活儿、累活儿，都是自己亲力亲为。示范效应很管火，村民们见状，也跟着撸起袖子干起来，你挖坑来我砌墙，你拌水泥我上浆，齐心协力干了两周后，一口清澈见底、冬暖夏凉的古井水哗哗往外流。这一彻底整改，让先前奄奄一息的古井水突然有了新的生命，也让先前奇丑无比的井貌一下子改头换面，还拥有了自己的屋子，屋子大门两旁还刻着"饮水思源谢恩情，无私奉献惠民生"的感恩对联，同时大家给古井增添了两个"兄妹"，让它不再孤单，也能为它分忧一定水量为人们服务。一向做事就要做好的谭组长亲自外出请工匠在古井左边凿石刻字，纪念古井的起源及多年来的功成名就，同时在右边树干挂着的簸箕上精心为古井命名"美丽龙塘湾凉泉青藤井"。古井的彻底改变，当然离不开谭光军组长的用心付出。

古井美化了寨里环境，方便了寨里人生活。但人们生活所需的粮食近些年却在不断减产，造成部分人家温饱欠保障。原因是寨子坝脚抽水泵已经坏了几年，却无人问津，导致秧苗灌溉水量不足，各家各户粮食减产。为解决这一问题，他又召集群众开会了。吸取上次教训，他想出了一招省时省力、效果蛮佳的办法：在寨中间的路上安个喇叭，开会通知群众时，就通过喇叭喊话，深知大家喜欢听他唱山歌，于是喊唱一起来"众亲好友听我说，今天黄昏来集合，有事须跟大家讲，到我屋中来细说"。果真，傍晚时分一户不落地到场集中，这山歌办事效果还真高，令他非常欣慰。

会上，他刚提买水泵的事，大家立即不约而同举手赞同，但是购买一个新水泵要上万元，而整个寨里的稻田，则需两个水泵，算算费用，大家都为钱沉默了。谭光军见状，思考片刻后，态度坚决地告诉大家："民以食为天，为了大伙生计，水泵一定要买，现在组里有些余款，是我刚接手组长时上一任组委转交的7000余元，新的买不起，就买个二手的先解决燃眉之急。"大伙听了，都说："好，好，同意！"说了就干是他一向办事的作风。第二天，谭组长邀得寨里的一个年轻小伙儿陪同。长途跋涉到遵义以一台3000多元购买了两台七成新的抽水泵，没有钱请人安装，他便自己动手安装在坝脚的河道里，真正解决了大家近年来一直忧心的秧苗灌溉问题。水泵安装好了，在催耕的布谷鸟叫声中，打田水汩汩流进田里，田坝里一片热火朝天。阿哥又在群里唱开了：布谷布谷喊得慌/谷雨前后要插秧/现在早做计划好/八月打米谷满仓。

这一年，粮食增产，大伙乐了，谭组长也笑了。

物质生活得以解决，相应的精神层面也不能落伍，这是他又在为大家考虑的新问题。凭着他经常走出家门，到外村外地比赛山歌时看到、听到、学到的新鲜事物，进步观念。他突发奇想，想在组里修建一个文化广场，可以用来组织乡民开会，学习，开展娱乐活动等。于是同样用唱山歌的方式通知大伙开会。会上，他把自己的想法说了出来，大家一致赞同，积极讨论修建地点，土地协调，商定好后，家家户户出工出钱动了起来。半个月过去，一块300余平方米的水泥场地修建出来了，可谭光军似乎总觉得缺少些什么，光有一块水泥地太单调，缺乏活力。怎么做他也说不上来，为了丰富想象，达到满意效果，他悄然再次到其他村寨参观。回来后组织大伙在场地后方修建一个高出场地一米多的舞台及文化宣传墙。场地南北面安上篮球板、太空漫步机、蹬力器等健身器材，一个供寨里人娱乐、休闲、办事的活动广场成功建成。每天看到乡民们在场地上自由玩耍，愉快健身、轻松娱乐时，他好开心。

山歌也能发挥动员令的作用，谭光军没有想到。可一旦用上这样的方式，老百姓习惯了，他便成了龙塘湾的"网红"。平时大家享受平静的生活，插秧上坎，布依族苗族的传统节日四月八又来了，谭光军又忙起来了。镇里要把庆祝"四月八"活动安排在龙塘湾。活跃乡村，一展歌喉，谭光军高兴了几个晚上，但是高兴归高兴，好事情来了，要有所准备才行，他又在群里唱起来了：四月想妹栽早秧/妹嫁他乡哥悲伤/白天念你不吃饭/晚上想你入梦乡。

群里马上有人应和道：四月想郎栽早秧/劝郎不要总悲伤/四月八里来相会/话尽相思泪满眶。

另一阿哥接唱：五颜六色花米饭/找个情妹把家当/你管家里我管外/家庭和睦万年长。

另有女人和：妹我想哥妹上前/四月八里来相连/跟哥回家得相聚/欢声笑语伴百年。

群里一时热闹起来，此起伏彼。哈哈，谭光军可高兴了。他趁热打铁，马上把镇里要在龙塘湾举行四月八活动和美化村寨方案发布出来，立时迎来一片赞声。谭光军一号召，村民们即刻动手，妇女们采多种叶子做花米饭、糯米到阿哥拿。男人们上山砍竹子，会手艺的老年人在家用砍来的竹子编织格子围栏，围在寨里大小路面的两边。既起到了防护作用，又美化了村寨的环境。在各块围栏上竹匾里写上鲜红耀眼的字，把村规民约、尊老爱幼的口号编成通俗易懂的温馨提示，向外人展示龙塘湾人和谐团结热情的传统美德，象征着关爱、相思的花米饭，把来宾的心留下了，山歌把歌手们的情牵住了，龙塘湾，由此成为宾客们挥之不去的记忆。这一届布依族"四月八"歌会登上了山歌比赛的巅峰。

山歌就像清洁剂，清除了村民往昔的那种懒散和劣性，代之以清新和昂扬的状态，展现了龙塘湾人的风采。

布依阿哥谭光军想不到山歌有这么大的魅力，这种形式融入扶贫攻坚之中，潜移默化地影响村民们的思想。他说只要大家开心他就开心，这种开心也是一种战斗力。

为集体做事真是没有止境，解决了这件，又来另一件，这不，他又去村里申请给大家安装路灯了。经过他多次反映、申请，在支书、村主任的竭力帮助下，龙塘湾组的主路、支路上都装上了太阳能路灯，从此，即便是漆黑的夜晚，龙塘湾寨子一样明亮。为保持路面洁净，在政府出资的条件下，他安排两个贫困户每天坚持打扫路面，既保证了寨里环境卫生，又给两个贫困户带来一定经济收入，真是两全其美的好事。

锦上添花放异彩/惠民政策暖心海/脱贫致富合民意/我用山歌来赞誉。

听，谭光军在忙活中又唱起山歌来了，那山歌的声音委婉悠扬，深情感人：感谢党来感谢国/为民谋得幸福多/人民生活小康了/党的恩情记心窝。

谭光军当组长以来，最受人们尊敬的就是身先士卒的表率作用。一次，因连下几天雨后，进寨路后坎被滑坡落下的大堆泥沙堵住了，严重影响车辆进出及路面环境。他得知后，二话不说，操起锄头、铲子到场清理起来，寨里有人看到后，也积极加入其中。2020年初的抗疫中，为保护大家生命安全，他积极组织寨里一户一人参与卡点值守，并合理安排轮流值守的任务。但作为组长的他除了自己的值班时间外，别人的班口他照样到场参与，做到事事清楚，胸中有数。近一个月的值守中，他从不落下一天。为更好劝诫大家，他带领卡点值守人员唱起山歌"冠状病毒来得恶，无事不要干戳戳。躲在家里喝小酒，疫情过后再来哟"。正是他的认真负责，严格把守，他们寨里没有一个疑似病例，更没有一个感染病人。

"扶贫先扶智"，山歌是一种文化，这种文化老百姓易于接受。谭光军任组长3年来，他把山歌发扬光大了。这样的"发明"是人文精神扶贫，文化教育扶贫的最好补充，谭光军是布依精神传导者，山歌便是他的精神武器。

谭光军还会唱，他会唱祖国的伟大复兴，他会唱人民的幸福生活，他会唱龙塘湾百花盛开的美丽风景。

第三乐章

党恩难忘

政府投资亿级资金,动员 2000 多名机关干部驻村,刷新了贵定历史上任何一次总动员的人数,它将彪炳千秋,载入史册。如今,贫困户们究竟如何?

上篇：告别深山，迎接幸福

移民搬迁户的苦乐年华

（报告文学）

王安平

　　罗仕风现在在一家中通快递试工，地点就在陆家坡脚。按她的说法不知道适应得了还是适应不了，那份工资也不知道是否拿得到手，都是未知数。我联系上她的时候，电话里的声音很客气。我后来和她见面之后，才知道她是新巴布依族姑娘，家在新巴龙井。布依族人都有好客的传统，说话像唱歌，有音乐感，当然这跟他们是一个唱歌的民族有关。罗仕风从小受环境的影响，骨子里有着天然的朴实，话语客气也就不足为奇了。她多年前嫁到了落北河杨家寨，嫁到杨家寨时才是一个19岁的姑娘，虽是法定婚龄，在一般人看来也算结婚早的那种，其实她也不想这么早，可丈夫比她大了整整11岁，已经30岁了，等不起，因为她爱丈夫，丈夫也爱她，两情相悦，水到渠成，组成家庭就是顺理成章的事了，也是她一生最灿烂的希望。

　　罗仕风说起她和邻居的那场官司，有些茫然无措，本来像花一样的脸瞬间严酷得像寒冬里皱褶的树叶，眼泪汪洋着，像一个受了天大委屈的孩子，无奈地述说着自己的不幸。

　　罗仕风快人快语，虽然这桩官司与本人采访她的任务有些不搭，可它代表着农村霸权对弱者的欺凌，说穿了就是恶势力在农村的横行，我只能细心听下去。她说，这桩官司起起散散搞了几年，法院也去执行了，可至今法律仍显苍白无力，作恶者对法律的挑战已经到了几近蔑视的地步。

　　说起她和丈夫相识，那可是一个浪漫的故事。那年罗仕风在家潜心农业，想在土地里刨出黄金，可面朝黄土背朝天地苦干一年，仍是囊中空空，羞于见朋友。那时新巴有朋友在外面打工，逢年过节回来一掷千金，那种潇洒令她无比地羡慕。那年春节过后，她的心就蠢蠢欲动了，决定南下广东，在改

第三乐章　党恩难忘

革开放的前沿寻找自己的精彩世界。

  繁华的广州，也不是说什么人都可以混得出来的，要想赚大钱，必须具备赚大钱的资本，要么就是高精尖的人才。因罗仕风文化程度低，只读过初中，要找那些有技术含量的工作肯定不行，自己也干不了，只得选择自己能干的普通行业。她随朋友到了广州以后，几经辗转，在广州白云区一家五金厂找到了工作。可广州的生活节奏太快了，她一时很难适应，特别是炽热的天气，广州就像一个大蒸笼，人就像坐在蒸笼里，十分不适。加之她从小体质弱，低血糖，稍不注意就会晕倒。尽管工友多，可她初来乍到，工友们不熟悉，显得很冷酷，就像没有她这个人一样，她很伤心，但她无法改变现实，现实是残酷的。有一天她突然在车间晕倒了，工友们视若无睹，因为他们都要完成自己的任务，任务和收入是挂钩的，耽误了任务的完成就是耽误钱，谁也不想为一个不熟悉的人拿钱开玩笑。就在她无助的时候，一个男人来到她的身边，背着她就朝医院跑，这个男人就是她后来的丈夫杨明忠。杨明忠比她早几年进厂，攀谈中她知道了他是贵定老乡，也就有了几分亲近感。知遇之恩，罗仕风永远记住了这个男人，在以后的日子里，她一遇到难处就和杨明忠倾吐，杨明忠也乐意和她交流。每每遇到生病这样的情况，杨明忠就带着她去医院看病，由于是贵定老乡，后来她知道他是杨家寨的，依赖感明显增强，一来二往的，相互有了爱慕，不久就开始谈婚论嫁了。

  罗仕风谈起这段邂逅爱情，甜蜜感溢于言表。她说，我丈夫心地善良，很能吃苦。我们俩能结合在一起，除了上苍赐予的缘分以外，就是他对这个家的真心付出。她说他们自从有孩子以后，彼此携手，一路同行，生活虽然简单，却也快乐无比。以前都是婆婆带孩子，他们尚且无牵无挂，后来婆婆年迈力衰，她就回家带孩子了。讲到夫妻亲密的事，她很伤感，隐隐地有了自责，她说自从回到杨家寨，夫妻就天各一方了。两人一年在一起还不到一个月。夫妻在一起的确少了一点，可她还是坚持说，思念也是一种爱。我也想天天在一起，同享天伦之乐，可生活不允许啊！有什么办法？转眼结婚20多年了，时光老人把她从一个清纯女子变成了两个孩子的母亲，社会在变，而她的生活也在变，变得压力山大了。

  其实罗仕风是个很健谈的女人，生活的重担把她压得少言寡语了。说起那桩官司，她言辞耿耿却也愤愤不平，其中的无奈和无助从她的一言一语中表达得清清楚楚。她说，说起来这桩官司极为玄妙。以前我们都是邻居，没有红过脸，我们家过路都是走他家院坝头，一直和睦相处相安无事，后来不知咋的，他家就不让走了，非得要在我家的通道上修房子，这一修，我们就无路可走了。乡村组协调多次都没有成功，我们想到法律应该是最公道的，就起诉到了法院，一审胜诉二审胜诉，他家还是依然故我，最后不得不申请法院执行，邻居家蛮横无理，还妨碍执行公务，被拘留了15天。但就是执行不下去，至今依然没有得到解决，甚至还得寸进尺，焊了一道铁门上了锁。罗仕风叹了口气，你说这事烦得，真不知如何是好了。她像是在求助，可我解决不了她的问题，只是想问，在建立社会主义法治社会的今天，这位邻居有什么胆子藐视法律？有黑打黑无黑除恶，我们的专政机关的权威在哪里？难道真像罗仕风所说，他家背后有人？

言归正传。罗仕风结婚后先后生育了两个女儿，按照当时的计划生育政策，在她生下第二个女儿后做了结扎手术，属于二女结扎户，应受到政策的保护。原本身体就有贫血症，结扎以后身体每况愈下，粗活重活根本不能干了，自己失去收入，全靠丈夫在外打工养活一家人，生活的窘迫使她非常苦恼。以后就是对孩子的养育，孩子渐渐长大，家庭开支像涨水一样急遽上升，入不敷出，窟窿越撕越大，后来就是一张血盆大口，几乎要将她和丈夫一口吞噬。她急啊！有时她独自坐在满是阳尘的老窗口边，望着蓝天白云发愣，那个老窗口还是当年她和丈夫结婚时，分得的一间木板房，大约40平方米，一家4口就挤在这巴掌大的地方。罗仕风焦头烂额，但孩子的眼睛是清澈的，仿佛照出了她的困惑，她真想搂着孩子大哭一场，可她还是忍着眼泪将孩子的头拉入怀里，默默祈祷上苍开眼，拯救他们一家。

丈夫杨明忠是个老实巴交的农民，没有多少文化，打工完全是靠卖力气，挣的钱也不多，很难满足一家人的开支。杨明忠常常在辛苦之余，睡在地板上，凝读思念之情，流下惭愧之泪。罗仕风4口人分得3亩田土，土地贫瘠，不出种，不指望。田里的收成每年有千把斤谷子，勉强能糊嘴，就是经济恼火，没有收入，常常为了借1斤油钱满寨子跑也不一定借得到，所谓穷在街边无人问，富在深山有远亲，现实就是一把刀，划得她遍体鳞伤。

罗仕风在讲述自己的难处时唏嘘不已，她说："我没想到自己的人生会这样窝囊，都怪自己命苦。有时想起生活的困窘，连死的心都有。可只要听到女儿喊妈妈，精神又来了，母亲的责任感又逼着自己心灵复活，强令自己一定要活下去，实在没有资格抛下两个不懂事的孩子。"

罗仕风讲到这里的时候，眼睛有点潮，略胖的身子不由得扭动了一下，语速也放慢了，看得出，她不想把自己的苦水倒给外人听，只是我又是她必须倒的人。我问她作为移民搬迁户，有些什么感受？她圆脸上立马露出难得的喜悦，她说去年县里开展了脱贫攻坚，她被推选成了极贫户，享受了易地

搬迁的福利。她说她真的没想到会得到移民搬迁的指标，当时评选很严格，本人申请，村民评议，公示，上级批准，每一道程序都必须走到。从杨家寨搬迁到福来家园，进了城，她几天睡不着，高兴呗！她无意中笑了一下，大概是如愿以偿了吧，笑得很开心。她笑起来很美很甜，一点儿也看不出她有病的样子，我笑她发福了，日子会越来越好。她说是虚胖，别看有个身架子，实际上是半个废人。这回的笑是发自内心的，感觉是快活的缘故。

问起福来家园，罗仕风一脸优越。她说以前在杨家寨，几弟兄分家，一个兄弟分得一间，结婚没孩子还能将就住，有了孩子就显得拥挤了，孩子一大更没落脚的地方了。她还跟我说，讲起来惭愧得很，大女儿高中毕业那年，有同学说杨家寨风景好，想来杨家寨玩，女儿不敢接纳，借故避开了。这都是现实的问题，家境不好，对孩子来说会很自卑，是很大的心理负担。

我问她福来家园有多少平方米？她说80平方米，比原来的房子宽了一倍。我问，装修过吗？满不满意？此时，有人送了一车快递过来，要她交接。罗仕风看了我一眼，我知道这是她的工作，叫她收货再说。他们收货就是用手机扫描条码，很简单，十几分钟后就接收完了。她不好意思地问我刚才说到哪里了？我说福来家园。她就说，国家对我们贫困户真的太好了，不但花钱为我们起好房子，水电全通，还简单装修，我们再不晓得感恩的话，那真是连猪狗都不如了！这话倒是说得硬核。

闲话间，有人来取快递，她笑笑说，我先忙一下哈。她虽然才来没儿大，好像来了很久一样，手脚麻利，动作迅速，很快就将客人的东西找到了。工作时间打搅她，确实有些过意不去。待她坐回原位，我问，你移民城里，和在乡下究竟有没有区别？罗仕风想了想，要说区别，最大的区别就是我住上了新房。像我这种情况，要想起一幢房子住，恐怕得等下辈子。她顿了顿又说，但我不完全是为了进城，因为进城生活压力更大。

我狐疑，咋呢？

她说，你算嘛，如果我在乡下，吃粮吃菜不花钱，省去一大笔开支。进城就不一样了，出门就要花钱。

她算了个细账，说，大女儿现在读大一，光每月的生活费开支就得1500元，其他的还不算。福来家园每月水电费400多元，春节期间要多一点，平时也就100多元，物业管理费48元，我自己的生活和小女儿生活开支，大约1000元，人情客往还不算，每个月硬性支出就是3000多元。她算完细账，很不好意思地说，现在我们吃饭没问题，吃的米都是婆婆供应，安排紧凑一点儿，马马虎虎过得去。大女儿读大学借了助学贷款8000元只能慢慢还，实在不行等女儿毕了业自己还了。我们目前实在无能为力了，孩子爸在浙江打工，一个月也就4000多元，除了他的开支，能给家里补贴的也就2000元，只能够敷，要是哪个月突然遇到了什么事，那个月就得拉钱背账。

罗仕风突然叹了一口气，进了城，居住环境改变了，人情世故也变了，原本以为进城是为了孩子接受更好的教育，结果是接受很好教育也是要付出代价的。很明显，现在的经济压力比原来不知要大多少，好多没有往来的亲戚能躲就躲了，真的是为不起人啊！想想罗仕风的窘境，我油然升起对之的悲悯，可还有好多罗仕风呢？不得而知，党和政府脱贫攻坚，当然是为了若干个罗仕风能过上美满生活。不管怎么说，罗仕风是愉快的，为了能挣一份工资，她找了好几家公司，但都因为不合适而未能如愿，所以她找到了中通快递，愿她在这里有所作为，如愿以偿。

临别，罗仕风笑盈盈地对我说，我家那桩官司还是要请你呼吁一下，我们弱势群体需要得到社会的关爱。我心里鲠了一下，说，我恐怕不行，你们还是找法院执行吧。罗仕风有一丝失望闪过，但真的我没有这个能力。

走出中通快递，罗仕风礼貌地送我，可我却步履如铅，没能帮她解决其苦恼的官司而颇感愧疚。那一声再见之后，我仿佛走进了一畦烂田中，拖着沉重的步子……回头再看罗仕风，虽然看不清楚她的脸，因为那只口罩遮住了她大半个脸，但我还是看清了她那双忧郁的眼睛，企盼，从她的眼睛里流出来，渴求着一种信任。

第三乐章 党恩难忘

搬出来的幸福
——记易地搬迁户付科禄

兰 馨

一

"精准扶贫政策暖,易地搬迁情意浓。"
"斩断穷根搬迁策,勤劳致富政府恩。"
"全家欣喜此处安居福来家园,政府照顾易地搬迁住新宇宅。"

在贵定县福来家园易地扶贫搬迁安置点,随处都可以看到这样一副副对联,用朴实而又真挚的文字,表达了搬迁户喜迁新居后的欣喜和感激之情。

搬出穷山窝,走向新生活,福来家园安置点,正在成为这里的搬迁户们走向美好未来的新起点。

我的采访对象付科禄,就是居住在福来家园的一个低保贫困户。

付科禄现年58岁,原来是贵定县定南乡鼓坪村摆营山人。鼓坪村是定南乡最边远、贫困的村,全村交通条件差,耕种条件也差。而付科禄居住在摆营山半山腰,这个10多户人家组成的小村落,都姓付。这儿山高路远,进出非常不方便,田土稀薄,根本就谈不上什么产出和收入,长期被落后的生产方式排挤在时代文明的边缘。人均收入很低,生活不能自给,一直处于"吃粮靠救济,用钱靠贷款"的落后状况,日子过得很是艰难。

村里的年轻人大多外出打工,有的去当上门女婿,千方百计想逃离这个穷窝。付科禄由于幼时玩耍摔倒时被竹枝刺穿耳膜,导致耳聋,又没文化,因此没有外出,老实的他经人撮合好不容易有了个家,可妻子却在女儿才一个月时就因病去世,留下年幼又常犯癫痫病的女儿和他艰苦度日。幸好有父母替他照顾女儿,才把女儿拉扯大,女儿成年后远嫁外地,他就和父母一起生活。

由于生性木讷又耳聋,交流不便,对他的了解,我都是从他父母口中得到的。他父亲现年83岁,母亲84岁,二位老人虽已80多岁高龄,但耳不聋、眼不花、背不驼，仍精神矍铄、说话口齿清楚，还可以下地干活儿、采摘茶叶。虽有了他们帮衬，但付科禄的生活还是很贫困，农村现在已发生了天翻地覆的变化，但他们一家仍居住在老朽的木屋里，烟熏火燎过的老屋又破又旧，除了一台老旧的小电视，家里没有一件像样的家具。因此，虽丧偶多年，可他仍然单身，用老父亲的话来说，就是：住得不好，人有残疾又老实，四到八处都去讲过，连憨子也不愿嫁给他，只好这么过了！

二

自从开展精准扶贫工作以后，网格员黄贞贵便走进了他家的生活。看到这个老的老残的残的家，生性善良的黄贞贵总会自掏腰包给他们捎去被子、衣服、粮油等物品，每次去都不会空手。

为了能让付科禄走上脱贫道路，黄贞贵一方面从思想上转化他，让他知道人残志不能残的道理，要学会自立脱贫；另一方面，针对他耳聋又老实，不能去外地打工的实际情况，把他家列入重点扶持对象，为他家申请到了最低生活保障金，还花钱买了些鸡鸭，教给他养殖技术，让他增加收入。

2018年，按照国家扶贫政策，付科禄可以领到3万元的危房改造基金来起新房，考虑到他家在山下没屋基，起一幢新房这点钱根本不够，黄贞贵就动员他搬到贵定的移民搬迁点福来家园去居住，因为按照移民搬迁政策，他家可以分到一套60平方米的住房。去城里住，生活方便，找工作也会更方便的。

可付科禄对搬进城有些顾虑，因为付科禄残疾又没文化，不能到外地去打工，在摆营山可以种田土，还可以摘些竹笋、采些土特产去卖来贴补家用，在城里找不到工作，没有收入生活难以维持。父母年事已高，俗话说落叶归根，他们已无劳动能力，叫他们离开生活了快一辈子的老窝，咋会愿去？

三

他顾虑的事黄贞贵知道了，帮他报名参加了县就业局举办的劳动就业班，学到了一些劳动技能，付科禄很快在福来家园附近打了零工，每天有近一百元的收入，比他在乡下种地强多了。加上一家三口的生活保障金和父母的高龄补贴，家里的生活已不成问题，政府的一系列扶贫政策也给他吃了"定心丸"。

为了帮他脱贫，黄贞贵帮他争取到了一些花卉种子，让他拿回老家栽种，去年光花卉收入就有6000多元，再加上田地里的蔬菜种植、茶叶收入，生活越来越顺心。去年，一群蜜蜂飞到他家老屋前，老父亲为它们搭了个蜂房，割蜂蜜后又卖了1400元，这又给了他更大的信心，日子越来越红火，终于摘下了贫困帽。

"你一个劳力不出，政府就拿房子给你住，你自己起，费死大力，我天天这样跟邻居说。以前我背上背一个孩子，肩上挑一个担子，每天起早贪黑地干活，吃不饱也穿不暖。现在倒好，享国家的福，能到城里去生活，住的地方比原来好，经常免费体检，生病了有人来帮你治。去年国庆节县里来慰问我们老人，我家俩老人每人还领得一桶菜油，别人家只领得一桶呢！"付科禄老母亲笑眯眯地说。

"我们搬家时，黄主任跑上跑下帮我们搬东西，忙得满头大汗，见我们缺这缺那就帮帮买，待我们就像对他父母一样，张县长还来看望过我们，还跟我握手，问我在福来家园住得惯不，还有哪些需求？我们能有什么需求，吃得饱住得暖就感恩不尽了！"付科禄老父亲一脸自豪地说。

现在，他们已习惯了城里生活，只在农忙时，回老家种些蔬菜、采摘茶叶。我们到达鼓坪村摆营山他老家时，他们才采茶叶回来，这个身材消瘦、衣着简朴的男子，正在低矮昏暗的灶间忙着揉搓茶叶，见到我，只憨厚地一笑，又陷入了忙碌中。

四

坐在他家破旧的老屋前，付科禄父母跟我们唠家常般摆谈了一个多小时。这个矮小但精神硬朗的老人，嘴里反复念叨的一句话就是："感谢党、感谢国家，给了我们这么好的日子。黄主任他们经常来看望我们，还给我们衣裳穿，给我们粮食吃，给我们指生活路，可几年来，来我家茶没喝上一口，饭没吃上一顿。去年过年几个儿子杀年猪，我叫他们来吃杀猪饭，他们太忙了也没来成。"言语里，满怀慈父般的柔情与歉意。

"新冠肺炎疫情期间，社区还给我们发口罩，叫我们少出门，咋个防护，正好社区通知我们去免费体检，明天赶场天，我们要回福来家园，你们去我新家玩哈。"老人热情地说。

当我告诉老人家国外疫情仍很严重，据网上报道，有些西方国家为了节省医疗资源，居然拔掉了65岁以上老人的呼吸机，不救治他们，让他们自生自灭时，老人家惊奇地说：咋会这样？还是中国好，还是共产党好，还是国家政策好呀！

"说老实话，在老家脸朝黄土背朝天的种地，随你怎样勤扒苦做，都没有多少收成。现在搬到城里，不费一分钱，政府帮我们装修好房子，直接拎包就住，每月领低保金、养老金，一个月有1000多元的收入。看病还有人管，这种生活打起灯笼也难得找啊，我们除了回来拿些米、采些茶叶，基本上都在福来家园住了。"

我问二位老人："你们都80多岁，一般人都已享天伦之乐了，你们咋还下地干活呢？"

老人家笑了，说："只要我们吃得动得，就不能只顾'等、靠、要'过日子，要自力更生，现在有政府关心、干部帮扶，我们不争馒头争口气，也要自食其力，哪能靠着墙根晒太阳，等着别人送小康？"老人家指了指还在忙碌的儿子说，"现在政府让我们贫困群众根据自身的条件来自立脱贫，他经过培训后，打零工也可以养活自己，我们百年归天后，也不用担忧他了。我们呢，就努力把身体养好，争取长命百岁，多享几年福！"

五

付科禄的新家是两室一厅，一厨一卫一阳台，政府简装过，有雪白的墙壁、透明的玻璃窗。客厅里，液晶电视、电暖桌、沙发、茶几、柜式饮水机布置得井井有条；厨房里，橱柜、电磁炉、电饭锅、冰箱、抽油烟机一应俱全；卫生间，抽水马桶、洗衣机、热水器布局合理。按照政策，他们分配到的是60平方米的房子，可看起来比实际居住面积要多些。

木讷的付科禄也开始话多了，看来心情也不错。但说得最多的还是他的父亲。话匣子一打开就关不住了，"你昨天看到我们老房子那个样子，跟现在的家相比，是一个地下一个天上，根本无法比较。"他说，"易地扶贫搬迁的政策让我们拥有了现在的新房，去年还摘掉了贫困户的帽子，住房的大问题解决了，对以后的生活我也不好意思有什么诉求了。"老人很满足，说话也铿锵有声，"我们想到的，党和政府都为我们想到了；我们没想到的，党和政府也为我们想到了"。

是啊,党和政府就是他们的父母,让他们这些没家没能力的孩子有了温暖的家,这是几千年来任何朝代都办不了的事,新时代办到了。老头子满脸溢满笑容:"我庆幸赶上这样的好时代,现在的幸福生活是共产党给的,我们感谢共产党。"

"得啦得啦!鬼老者,让我来说几句吧!"已为我们泡好茶,站在一旁的老伴打断了付科禄父亲的话,有些激动地说,"姑娘,你们去我家的路不好走吧,前几天我在路边下车后,歇了三回气才走到家,以前的生活简直不敢想,家里孩子多,那点田土种庄稼,一年忙碌下来只能勉强填饱肚子,要不,老大也不会去上门,老三也不会去打工受伤变成残疾,一家人都成贫困户,一个寨子十户九空,要不是领导们关心帮扶,我们的日子哪会有今天这样的舒坦?我天天都跟邻居讲,现在国家政策这么好,处处为我们穷人着想,我们要知足感恩,不要尽给国家添麻烦!"

在他家的窗台上,两面鲜艳的小红旗在微风中飘扬。看到我的目光投在五星红旗上,老人家接着说:这是去年国庆节参加活动时得的,我们把它放在家里,就是要时刻牢记党恩,感谢党恩!

"安得广厦千万间,大庇天下寒士俱欢颜!"我目睹了易地扶贫搬迁给老百姓的生活带来的巨大变化,看到了他们"一步住上新房子,逐步过上好日子"的喜悦,真切地感受到了他们的幸福。

六

付科禄家只是千万搬迁户的缩影。他们来自"一方水土养不起一方人"的极度贫困山区,文化低、见识少。搬迁只是手段,脱贫还没达到目的,但没有真正接触过他们的人,就不会彻底地了解他们。他们虽然文化低,有的人可能只会写自己的名字,但在党和政府的关怀下,他们脱贫致富奔小康的愿望却很高。他们虽然见识少,有的一辈子都没出过大山,通过"挪穷窝""换穷生""拔穷根",他们从农民转变为新市民的获得却很多。

易地扶贫搬迁,"拔穷根"是关键,如期实现脱贫奔小康,收入是关键。让贫困群众搬出不适宜居住的恶劣环境,让其在新环境下能够改善家庭生产生活条件,积极创造就业机会,确保他们搬得进、稳得住、能致富、奔小康。从危房到楼房、从农村到城区、从务农到务工……生活就业环境的改变,让搬迁户告别了过去的贫苦生活，逐步融入城区变成真正的"新市民"。路应该还很长。但我相信，易地扶贫搬迁的贫困团体，经过党和政府的扶持帮助，是可以过上更加美好的生活的！

福来就是幸福来，这就是搬出来的幸福……

第三乐章 党恩难忘

无悔做个中国人
——黄文群印象

彭 芳

一

岁月不居，时节如流。转眼就是 1 年。转眼已是 10 年。

10 年，黄文群的命运，就像一条从山谷幽深处流淌出来的小溪，一路弯弯拐拐，撞石跌崖，历经几番周折，终于冲出大山，见到了灿烂明媚的阳光。

此刻，正是上午 8 点 30 分，早晨的太阳翻过对面的山顶，从淡淡的雾霭中斜射过来，照射到福来家园的屋顶上。福来家园黄色的墙体，褐色的檐顶，在阳光的照射下，有一种端然静谧的亲切感。

黄文群正在福来家园的小区里打扫卫生。小区绿化带种有许多植物，暮春时节，各种花开过了，谢了，绿叶却渐次地碧绿茂盛起来，浓浓密密的绿叶，在阳光下泛着耀眼的光泽。小区的篮球场上围着绿色的丝网，几个少年正在投篮，你争我夺，好不热闹；篮球场旁的花坛边，有几个小孩子在观察树下的蚂蚁，像小鸟一样叽叽喳喳，这个说蚂蚁有 6 条腿，那个说蚂蚁会咬人，争得面红耳赤。老头儿老太太们从大门出去，装束有点儿杂乱，看不出是城里人还是乡下人，估计是住小区的。今天星期六，街上赶集，他们在福来家园的门口坐公交车。谈笑着，一脸阳春。

黄文群左手提着个油纸袋，右手拿把火钳，沿路寻找可捡之物。新修的小区，搬迁至此的 900 户人家，每一家人都不容易，每一个人都很珍惜，道路上并没有多少垃圾可捡。

黄文群抬头看到墙上那些红红的大字："脱贫致富感党恩，易地搬迁除穷根。""新时代，新征程，新生活。""住上好房子，过上好日子。"心潮便也有了微澜，不由得又想说那句话，现在的幸福生活，像做梦一样！

二

1985年的秋天，黄文群呱呱坠地，父母又喜又悲。喜的是家里又多了一口人，悲的是这孩子小得只有巴掌大，一块手巾都包得完。孩子能不能存活？是当时父亲心里的一个大疑问。好在在父母的精心照顾下，黄文群渐渐长大了。成年后的黄文群1.4米不到，看上去最多25千克。多年后的黄文群，得到了一张4级残疾人证明书。

黄文群的父母是老实巴交的农民，她有一个哥哥、一个妹妹。一家人靠耕种生活，日子并不富裕。黄文群貌似侏儒，实则从小就是一个勤快人。虽然瘦弱矮小，在父母的关怀下农活儿样样精通，收拾家务、洗碗抹盏、做饭炒菜，样样在行。

时光催人，黄文群年过23岁，竟然没有人上门提亲。寨子里的同龄姑娘都结婚了，而她生命中的白马王子在哪里？黄文群萌动的青春在呼唤。唤来的男人嫌她又矮又小，喝口水就走了。有几个她看上的，却有身体缺陷，素质较低，相较于初中毕业、有一颗善心的黄文群，确实相差太大。高不成低不就，黄文群的傲心打退了一些与她有同样缺陷的人。

在偏僻的农村，女孩子20岁左右嫁不出去，就成了父母的心头病。黄文群带有缺陷的身体就是父母的硬伤，能否婚嫁，父母日思夜想，也想不来一个如意郎君。彼时，家里亲戚也曾热心给黄文群介绍男友，可就是她看上了，别人看不上，别人看上了，她看不上。心性很高的黄文群，就这样过了花期。

24岁那年，黄文群和寨上的熟人一起去浙江打工，因为她太瘦小，很多厂都不肯招收她，最后，只得在一个小小的钻石厂上班。她在厂里是最不起眼的小不点儿，但她做事认真踏实，得到了老板的认可，也是在这个厂里，她认识了贵州老乡彭学明。当时在这个厂上班的彭学明，是一个35岁大男人，老实本分，耳朵听不清楚，也算半个残疾人。在一个厂里上班，大家抬头不见低头见，两个命运相似的男女，不远千里碰到一起，缘分就这样不知不觉地来到了他们的身边。黄文群和彭学明相识之后，竟有一种同病相怜的感觉，通过慢慢了解，两人之间擦出了火花。

三

黄文群说起自己的婚姻，调侃说彼此将就。说这话的时候，巴掌大的脸上有了幸福的笑容，并没有半点儿她所谓的"将就"的表情。那个时候，我和她正坐在福来家园她的新家中。

这个60平方米的小家非常温馨，小小的阳台，小小的厨房，小小的客厅，小小的厕所，摆放有冰箱、饮水机、液晶电视、消毒柜、洗衣机。厕所里安有热水器、抽水马桶，墙壁上整齐地挂有各种洗漱用品。这个小家干净、整洁、舒适，井井有条，看不到一点儿农村人进城的凌乱，甚至旮旯角落都没有一点儿灰尘。客厅里的沙发摆放得别具一格，靠墙边的一个淡蓝色柜子上还有好几样化妆品，沙发旁边放了一张原木色的小桌子，我俩坐在桌边，黄文群给我倒水，我听她讲她的故事。

黄文群老公彭学明老家是福泉仙桥的，家里有兄弟姐妹9个。儿多母苦，彭学明从小就是吃不饱、穿不暖的孩子，父母过世得早，彭学明成年后靠自己打工养活自己。他俩打工认识后，彭学明常常帮助她，情由心生，黄文群非常感激这样一位有善良心肠的老大哥，心里泛起了想爱一场的涟漪，彭学明和她是一根藤上的苦瓜，早已萌生恋情，在一个夜色浓重的夜晚，他按捺不住自己心跳，鼓足勇气表达了自己的爱，两情相悦，何须明说，黄文群莞尔一笑，算是默认。

恋爱关系确定一年后，黄文群带彭学明来见父母，憨厚老实的彭学明得到了黄文群一家人的肯定和认可。只是，彭学明家太穷，他们俩结婚时，不能靠婆家，就只有靠娘家。他们在黄文群爸爸妈妈家房子旁边搭了一个偏房结婚。结婚时家里很简陋，没有一样像样的家具和家用电器，婚后两人一直靠打工生活，因为两人的身体残疾，找份工作并不容易，但是，两人非常节约，除了必要的生活开支，集得点钱就用来买家用电器，从电视机到电冰箱到饮水机，一件一件添加。

小日子原本可以越来越好，可是，两人结婚一直没有小孩子，只得放弃打工，到各大小医院、私人诊所检查身体，在医生的建议和意见下，做了各种治疗，吃了无数种的中西药，用了各种偏方，均没有任何结果，因黄文群的身体有问题，不能生。

一个没有生过孩子的女人，是不完整的女人；一个没有孩子的家庭，是不完整的家庭。黄文群暗自流泪，也只能接受现实，彭学明也甘愿接受这样的现实，都是苦命人，何必在她伤口上撒盐？黄文群不，为了家庭能够完整一些，她和老公商量收养一个孩子，彭学明也乐意。于是，他们通过多方渠道，收养了一个小女孩，孩子取名彭进。家里有了孩子后，黄文群把自己的整个身心扑在这个孩子身上，她要给孩子完整的爱，孩子予她一个完整的家。

四

有了孩子，家庭开支大大增加，黄文群也不能去打工了，家里的开支只靠老公打零工来维持，实在是难以为继。日子过得紧紧巴巴，常常囊中羞涩。两人没有办法的时候，就跑去黄文群父母家蹭饭。2014年，国家的精准扶贫政策实施后，沿山镇政府的领导、工作人员了解到黄文群一家的境况后，把她家列为重点扶持家庭，先是把他们一家评为精准扶贫户，而后他们家的帮扶人罗建新又就她家的特殊情况多次申请，为他们家争取了最低生活保障金。安排彭学明在盘江护校搞绿化工作，一个月的工资是2000元，基本解决了生活问题。

"真的好感谢政府啊！"黄文群谈到政府的扶助，话语里含有无尽的感激之情。我问她："你们村的第一书记是谁？"

"杨先达！"黄文群回答，"罗建新负责帮扶。"

黄文群搬迁福来家园后，政府为解决她家的生活困难，给黄文群安排了公益岗位，打扫小区卫生，一个月400元钱！黄文群说："现在有我老公2000元的工资，加上我的400元，还有低保领，加起来3000多元，够用啦！"

基本的后顾之忧解决了，小鸟一样的女儿也非常开心，已读二年级了，进步非常大。比起之前来，这样的家才是完美的天伦之乐。黄文群说以前做梦都没想到会来城里住，现在好了，梦想成真了。厕所在家里，用水在家里，电从来都不会停，还有免费Wi-Fi，门口是公交车站，不晓得是哪辈子修来的福分。

黄文群说到的这些，实际就是精准扶贫的目的。当然，不止黄文群，许许多多和黄文群一样的都有这样的感受。从老百姓唱的山歌里，亦可窥斑见豹：

搬进楼房挪穷窝，挪出穷窝想唱歌。歌声难表党的好，党的恩情多又多。
说起党来心里热，帮了搬迁帮就业。搬迁就业想得细，大家永远都记得！
新区住起没得说，娃儿门口就上学，打工找钱近得很，工厂就在楼脚脚。

五

在黄文群的新家聊了一个多小时后,为了进一步了解她的过去,我提议说想看一下她家的老房子。黄文群毫不犹豫地就把我带到她的老家——安家牌坊。

安家牌坊前后是青山巉岩,中间一条马路,离马路30米有一截上坡路,上完坡就会看到一间平房,这间老式木房就是黄文群曾经的窝。木结构,盖有小青瓦,大约50平方米。不过,房前的小院子打扫得干干净净,围墙上放有几盆花草,院子的右边种了一株桂花树,不是很高,却枝繁叶茂,长势喜人。黄文群打开门,请我们进屋去坐。房间里干干净净的,沙发、火炉、饮水机,一应俱全,却没有人在。

黄文群告诉我们说,房子是爸妈家的,爸妈因土地被占,赔偿了十几万元,重新起了两层楼的新房,和哥哥一家搬去住新房了,旧房子就空着,留给他们回家时住。她说她结婚时的房子很简陋,盖的是石棉瓦。房子一破两格,30平方米左右。一间做卧室,一间做厨房兼客厅,房子里没有自来水,用一个大胶桶当作水缸,家什挨挨挤挤。有爸爸妈妈照顾,一家人相互扶持,和睦相处,物质生活虽然贫穷,精神生活却非常丰富。

后来搬新家了,因是危房,就被拆除了,留下一片不大的黑土,里面已种有好几株桂花、映山花、兰花。枝丫被修剪掉的映山花,从矮矮的树桩上开出来,密密匝匝,鲜红如血。

黄文群说她现在有一个温馨的小家,是父母的恩惠使然。说起父母,黄文群一脸的骄傲。黄文群怎么不骄傲呢?她搭偏房结婚,外出打工,去各大小医院检查身体,收养孩子,都是父母一路关心,一路扶持,没有父母的包容、关心和照顾,她会有今天的幸福家庭?可怜天下父母心。黄文群说:"我爸妈他们开始怕我嫁不出去,操碎了心。现在,他们看到我不仅拥有一个像样的家,还住到城里来了,可高兴啊!孩子虽然不是亲生,但乖巧听话,老公孝敬老人,勤劳善良,不抽烟喝酒,一家人快快乐乐,老人也为我们高兴。"

黄文群说父母都是60多岁的人了,还没有休息过一天,虽然政府对60岁以上的老人都有补助金,可两个老人勤快惯了闲不住。她说她没有出息养父母,妹妹嫁在外地,有两个孩子,父母只有帮助他们的,哪会要他们养?

哥哥 40 岁才成家，没有孩子，是父母的心病。她说，这一生都是父母照顾我们孩子，而我们都没有照顾到父母。

唉！她叹息！

无意间谈到今年发生的疫情，黄文群激动地说："还是当中国人好呀！还是我们国家好呀！都是国家出钱给感染病人看病！美国的老百姓肯定好想当我们中国人哦！"

是啊！谈到今天的幸福生活，谈到今年的疫情，黄文群和我都想骄傲地说一句："此生无悔入华夏，来世还做中国人！"

从新荒寨到阳光家园

(特写)

罗仕军

新荒寨是云雾镇窑上社区大塘村一个偏远的小寨子，位于村委会往北的半山腰上，总共就七八户人家。从新荒寨到云雾镇有 14 千米，到窑上社区 16 千米，到最近的抱管社区也有 7 千米，山高路陡弯急，田少土多，没有水，下到 2000 米外的厂边才有一条小河，吃水也要到河边去挑。早些年，这里的种植主要靠种苞谷、水稻，收成全看天色。在通村公路没有打通并硬化之前，这里几乎是世人遗忘的角落，一年到头难得有人光顾。

1979 年，赵国章在这里出生，从小他就跟着父母日出而作、日落而息。春天种苞谷、收菜籽，夏天薅苞谷、插秧子，秋天扳苞谷、收稻子，冬天砍柴火、烧火炭。生活贫穷落后，单调而枯燥。如果没有后来的一系列变化，赵国章估计也就终老在这里了。

由于寨子太偏远，自然条件又比较恶劣，姑娘都不太愿意嫁到这个地方来，稍有点出息的男人，到一定年龄以后，不得不外出务工，要是能娶到一个媳妇，那人生就算是成功了。

赵国章的父母生了 4 个儿子，尽管一家十分勤劳，但人多地少的现实仍然让他们生活难以为继，早些年种的粮食除了交公粮外只够吃，补贴家用只有去烧炭卖，辛苦不说，山上的树木也经不起砍，到后来，政府禁止砍伐山林了，山上也没树了。赵国章只好和别人一样去外面打工，由于没有文化，也没有技术，挣钱基本上是靠卖苦力。好在赵国章从来不怕苦，凭着勤劳，他攒下了一笔钱。2008 年，29 岁的赵国章结婚了，妻子是窑上街上的人，次年有了儿子，2013 年又添了个女儿。

如果生活一直按常规继续下去，依山里的标准，赵国章的人生已经算完美无缺了。但好景不长，成家后的赵国章只分到几分田、两亩土，一家人根本养不活，小孩子太小又不能外出远门打工，赵国章只能趁农闲的时候在附近打零工补贴家用，但生活依旧捉襟见肘。山里的清苦让人难以承受，2015

年过完春节，妻子和别人一起外出打工，这一去再也没有回来。

妻子的出走让一个幸福的家庭从此搁浅，生性老实的赵国章四处打听终究还是没有什么结果，只能一边打零工一边自己照顾孩子，贫苦的日子一眼望不到头。

命运的转机发生在2016年，这一年，云雾镇把实施易地扶贫搬迁项目作为脱贫攻坚的主要手段之一，对镇内居住地生产生活条件恶劣、生态环境脆弱地区、地理位置偏远且基础设施和基本公共服务落后、"一方水土养不起一方人"的地区群众实施易地扶贫搬迁工程，新荒寨是这个项目的重点实施对象。

对于搬迁，赵国章并不是毫不犹豫就决定的，而是经过了无数次的思考，一方面是对于故土的留恋，再穷再苦，它也是生养育自己的地方，儿不嫌母丑，狗不嫌家穷呢？故土永远是自己的根。另一方面，搬了之后怎么生活，一家人吃什么喝什么？他心里实在没有底。后来镇里的干部来做思想工作，"搬出去就是一个全新的开始。如果不搬，一辈子的贫穷都可以看得见，搬了就是一个转机，只要勤劳肯干，还愁没好日子？再说全寨子一起搬，一个寨上的都还在一起，只不过是换了个地点而已"，道理他不是不懂，但说和做不是一句话那么简单，和他一样想法的还有好几个。镇领导看出他们的犹豫后，直接把他们带到云雾镇阳光家园小区，让他们看看刚刚新修的易地移民搬迁安置点的建设情况。

云雾镇在实施易地搬迁过程中，通过生态移民和易地扶贫搬迁项目，统一规划，连片建设，统一风格，将易地扶贫搬迁安置点置于区位优越、交通便利的镇内核心区，在安置点方圆1千米内分别规划建设有云雾小学、云雾幼儿园、中心卫生院、客车站、兴云综合农贸市场、准四星级大酒店等，交通便利、基础设施配套完善。看到一排排的楼房拔地而起，花园式的小区和城里一样漂亮，赵国章终于动心了，搬，国家有这么好的政策为什么不响应？

经过抽签订房、简单装修，2017年赵国章入住了阳光家园小区，从2016年开始到2020年，像赵国章一样住进阳光家园的还有近600户2000余人。很快，镇政府出台了新政策，为易地扶贫搬迁户子女开通就读绿色通道，子女可以就近到云雾中学、云雾小学、云雾幼儿园读书，老人家可就近享受免费家庭医生签约服务。

为进一步落实搬迁群众后续发展工作，实现"搬得出、稳得住、能发展、有保障"的工作目标，云雾镇还根据搬迁群众实际情况实行抱团务工、打捆就业，到镇亿滕集团、云雾湖茶场、七里冲茶场、食用菌基地、蔬菜基地及

新市场管理处等与相关负责人接洽就业事宜，同时与镇区企业签订长期提供就业岗位协议，实施"订单式""定向式"技能培训，鼓励本地企业优先吸纳搬迁户劳动力就业，促进搬迁户尽快就业。

赵国章没想到，镇政府考虑的远比他考虑得多，刚搬来没多久，就让他当单元的"楼长"，每月有几百元的固定收入。"搬到阳光家园小区以后，不管是办事、看病还是买东西都很方便。学校离家又近，儿子放学后可以自己回家，女儿接送也很方便，这在以前想都不敢想。"赵国章说。

随后一段时间，赵国章还参加了几次镇政府组织的技能培训，在镇上一边打零工，一边照顾孩子。2019年，云雾镇一家农机站招机修工，月薪3000元加奖金，熟悉这一行并且经过培训的赵国章去应聘，很快得到了想要的工作。

住房有了，生活改善了，就业解决了，赵国章现在差的只是一个知冷暖的女人，对于现在的他来说，那或许已经不是问题了！

贫困户中的老支书

唐诗英

题记：他是一位上了年岁的人，却有着一生为人着想、为人奉献的新潮思想，无论是曾经的老支书，还是现在的贫困户，自始至终从未改变过自己的初心。

岁月催老容颜，境况改变命运。一位身材瘦高却身板硬朗，饱经风霜却精神抖擞，肯办实事却从不张扬的老人，倏忽间就变成了贫困户。可他那不因时光溜走和命运的改变而消磨初心的心灵，总是闪着光。他，就是如今居住在昌明镇易地扶贫搬迁安置点鑫民小区里的高礼金。

今年已是71岁高龄的他，本应和其他老年人一样轻松安逸地享受晚年生活。然而，命运待他似乎不公，在这花甲之年里，让他还在承担着为国分忧、为家分担的重任。

勤劳、爱干净的好品质追随高礼金一生。

走进老支书高礼金家里，地板光洁发亮，各种家具整齐摆放。房角旮旯看不到一丁点垃圾，洁净如洗。就连他已瘫痪多年的妻子穿的衣服也是香气扑鼻。一般人的猜想，这样舒适而温馨的家一定是个贤淑能干的女人收拾打理，那你错了。它是出自一个曾经当过兵，又任岔河村（现打铁村）支书，现已高龄的男主人高礼金之手。

宁愿改变命运，也要孝顺父母。高礼金1969年当兵，在部队服兵役6年，憧憬着提干长期待在部队里，既能圆自己一生的军人梦，又能让自己不再为一日三餐而发愁。20世纪六七十年代的中国还很落后，大多数人生活清苦，衣不遮体、食不饱腹是常有之事，因此，那时的高礼金想要的生活是一生能待在部队，因为部队不愁吃穿，精神生活也很丰富。然而，幻想终于被残酷的现实打破了。1974年，父亲托人往部队打电报，谎称"母亲病重，速回看望"。一向孝顺双亲的高礼金收到电报后，急忙向领导请假赶回。哪承想到，回到家里，他看到的不是母亲生病难过场面，而是家乡人欢天喜地为他娶妻迎亲场面。一下子明白是怎么回事了，他又急又气，责怪父亲骗了他。真想一走了之，生米既然做成熟饭，责怪父亲又有何用？孝顺的高礼金明白了父母的良苦用心。

"男大当婚，女大当嫁"，这是千年古训。20世纪50年代初的人，婚姻仍是父母之命，媒妁之言的多，尤其像他这类听话孝顺的孩子，更是不敢也不愿违抗父母的意愿。无奈之下，他和姑娘拜了堂，成了亲。新婚回到部队，因没有提前向上级打结婚申请报告，受到关禁闭一个月的惩罚。叙述于此，老人突然表现出愤愤不平，不停地责备自己当时懦弱，没有反抗父母的精神，导致今天的局面。有了婚姻，多了牵挂，1975年，为孝顺父母和照顾妻子，一番思量后，毅然申请退伍回了家乡。

回乡之后不久，高礼金看到家乡的落后境况，感叹命运多舛的同时，不再安于小家温暖了。凭着自己在部队的几年锤炼，高礼金有了新的想法。他走访了亲戚朋友，了解到村里没有一家医院，甚至没有一个懂医的人，一旦村里人有个大病小痛无处就医，只得忍受疼痛，要么得走10来千米山路才能到镇上医院看病，要是遇着半夜三更或狂风暴雨、冰天雪地突然生病，就只能眼睁睁看着病人被病痛折磨。在这样缺医少药的山村里，这类的事多次让他心生悲悯和忧虑。他决定去报考遵义医学院，打算学成归来为家乡人把脉问诊，治病救人。他得到体检通知书，欣喜若狂地参加体检时，医生说他因听力不合格，不被录取。行医的大门被关上了。

他找了熟人帮忙，然而体检结果如同一座撼不动的大山将他挡在了求学的门外。无奈的他只后悔小时候安全意识差，玩耍时不小心，耳膜被伤没及时也没钱医治造成了左耳失聪。没有走进医科学校让他沉闷了好一阵，但是年轻人的士气和能力是不会轻易被击垮的，他的另一个志向来了：就地取材，服务家乡，帮助村民。

1975年的农村，贫穷落后，尤其是他居住的偏远山村，交通不便，家里水电不通，乡民们过着日出而作，日落而息，脸朝黄土背朝天且还解决不了温饱的日子。尤其是看到村民们每年上公粮时，肩挑马驮翻山越岭、爬坡下坎行走一个多时辰才到昌明镇公粮站的艰辛时，他无比地辛酸。想修路的想法便突然爬上心头。有了这个想法，还真有了实践的机会。

1976年村党支部改选，高礼金高票当上了岔河村党支部书记。他上位的第一件事就是决定带领父老乡亲修一条好走的路。他始终相信只有把路修好才能致富的道理。修路这事如重锤落在他肩上，他可是没日没夜地在思考，因条件的限制，使出全身力量和所有智慧思考后，和村委干部商量好，先组织村民们开会，并告诉大家自己的想法。会上让他意外的是提到修路，大家竟是极力支持，且要求早点儿着手。看来这交通的不便确实让大家吃了很多亏，受了很多罪。村民们的支持是勇气的源泉，给他带来了莫大的信心。于是从何地起步，途经哪里，止于何处，如何修建等问题，高礼金同乡亲们一一讨论定夺，最后决定于当年3月份开工。可是万事开头难，尤其在穷乡僻壤的恶劣环境下，工匠技术落后，家家户户经济较差，现实是更谈不上钢筋水泥砂浆？只能利用现有资源石头、泥土。当时，就连石头的开采也是一大困难。尤其是这公益事业所需量大的情况更是难上加难。面对诸多困难，作为支书的他没有害怕，一边叫一户一工的劳动力在河里、地里捡石头、挖泥巴。一边自己每天独自徒步到乡里、县里有关部门反映情况，报告申请资助项目。功夫不负有心人，在他坚持不懈的努力下，上级部门同意配送雷管、炸药帮助他们村修路。拿到这些急需又危险的物品后，他首先耐心教村里精明能干的年轻小伙儿使用，并亲自带头示范用来开采石头，确保安全保障后，才放手让其他人跟着开采，作为修路用的主要材料。在他身先士卒，严格把关下，全村齐心协力大干到本年12月底，一条以石头路基为主的从村口到镇上2米宽的毛坯路终于完工。虽然比不上今天干净平整的水泥路，但路上的马车、人工手推车，已最大限度减轻了村民们上公粮挑抬的艰辛，也方便了村里人的进出，基本改变了那种人人窝山中，代代皆不聪的愚昧、落后状况。

一个有责任感的支书，为人办事是没有止境的。有村民说："道路解决了，可吃水还在恼火呀。你看，隔壁孤寡五奶，自老伴过世后，自己不能到井边挑水，她家的水缸从来未满过，要是遇上干旱少雨年份，守大半天才挑得一担水，谁还顾得上她呀！"高礼金听到这话心就颤了。是呀！人都有老的时候，五奶老人家的吃水的确是个问题。既然老人家不能到井边打水，那就让水自己送上门来。于是，高礼金决定安装自来水。

1986年的一天，他和村委干部商量后，又召集村民开会了。会上，他向大家通报安装自来水的想法，村民开始拥护，但提到一户集资16.8元买管件等材料时，个别村民不高兴了，说是这年头，饭都吃不饱，哪有闲钱去搞这些高级享受，出点力都能得到的东西，干吗花钱去打架，真是有钱没地方花，消极的话总是影响情绪，一些村民也跟着干吼，就是想享受不出钱。高礼金没有因之而打退堂鼓，他力排众议，一个劲按计划进行。可挨家挨户收集资款时，几个村干部考虑到村上几户特困户肯定拿不出钱，到时会影响大伙，于是收费时便按一户20元收缴。比开会时说的一户16.8元多收了3元多。这样一来，事态发生了变化，部分村民极其不满，把不满发泄到了他的身上，甚至干部里一组和三组组长骂他以权谋私，侵吞大家血汗钱，搜刮大伙的钱去养自己。原本是为大家做好事，却遭到如此这般的不理解甚至谩骂，高礼金受了莫大的委屈。但他并没有和这些人斤斤计较，虽心里也在生气，但活儿不能就此停下。他一边跟产生误会的人解释、算账，一边带领大伙寻找适合的最近水源，安装总管至村，又接分管至各家各户。一个月起早贪黑地辛苦劳作下来，真如他所愿，纯净香甜的泉水哗哗流进每家每户时，大伙才由衷佩服他的无私和大度。高礼金亲自为五奶拧开了水龙头，飞溅而出的水花如同五奶灿烂的笑容，她咧着嘴对高礼金说："谢谢你礼金兄弟，想不到我老太婆还能享到这样的福。"高礼金回答道："不用谢，这是我应尽的本分，也是大伙的功劳，我一个人哪做得来，只牵个头而已。"

水流声悦耳动听，摄人心魄，每一滴水花就是一个音符，串串水花，谱就了一首民族和谐、齐心同干的致富歌。高礼金，便是这个执笔人。

路通、水通、电通，"三通"是最基本的设施。高礼金一步步在实现自己的想法。20世纪90年代，农村用电大面积改造开始，高礼金为了电通这一个堡垒，不辞辛劳，多次向相关部门反映村里没电实情和民众的苦恼。他的诚心打动了上级领导，岔河村优先得到解决。

多年来，高礼金辛苦付出给村民带来的帮助和实惠，村民们记在心里，提起高礼金，村里没有一个不竖大拇指的。

村里五保户高义莆，由于年岁已高，身体欠佳，行动不便，自己的田地无法耕种。他了解情况后，动员组织村委干部帮他栽种、收割庄稼。使得无儿无女的高义莆老人生活向好，同时感受到组织的温暖。先天下之忧而忧，后天下之乐而乐。高礼金，就是这样的一个人。

干了几十年村支书，临近退休，不忘关心村里发展，用心培养村委干部。高礼金决定2012年退休时，便在2011年就开始为村里发现和选拔接班人了。为培养高智银、罗天银两位年轻人，有意招他们进村委，用心培养，让他们在自己身边学习，参与村里大小事务，多次参加调解各种大小纠纷，为之顺利接班铺平了道路。一年下来，两位年轻人对村里工作轻车熟路了，他才将接力棒交到了他们手里。

村委这个大家需要他，自己的小家同样需要他。年轻时为村里，年老了则在为家庭。2012年，退休下来的高礼金正好可以全身心照顾因脑溢血而半身瘫痪的妻子。

他家情况特殊，两个女儿远嫁省外，不能长期照顾母亲，儿媳也早已和儿子分手，儿子又为了生活忙于奔波，孙子年幼，照顾妻子和孙子的任务不由分说落在了他身上。

高礼金是个事业和家庭两不误的人。自妻子得病来，生活就不能自理了，吃饭睡觉都要人帮助，家里所有事务全由他一个人包办。尽管每天很忙、很累，桩桩件件亲力亲为，事事细心完成，两个老人穿得干干净净，妻子身上没有一点儿患病的异味，家里所有家具摆放整齐，且抹得一尘不染。高礼金考虑妻子老待在家里不行，就常推着她到小区广场上散步，如有亲戚朋友家请客，他要么不去，要么推着妻子一同前往。

一次，同小区邻居杀鸡诚心请他吃饭，可他考虑妻子不愿去，无论邻居如何诚邀，他硬是不愿去赴约。原因是他去了，妻子一个人在家不放心，担心她摔跤，担心她郁闷，不忍心丢下妻子自己去吃香喝辣。十年如一日，他对妻子不离不弃，无微不至的照顾，足以让众人心生敬意。

当了那么多年支书，谁也不会相信高礼金是贫困户，但他就是。自妻子患病以来，本就不富裕的他为了医治妻子，将自己攒下的五六万元辛苦钱全部花光，还向亲戚朋友借了些款，妻子病情好转了，可他却变得一贫如洗。2014年脱贫攻坚战打响，他被列入贫困户，大家都明白他心里的滋味，一个曾经的军人，几十年的书记，一直以来都是他在为别人排忧解难，为大家谋福谋利。如今，他却成了需要国家、需要政府来帮助脱贫的人，这人生变数的大逆转，这玩笑似的命运真的让人很无奈。但他那一颗富有的心灵，永远为村民、为家庭奉献的精神像一面旗帜，飘扬在岔河村。

鑫民小区的住宅里，每当包保干部周立雄到他家送关怀时，他总是说："国家给我们安排住房已是最大恩惠，我们不能再拖累国家，现在我家生活能过得下，不能浪费党和政府资源，真心谢谢党和政府的关怀。"每次说得干部们都不知怎么办好。不仅如此，他在小区里常常跟大家说："感谢政府让我们住到一起，如果大家还有什么困难，尽管跟我说，我能解决的会尽力帮大家解决，不能解决的，我会如实代大家向上面反映。"大家还常常听到他这样教育自己的孩子和孙子："做人要知足，懂得感恩，国家已经帮助我们住房，绝不能再伸手要。我们自己有手有脚，能去干活养活自己，绝不能懒惰靠国家，靠政府来养活。"孩子也很听话孝顺，在昌明陶瓷厂里凭着自己的劳动挣钱，孙子也在职校努力完成学业。家里人在高礼金那无怨无悔、默默奉献的精神感召下，努力扮演好自己的角色，相信他们都能演绎出自己的精彩人生。

张开龙一家的幸福家园

(特写)

邓招能

张开龙的老家在新巴镇谷兵村旗峰组，距离新巴镇集镇所在地 7000 米左右，往返半小时的车程。

2018 年 4 月，张开龙的老房子被拆除复垦后，除了搬不走的土地，以及每年清明回去挂青的山上的数座祖坟外，能留住张开龙的心的，也许仅是那对曾经磨出生活疼痛的石磨了。

"待有时间，我要去把石磨拖来，安置好，想吃苞谷饭时，就用石磨推。"张开龙如是说。

新巴镇易地扶贫搬迁集中安置点——幸福家园，便是张开龙的新家。张开龙家是 2017 年 4 月从旗峰组搬来幸福家园的，也是新巴镇第一批易地扶贫搬迁政策惠及的建档立卡贫困户之一。

提到易地扶贫搬迁，张开龙毫不后悔地说，"在哪里不是住，有哪样稀奇的嘞，搬就搬嘛"。当时，镇政府的工作人员来动员我们搬迁，吃了几十年的苞谷饭，能遇到这么好的政策，我根本没有和媳妇商量，就已下定了决心，一个字："搬。"

张开龙对举家搬迁的事情清晰如昨。

那年，他签了搬迁协议，抽签选好房。还私下请人看了日期，日子定在四月初七。上级要求不许办新房酒。记得搬家那天，亲朋好友几十人来帮忙，放点鞭炮庆贺。张开龙一边说，一边用手指向张贴在客厅电视柜旁"恭贺张开龙乔迁之喜"的红纸，示意我看。

政策这样好了，国家修好房子，我们只管拎包入住。张开龙家这套 120 平方米的房子，一分钱没掏，而且小区的水、电、路、美化、亮化等基础设施配套应有尽有，相当齐全。老家那些家具，十之八九都丢了，搬来用不着还占地方。搬出来，不管是交通，还是居住环境，拿它跟老家的寨子相比，好多了。而且，就住在新政府的旁边，办事也方便多了。

张开龙说，出大门往左，上边就是新修的公园，干活回来，就上去耍耍。从张开龙家大门一眼就看到新巴镇新政府大楼，政府后面绿树成荫，就是休闲健身的公园。

张开龙家有4口人。他媳妇不识字，就在家种地。他的大女儿张焰在贵定中学读高二，他的小女儿在新巴小学读四年级。4口之家，虽然谈不上十分富裕，但"一达标两不愁三保障"是绝对有保障了的，而且夫妻俩还靠着勤劳的双手，创造着殷实的生活，日子是越过越红火，一家人相依相伴地过着其乐融融的生活。

原来，谷兵村只有我们旗峰组的十几户人家没有通电。没有办法，我们寨上只好砍树、挖坑栽木电杆，每家每户出钱凑起来交搭伙费，解决生活用电的问题。路更不消说了，进到寨上的路，都是我们投工投劳挖通的毛路。那几年，我也种烤烟，就是靠人背马驮运到烟叶站去卖，一年苦到头，一笔账算下来，还要看老天吃饭，勉强能糊一张嘴。我家那对石磨还是在我父亲手头打的，日复一日，一用就是几十年。平时的生活，主要就是用石磨推苞谷面来蒸饭吃。张开龙说，讲句实话，不怕丢人，四五年前，我想买一辆摩托车都买不起。

目前，我们这个小区，住有几十户人家。政府出钱给黄土的农户租地来分给我们种，每家分得一分到两分不等的菜地。张开龙说，他老家的土地还是照常种起的，没有撂荒。稍微远点，有摩托车，半个小时就回去了，也挺方便的。按照易地扶贫搬迁的相关政策，张开龙家老房子被拆除了复垦。那里水不方便，今年，张开龙就用来种苞谷。

"在哪里不是求生活，只要勤快，叫你忙都忙不赢。"张开龙说话新巴母语口音很浓。"近三年来，我都没有时间出去打工。去年以来，我给他人租地种蔬菜，联系了卖到贵定、龙里、贵阳等蔬菜市场，比种苞谷划算。怕的是你不做，天天都有忙不完的活儿。"

采访张开龙之前，我就知道他还有一份工作。

为了解决易地扶贫搬迁群众的后顾之忧，确保困难群众搬得出、稳得住、能致富，新巴镇根据县委、县政府的安排，精心设置了一批公益性岗位，张开龙被聘为谷兵村的生态护林员。由此，他每月按时领取800元的财政工资，一家人的生活也多了一个保障。

森林防火宣传、森林巡逻等日常工作，马虎不得，张开龙每日的工作很辛苦，但也很爽心。他说："不能光领着钱不干事啊！国家政策再好，那钱又不是树木叶子，搂一搂就来了。每月800元的工资，够基本生活了，要对得

起自己的良心。""一个人，最重要的就是要懂得知足、感恩。"

张开龙说他作为易地扶贫搬迁政策的受益者，就要言行一致地支持上级的工作，当时，喊拆房子，他第一个响应，毫不含糊。自己动手亲自把老房子拆了，用来种庄稼，以实际行动来表达他对易地扶贫搬迁政策的支持。"国家给我们这么大的照顾，做梦都想不到。"事后他这样说。

易地扶贫搬迁是解决一方水土养不好一方人，实现贫困群众跨越式发展的途径之一，也是助力打赢脱贫攻坚战的重要手段，更是让众多群众搬离穷窝，奔向小康的首选，搬迁改善的不只是人居环境，换个地方而已。

但是，生活从不肯轻易给人幸福。人勤地生宝，人懒地长草。"政府救济只是一时，双手劳作才是一世。只有借助易地搬迁，助一臂之力，靠自己的手，创造更加美好的未来，使日子越过越好。见到老乡，摆起龙门阵来脸上才有光、有面子。"张开龙搬迁后对别人这样海吹。事实上，这也不是他吹牛，每一个搬迁户，感受大抵如此。他只是搬迁户的一个缩影，有这种想法的，我坚信不只是张开龙一个。

告别时。张开龙握住我的手，自信地说，"不劳动，乌鸦又不会叼来喂你"。我嘿嘿一笑，不劳动，乌鸦又不会叼来喂你。这是大实话。张开龙脸上露出一丝不好意思。

他家门口的摩托车油箱上，右边贴着森林防火，左边贴着人人有责，张开龙的摩托车成开展工作的"宣传车"了。

其实，脱贫攻坚也一样人人有责。从要我脱贫到我要脱贫，从被动到主动，从输血到造血，一样的需要责任。从张开龙的身上，我看到了关于"人挪活"的样子，看到一种不断追求幸福的内生动力。

幸福都是奋斗出来的。我转身时，看到了用红油漆喷涂的"幸福家园"4个大字，跃入眼帘，异常醒目，"幸福"矗立于楼顶，那是高贵的开始。

通过易地扶贫搬迁，张开龙一家住进了幸福家园。放眼开来，在谷兵村、在新巴镇、在贵定县，还有好多好多的群众，和张开龙一样靠着易地搬迁住进了幸福家园。我敢说，小康一定离他们不远了。

我家住在福来家园

（纪实通讯）

唐诗福

　　有福之人住"福来家园"。这是居住在贵定福来家园移民新村村民共有的心声。

　　幸福的故事总会有它千丝万缕道不尽的精彩。采访德新镇晓丰村烧箕湾村民——马忠富，让我深深感受到脱贫攻坚当中那些鲜活感人的故事。在这个经济腾飞、网络信息大爆炸的时代，那种阿斗精神的人已经荡然无存，面对优越政策的洪流，许多人不再是坐、等、要，而缺的是技术的支撑和门路的抉择。

　　39岁的马忠富就是这样的年轻人。

　　作为易地搬迁户，2014年他就被当地政府列为建档立卡户，由于所处家庭环境——晓丰村烧箕湾是个住户散落的自然村寨，一两家相互照应在一起，散户也只是鸡犬相闻，由于住户不多，所以早期的户户连的乡村路根本到达不了农户家门口。烧箕湾一如既往地保持着茂密的植被和原有的自然风光。山民们原距贵定县著名旅游景点燕子洞不远，可地处偏僻，环境恶劣，经济收入也只能靠养鸡养猪，来源单一。贫穷，逼着原住居民千方百计搬离烧箕湾。2018年之前，马忠富就因为经济来源老火而四处借债度日，尽管辛辛苦苦一年到头干，还是紧巴巴地过日子，他是小丰村的年轻贫困户。年轻人有一股子不服输的干劲，可是干劲归干劲，靠传统的劳作方式怎能扶持一个贫困的家庭呢？

　　在外打工时，凭着自己勤奋苦干，善良朴实和帅气的外表，赢得了小罗妹的芳心。小罗妹家远在几十千米的云雾镇东坪村，那里可算得上是贵定南面的鱼米之乡，种植方便且是经济作物高产的粮区，想当初自己读初中的费用靠的就是卖粮食来供应的，在家的时候从没听说过谷子不够吃的现象，然而命运仿佛跟她开了个不小的玩笑。嫁给马忠富却要愁吃愁穿了，小罗妹第一次尝到了当家的空落感。

认识小马也是机缘巧合，在外打工认识的两个年轻人，没有经得家人同意就走到了一起，算是"大逆不道"。第一次马忠富带小罗妹回老家烧箕湾，小罗妹差点没把肠子悔青。一路上，小马甜言蜜语哄骗小罗妹说"到了……就要到了……再翻一座山就到了……"翻了一山又一山，小罗妹还是没经受住小帅哥的诱惑，跟着帅哥一路疾行。本来近在眼前的烧箕湾，小罗妹还是高一脚矮一脚走了将近一早上。此次经历让小罗妹直接没有勇气跟家里的父母讲自己到底是嫁了个什么乘龙快婿，直到结婚后妈妈来看她的时候才把"警戒"解除。

生米煮成熟饭的事实已经无法改变，妈妈带着一帮前来看望女儿的亲戚，一边走一遍数落着"炮打老虎咬的，哄我家姑娘来这种鬼地方，是找不到嫁的了？可怜我的姑娘哦……"数落归数落，姑娘还是要嫁，套得个漂亮老婆的小马晓得婚姻的来之不易，他晓得做"享头"——讨老人喜欢，见到老丈人不高兴，他就故意在新娘子面前百般献殷切，帮老婆脱鞋端水、削水果、做饭菜。老人面前也是嘴皮子挂蜂窝——甜到家，老丈人见到女婿既然这样本分勤劳，对自己女儿也很体贴爱护，本不高兴也得高兴了。

马忠富结婚之后，又一年家里有了一朵金花，小马高兴自不多说，晓得只有更加努力才对得起自己的老婆，因而他到处找出路。2018 年未脱贫前，黔南州烟草专卖局驻村干部陈芝波（采访者提供的姓名）没少到小马家去，帮扶责任人陈元坤也是，三天两头到访让小马都不好意思了，他们那份热情感化着小马。陈芝波是驻村第一书记，小马有什么想法有什么困难就请教陈书记，这可是他见过的最关心他的人啊。

2015 年，小马带着年轻人的干劲和闯劲决定在自家荒山大干一场，当时县里边鼓励偏远落后山区实行产业扶贫，大力推广黑山羊和生猪养殖，如果家里人手多还可以兼养蜂。马忠富在福建打工时就考虑到家中 70 多岁的老母亲没人照看，耳聋行动不方便，所以早就想回家寻找发展，同时可以照料老人，小马和爱人商量，只要自己多吃点苦，眼前的困难终究会渡过，于是他通过国家无息贷款搞起了家庭养殖业。

3 月的黄龙山和遥遥相望的阳宝山是贵定有名的高山，当低洼处春风拂面的时候，黄龙山还是寒意未消，等到六七月份却温度极高，这给小马喂养山羊带来了不小的困难，美好的理想败给了残酷的现实。

2015 年小马贷款购买 40 多头黑山羊，当时以 18 元每斤的毛重买进算是可以的，起初山羊市场价格还可以，但是到后来却受到市场影响，从十二三元每斤不等降到了七八元每斤毛重，尤其养殖方面为了减少成本，所以在养护上没有打理好，加上气温特殊，羊群患了烂脚丫病。也由于黄龙山一带是封山保护的林区，所以自然环境得到了很好的养护，一些野生动物也就时有出现，生猛的野猪常常出来破坏庄稼，山羊被野猪伤害的现象时有发生。

为了贴补家用，白天小马外出搞运输，小罗妹在家还要背着孩子赶羊上山。

讲起那些放羊经历，简直令人惊悚。小罗妹说。有天傍晚，到了赶羊归队清点羊的时候，小罗妹背着刚刚学会走路的女儿好不容易将羊归拢，发现少了一只即将产仔的母羊，眼看天渐渐黑了，她急速循着羊脚印找到了母羊丢失的地方，母羊咩咩的惨叫声让她知道发生了什么。她上前一看，一只立毛野猪正在攻击山羊，可怜的叫声撕裂了空旷的山野，山羊拼命逃命，求助的声音凄厉可怖。野猪的强大令人骇然，眼看那只羊就要惨遭毒手，小罗妹急得跳脚。这可怎么办？老公又不在身边，发狂的野猪连人都不放在眼里，她一个女人家，怎能抵挡得住？小罗妹心里矛盾啊，放弃吧，这可是一头即将产仔的母羊啊，不放弃吧，自己还背着个孩子，万一野猪朝自己撞过来，母女俩的性命难保。她思虑万千，最后她抱着试一试的心态，干脆朝野猪和山羊打斗的方向，隐蔽地乱扔块石头试探野猪的动静再说。于是她鼓足勇气藏在密林深处，朝着野猪狠命地扔了块大石头，不知是野猪被突如其来的响声惊吓还是一时斗不下山羊，僵持了好久的野猪还是撇下山羊跑了。

当伤痕累累的母羊赶回家时，被划破的肚皮差点露出早产的羊崽。小罗妹看着心爱的羊，转身抱着自己的丈夫泣不成声，她不知是为羊还是为自己的险境伤心难过。好在从来都懂得体恤妻子的丈夫用暖心的话语安慰，一场险里逃生的经历让小马更加疼爱自己的妻子，从此无论在外面多晚都要及时赶回家。

都说苦命的藤上结的都会是两个相依的瓜。小马和小罗妹在艰苦命运下从没有服输过，为了早日奔脱贫穷的束缚，他们夫妇俩尚在欠银行贷款3.9万余元的情况下，又向自己的舅子借了1.9万元，购买了一台二手农用运输车。打算靠这点本钱搏一搏。有了车，小马更加吃苦，起早摸黑拼命干，从不叫一声累，想想全家人张着嘴等他，脏点苦点又算得了什么？

2017年随着第二个女儿的降生，家里的花销更是捉襟见肘。眼看女儿就要断炊（没钱买奶粉），迫于无奈，只好硬着头皮向毕节的表妹赊购。表妹是搞婴儿用品销售的，小罗妹答应等家庭宽裕的时候再把欠款打给人家。生活就这样折磨着一对相爱的夫妻。

2018年，贵定县脱贫攻坚工作深入推进，根据实地查看，烧箕湾自然灾

害随时都有可能发生，不适宜生产和居住，加之交通不便，给生产生活带来极大不便。经村委、镇政府研究，小马一家被列为贫困户的同时也被列为易地搬迁户，批准搬进贵定县金南大道"福来家园"第二期13栋2单元。

接到消息，小马高兴得连夜开车跑回家把好消息告诉妻子，激动的他忘了羞怯，喘着粗气猛地抱住妻子，被突如其来的举动吓得一脸发蒙的小罗妹，严严实实地给了小马一耳光。不知是幸福来得太突然还是长期压抑的苦，两个幸福的年轻人高兴得彻夜难眠，他们设想着这个新家如何装修，大女儿住哪间，厨房里放些什么……

当幸福来敲门，时来运转的时候，偏偏上帝不给机会。2019年5月18日早上，小马像往常一样匆匆煮了碗面条吃后就出门了，头一天答应竹坪"九尖坡"风力发电处运材料，心里在盘算只要把这桩活儿搞完，接下来的这笔钱可以还给舅子，剩余的钱可以简单装修新房子……

心里想着美事干起活儿来特别带劲儿，再怎么颠簸的车也觉得是舒服的，正当小马拉最后一趟材料准备下班吃早饭时，危险悄然而至，事故在不经意间发生了。由于车辆运载过重，加之长时间踩刹车导致刹车片过热，大货车在下陡坡拐弯处突然失控，沉重的货车呼啸直冲而下，千钧一发之际，马忠富看到不远处有一堆粗砂，情急之中，他把方向盘往右一拨，汽车朝着那堆砂直冲而去，眼看着快到砂堆时，小马手疾眼快，打开车门，跳出了货车，一场意外事故才得以幸免。好在他年轻手脚利索，临危不乱反应迅速，否则，小命必是休矣！

等他从慌乱中惊醒，一瘸一拐站起的时候，看到自己的半截货箱悬骑在砂堆上，底盘严重受损，吓得冷汗淋漓，半天还在发抖。他赶紧打电话给队友施救。在大家的帮助下，车子安全隐患排除，所幸无大碍，可是修车花去了他不少的钱。为了不让爱人担心，他一直缄口不提这事，过了很久，他才把那天发生的事告诉妻子，妻子当场捶了他一拳，心酸地说："要是你有个什么三长两短，我也不想活了。"

生活在温馨的新家，马忠富感觉来到了天堂，小罗妹第一次有了幸福感，漂亮的脸上，再也没有过去的愁容。女儿的外婆来吃新房酒找不着家，用电话跟马忠富联系的时候，马忠富跟老丈人说："我家住在福来家园。"挺直腰板充满底气的他，再也不像以前那样瑟瑟缩缩，低声下气地回答他们了。

当然不止马忠富一家有这样的底气，居住在这里的易地搬迁户们同样底气十足。他们每一户背后都写满了为家园奔波的苦难史，自然也怀揣着一颗感恩的心。只不过，马忠富的这颗心更热而已。

下篇：幸福不是梦

我所知道的陈家贵

（特写）

王安平

　　正是下雨，陈家贵从田里出来，脚杆上还沾有稀泥。

　　他过早衰老了，深深的皱纹宛如刀刻，风霜在他的脸上留下了意犹未尽的足迹。不过他很乐观，一说一个笑，好像什么事情也没有发生过。"你去想它做什么，日子要天天过。"他说，"想也想不来，一切还得靠自己。国家那么大，哪能顾得过来。"他笑起来的时候也很帅，连皱纹都是甜的。

　　说起来，陈家贵家人口不多，老伴早些年就过世了，留下两个儿子，在他精心操持下，日子也过得顺风顺水的。其实他不想当贫困户，他说，当贫困户叫人笑话，对我来说，无奈的事。他好像真的不愿当贫困户，我倒纳闷了，人家争着当，你陈家贵倒好，不愿当。他好像发现我的心思了，就说，我陈家贵又不是那种好吃懒做的人，这年头只要勤快一点儿，哪会没有饭吃？他说这话的时候，隐隐地有强烈的自信。

　　事实也是如此，当年的陈家贵在虎场良田一带是有很好名声的，或许是他的为人好，或许是因为他勤快，虎场良田一带的村民，对他都很熟悉，只要问到陈家贵，无人不知无人不晓。

　　"我有两个儿子，一个正常一个是憨包，包袱就在憨包身上。"陈家贵说，"尽管如此，我们家生活还算过得去，温饱没有问题。既然温饱没问题，缘何当起了贫困户？"我半信半疑，吹牛吧！他说，不是吹牛皮，我身体好的时候，日子还是过得滋润的。他还晓得用"滋润"的词语，我下意识地轻蔑了他一把。他说，那时我家的主要经济来源是做牛马生意。你别看这牛马生意，有赚头。他掰起指头算，一个牛仔1000多元，不像现在八九千元，马仔2000多元，只要卖得好，利润也是可观的，一个牛仔赚个一两百元，一个马仔赚

第三乐章　党恩难忘

他百八十元的也没问题,一个月轻松赚他千把百元。

说得也是,那时的陈家贵,在家乡一带也是很弹的,荷包里经常揣着"清定桥",有时还是"云雾山",走村串寨,那是一道亮丽的风景。

时过境迁,陈家贵打死也想不到他会得个怪病,陈家祖祖辈辈都干农活,哪有什么股骨头坏死的毛病?福兮祸所伏,陈家贵就得了,这就是命。他恨老天不开眼,生活刚刚开始有点希望了,又被一阵大风吹灭了。老伴2008年先他而去,丢下来一个半残的家,这下他又得了屁股股骨头坏死这样的怪病,重活干不了,今后的日子咋过?陈家贵第一次感到生活的茫然和无助,有时真的想去死,一了百了,可他又不想丢下那个憨包儿子,不想过早地离开这个世界。陈家贵泪水伴着痛苦,挣扎了几个月。

2015年夏天,陈家贵几番纠结后,决定还是动手术,换掉坏死的股骨头,他不想此生在床上度过,更不想憨包儿子没人照顾。虽然憨包儿子有个弟弟,但弟弟不可能像父亲一样待他。当时家里没存多少钱,动手术需要一大笔钱,他向亲戚朋友东拼西凑借了六七千元,在外打工的二儿子拿了8000多元,凑在一起交了手术费。手术不打紧,下了手术台,家里几乎一贫如洗,全家生活一下子跌进深渊。虽说人口不多,只有憨包儿子和他。小儿子单独成家立业了,一直在外打工,他们也有儿女要养,他就成了唯一的包袱。憨包儿子不会干活儿,肚子饿了东一家西一家要饭吃,幸得陈家贵当初为人好,也有那么些熟客朋友,给了他们一口吃的。困境仍然继续,陈家贵躺在床上下不来,焦虑使他无法入睡。想想当时的情景,真是不寒而栗。陈家贵说,真后悔当初为什么不去死。

手术前,陈家贵在床上睡了半年,一样事不能做,手术后,医生叮嘱他躺两个月才能下床,他躺了一个月之后,甩掉双拐就下床走路了,他要挣钱吃饭啊!可现实是残酷的、冷漠的,此时的他,身无分文,随时都会饿肚子。一些亲戚朋友看不下去了,又来接济他,毕竟这种关爱是有限的,别人也有别人的难处呀!

2016年6月,陈家贵走投无路之际,组织上给他办的低保批下来了,每月有600元、养老金98元,两个人的生活基本上能够维持。陈家贵喜从天降,逢人便说,现在政策好啊,对我们这些穷困人实行救助,让我们能过上日子,真的很感谢国家,感谢共产党。他的话出自肺腑,振聋发聩,要不是政府补助,我们不知道从哪儿找这几百元来过日子。陈家贵用他自己的亲身感受表达了自己对党的感情,吃水不忘挖井人,陈家贵在自己心里,植下了一棵感恩大树。

他说，现在哪个说政策不好，那就是忘恩。他顿了顿又说，实际上我也不想要这顶贫困户的帽子，幸福是奋斗出来的，那样才能体现自己劳动致富的才能。可我身体不行了，虽然换了股骨头，重活儿没法干了，憨包儿子也是个拖累。看得出他的无奈，可谁保准自己没有病呢？病来如山倒，谁也不能预料。

陈家贵是个勤快人，只要身体能动，他绝不偷懒。他最看不惯那些成天享受的人，但凡他能挣钱，他一定不放过机会。他现在的住房有40平方米，人均20平方米，基本能过。他说土已经撂荒了，还剩两亩田，不管咋说，能够把它栽上秧子，收一点儿好一点儿，样样用钱也不行。他的田是轮种的，栽秧时栽秧，收完了马上种蔬菜。但现在自己不能犁田，只能请人，一季要花六七百元，但算下来也是划算的。陈家贵凭着自己能力种蔬菜卖，主要是豆荚、棒豆、芬葱、大蒜、莴笋，每个季节都有卖的，一场卖100多元，一个月也能卖六七百元。

陈家贵对农村的随礼深恶痛绝，他说，虽然政府不准办酒了，但农村杜绝不了，住在农村，不得不入乡随俗，我做点小生意，本来说补贴家用，几乎就是送人情的，没办法。的确，陈家贵不是那种懒汉，他也想靠自己的能力养活自己，但现在身体不允许他逞能了，他只能接受政府的优待。但他能晓得感恩，就是他人品好的表现。

雨停了，陈家贵说他还要下田栽秧。不误农事，值得赞扬。

懒汉到标兵的蜕变
——访贫困户彭绍明

兰 馨

坐在我面前的这位身穿迷彩服的中年男子，身材魁梧，虽已人到中年，却眉清目秀，仍显英俊帅气。

"拿国家的东西多了也害羞，国家只能拉你一把，不要什么都靠政府，如果没有扶贫政策，谁会舍得送一套漂亮的房子给你，还帮你装修好，直接搬进去住？"说这话的人满目含情，一腔炽热。

看不出，这个人思想还这样进步。想当初，他却是燕子岩出了名的懒汉，其大名叫彭绍明，是贫困村民的代表。

说到燕子岩，近几年来，它在贵定县乃至整个贵州省都小有名气，它是全州"志智双扶、感恩奋进"思想扶贫学习观摩点，由于扶贫工作开展得好，村支书罗荣富还上了贵州电视台传经送宝，各省各地前来观摩学习的人络绎不绝。

走进燕子岩，路边的龙虾池里，白玉落盘，声如梵音。水花如帘灵动妩媚。竹条编织的栅栏，将房舍与田畦一分为二。村道洁净，屋舍错落。绿意盎然的山脚下，是令人陶醉的田园风光，一个新型农村的典范，交汇成一幅标准的文明画卷。

漫步寨子，路旁、房前形态不一的石头，鲜活地贴上了燕子岩的标签。丹青妙笔下的标语，成为人们思想行动的准则。"不等不靠、致富为先"是村民奋进的动力，"孝敬厚德"是村民处世的根本。

彭绍明是燕子岩村王姓人家的上门女婿。他原本居住在云雾镇新西街，由于父亲早逝，母亲一个人拉扯他们5兄妹生活，家里要吃没吃要穿没穿，一家6口人挤在一间破旧的小屋里，因此，虽然他长相超群，却没有姑娘愿走进他那又贫又穷的家，30多岁了还是光棍一个。帅，对他来说就是个讽刺。

2000年，经人介绍，彭绍明到离云雾镇不远的燕子岩村王家做了上门女婿。虽然妻子带有残疾、岳父岳母为人老实，又有个有些智障的大舅子，全家只有一间老木房，好歹也算是有了一个属于自己的家。

开始几年，彭绍明也曾想凭自己的一身力气和勤劳，把日子过好。可由于岳父岳母年纪大，妻子只会做些简单的农活、大舅子又没自理能力，全家的生活就靠他种点田土和打点零工来维持，常常左边进右边出，钱在兜里没捂热就变成别人的了。随着儿子的出生，岳母要在家帮妻子照料孩子，家里家外的事都是他一个人在操劳，入不敷出的窘境就像毒蛇一样缠着他。何时才是头啊！彭绍明迷茫了。

那几年，寨上好多人都去外地打工，挣钱回来盖房子，改善家境。彭绍明迫于家庭原因不能外出，只能向薄土地讨生活。当寨上好多人家起了几层楼房，骑上摩托开起小车时，他一家6口还挤在破旧的老木屋，在贫困的泥沼里挣扎。特别是添了儿子后，家里常常揭不开锅，过着"日愁三餐，夜愁一宿"的生活，成了名副其实的贫困户。他仰望苍天，白云飘过，丝丝缕缕的心事不断涌出，他像一个看不到光明的游子，在苦海无边的岸上，咀嚼着人生。人生对他来说，就是一场梦魇的延续。他彻底崩溃了。他不愿再下地干活儿了，身边一有点钱，就去喝酒、赌博，过起了颓废潦倒的生活。

都说上门女婿受死气，左邻右舍看到他这个样子，更加瞧不起他。对生活失去信心，无异于打开了一扇黑暗之门。彭绍明干脆破罐子破摔，更加好吃懒做，有时还会顺走寨上人家的鸡鸭、田地上的瓜菜来改善生活，村民们提起他，就像对古时年少的周处般又恨又厌，但看在他老迈的岳父岳母分上，也没怎么为难他。

村支书罗荣富恨铁不成钢，看在眼里急在心上。俗话说"一把钥匙开一把锁，心病还得心药医"。要帮助他克服懒惰和偷鸡摸狗的毛病，还得要好好地找到他心里的症结。罗荣富知道，打蛇要打七寸，懒人须拔懒根。要改变彭绍明，就要找到他的短板来对症下药，因此，他苦苦思索改变他的方法。

2014年，罗荣富开始了对彭绍明有针对性的帮扶，他晓得彭绍明好面子，先安排他做了护林员，负责老蛙寨、柏秧寨、湾寨的森林防护，让他有事干有收入，每个月800元的收入，虽然不多，却无异于久旱遇甘霖。彭绍明第一次有了良心的震动。随后，罗荣富再利用扶贫资金对他家的老屋进行了危房改造，光洁明亮的住宅唤起了他的反思。他开始良心发现，感激罗荣富对他的扶持，颓废收敛了，思想有了转变，种地之余，尽职尽责做好护林工作。

罗荣富的行动打开了彭绍明的生活绝望之锁，一有时间，就去他家串门，和他摆龙门阵，启发他。看到罗荣富这么关心自己，彭绍明冰冷的心终于被捂热了。

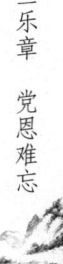

2015 年，燕子岩村开始了物质扶贫和思想扶贫，村里百姓思想转变得非常积极、上进；开展物质扶贫，村里百姓日子过得温暖、幸福；开展产业扶贫，村里百姓生活变得富裕、殷实。短短两年，燕子岩村就发生了天翻地覆的变化，迅速成为全州"志智双扶·感恩奋进"思想扶贫学习观摩点，来自全州各县的学习、调研、观摩团络绎不绝。

罗荣富通过这个事例告诉彭绍明，我们燕子岩村从过去的脏、乱、差，一跃变成现在的先进村，说明只要巴心巴意做事，再难的事也能做成。你一个大男人活在世上，不争馒头争口气，活出个人样，别人才会瞧得起你！

罗荣富的话，犹如给他打了一针强心剂，使他大梦初醒。2017 年，燕子岩村开始了"美丽乡村建设"，彭绍明首当其冲，无条件投入到美化燕子岩的工作中，修路、搬石、打扫卫生，他总是抢着干。当时寨子里的年轻人外出打工的打工，做生意的做生意后，田地逐渐荒芜，彭绍明仍坚持种田，还承包了村里的一些田地来耕种，他觉得农民离不开田土，农民不种田，咋叫农民呢？在罗荣富的感召下，他还入了党，成了一名光荣的共产党员，浪子回头金不换，村民们看到他的改变，对他也尊重了。

彭绍明一边种地，护林，农闲时打零工，家里的生活基本能维持了。但相对于大多数开货车、买小车、起了几层小楼的村民，彭绍明还是个贫困户。于是，罗荣富根据政策，把他家列为精准扶贫户，给他爱人、岳父岳母及大舅子申请了低保，镇里的工作人员刘锐成了他家的包保干部，和罗荣富一起，开始了对他家的扶贫工作。在刘锐眼里，彭绍明是他所有包保户中最轻松的一户。他对工作支持，从不对他提无理要求。

2018 年，云雾镇响应国家易地搬迁政策，在镇里修建了移民搬迁房。依据政策，彭绍明可以分到一套 60 多平方米的住房。云雾镇可是他的故乡呀！到燕子岩上门那天起，彭绍明以为自己会老死在燕子岩，没曾想会有重回云雾这一天。可他把燕子岩村当作了他的根，他舍不得离开对他恩重如山的罗荣富，舍不得离开生活了近 20 年的寨子，舍不得离开能包容他过失的寨邻老幼，他有些犹豫。

罗荣富为打消他的顾虑，找到他并且告诉他说：你现在也算衣锦还乡，在镇里生活更便利，打工也方便。你是党员，要起带头作用。你搬过去了，我们就不承认你是燕子岩的女婿？罗荣富一说，他大彻大悟，带头拆除了自己的老屋，只留一间装杂屋的厢房存放农具，第一个搬到了阳光家园。

阳光家园，是一个有 10 多栋楼房的小区，它位于镇新市场旁，交通便利，生活方便，是迁居者的理想家园。这里居住着云雾镇偏远地区的搬迁户。

刚来时，脱离故土的不适应，对未来生活的迷茫，良好习惯的养成是阳光家园住户的难题，杂七杂八的人员，让小区管理变得艰难起来。

彭绍明没有忘记罗荣富对他的叮嘱，先把自己家的卫生搞好，然后主动协助小区管理人员工作。小区人员复杂，工作很烦琐，医保缴纳、各家各户人员上表统计、张家李家矛盾纠纷、水电费征收、垃圾分类归放、卫生习惯养成，等等，彭绍明忙得脚不沾地，再加上还要做护林工作、种田、坚持做公益事，让他像陀螺般忙得团团转，可他却乐此不疲、毫无怨言。

有些居民对新环境不适应，总想回老家，彭绍明就像罗支书开导他那样劝说：在乡下只能种地，娃娃上学不方便，在镇上只要勤快点儿，做什么都能养家糊口。阳光家园在镇上，出门几步就可以买菜买米，以前出门赶场来回几个小时，摸黑才到家，哪样强？既然来了，就努力过好日子，来了就要适应，否则白搬了。只要不怕吃苦，即使不能发财，温饱也能解决，总比在山旮旯里待着强。一席肺腑之言，打消了村民回老家的念头。

山里人生活随性惯了，小区里垃圾要扔垃圾箱，水电费按时交一时没养成习惯，哪怕供电所人员拿着大喇叭喊，总有几户人家不按时交，结果电给停了，他们就闹、找领导扯皮、投诉。有的住户乱扔垃圾，讲了多次也不改。遇到这些情况，彭绍明都要苦口婆心地去劝解。他总说要学会与人相处、沟通，以心换心。由于他积极肯干，小区负责人和村民推举他当了楼长。做了楼长的彭绍明，觉得肩上的担子更重了，他不能辜负邻居的信任，他不能给罗支书丢脸。

抱着这样的信念，他尽心尽力地为小区服务。协助民政局做好公益。每天组织住户打扫环境卫生，协助网格员做各类调查、取证。他说国家不要一分一厘钱拿一大栋房子给你住，你穷了扶你一把，只能照顾你一时，不能管你一辈子，既然来到这儿，就不要懒。只想"等、靠、要"过日子是不行的，应该学会自力更生，知恩图报。因此，他一直坚持做社区工作，不计报酬。

今年新春，可恶的新冠肺炎病毒从武汉出发，很快席卷中国大地，昂首挺胸的中国雄鸡版图上呈现一片刺眼的红色。为了打赢这场没有硝烟的战争，无数军人、白衣天使逆行而上与之作战。为了防止病毒的蔓延，举国上下实行了封城、封路、封村政策。华夏大地上至城市、下至农村全部被按上了暂停键。

作为一名党员，彭绍明把"国家兴亡、匹夫有责"记在心里。面对疫情，除了对它的关注与痛恨，他叩问自己：我能做什么？我可以做些什么？怎样才能为抗击疫情出力？

阳光家园设卡点，彭绍明第一个投身到卡点上，担负起卡点的日常工作，测体温、发口罩、给各个楼道消毒、做好出入登记、宣传防疫知识、提醒大家戴口罩，劝阻那些不甘寂寞想往外奔的人。

从正月初四到3月底，他一直在卡点忙碌。家里的猪、牛、年迈的岳父岳母、老实的妻子、智障的大舅子被他抛到一边。如一条忠诚的护家犬，牢牢地守护小区的安宁。他像慈爱的佛祖，默默护佑左邻右舍。他说不出高深的理论，他把自己是一名党员演绎到了极致。国家有难，必须上前，哪怕舍弃自己的"小家"，也不能没了"大家"。

为了确保每天的疫情防控工作落到实处，彭绍明每天早上8点到岗，注意力全部集中到疫情防控的工作当中，每一辆车要查、每一个人要测体温、每个人出入要登记……他忙得脚不沾地，一天下来，哪怕是铁打的人也吃不消，但他从不叫苦叫累，而是无怨无悔。

普里尼说："在希望与失望的决斗中，如果你用勇气与坚决的双手紧握着，胜利必属于希望。"在大灾面前，任何人都不是旁观者，但党员干部绝对应该是先行者。

彭绍明说罗支书是他这辈子最感激的人，因为是罗支书改变了他的人生，把他从一个懒人变成了勤快人。罗荣富知道他说这个话，欣慰地笑了。

罗荣富告诉我："脱贫不光只是物质上脱贫，重要的是思想脱贫。开展'志智双扶·感恩奋进'思想扶贫工作，不仅要改变群众'等、靠、要'的思想，要让群众明白'思想要先富、生活才能富'的道理，这样才能增强群众主动发展、谋求致富的内生动力。彭绍明从一个懒汉变成了一个脱贫标兵，正是一个典型的成功案例。彭绍明的蜕变告诉我们：幸福是要靠奋斗出来的。我们相信，只要我们一起努力，所有的贫困户一定能脱贫致富。"

是啊，在脱贫攻坚工作中，只要我们集中精力、集中火力，不断筑牢脱贫攻坚的铜墙铁壁，把志智双扶这面旗插在脱贫攻坚的前沿阵地，就能谱写出一曲曲脱贫攻坚的华美乐章，千千万万个彭绍明就会蜕变成金。

人穷志不穷

沈振辉

罗兴茂是栗山村精准扶贫建档立卡户。贫穷原因：因病致穷，因学致穷。但户主一家勤奋乐观，俭朴持家。大人早出晚归，披星戴月。小孩勤奋好学，积极上进。在居住地周围上下寨树立了良好的形象。因为户主有点口吃和语言表达不清楚，在我们的引导下采访完成，现如实记录如下。

时　间：4月6日

采访人：沈振辉

受访人：昌明镇栗山村金竹林组官庄寨罗兴茂

采访方式：面对面

笔者："你好！你是罗兴茂，对吧？听说了你们一家自强不息的故事，县扶贫攻坚的领导很关心你们一家，特命我们来采访你，这是我的证件，请你过目。我姓沈，这位女士姓唐，唐老师。"

罗兴茂：谢谢领导关心。

笔者：我们不是领导，我们是老师。听说你的特殊情况，但又不甘贫困，在困难中总想办法让自家向好的方面发展，我们非常感兴趣，你能和我们讲讲你的事情吗？

罗兴茂（犹豫片刻）：啊，……没啥好说的，穷人总想穷人的办法（罗兴茂笑，打过招呼后欲起身泡茶）。

笔者：兴茂，我们有水的，别忙活了。你来坐下，聊聊你的故事吧。

罗兴茂（木讷地，傻笑着）：嗯……嗯。也没啥好说的。

笔者（看到主人一瘸一拐的样子）：我看你走路不太顺畅，是不是脚有病？

罗兴茂（干笑）：嗯，这是老毛病了，2016年3月间栽秧上坎的时候得的。左腿股骨头坏死了。不能长时间站立，站一会儿就要休息一会儿。

笔者：那你这个病会不会影响你正常过日子？

罗兴茂（难受的样子）：影响太大了，这几年不能出去打工挣钱，家庭的收入锐减，孩子们读书又要用钱，难过啊！

笔者：可以办理残疾证呀？办了会有一些政策福利可以享受，你办了吗？

罗兴茂：办了的。他们叫我去办一个四级残疾证。

笔者：他们是谁？

罗兴茂：住在梁子上（栗山村脱贫攻坚下沉驻扎点）的领导。

笔者：你自己去办的，还是……

罗兴茂（抢着说）：他们带我去办的。

笔者：办了就好。哎，得了病还是有点可怜的。哪个都不爱得哈。

罗兴茂（眼里噙着泪花）：哎！这几年因为我的病，对不起好多好心人，麻烦他们啊。寨邻老幼和亲戚们，特别是我老婆、孩子们，还有我的老母亲。他们为了我和这个家不垮，没日没夜地干。前几年隔壁两个邻居都修葺了新碌碌的大房子，唯独我家是老房。我……我害羞啊。（眼泪簌簌而下，笔者也跟着伤感起来）

笔者（我们现在是在罗兴茂刚刚修的房子里面，屋子的外面墙壁已经粉刷过，贴了新对联，一对门神贴两边，红布搭门头。家里面还看得出没有完工，中堂等很多地方还是红砖裸露）：我看你的房子贴的对联和门神都是新的，像是刚进新房吧？

罗兴茂：不是。我的房子原来在下面的，我哥的老房子去年着火烧干净，也把我的烧了。

笔者：咋引起的火灾呢？

罗兴茂：2015年7月8号那天，隔壁哥哥嫂嫂在灶边上炕草药材，不小心起火的。

笔者（从剩下的黑漆漆的柱兜、椽皮、断墙来看，他哥哥的老房子几乎都烧完了，只留下一些碎瓦片）：这可是雪上加霜啊，你的呢？烧成什么样子？

罗兴茂：我的房子也烧了一部分，当时从上下寨赶来的亲戚朋友们尽力抢救，抢救了差不多的两间，也不成样子了。剩下一间多点儿房子。那阵子全家人挤在一起住。

笔者：房子失火，被大火烧成那个样子，家里居住条件非常困难了，有人关心过没有？

罗兴茂：有啊。这年头虽说人情很淡，但还是好人多。

笔者：啊，有哪些人来？他们来了都做些什么事情，不是看热闹吧？

罗兴茂（哈哈一笑）：沈老师开玩笑了，他们都是为我而来的。有村里面干部，还有梁子上（栗山村脱贫攻坚下沉驻扎点）的干部也来了，还有一些，反正是很多都记不得了。

笔者：梁子上（栗山村脱贫攻坚下沉驻扎点）来的人你还记得谁？他们来做什么？

罗兴茂：先来看的有邓应录，他们喊他局长。徐富，嗯……对，还有个叫舒勇。

笔者（猛然想起）：对，邓应录是林业局副局长。

罗兴茂（有些激动）：他们说来看望我，送了好多东西。要是以前，谁管你啊！

笔者：他们都送些什么东西？能详细说说吗？

罗兴茂：邓局长买衣服送给我老婆，3个孩子也有，还有我老母亲的。快过年的时候，徐富、舒勇他们送来了一些年货，包括被子、被套、菜油，还有6袋大米。

笔者：6袋大米？

罗兴茂（罗兴茂见我惊异，解释说）：是，民政扶贫的那种，一袋30斤。

笔者：过年吃的基本解决了吧？

罗兴茂：哪儿啊！只是这些肯定是不够的，我家里也还有点。是失火的时候抢救出来的，在领导们的照顾下过年也算可以了。就是住房和用钱的问题老火。那段时间村里面的干部、梁子上的领导都来慰问，我是非常感谢他们的，真的非常感谢他们！

笔者：一家有难八方支援。除了他们，还有哪些好心人，或者单位？

罗兴茂：记不得了，很多是不认识的人。捐的钱物是用红纸写的，我拿给你看。

（户主人郑重其事地找出一张红纸。红纸榜上记载着：贵定县金南街道新良田村捐款2000元、昌明镇政府部门捐款共计11200元、贵定荷花村捐款1000元、金南小河村捐款2000元、民政部门救助大米29袋870斤、棉被垫单共计22床，衣服14套，菜油8桶，衣服三件套。贵定县林业局党组书记谭明荣以个人名义捐款1000元、林业局捐款1000元……）

笔者（作为老师，我非常感慨）：真是水火无情人有情啊，滴水之恩当涌泉相报，希望兴茂不要忘记他们，也希望你要教育孩子学会帮助别人。用小爱换取大爱。

罗兴茂（也很激动的样子）：多承（多谢）他们雪中送炭，没齿难忘。除了感谢他们！我们尽力所为，辛勤劳动，用自己的智慧让家庭越来越好，

不让孩子们受苦受冻。至于孩子的教育，沈老师你放心，穷人家的孩子，如果连一点感恩之心都没有，我这个当父亲的，就是严重失职，子不教父之过。

插曲：罗兴茂的新房还没有完善，最多就是个半成品。但也引起了笔者的好奇。他本身就是个贫困户，修房的钱从哪儿来？这个问题一直纠结，笔者不得不弄个水落石出。

笔者（不知如何开口）：我想问一下哈，你生活都这样老火，如何修得起新房子？

罗兴茂（嘿嘿一笑，坦然地说）：不瞒你说，要是靠我，几辈子也修不起。家中失火过后，承蒙驻村干部关心照顾，把我家纳入危房改造对象，国家出钱，才有今天这个样子。

笔者：危改资金有多少？

罗兴茂：3.5万元。

笔者：3万多元也不够啊？自己修的，还是请人修的？

罗兴茂：不是。工作队看到我这样连走路都走不稳，没有让我动手，派师傅来修的。这些钱肯定不够，因为有3个孩子，所以我要求修3间，不够的自己找亲戚借一些。

笔者：借了多少？

罗兴茂：我老婆挖草药，打山货也存一些，借了差不多2万元吧。

笔者：钱不够，你可以再去梁子上找工作队通知申请补助一点，也许他们还会帮你想办法的。

罗兴茂：他们对我已经非常照顾，就不去要了。嘿嘿，真的不好意思。失火是我们自己不小心发生的，总不能坐地等花开，样样都靠政府嘛。现在欠一点钱是小事，感谢政府帮我大忙把房子修起来了，让一家大小有个窝，早晚有个归处，欠的钱以后慢慢还不是？

笔者：嗯。你有这样的想法很好，我也很赞成。眼下咱们确实有很多困难，但都是暂时的，也得到各级政府和许多好心人的帮助。在困难面前，我们需要自力更生，自己动手丰衣足食，不能贪得无厌，把人家的好心当成驴肝肺。像你说的，总不能坐地等花开，样样都靠政府，样样都想去要现成的。

罗兴茂：沈老师，我说的是实话，我做的都是真的，不需要表扬。房子的大架子立起来了，往后慢慢来，会好的。

笔者：对，我也相信一切都会好的。房子修建好了，还有一些配套设施：水呀，电呀是怎么接进来的？

罗兴茂：修房子师傅负责房子的选址、拉材料、砌砖、引水、拉电。这些我都没有操多少心。还说要帮我拉网线呢。穷人不穷，只有共产党才办得到。

插曲：刚进罗兴茂家时，我注意到墙上贴的奖状，一张是罗兴茂的，两张是他孩子的。这引起了我的职业反应。想探究一下这样的家庭是如何教导孩子的。

笔者：贵定读中职的罗宗华是你大儿子吗？

罗兴茂：不是嘞。大的是女儿。大女儿读书很勤奋，得了好多奖状，去年都被火烧了。墙上的是老二和老三的。

笔者（有欣慰感）：哟，3个孩子都有出息哈，算是超生，哈哈哈！你不用紧张，开个玩笑。没看到大女儿，出门打工了吗？

罗兴茂（卑琐，犹豫，惶然）：刚才还在呢，你们进来的时候，她去别人家上网课了。

笔者：上网课？初中，还是高中？

罗兴茂：没有，是大学。

笔者：在哪里上的大学？

罗兴茂：贵州大学，大二。

笔者：今年因为疫情的原因，孩子们不能按时回到学校读书，只有在家通过"空中课堂"学习，他们的学习正常吗？能不能按时按点跟着老师学习？

罗兴茂：我不晓得网课是什么东西，只听孩子们说要用手机，或者电视，到时间他们自己安排去别人家学。

笔者：为什么要去别人家学？

罗兴茂：他们家安有广电网，我家还没安。

笔者：哦。你孩子们很自觉嘛，恭喜你。但3个孩子都还在读书。有读大学的，有读中学的，还有读幼儿园的。开支不少哇。

罗兴茂（男主人左手不停地搓右手，憨厚地笑了一下）：他们读书我也没出多少钱，教育扶贫嘛，都是国家出大头。

笔者：你能拿到多少？

罗兴茂：大的两个每个月手边宽裕时给个300元，手边不宽裕时给一两百元。反正根据情况啦！

笔者：实际情况是怎么解决的？靠你自己肯定不可能。

罗兴茂：他们读书的钱到现在我也没有交过，学校也没有问。2018年，我女儿考上大学，面临读书困境，女儿焦躁不安，生怕进不了大学校门。一家人不知如何是好的时候，邓局就带着百定鞋业总经理到我家了解情况来了，最后决定由百定鞋业每月资助女儿800元上学费用。柳暗花明又一村。随后又在领导们的关心下，在贵定教育局资助中心办了助学贷款。给我家暗淡的生活带来了光明的希望，女儿终于成行，如今已是大二了。

笔者：哦，原来是这样。孩子们读书，按照政策规定和你的实际情况（精准扶贫建档立卡户），他们获得了应该得的国家资助，这些资助你知道是多少吗？

罗兴茂（腼腆地笑了笑）：晓得一点，不晓得是多少。孩子们够用就行了，他们没有多要，我不好意思问。

笔者：哦，看来你几个孩子都非常懂事，学习上很用功，用钱上也非常节约，会体贴你。我为你有这样懂事的孩子高兴。资助的事情我告诉你吧！幼儿园每年500元、中职每年3280元、大学一本以上4500元。你们家孩子享受的应该是这个标准。

罗兴茂：多谢国家帮我解决了天大的困难。

笔者：除了孩子们读书得到资助，你的危房得到改造补助，你还得到哪些帮扶？

罗兴茂（停顿了几分钟）：有啊，领导们叫我发展"三小"经济，发展养殖业种植业。2018年给了我4头猪，2019年又给了我78只鸡，还有喂鸡喂猪的饲料，养殖效果还好。喊我在房前屋后栽经果树，栽种药材。

笔者：是的。党委政府都是为我们着想的。对贫困的帮助一年下来也是不少钱。最根本的是，得到帮助要学会感恩。你房子修好了，孩子读书问题也解决了，可以说，没有政府的照顾，你家就不会有今天。教育孩子很重要，不要等到将来了，孩子是咋样读上书的他们都不知道。还要让他们晓得曾经帮助过你和家人的人。不一定报答，但要懂得感恩。

罗兴茂（很诚恳地）：沈老师，听君一席话胜过十年书。你说得太对了。现在的孩子都自私，我家的孩子，就是要他奉献，善良诚实。

笔者：不过我也提醒你，既然政府给鸡鸭猪的，你就要想法养好，不能辜负了政府的好意。绝不存有"等、靠、要"思想。致富也要靠自己，短时间内你的情况很特殊，有什么打算？

罗兴茂：要做好村上的护林工作（有工资），发展好"三小"经济，自主创业，不懒、不等、不靠。

结束语：在将近两个小时的采访中，罗兴茂的妻子始终没有出现过，说是去附近的山上采集药材了。平石山上盛产各种药材和野菜，市场上小餐馆每个月，甚至每天都有不同的需求。只要勤快，每天都有事情可以做，每天都有点收入。据户主人讲述：在2019年末，有公司到组上承包了他们的大部分土地，用来种植山桐梓。承包采取"公司+农户"的合作方式，农民们可以用土地入股分红的形式参与种植基地的建设。在前期的管理中，他们还可以优先获得在基地中劳动的机会。每天的劳动管理可获得不少于60~80元的收入补贴家用。继续开展家庭小农经济创收，利用自家自留地种植市场价比较高的、收益快的川贝、穿心莲、柴胡等。

展望未来，罗兴茂的一家，在每个家庭成员的勤奋努力下，一定会有非常好的前景。贫穷不可怕，可怕的是那些养成了好吃懒做习惯的人。像罗兴茂一家子的努力，摘掉贫穷的帽子指日可待，同样地，脱贫攻坚需要提高群体意识上的脱贫，教育认识上的脱贫，心动不如行动上的脱贫。我们希望有更多这样的鲜活例子，去激励和感染更多的人。让脱贫攻坚工作从每个人的心灵上、从每个人的行动上去切实自我改变，不断地奋发图强。全民奔小康将不再是攻坚，而是积极分享脱贫红利。

闪亮的小星星

——访盘江镇长江村养殖专业户刘永鹏

郭云仁

幼小的他常常望着浩瀚的夜空放飞遐想，夜空为什么那么美丽？因为有着千千万万颗闪亮的小星星装扮了她！

没有星星的夜空是那么空洞，那么低沉，那么黑暗……他希望夜空永远美丽如画；他希望夜空永远繁星闪烁；他幻想自己将来能成为一颗给黑夜带来光明的小星星！

刘永鹏出生在贵定县落北河乡长江村一个名叫龙窝的小山村。很小的时候，母亲就离开了，他只得跟着年迈的祖父和祖母生活，日子过得很清苦。

大山里没有丰富的夜生活，大山里的孩子也没有那么多的玩具，是夜时，他只能仰起头来看天上的星星——日久天长，他习惯并爱上了家乡那呼呼的山风、滔滔的江流和璀璨的星空。

奶奶问他："天上的星星那么多，你是哪一颗？"

他指着满天的繁星说："我是最亮的那一颗！"

"呵呵呵，我们家的小永鹏要发光了哈——"奶奶高兴地笑起来。

日子过得真快，他数着天上的星星。在他还没有数清楚天上到底有多少颗的时候，就初中毕业了。

中考顺利过关，刘永鹏考取贵定一中。

为了读高中方便，他住到县城的姑妈刘士菊家里。姑妈是个老师，她的家充满了"书香"的气氛，这样的环境非常有利于他学习的提高和进步。姑妈从来就疼爱他，视他如同己出，在生活上倍加关心爱护，在学习上热心指导帮助。

刘士菊说："刘永鹏从小就听话，懂事，勤奋。早上不需要人叫他起床，晚饭后也不需要人督促他做作业。如果说有一点是需要督促的，那就是督促他不要看书太晚，早点睡，白天不瞌睡。他经常主动帮家里做些力所能及的事情，但是，在一般情况下我们都不要他做，让他把精力都放在学习上，希望他今后能有出息。"

三年高中，弹指一挥间！姑妈关心他的前途和未来，姑妈在他临近毕业的时候问他："永鹏，高中毕业了，你想往哪个方向发展？"

刘永鹏随口就答："我决定去学畜牧专业，以后回老家发展。"

将来走什么路，刘永鹏为此深思过，落北河是生养他的地方，那里不仅山美水美，自然资源非常丰厚，还有让他割舍不下的祖父、祖母及关心过他、帮助过他的众乡亲！那里虽然现在很穷，他有决心、有信心、有毅力去改造它，把自己学到的知识带到家乡，为家乡的发展做贡献！因而，他回答姑妈很干脆。

刘永鹏考取黔南民族职业技术学院畜牧大专班，求知欲望更加强烈，虽然这个专业别人看不上，可他喜欢，学习起来就很刻苦，很多时间，他都是独自在图书馆度过，很多时间，他都是在向行家里手求经问道的时光里度过。2016年底，他被分派到江西正邦集团，开始了为期半年的实习。2017年6月，他以优异的成绩获得毕业证书。接着便受聘于正大集团湖南怀化有限责任公司，独立担负起贵州铜仁片区养殖户的技术指导和服务工作。在这个新的工作岗位上，面对上百家养殖服务对象，他不辞辛劳，夜以继日地往返奔波在铜仁市八县两市18000多平方千米的大山之间，人累瘦了，脸晒黑了，但是他的筋骨更结实了，身板更硬朗了。

在职期间，他最大的收获是把从书本上学到的理论知识与养殖实践紧密结合到一起，既巩固了书本理论，又积累了实践经验，为今后回家乡创业发展养殖业夯实了基础。

2017年底，刘永鹏经人介绍，又到都匀市一个叫上谷龙的大山里去帮一个外地籍养殖户饲养毛驴。毛驴原产于西北，在贵州却还算是个稀罕物！毛驴个头小，精悍，结实，体质健壮，抵抗能力强，耐粗放，不易生病，并且性情温驯、刻苦耐劳、听从使役，等等——打个不恰当的比配，毛驴身上的这些优点，恰与刘永鹏的性情相仿。在那片杳无人迹的大山里，他一个人住在一间简陋的小木屋里，孤独地一住就是几个月没有下过山。他每天除了给毛驴喂水、添加饲料等常态饲养工作外，就是研究毛驴的生活习惯，观察毛驴的生长变化，做好每一天的饲养记录……连周边的茶农们都交口称赞：这个小青年太尽责了，太忠厚了！

然而，刘永鹏在专心致志地研究养驴的同时，却意外地发觉养驴基地老板对自己的产业并不上心，10天半月上山1次、除了给刘永鹏带点生活用品外，基本不过问毛驴养殖的事，就连饲养员刘永鹏向他汇报工作，他也心不

在焉！刘永鹏很失望，原本想在这里大展拳脚，却突然有了被欺骗的感觉，便向老板提出辞职。

一次次磨砺，一次次摔打，刘永鹏伤痕累累之后，翅膀终于坚硬了。他要飞，而且是自己飞。

离开了毛驴养殖基地，刘永鹏回到了阔别已久的家乡，天还是那么蓝，山还是那么绿，水还是那么清，星空还是那么灿烂。"阔别稍久，眷与时长，"刘永鹏忘情地站在龙窝边的一块岩石上，眺望对面的将军岩，不禁感慨，"唯有门前镜湖水，春风不改旧时波。"

祖父祖母日思夜想的孙儿突然归来，犹如一块石头打破缸，泪水四洒，飞溅如雨。拉着孙儿就不想放手，末了，爷爷拍拍强壮的孙子，"这次回来，还走不？"

刘永鹏看着日渐衰老的爷爷和奶奶，说："再也不走了。我要在龙窝一边创业搞养殖，一边陪伴你们两个老人。"

"那就好，不走了就好。你想养哪样？爷爷和奶奶都支持你！"

"我想养鸡！"

"养鸡好！养鸡好！我们祖祖辈辈都会养鸡，轻车熟路的——养鸡好！"爷爷说着，拿出两个老人多年来从牙缝里省出来的几千元交给刘永鹏，说："拿去养你的鸡，不够了告诉我，我再帮你想办法！"

爷爷和奶奶都是农民出身，他们没有读过书，当然不懂得做事情和干事业的区别。刘永鹏谢绝了老人的好意，走上了自筹资金的艰难路程。

俗话说：富人借钱易开口，穷人借钱难上难！"嫌贫爱富"的现实状况叫刘永鹏吃尽苦头！几次筹资几次碰壁，刘永鹏差点就灰心丧气了。在这前路茫茫的关键时刻，驻村的脱贫攻坚工作队助了他一臂之力，他终于筹到了20万元养殖基金，还租赁到大山深处的一大片比较理想的饲养场地，一个因陋就简的养鸡场很快就草草落成，一万羽"血毛土鸡"幼苗迅速上架……

"血毛土鸡属土鸡类型，营养价值高，生长周期短，肉质鲜美，野性强，适合贵州各地饲养，所以我选择了饲养血毛土鸡品种。"刘永鹏专业地说，"一万羽鸡苗饲养规模不算大，稍微辛苦一点，一个人就应付得过来。"

饲养期间，刘永鹏基本上吃住在养鸡场，丝毫不敢分心。小鸡一天天长大，眼看就到了可以放养的阶段，刘永鹏开心地笑了。

天有不测风云，就在这个时候，奶奶突然病倒了，而且病得不轻。刘永鹏匆忙之下急忙聘请了村里的一个青年临时上山帮助照看鸡群，自己下山照料生病的祖母。

"刘永鹏是个很孝道的孩子，他念念不忘奶奶的养育之恩，不分昼夜地精心照料着奶奶，送医送药。奶奶便秘，他就用手去抠……"刘士菊说到这里，竟动情地流出了眼泪！她接着说，"他奶奶的病情还没见好转，山上却传来大批成鸡病死的坏消息。刘永鹏急忙安顿一下家里的事情，转身就往山上跑。当他把鸡病控制住的时候，损失已经过半，他伤心透了，想哭都哭不出来。我们一家人都怕他会因此垮下去，结果，他硬是挺过来了。所有的熟人都惊叹，一个二十出头的小青年，能有这么坚强的毅力，真是好样的！"

事后刘永鹏说：我刚把养鸡场的事态稳住，奶奶这边又病危了，我又丢开养鸡场，忙着往家跑……没过多久，奶奶就过世了。奶奶的后事还没料理完，养鸡场又一连遭到老鹰、夜猫子、黄鼠狼的偷袭——真是屋漏偏遭连天雨啊！

刘永鹏卖掉所剩下的成年鸡，总共才卖了10来万元，亏损一半。虽然痛苦但他并没有气馁，在总结教训的基础上，决定重打锣鼓另开张，再来一次涅槃重生。

有一句名言说：摔过跤的人，再摔跤的概率就小，没摔过跤的人，摔跤的概率很大！刘永鹏养鸡失败了，但是没有趴下，而是迅速地重新站起来。他选择了一条当前条件允许的路子——养肉兔！

虽然在肉鸡饲养上遭遇了挫折，但是，刘永鹏对自己的实力还是很有信心的。说干就干，从不优柔寡断！这就是刘永鹏的性格，于是他从信用社贷款15万元，加上自己卖鸡所得的10万元，在宝山村上麻窝的地界上选定了场址，修建饲养棚，购置设备及安装，预备药品、饲料等，一应准备齐全，600只种兔上了架。

他精心饲养和管理，很快就产生了较好的经济效益，第一批售出了肉兔3000只，收入20余万元。效益见好，刘永鹏信心百倍。2019年10月，刘永鹏与朋友合资18万元，在青山如黛、绿水似绸的江边建起了"水上人家"旅游开发有限公司农家乐水畔山庄，利用自己饲养的品质优良、肉质细嫩、风味鲜美、营养丰富的新西兰兔、伊拉兔烧烤资源，吸引了大量的游客前往。2020年3月，"水上人家"旅游开发有限公司又斥资数万元，购进水上游船，增添了新的游乐项目，丰富了游客的娱乐内容，使得"水上人家"成了落北河漂流风景旅游带的亮点！

刘永鹏经历了一波三折的创业人生，饱尝了生活的酸甜苦辣，终于迈上了成功的起点，一颗闪亮的小星星冉冉升起来了，25岁小青年，坚持如故，定能扬帆远航。

石头般坚强的柏利周

（纪实通讯）

彭 芳

我用柏利周的电话号码加他的微信，冒出一个昵称，"像石头一样坚强"。看着这个令我思考半天的昵称，除了微微的悸动，便是沉重感。如果不是一条硬汉，谁会用这样的昵称，它是一种宣示。

大多数贫困户给我的印象，都是孩子多，家庭负担重，家里人残疾，丧失劳动能力，遭遇天灾人祸，但他们的文化意识、自我鼓励意识，似乎要薄弱很多。柏利周是吗？

柏利周家住乐雍村大寨组。这个寨子很古朴，整个寨子被古树包围，不同年限的古树千姿百态。仔细看古树上挂的树铭牌，有300年的，有500年的。年代越久的古树越斑驳粗壮，树皮上皲裂痕迹越明显，给人沧桑而厚重感。寨子中间有个篮球场，旁边有休息的坐凳。被古树阴郁的一块空坝，独显寂寞。

寨子门口是一片田畴，刚刚插下小秧的田似诗里写的那般：草色遥看近却无。不远处是青翠繁茂的圆形山峦，山峦往左绵延，小河在山脚下逶迤而去。黑褐的柏油路沿着小河边沿流进寨子，道路两边的太阳能路灯，骄傲地向我们示意。

柏利周就生活在这个美丽的村子里。

按约定的时间和地点，柏利周应该来接我们了。可等了好一会儿却不见人影。一老伯从旁边走过，我便问他柏利周家住哪里，老伯顺手一指，柏利周家就在这里呀！顺着老伯指的方向，我看到那棵最大的古树下的两层楼房，被古树的枝丫掩映，露出半截屋角。老伯说那是柏利周他哥家，柏利周常住他哥家。

说话间，柏利周骑着踏板车过来了，他把车停在古树下，有些不好意思说，对不起，来晚了。他很腼腆，有些拘束。我不太相信这个人就是柏利周。驼背，矮小，穿牛仔裤，膝盖有两个破洞，看不出年龄，整个人看上去就是个瘦猴。我说明来意，他还是无动于衷，就说，到你家看看？柏利周左右顾盼，言不由衷地说，这里是我哥家，我家是老房子。兰馨直言直语，那带我们去你家老房子看看。

柏利周看是推不脱了，走在前面，我们跟随着他。突然寨子里跑出来好几条土狗，围着柏利周转几圈又向我们跑来，虽是摇着尾巴欢迎我们，也吓得我们浑身冷汗，小腿肚发抖，站着不敢动。害怕那狗咬上一口。柏利周一边唤着那些狗，一边对我们说，不怕不怕，狗不会乱咬人的。那些狗很喜欢柏利周，看见他就像看到老朋友一样，亲热无比。

寨子最上面，是柏利周的家，很结实的砖砌老式瓦房，打开门，屋子里有一股浓浓的霉味。柏利周歉意地说，他在山上养鸡，这房子很久没有人住了。之后又赶紧申明，家里没有人住，乱得很，不要见笑哈。其实家里只是没有人生活的烟火气息，倒是很干净的。

我们在他家里的墙壁上看到"贵定县沿山镇（街）乐雍村建档立卡农户结对帮扶明白卡"，明白卡很详细，除户主姓名外，有建卡年度，脱贫状况，帮扶责任人，所属单位，驻村第一书记，家庭现状，帮扶类别，民政保障，健康保障，住房保障，人居环境改造，饮水保障，帮扶人等内容。

至2018年5月，贵定县最后脱贫攻坚战打响，2300多名干部下沉驻村，让每一户贫困户都达到"两不愁三保障"，尤其是精准扶贫户和低保户，一定要脱贫摘帽。这项浩大的人类工程，其艰辛程度可想而知。通过这张帮扶明白卡，可以领略一个伟大的时代，遍地英雄展风采。

我在明白卡上面还看到了乡镇党委和政府的宣传顺口溜：勤劳创造好日子，幸福不忘党恩情。好吃懒做不光彩，贫困形象很害恩。只要勤劳不贫困，要想脱贫要发奋。脱贫生产不努力，家中男儿难找媳。不勤不劳真不行，勤种勤养会脱贫。等给等送不光荣，最大耻辱是懒穷。今天贫困不可怕，努力脱贫女好嫁。身残贫困兜好底，党的温暖关爱你。干部联亲暖民心，扶贫帮困重千斤。村组干部带入户，贫困情况心有数。联亲干部走农家，工作扎实群众夸。

这些宣传打油诗，有些红军长征宣传群众的味道，既浅显易懂，又能够打动人心，就算不识几个大字的老百姓也能明白其意。可见，乡镇党委政府、驻村干部为带领老百姓脱贫的信心和耐心，以及对老百姓的良苦用心。

柏利周告诉我们，老房子也被政府列为危房，窗户、墙板、房顶上面盖的瓦，都是政府修补过的。这老房子虽旧其实很结实，墙体、木门都很牢实。以前农村木结构房子，困难人家没有装板壁，大门头上是空的，柏利周家的也是一样。房挡头的上层用竹条编织成墙壁，年代久了，竹条开始朽烂，马眼萝般的洞，仿若一个个张开的血盆大口。

二楼一般是用来放杂物和粮食的地方，破了也很少管，如今，政府对老百姓的扶持力度大到连这样结实的房屋都要进行修补，帮扶的确到位了。兰馨说，其实这种老式房子比砖混结构的舒服，冬暖夏凉。柏利周指着门口的自来水管说，自来水也是政府安的。我问他现在的生活来源靠什么，担心他没有收入，用度成问题。他说他是精准扶贫户，又是低保户，吃饭肯定没问题，现在的收入靠养鸡。养鸡？我很好奇，能否参观？当然可以。柏利周说。

柏利周脚不好，骑踏板车在前面带路，一条狗跟着他，跑前跑后，那画面竟有几分诗意。

这条三米宽的柏油路是新修的。小河逆流而上，河水清澈见人。两岸满是奇花异草，明亮的柏油路与清澈的河流并排而行，犹如两条铁轨。青山繁茂，鸟语渔歌。好一派繁花似锦啊。穿过寨子和田畴，柏利周骑车慢慢走慢慢等，我们几个被路边的美景引诱得不时停下来，要把这大好的景色留在手机相册，留在我们的记忆深处。多年以后，我们或许还会再来，对比得出一个完美的结论。

柏利周的养鸡场在半山腰，踏板车只好放在山坡下一个茅草棚里，因上坡的茅草路有点陡，又是泥路，踏板车上不去，他专门在路边搭一个茅草棚停车。

我们爬了大约500米的山坡路，终于看到了柏利周的养鸡场。两山垭口的斜坡上，起有四五间茅草房，另有两间铁皮围成，盖有石棉瓦，隐在一片绿荫之中。所谓绿荫是柏利周种的樱桃、黄桃、枇杷等果树，此时正是4月，树上结有密密麻麻的青果。养鸡房四角用粗壮的树干支撑，四面则是用手腕粗的木条紧密绑定，屋子里还重新放有用竹篾织的鸡笼。柏利周说，因山里黄鼠狼多，晚上来偷鸡防不胜防，只得一层层加固，而且每一间养鸡房门口都拴着一条狗帮助看守。就在我们刚刚接近鸡的地盘时，几条狗一起向我们狂吠，凶巴巴的样子。看到主人来了，热情地摇着尾巴，吠声也收敛了许多。

柏利周说，年前他养的几百只鸡差不多卖光了，只有十几只了，因为疫情严重，一直没有补充鸡苗。他说，养的都是土鸡，而且都是放养，肉质很好，平时都卖25元一斤，过年卖28元一斤，销路很好。

柏利周老房子空空的没有人气，养鸡场却不同，不仅充满生活气息，还到处显现勃勃生机。几只肥硕的老鹅伸长脖子"嘎嘎嘎"地朝着我们叫，小狗们一刻也不消停，不是狂吠就是哼唧，套在脖子上的绳索一会儿绷直，一会儿松回。几只老母鸡带着一群小鸡在树下刨食，叽叽喳喳的。鸡房边空隙处放有一个粉红色的铁笼子，里面有两只鸽子，一黑一白，正在啄食，后面摆了一堆砍好的木柴；关在鸡笼里的鸡也噗噗地拍打着翅膀。我对着几只狗不断示好，小心翼翼地、忍着害怕走过它们的面前。

柏利周的住房兼办公室，简陋狭窄，却也"五脏俱全"。靠后墙铺了一张单人床，床左边放置锅碗瓢盆，电饭煲，水缸，桌椅。右边墙上挂有充电器，墙脚放有一个黑色方形的音箱。想想浓重空旷的夜晚，星斗满天，山里静寂得只剩虫鸣蛙声，这只音箱放射的旋律，会是怎样一番风景？

柏利周告诉我们为了照顾好鸡，他大多时候住在山上，大自然向他袒露它最美最纯最原始的一面。这是多么值得陶醉的山野修行啊！可我又扪心自问，如果我常年住在这山里，会醉吗？

生活，对每一个人来说都是公平的。可柏利周常年住山上，他愿意吗？这对他来说又是不公平的。这要多大的毅力呀！此刻看到他养的鸡、鹅、鸽子，还有狗，他种的果树，他的音箱，我突然间觉得，柏利周虽生活在山上，过得却是现代人的生活。有这么多"活物"陪伴，苦中作乐也值了。

很有幸，柏利周的帮扶人黄兴群刚好来看他，从黄女士的口里得知，今年35岁的柏利周之所以是贫困户，是因他患腰椎间盘突出兼骨质增生，引起驼背，肢体四级残疾，行动不便，无劳动能力。去很多医院、私人诊所就诊，花光积蓄却毫无好转。柏利周在未生病之前，是一个头脑灵活的小伙子，外出打工，一个月赚五六千元不成问题。柏利周说，如果不是生病，他根本不需要国家一个月几百元的低保资助。

俗话说，好汉就怕病来磨。我无法想象柏利周生病后身体一天天变形后的心理状态怎么样，但可以想象，一个年轻人命运如此多舛，那种悲哀和绝望，不亚于自杀前的挣扎。好在党和政府的关爱，把柏利周从深渊里拯救出来。他被评为精准扶贫户，又被纳入低保户，基本生活有了保障，政府还修缮了他的老房子，安好了自来水，安了Wi-Fi，进家门口的路虽然窄一点儿，也建成平坦结实的水泥路。柏利周说，除了每个月的低保费，政府"三小工程"项目，还给他发放猪仔、饲料、玉米、鸡苗等。

政府的帮扶扶起了柏利周生的希望。他在政府的支持下和哥哥姐姐的帮助下，办起这个小小的养鸡场。创业初期，一块石头、一根木条、一片竹篾、一棵树干，他都得亲力亲为，他的身体不允许干重的体力活，每一次背、扛东西，他背上凸出来的地方都疼痛得无法忍受，跨一步都颤颤巍巍，毂觫难挨。养鸡场很多材料只得用马驮，可抬材料上马背和从马背上拿下来，也不是易事。那是一段汗水和泪水交织的日子，但终究是坚持下来了。两年过去了，柏利周种的树长高了，结果了，鸡、鹅也卖了好几拨，虽然收入不高，但生活终是有了更大的希望和奔头，心里有了奔头，人才会像石头一样坚强。

柏利周因身体原因，打工没人要，只得留在家养鸡和种植，他现在除了种植果树，正准备种一批药材。我真心为他鼓掌，为他点赞！柏利周的精神世界，是达远的，诗意的。扶贫先扶智，志智孪生，同一母体兄弟，柏利周诠释得最完美。柏利周是我见到的最有毅力地勇敢面对困境面对生活的年轻人。

为了表达支持，我特意买了柏利周一只大公鸡，不讲价，他说我亏一点儿。我说下次还来买！

他留在山上的家，照顾他的鸡、鹅、狗狗，我们和黄兴群一路下山，黄女士说，现在柏利周存在的困难就是这条小路，要是政府能够支持他打成水泥路就好了！这样既是雪中送炭，又是锦上添花。不用多宽，一米就够了，柏利周能够骑车上下就行！但愿如愿吧！我想，不久的将来，一定会实现。我还想，这样一个又勤快又善良的好小伙子，要是有个女孩慧眼识珠，喜欢他就好了。

破茧成蝶

(特写)

邓招能

2020年4月15日中午，星期三。我给罗柱贵打电话。罗柱贵说，他在贵定县人民医院。我之前和他不认识，只好在电话中做简单自我介绍。罗柱贵很支持，答应我的采访要求。时间约定4月18日。但他留了点余地，说等他向医院领导请假后，再回复我具体的时间。

在电话里，罗柱贵的声音略显苍老。于是，我称他为罗哥。

罗柱贵是不是来看病？或者，在医院打扫卫生什么的？他是靠在医院务工来维持家计吗？我这样设想着罗柱贵日常生活的样子。

周末，我如约拨通了罗柱贵的电话。

罗柱贵说他住在盛世黔城，叫我过去。我听他这么一说，心里很不爽，为什么？你不能打个的过来。

我的车停在盛世黔城门口，在进进出出的人群里，寻找着我要见的罗柱贵。想看看他是不是和我想象的一样。

等了10来分钟。还是不见罗柱贵出来，至少，我没有看到他的"身影"。

他不会是走到后门去了吧！我想。

我再次拨通了罗柱贵的电话。一个穿花格子衬衫、牛仔裤，戴着口罩的青年男子，边从裤兜里掏手机，边朝我走过来。

对不起啊！让你久等了。男子贴近车门，对我说。

你就是罗柱贵？罗柱贵给我的第一印象，简直和我想象的判若两人。

我说，没关系的，接着问他家住在哪一栋。

他嗯嗯地回答说，爱人买的房子。罗柱贵答非所问，似乎觉得我问他住哪栋是多余。

上车后，罗柱贵很娴熟、很自觉地系上安全带。他的一举一动和乡村普通的群众大不一样。过了巴塞罗那红绿灯路口。罗柱贵问，我们是到新巴实地看，还是……用不着，我看你也忙，我们就到我单位的办公室，聊聊就

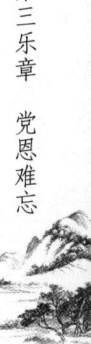

行了。

其实我内心很不是滋味，有钱在县城里买商品房，还被评为"贫困户"？让人难以置信。虽然没说，但我也怀疑是不是搞错了，除非罗柱贵家发了横财。

罗柱贵看我没戴口罩，也把他的口罩摘了下来。

我特意抓住这一瞬间，看了看他，笑了起来。叫你罗哥，真不好意思。恐怕我们的年龄相仿，我1984年出生的，老家威宁县。

我1992年出生的，在新巴卫生院上班。罗柱贵说。

平平常常的寒暄中，我们来到了他的办公室。

言归正传。今年，是全国全面建成小康社会之年，也是全省决战决胜脱贫攻坚之年。贵定县在2019年已经通过省级第三方评估，摘掉了贫困的标签。算起来，从2014年开始，经过6年多的发展，每个家庭的变化，乃是每个人的切身经历或感受，真可谓是今非昔比，不可同日而语。

这期间少不了辛勤耕耘的汗水，但也有收获幸福后的欣慰。

能说说你家是因为啥成为贫困户的吗？又是怎样一步一步脱贫的？

我家是2014年被评为贫困户的。那时，我的家庭有我的父母，我的姐姐和我，共4口人。我想，被评为贫困户，一方面是我的父母亲都是聋哑人，另一方面那一年正值我高考，即将走进大学的校园。致使我家陷入贫困的原因，是多方面的，有父母聋哑天生的原因，因学致贫更是主因，除此之外，我爷爷奶奶都去世得早，丢下父亲他们几姊妹，艰苦度日，也不可避免地受到些影响。罗柱贵说。

2014年也是罗柱贵人生的一个重大转折点。通过高考，他考取贵州医科大学的定向生。在就读大学的三年里，学校为他免了每年7000元的学费。政府部门积极帮助，为他家提供了最低生活保障。2016年7月，他毕业后和新巴镇卫生院签了6年的服务合同，走上工作岗位。同年9月，他又通过考试带薪到贵州医科大学规培，期限3年。在2017年，经书面申请，上级审核评定，他家脱了贫。

精准扶贫"六个一批"中，你家算是教育资助解困的一批。我说，可以说教育扶贫，你得的实惠最多。

的确是这样。罗柱贵说，都是有国家的好政策，我这个穷孩子才有今天。

当然，最关键的还是取决于你自身的勤奋和努力，我说，人生的转折也许就是这关键的一次。

所以，我非常感激今天的新时代，罗柱贵说，如果没有共产党领导，赶不上这么好的时代，这么好的政策，这么好的求学环境，说实话，处于我家这种特殊的家庭环境，十之八九，我是走不到今天的。

年轻人感情也是丰富的，说着说着便有了眼睛的潮湿。看来他的感受很深。

脱贫离不开发展，离不开建设，在贵州山区，基础设施短板是硬伤，更是一块难啃的硬骨头。我说，可以这样讲，你是通过读书这条路来改变命运的，想必你对上学的路深有体会，这一路上你的感触如何？

"这些年，从家到学校再到家，我多半时间是在学校。经过那条熟悉得再熟悉不过的路，感触最深的是变化与发展。"罗柱贵说，"自我懂事起，我就记得从新巴街上到谷兵村甘塘只有一条大路，说是大路，其实就是稍微宽一点的泥巴路，够拖拉机、马车等农用车通行。从甘塘到我家那一段，就成了毛狗路。下雨天，寨子里的大人小孩总是弄得一裤脚的泥。种地靠的是人背马驮，寨里的几架摩托车也被撞得缺眼睛少鼻子的。上小学时，看到别的小孩穿得干干净净的，我自己都害羞。"

他说的是事实。在一事一议政策扶持下，如今水泥路修到寨子，每家每户的串户路也硬化了。可以这样说，百分之八九十的人家，车子都能开到家门口了。

罗柱贵举了个例子，小时候他们打篮球的场坝，下雨就积水，几天都晒不干。想玩儿，也找不到一块像样的场地。2018年硬化成水泥球场，球场周边有各种健身器材，供群众娱乐。寨子头，还装上了路灯。这些真实的东西，想抹也抹不去。罗柱贵说，旧时光一去不复返了。

2019年春节期间，谷兵村举办了迎新春篮球赛。如此完善的基础设施，帮了很大的忙，篮球赛很成功。罗柱贵很感慨，可以说，原来想都不敢想。国家投入大量的人力物力财力，得实惠的归根结底还是咱们老百姓。

人都爱回忆过去，罗柱贵也如此。他说小的时候，打扫卫生是将垃圾集中起来，用撮箕抬了倒在寨子外的地方，日积月累，就成了一处处的垃圾堆。时常还有人放火烧垃圾，乌烟瘴气的，气味既难闻，又污染环境。工作队驻村后，他们带领乡亲们从乡村人居环境整治开始入手，打扫房前屋后的卫生，实行"门前三包"，引导群众养成良好生活习惯，改掉了陋习。

不是罗柱贵夸张，目前，他们村每家至少有一个垃圾桶。收集起来的垃圾集中投放到垃圾池或垃圾斗，交由镇里面组织转运，统一收运到县城垃圾处理厂进行处置。

我最直观也是最深刻的感受就是农村的环境越来越洁净美丽了。罗柱贵

说，人居环境变漂亮了，人也变得更精神了。

　　而如今，受罗柱贵的影响，他们村里的人更加重视娃娃的教育了。有几户还特意在县城租了房子，一个大人专门带娃儿，照顾孩子上学。他们都期望自己的孩子好好读书，将来能考上大学。希望通过读书来改变孩子的命运。

　　教育才是最根本、最长效的脱贫。机遇是留给有准备的人的。罗柱贵的今天，或许是靠运气，或许是靠努力，或许是靠……但是，无论靠什么，都不可否定，罗柱贵已经成为一个对社会有用的青年，都不可否定，罗柱贵是一个极具家国情怀的青年。

第四乐章

精英出贫

消灭贫困,让一批致富带头人,演绎了精彩人生,他们或创业,或有所作为,或先富带后富,其示范效应,潜移默化地影响贫困者奋发图强的意志和行动,他们的企业为贫困户安排岗位,变输血为造血,为脱贫攻坚做出了贡献。

山路弯弯

（报告文学）

王安平

我和罗永富是在电话里认识的，真正见面在盘江镇扶贫办。那天是清明节过后的第三天，法定节日后第一天上班。见面也是在一种突兀的氛围里拉开，所幸我们两人见面熟，也就无从说起尴尬，倒像是水到渠成的一种默契。

第一眼看他，似乎他就是一个再平常不过的人。少言、寡语，外带一种迟钝。眼睛也不放电，要不是后来见到他的老婆骑着三轮摩托割草回来，一路春风得意的样子，我怀疑他找朋友都很难。结果是我的判断错了，它不但有一个漂亮的妻子，还有两个活泼可爱的女儿。所以，人不可貌相。

我们在盘江一户姓罗的饭店吃了简餐，称为黄焖猪脚，味道不咋样，但吃得很香。因为我和罗永富认识后，我发现他身上有一些神秘的故事，于是这顿饭就成了我和罗永富成为知己的见证，相信多年以后，于我于他都会是难忘的记忆。

罗永富非常朴素，虽然是老板了，骨子里的善良和亲和是原汁原味的，一点儿做作都没有。见了面如同看到一个颇有自信而又隐藏张扬的青年，默默承受着对生活的热爱和创造。和他交谈起来，才知道他是一个早期创业者。

罗永富1975年出生在贵定县马场河一个叫锅厂的小山村，小山村极为宁静，大多是朴实友善好客的布依族人。

锅厂是一个好听的名字，外界人的眼里，锅厂就是厂，一个生钱的地方，但生不生钱只有锅厂人知道。罗永富家里兄弟4人，父母尚还健在，身体很棒，父亲已是70多岁的人了，看上去也不过60出头一点儿。不知是因为自己有了有出息的儿子心宽而显得年轻，还是因为如今国家强大了好日子令他返老还童。罗老人家神采奕奕脚下生风是事实。

其实之前的锅厂是一个穷寨子，说它穷，主要是地理位置偏僻边远。锅厂坐落在马场河背后往新峰方向走的半坡上，说起来离马场河街上只有区区两三千米。现在都是水泥路了，汽车一开几分钟就可以到家了。如若退回去

10年，从马场河街上走到他家的寨子上，少说也要一个小时左右。仅想象路的崎岖，一般人就难以描述。以前的羊肠小道逢岩斫岩，遇刺砍刺，是从岩缝里抠出来的，是从刺林里踩出来的。从远处看，宛若一条蛇曲里拐弯往上爬，路两边尽是草棵、灌木，若是一人独行，背沟会发麻。陡是一大特色，天干还好一点儿，下雨天路滑难行，那就得拄着拐棍或是拽着荆条了。要想去马场河打斤油买斤盐，那得要打好多注意才行。路就不是人走的，顺着黄泥夹沙的毛狗路一上一下，累死人。由于生活环境恶劣，年轻人娶媳妇只得用尽手段从山里头或许更远的地方寻觅，当地姑娘不管长得好坏，别想娶，只能望洋兴叹。

我到罗永富家参观了一下，他家现在已完全是当地土豪了，住房是现代的砖混结构，虽说不是很洋气，也是当地极具风格的那种。但在半坡上修建住宅，多少令我感到有些意外，艰辛姑且不说，他完全可以在城里买一幢别墅的，何烦劳神在这个小地方把根扎下去？看那建房所花功夫，就知道主人的决心有多大。为了打牢基础，在差不多50度的斜坡上用钢筋水泥硬打了几根柱子，然后再铺上一层钢筋网再浇上水泥，然后再盖房，虽说是二层小楼，仅屋基就不知要多耗多少建筑材料。可如今土地金贵，宅基地在半坡，也只能在半坡修建了。一溜现代化的住宅，罗永富如此，寨子的其他人家亦如此，这就是改革开放在农村体现的红利。

锅厂村民住在半坡上，田土都在坡上，农作物大多是高寒作物，有点儿田也是冷水田，靠望天水浇灌。罗永富祖辈生活于斯，想必也和这里的村民一样，山高水长，艰辛度日，一直等到了改革开放，才有了生活的变迁。几乎是靠吃高山作物为生的村民们，才有了幸福的生活。我想罗永富一家应该也是如此。

机会总是留给每一个有准备的人，同理，机会也总是留给每一个善于找寻机遇的人。由于家境不好，罗永富没有读过好多书，据他自己说是初中毕业。农村孩子读不上书是要干农活的，机灵的罗永富经历10多年农俗洗礼，深知农村的愚昧落后，他不愿在这块贫瘠的土地上浪费青春，怀揣省吃俭用留下的几百元，毅然踏上了外出打工之路。

罗永富初中毕业时才15岁，这样的年龄正是求学欲旺盛的时候，虽然打着工有了一份收入，但仍然感到内心空虚。实践告诉他，知识永远是生活的老师，于是他涌起了学习一门技能的冲动。思虑再三之后，他很快做出决定，报考了某财政学校，成为财会专业的一名学生。他边打工边学习，赚钱和读书双丰收，几年间他积攒了一定资本，拿到了某财政学校的毕业证书。

家乡永远是一个值得回忆的梦。几年后,他回到了家乡贵定县城做起了小生意。罗永富头脑灵活,生意做得风生水起,可他总不满足现状,想着干一番大事业,终于在2004年,萌动了新的"野心"。

"风萧萧兮易水寒,壮士一去兮不复还。"罗永富背着简单的行囊,怀揣一颗雄心,开始了他的第二次圆梦之旅。

理想很丰满现实很骨感,他来到浙江省浦江县考察了几天,找不到合适的项目,他很沮丧,但又不甘心。那时的罗永富就是一个毛头小伙儿,初生牛犊不怕虎,做起事来不到黄河心不死,不撞南墙不回头。通过几番考察,他了解到水晶加工市场前景很好,于是动手筹办,几经周折之后,终于招收了50多个工人,创办了自己的水晶加工厂,由于是代加工,两头在外,销路不愁,原辅材料不愁,当时的水晶行业市场很好,年产值达到了六七十万元,利润14万元左右,为他的事业平添了成功的可能性。事业一旦开闸,银子亦如滔滔流水,流进了罗永富的腰包。就这样,罗永富从一个漂泊者摇身一变而成为成功的创业者。

一个人一生没有多少个8年,罗永富在浙江创业一待就是8年,完成了原始积累。8年中,他有过对事业奔波劳碌的喟叹,也有过对事业成功的甜蜜。更多的是,当他一人独自坐下来休闲的时候,家乡的穷困总是像影子一样跟着他,如影随形,他就会想起慈颜善眉的父母,想起家乡的方言母语,想起故土的一草一木。这种思乡之情就会越来越沉重,搅得他睡不好觉,伴着童年的记忆到天明,最后他就会定格在那一条弯弯的小路上,那可是自己用脚量出来的路啊!每次春节团聚,他都会叹息,要是有一条路通到家门口,那该是多幸福的事呀!过年的东西太丰富了,肯定是要给父母惊喜的,可怎么才背得上去呢?花钱他不痛苦,可将东西送到家里他却痛苦了,所以,他日日盼夜夜盼,就盼家乡有一条好路。家乡太艰难了,我应该回到家乡,虽然靠自己改变不了家乡的模样,但做一份贡献应该是本分。有时这个问题像梦魇一样折磨着他,他就会失眠。

有人赚到钱图的是娱乐至死,花钱如流水,而罗永富则不然,他认为赚到的钱用在赚更大的钱的地方才是最有意义的事,因此罗永富并没有因为工厂利润丰厚,赚得盆满钵满就喜乐至死,而是想到用在发展家乡的事业上。

2013年,罗永富得知家乡欢迎在外成功人士回家乡创业的信息后,浑身热血沸腾,每一根神经都在跳跃,他朝着家乡的方向眺望,萌生了大雁南归的冲动。是夜,他思绪万千辗转难眠。他又想起了锅厂,想起了生他养他的父母,想起了孩提时代的牛背,想起了那条曲曲弯弯的小路。不久,他就毅然放弃了在浙江的工厂，回到了家乡，开始了新一次创业。

某人说过，创业要找最合适的人，不一定要找最成功的人。罗永富回到家乡，一开始也有很大的不适应，毕竟与浙江那个商业气息浓得不能再浓的地方相比，思维方式，处世观念，商业手段都有很大的区别，一段时间他惆怅徘徊，甚至有了隐隐的后悔，但罗永富并没有因此而气馁，他决心寻找一条适合自己的发展路子，而且就选择自己的家乡——锅厂。

有一天，他无意中碰到了马场河畜牧中心兽医师杨光平。两人之前在家乡认识，有所了解，时有往来。杨光平听说他回家乡创业，很是支持。事实上，杨光平早在和他见面之前就主张发展奶山羊产业，并且自己自费到山西进行了多方考察，有了一定的养羊经验。但不知道当时的主管领导出于什么原因，推诿了他的方案，一直没有上马。实际上羊奶对人体有很大的保健作用。据杨光平介绍，为了证实羊奶的保健实效，他曾做过实验。有个女子寒气重，怕冷，肚子经常发凉而疼痛，杨光平建议她喝山羊奶试试，结果不到一个月，寒凉症状逐渐消失，面庞渐渐红润，精气神大有好转，从此这个女子每天一罐山羊奶，彻底摆脱了寒冷。后来他又拿自己的女儿做实验，结果效果更佳，毕竟小孩子没有受过任何其他侵害，只是身体瘦弱而已，吃了山羊奶之后，身体素质较前更好，脸上皮肤比原来更为嫩白，受此启发，杨光平认为山羊奶对人体保健好处多多，特别是含硒元素的山羊奶，对于提高人体的免疫能力有着不可替代的作用。

就是这次邂逅，罗永富萌发了养殖业的想法，在杨光平的鼓动下，养奶山羊便成为他破题的第一篇文章，由此找到了产业发展的路子。马场河新峰村，海拔1300米，典型的高原性气候，罗永富看准了这块风水宝地，盖起了近2000平方米的养殖房，成立了永富生态畜牧养殖农民专业合作社，邀请股东8人，独立投资450万元，开始了他的养殖事业。

罗永富不善言辞，介绍起他的事业来，也总是不好意思地吞吞吐吐，憨态十足，一副木讷样子，可他精明就精明于内心思路的清晰。我陪着他一路从盘江赶回马场河，在他的奶羊销售点小憩，顺便品尝他的产品羊奶，实际上我不太喜欢喝腥味十足的奶品，主人的盛情之下，我不好推辞，只得硬着头皮喝了一口，哪知这东西还真好喝，三下五除二，我竟然在半分钟内喝光了大概200毫升的羊奶，感觉那味道比起原先喝过的牛奶不知要爽多少倍。我心里便偷偷地承认，这山羊奶，我肯定喝定了。

小憩间隙，罗永富告诉我，他的山羊奶基本都是订单供货，没有多余的存货。本想成为他的客户，暂时还进不了圈子了，我好遗憾。我问他现在是不是上得规模了，有没有利润，他抿笑着说，就目前来说，养奶山羊已经产生了利润，虽然不是很高，但略有结余。杨光平催他说，你就说实际的，赚就赚不赚就不赚，这有啥稀奇？罗永富在他的启发下，终于给我算了个账。他从陕西进的奶山羊36只，实际产奶的只有12只，目前每天产奶六七十斤，每月净利润7000元左右，年利润8万多元。如果全部奶羊都产奶，销售渠道畅通，年利润在20多万元。后来他带我上山参观，那白绒绒的奶山羊，一只只膘肥体壮，十分壮观，不久的将来，它们应该就是罗永富的摇钱树。

说到摇钱树，罗永富还真的有摇钱树，这种摇钱树叫蜂糖李，据他说是当今最有潜力的水果产业。他流转了100多亩土地专门种植蜂糖李，他粗略地估算了一下，每亩收入8万元，100亩收入就是800万元。就算折半收入也是在400万元左右。"当然，"罗永富说，"我这是算的毛账，至于全部挂果以后能不能达到预期的设想，只有待以后才能知道。"罗永富倒是很务实，半点没有夸大的意思，事实上做事业就是需要像他这样脚踏实地的人。当然这是他的希望，更是一代新型农民的希望。

其实，在多年以前，贵定的养殖业一直都在做，政府也专门有扶持资金，但时至今日，养殖的发展仍显不足，成功者寥寥无几。即便是罗永富正在干的奶山羊养殖业，也曾有很多议论，黑山羊的养殖曾经风靡一时，但都是公鸡阿屎——头节硬，结果是可想而知。由此养殖产业的发展一直困扰着政府的布局，谁能坐上这个龙头宝座？罗永富能不能？时间正在检验着他的能力和坚守。

以前的养殖条件是养殖人被动接受，主观意愿上不是很赞同，政府扶持只是一只隐形之手，未能撬动养殖业这块巨石，养殖人多半作壁上观，搞得好搞不好，成功与否于己没有多大压力，赚了是自己的，赔了是国家的。罗永富选择养殖业这条路，却是他基于搏一场的勇气和决心，不管有无资金支持，这是他的产业，成败在此一举。几年下来，他已经把自己赚来的钱全部花光了，还负债了100多万元，而眼下，他希望得到相关部门的支持，当然有资金注入更是他望眼欲穿的事情，但他坚信坚持就是最后的胜利。

所以一开始他就把困难设想得很多，遇到困难的时候就不会慌张。罗永富很感慨，他说创业之初，他很犹豫，在浙江已经是闯出一条路了，可以说吃穿不愁，进入了富人行业。可就是那一份家乡的情节放不下。他说，有风的日子，我就抬眼望远方，远方便是我的故乡。因而他舍弃了繁华的城市，回到了僻壤之地的故乡，在一个陌生的行业挣扎，这就是一个游子的可爱之处可敬之处可书之处，不管罗永富将来如何，他都是贵定一个值得记忆的青年。

　　山路弯弯，是大自然的鬼斧神工造就的天然景象，如今的山路弯弯是罗永富创业的机遇和挑战。他带着我爬新峰的时候，坡度几乎达60度，汽车不是呻吟而是嚎叫，低档中歇斯底里的声音有一种挣扎的变态。可一到山顶，清风徐来，吼声骤停，听到一声声"咩咩"的叫声，会有一种心旷之感，神怡之恋。当我转进牛棚的时候，罗永富的妻子已经打了满满一车牛草进来，那开三轮车的风姿令人叫绝，既有巾帼不让须眉的英武，又有小女人柔软多情的妩媚。我跟她开玩笑说，都当老板娘了，还干下人的活儿？她莞尔一笑，我哪有那福气啊，没事干也无聊，干点儿事活动一下筋骨，当是锻炼。她笑起来很美，像一支开得正艳的海棠花。

　　我趁机问罗永富，你们工人都请了什么人？他说，技术活儿都是我们夫妻俩做，其他的根据情况请人。他顿了一下又说，譬如剪枝调料这类带有技术含量的活儿，我们夫妻俩只得亲自做，其他人不懂也不会做。难怪，罗永富夫妻俩一点也不像我所接触的老板，脸上皮肤永远带着马场河的永久色。可看得出他们很充实，内心十分晴朗。也许这就是一般意义上的生活吧！

　　我又问罗永富如何开工人的工资，是计件还是定额。他说点工。忙的时候有十四五个人，人员结构也不同，有照顾性质的，残障人有一个，大多都是贫困户，极贫户有一个。我问他们每个月能挣多少钱？他说不等，他们是按照每天80元到100元开的，一般来说每个月能挣2500元左右。罗永富不光是自己创业，还带动贫困户创收，这种境界我不好说他有多高尚，但可以肯定地说，"一片冰心在玉壶"，他用自己微弱的心跳搏动人间的温暖，比起那些所谓的宁肯一掷千金博美人回眸的土豪来，更为高尚。他不属于有钱的大款，而比之大款，我们从他的行动中品尝到一颗善良而伟大的心，有钱不善，何谈有钱？钱是一点一滴善良累积的恩德，罗永富以他最为慈祥的爱心拥抱人间，他一定是一个富有的人，今天不是将来一定是。

　　和罗永富初识，给我的印象就是憨实，但他做的事却是有条不紊，讲究一个实字。开始接触养殖业他是忧心的，因为他虽是农家孩子，他却没有养殖的经验，小时候那种骑在牛背上看蓝天的放牧，根本就不是养殖业，那是孩提时的懵懂时光。直到他把牛棚建成，将小牛赶进牛圈，从陕西把奶山羊买回来的时候，他才感到两眼抹黑，一筹莫展。

　　这时杨光平找上门来，自觉为他提供技术服务，不要他的一分劳务费，申明是为了体现自身的技术价值，因这些年兽医师的职业几乎无用武之地，他隐隐感到悲哀。罗永富突然到来，得知他创业养殖业，一颗将死之心又开

始复燃。奶山羊的养殖本就是他极力推崇的事，罗永富要养奶山羊，两人一拍即合。天上掉下的馅饼，罗永富自然欣然接受，杨光平便成了他养殖业的动力和朋友。但他并未等靠要，而是业余自学相关知识，实践中反复实践，这几年下来，他也成了专家，说起养殖，如何饲养管理，驱草，配草料，羊奶如何包装，储存，消毒，等等，他一套一套，信手拈来，令人佩服不已。

看到他那些蓬勃生机的奶山羊，听到一头头黄牛的咀嚼声，我就仿佛置身在风吹草低见牛羊的浩瀚的草原，罗永富就是那扬鞭催马的英武牧人。罗永富不是那种很会吹的人，他说的事都是实实在在的。当时我参观他的牛场的时候，那里面只有几十头牛，我错愕地问他怎么就这几十头牛？他开始不好说，想了几分钟后才说，原先养有 118 头，年前都卖掉了，因为是肉牛。现在剩下的 36 头，是刚买回来的。我一看确实是半大牛。我问他一头牛价值多少？他说 15000 元左右。我悄悄给他核算了一下，仅菜牛这一项，罗永富创造的产值就是 1770000 元，利润达 354000 元。

养殖业的发展对于罗永富来说，有了一定的成效，但真正要做大，还需多业并举。养羊会产生羊粪，养牛有牛粪，养猪也会有猪粪，而这些有机肥都是农作物难得的养分。罗永富由此拓宽了视野，搞起了种植业，除了种植蜂糖李之外，还流转了 5 亩土地，用于开发药材基地。同时开发了养鱼产业。药材和养鱼目前没有产生效益，但一旦产生效益，那就是丰硕的成果。

山路弯弯，犹如人生。如今的山路，已不是当年的羊肠小道了，而是水泥路，罗永富一路走来，犹如锅厂爬上顶峰的山路，虽然弯曲，却也宽阔。如今他站在一个高处，宛若一只盘旋空中的山鹰，俯瞰眼前葱绿的世界，风景就在他的眼前流溢。"无限风光在险峰"，罗永富笑看风云，很坦然。

致富带头人罗富祥

(纪实)

兰 馨

易地扶贫搬迁政策是新时期精准扶贫工作中,从根本上解决"一方水土养不起一方人"地区脱贫问题最直接、最有效的一项重要举措。可世世代代居住在山里的群众故土难离、乡情难舍,搬出去能否住得好、怎么谋生,是压在所有易地扶贫搬迁贫困户心头的大石头。在开展此项工作之初,有的人离不了根,不想搬;有的人不信天上掉馅饼,不肯搬;还有的人怕搬出去找不到工作,不愿搬。

2012 年,国家开始实施易地扶贫搬迁项目,为改变创业和就业环境,贵定县云雾镇茶山村茶山组的青年罗富祥率先主动响应国家政策,从茶山村搬迁到云雾镇,踏出了一条"不等、不靠、不要",而是主动替政府分忧、自我发展的创业路,成为贵定县云雾镇搬迁户中的一名"创业之星",一名"脱贫攻坚优秀共产党员"!他的事迹在云雾镇无人不知、无人不晓,提起他,很多人都会竖起大拇指!

罗富祥,男,布依族,大专文化,1976 年 8 月 18 日出生在贵定县南面最边远最偏僻的茶山村茶山组。茶山村山高路陡,交通不便,生产生活条件恶劣,经济结构单一,收入渠道不多,家家户户主要靠种植和养殖生活,但人们虽然面朝黄土背朝天,勤做细耕苦种田,日子仍过得紧巴巴的。1993 年 6 月,罗富祥初中毕业后,由于考不上中专院校,家里又支持不起他读高中上大学,不得已只得回家务农。但他年轻的心不屈于面朝黄土背朝天的原始农活,便只身到贵州农学院学习竹荪种植。

学习回来后,由于资金少,他只能进行小面积的竹荪种植。种植之初,由于技术不精,竹荪受到细菌感染,导致无收成。"屋漏偏遭连夜雨",家里的木屋不慎又被一场火灾烧毁。没办法,1996 年春节过后,他只得随本地青年一道外出福建晋江打工。

由于内心与种植养殖业结下了不解之缘,在福建晋江打工期间,罗富祥特意选择到种植园打工，跟老板学习蔬菜种植技术，积累了一些蔬菜大棚种植经验。1999年7月，他返回茶山村，在家开始进行蔬菜种植，但是由于家乡山高地贫，蔬菜种植产出达不到预期效果。不轻易向命运低头的他于是重新选项，决定搞黑山羊养殖。可家里再也拿不出一分钱给他了。

于是，他做父亲的思想工作，想让父亲找亲戚借点钱给他做本钱。可那时亲戚家生活大都困难，无法借钱给他们，老实巴交的父亲相信儿子，拿家中的两匹马担保，借了1200元的高利贷给他。捧着这沉甸甸的1200元钱，罗富祥下定决心，这一次绝不能再让父亲失望。他在山上搭了个木棚，吃、住都在木棚里。半夜一有风吹草动，他便披衣而起，去羊圈查看，守护他的希望。从初期养6只发展到15只，第二年又发展到40只。一年后他就还清了1200元的高利贷借款。

可是命运老是专爱"捉弄"有心人！黑山羊养殖才有点儿规模见点起色，一场"灭顶之灾"突然而至：罗富祥放养在山上的黑山羊有的被狗咬死，有的感染慢性肺结核疾病而死亡！病羊卖不出去，被咬死的只好杀掉制作腌羊肉自家食用，乡里乡亲的，他也不好去找狗的主人理论。眼看着几年的艰辛创业又这样付之东流，罗富祥蹲在地上抱着头欲哭无泪。是身怀六甲的爱人每天拖着沉重的身子，帮助他处理山上的事，不仅没有一句怨言，怕他想不开，还想方设法安慰鼓励他。

前进路上烟雨迷蒙，困难重重，每走一步都要付出代价。但罗富祥抱着不向命运低头的决心，处理完黑山羊的"后事"后，又重新开始了寻找创业项目的旅程。

此时的农村，由于很多年轻人到外省务工赚了钱后，纷纷回来修房建屋。看到一个个砂石厂的砂石供不应求，罗富祥又投资创办了一个砂石厂。

由于农村经济飞速发展，家家户户兴建房屋，砂石供不应求。创办砂石厂利润丰厚，惹得有经济实力的大老板投资创办大型砂石厂。罗富祥又没有足够的资金拓展矿厂，没有竞争力的小厂只得被兼并。就这样，砂石厂才开办一年就不得不关闭，又得另谋出路了。

"其实失败不可怕，可怕的是失去了东山再起的雄心。一个人在面对挫折的时候，应该要有永不言放弃的决心。即使前方道路坎坷，也能咬牙前行。毕竟只要不放弃，成功的果实就能品尝到。如果轻言放弃，那么之前努力都付之东流，没有一丝意义。"罗富祥说。

虽然创业屡屡失败，但罗富祥并没有失去信心。他要从哪里跌倒就从哪里爬起来！

几经思考，罗富祥决心还是从自己熟悉的种植业再起步。自己的家乡不适宜发展种植业，那为什么不能到适合发展种植的地方去创业呢？

2009年12月，罗富祥来到了云雾镇。

在云雾镇东坪村，他发现有很多连片的肥沃土地因农民外出务工而大量闲置，于是承包了东坪村桐寨约80亩土地，雇用了20余个工人，又开始了他的种植业生涯。

在开展蔬菜种植过程中，罗富祥不是凭经验开展种植，而是买来很多有关蔬菜种植的书籍边学习边实践。同时积极参加各种种植培训，力争用科学的方法，将无公害的绿色产品送上大众餐桌。

通过精心的管理和辛苦的付出，承包面积越拓越大，雇用的工人也越来越多，他成了方圆几十里有名的种植大户。

随着种植收益的不断增加，初尝甜头的他准备扩大规模。

2015年5月，积累了丰富的蔬菜种植技术、管理经验和一定资金后，罗富祥开始思考怎么带动群众一起增收致富。经过慎重的考虑，他还是觉得要依靠农业带动群众致富，他认为贫困群众知识水平和劳动技能都相对较弱，难以从事复杂的工作，只有农业生产才是他们最熟悉、最能够接受的工作，而种地也是罗富祥最拿手的一项本领。于是，他吸收几户社员入股，创办了"云雾镇满堂红蔬菜种植合作社"。但由于自己资金有限，社员入股资金也已用完。作为一名外来人员，信用社又不愿贷款给他。正一筹莫展之际，他在东坪村的伙计贾维林用自家房产作抵押，以自己的名义向镇信用社贷款20万元借给罗富祥，解决了他的燃眉之急。说起这件事，罗富祥特别感动，他说，如果没有亲友的理解和支持，他也不可能有信心闯荡下去。

为了发展壮大蔬菜种植，罗富祥又成立了"贵州康之王农业发展有限公司"。采取"公司+基地+农户"的运作模式，从事各类精品蔬菜的种植。

公司成立后，罗富祥做的第一件事就是给工人建宿舍，他认为公司成立的目的就是帮助家乡的贫困群众增收致富，这就需要给群众提供长期稳定的就业岗位，为此，在启动资金非常紧缺的情况下，罗富祥仍坚持投入大量资金用于建设工人宿舍，给工人创造良好的工作条件，让他们能够安心工作。

公司种植品种众多，有姜、大葱、茄子、番茄、辣椒、黄瓜、西葫芦等，能够满足各类群众的务工需要，目前基地种植面积已达250余亩，带动周边群众种植蔬菜500余亩，基地雇有固定工人50人，农忙时吸纳临时用工150余人，大多数工人为移民搬迁劳动力和贫困劳动力，解决了部分就业困难的搬迁劳动力和贫困劳动力的就业难问题，工人开支每年80余万元，促进了贫

困户和搬迁户家庭创收，为政府解决了这部分人的脱贫难题。

作为一名大专生、一名农业企业老板，罗富祥坚持学习与实践相结合，做到不黑心种植，不盲目发展。真正做到了一名共产党员"不忘初心，牢记使命"的承诺。

为了更好地掌握种植蔬菜的技术，罗富祥不断为自己"充电"，在自学之余，他逮住一切机会参加各类正规培训：2015年4月至5月，他参加了中央农业广播电视学校贵定县分校举办的"生产经营类型种植业专业大户产业新型职业农民培训"，经考试合格获得了培训合格证书；2018年8月，他参加了黔南州商务和粮食局、中共黔南州委党校举办的"农村经纪人培训"，认真修完规定的课程，取得了结业证书；2018年10月，他参加"粤黔两省（区）贫困村创业致富带头人'广州—黔南'培训班（第一期）"学习，修完全部课程后，经考核合格，获得了结业证书。

有了理论和实践的相互结合，他的公司得到了很大的发展。由于公司运营规范、发展势头良好，并且优先聘用贫困户和搬迁户务工，得到了各级政府和相关部门的大力扶持：县农工局给他送来了价值30多万元的大棚盖膜、8吨肥料以及杀虫灯；云雾镇政府出资9万元为该基地修建了排洪沟；县人力资源和社会保障局给予了创业担保贷款10万元、一次创业补贴3500元、场租补贴3600元的扶持，解决了公司缺乏发展资金的困难；经过县人社局积极向上申报，公司获得了"2016年度贵州省返乡农民工创业示范点"称号，并得到了5万元的奖励；根据《贵定县家庭农场评选认定和管理办法（试行）》，经评审，罗富祥蔬菜种植基地符合标准，荣获贵定县人民政府颁发的"贵定县2016年度示范性家庭农场"证书。

十几年来，他勤奋钻研新技术，不断推广新技术，广泛吸取先进的经验，积累了一整套种植经验。在田间地头，他为工人耐心讲解科学知识，手把手教种植，传授护理方法，被工人亲切地称为活的农家百科全书，不仅如此，他还把自己所知所学的知识毫无保留地传授给每一位需要帮助的村民，让他们跟着他种菜致富。凭着对农业科学实用技术孜孜以求的执着精神，勤于学习，大胆实践的罗富祥，走出了一条依靠科技、勤劳致富的成功之路，成为农民群众致富的科技示范带头人。

他的办公室里，有一大摞荣誉证书，是他艰苦奋斗的回报：2017年，在贵定县精神文明建设指导委员会主办的2016年"金海雪山·活力贵定"十大最美系列评选活动中，罗富祥被评为"最美脱贫示范户"；2018年，他被中共贵定县委授予"全县脱贫攻坚优秀共产党员"称号；被县人社局授予

"2017年度'百名创业先锋'"称号；被云雾镇评为2018年度"脱贫攻坚优秀共产党员"。

那一大摞荣誉证书，每一张都浸透了无数的心血和汗水，也是上级领导和政府对他付出的肯定和赞赏。面对这些荣誉，他并没有睡在席梦思床上沾沾自喜。因为他明白：守着已有的成就，人生的高度也将仅仅停留在此，对成功抱着一颗平常心，才能越走越远。

群雁高飞头雁领，罗富祥学科技用科技不但富了自己，而且带动了一大批群众走上了科技致富之路。

回顾艰辛的创业过程，罗富祥骄傲地说："过去的路虽然艰辛，但是也让我积累了丰富的经验，我的成功离不开党的惠民富民政策，离不开党组织的关心关怀，在今后的发展中，我一定要力所能及地帮助和带领贫困户、易地扶贫搬迁户发展蔬菜种植，帮助贫困户和搬迁户增收致富，共同实现小康。"看着罗富祥坚毅的目光，我想起了哲学家康德说的一句话："既然我已选择了这条路，那么任何东西都不能阻碍我沿着这条路走下去。"我相信，在罗富祥的带领下，脱贫这首嘹亮的曲子一定会在云雾镇贫困户和搬迁户中唱响！

北雁南飞靠头雁

唐诗福

我自驾从县城往北 30 多分钟就到德新镇丰收村风景寨，一路上，对这个叫风景寨的地名充满着好奇。

风景寨之前不叫风景寨，而是叫牛屎寨。早些年一听到这个叫牛屎寨的名字，我满脑壳想到的是那些稀稀拉拉、散乱无序的牛屎，东一堆西一坨，好像布满地雷的情景，心就颤颤的。

牛屎，几乎囊括了落后农村所有的代名词。那山那人那狗，代表了之前牛屎寨偏僻落后的现状。

牛屎寨何时变成了风景寨？带着这个疑问，我决定走访一次弄个明白。

随着"高德地图"导航，刚进入风景寨，想象中的牛屎满地荡然无存，相反到处是春意盎然，一派新绿，每一处都有新农村建设的惊喜，宽敞的水泥路不是因为有人到访才扫得干干净净。村寨门坊、好家风好家训石刻、时景假山、翘角楼亭、休闲广场一路就可见。怀揣心事无绪赏景，渐渐也忘掉了"牛屎寨"这个大煞风景的名字。

贵定南北地域风貌相差很大，北部多高山峡谷，河谷落差很大。村落多在高处，所以大大影响了种植业，尤其是在水稻种植方面很受影响，稻田大多靠望天水，常年受旱减产，所以常年以种植耐旱农作物为主，烤烟、玉米、红薯、蒜、马铃薯成了主打农产品。

运气不错，打听的第一个人就遇到了罗伯伯——罗兴贵，老罗伯是个地地道道的苗家汉子，当过村长、支书。随着年纪的增长，他退出了村委，一心扑在茶产业中。

一番寒暄，老罗伯是个热情健谈之人，在他飞扬的言谈中，我也了解了他一路走来的不易。

2000 年开春，正当整个牛屎寨人人想方设法抽水打秧地之际。罗兴贵却独自在家门口前紧锁愁眉，眼巴巴地望着远处那几块干巴巴的不知耕种了几辈人的农田发呆，焦硬板结的土块，像晒干的牛屎屁硬如石头，这已经提不起罗兴贵多大兴趣了。

"你这个死老者,人家都在想法子抽水打秧地,你还有闲心在家楊起?"婆娘绿目恨眼地朝罗兴贵扔下句抱怨连天的话,一对眼睛鼓得像铜铃。她和他共同生有两个女儿,感情上他是接受她的唾骂的。

"你晓得哪样?个个朝到那个塘抽水,尿大泡水打口干都不够,不要说打秧地了。"接着又气鼓鼓地补了一句,"我要栽茶!"

"哪样?你要将这些土坎栽茶?疯了吧你。"

一时间,老罗要栽茶的笑话在屁股大的牛屎寨像炸弹一样炸开了,成了人们摆龙门阵的时政新闻。

"我们老祖宗传下来的这么点儿地,能种出够吃的粮食都不容易了,还喝茶?这是那些不晒太阳上班的干部才享受的,我们只见过饿来吃饭的,从来没得见过饿了喝茶的,嘻嘻嘻。"有人这样说。

"罗老者是不是疯了?他有两个姑娘,眼下还要读书,他去栽茶了,拿哪样养活一家人哦!"有人这样戏谑道,觉得罗老者就是异想天开的狂想徒。谁都不理解小老头儿到底想干什么。

就在大家对罗兴贵嗤之以鼻的时候,"牛屎"寨的田间地头,荒坡土坎多了一个佝偻身子默默种茶的小老头儿。他对乡亲们的嘲弄一笑了之。他相信,事实才是最能说话的。他罗老者也不像大家说的那样是"只喝茶,不吃饭"的主儿,他要吃更好的饭,穿更好的衣。闲言碎语的乡亲们,根本和他想的不一样。难道填饱肚子就万事大吉了?罗兴贵想,完成家庭温饱只是第一步,农村发展还是要有钱才行,所谓小康,就是要用钱来衡量的。

农村有句话,早出的鸟有食吃,罗老者和大家不一样之处在于他是全村出门务工最早的人,所以他看到得多,想法也与众不同。都说穷则思变。2003年3月,43岁的罗兴贵一次次纠结后,离开了生养他的热土,这片土地他曾经细细地捏碎过,却没能捏出一滴"油"来,他决定走出去拼一回。他恋恋不舍地低下头,沽了一口村头渗水沟里不再甘甜的水,就像饥饿的婴儿唖尽母亲干瘪的乳房最后的一点儿清乳。在一步一回头中那棵陪他一起长大的槭树逐渐消失在视线里。

到了浙江永康,美好的想象与光怪陆离现实反差,差点儿没让老罗背过气去。没有文凭没有技术,光靠苦力汗流浃背挣工资的日子,恍若犯人一般,这是常人想象不到的苦和累啊,原来挣钱比当农民还要苦。尽管才是3月底4月初,浙江的太阳就已经发飙,工地上的热气像火苗子一样噌噌地往裤脚里钻,本来就瘦小的老罗水土不服,险些倒在工作台上,他想过打退堂鼓。可

为了家里的孩子，也为了自己的面子，他一咬牙坚持着，有时任务紧，还得忍受老板、工头的催促与辱骂。

在这样的屈辱中他学会了忍耐，暗自给自己打气加油，坚持就是胜利。苦中也有舒心快乐的时候。当工资揣进荷包时，一切的苦都忘得一干二净，这可是在家一年都难得挣到的巨款呀！晚上他就会做梦，梦见自己发了大财，那些红色的票子一沓一沓在他的眼前展现，流进他的荷包。可是第二天，这些钱大部分就会从他的荷包里变成一张叫作汇款单的薄纸，消失在一个叫作邮局的地方，此时他是甜蜜的，过后却是苦涩的。

这一张纸连接着贵州和浙江的通道，因此，每逢大小节气，两个女儿就会打电话来，问得最多的是："爸妈，你们什么时候回家呀？""张三家给小娃买新衣服了，李四又给孩子买书包了。""六·一节你们给我买什么？"稚嫩的童音震荡着老罗的心魄，他就会久久陷入沉思。他也是个有血有肉的汉子啊，想当初，生养这两个姑娘的时候，很多村民还一直用不理解的眼光看着他，少数民族地区，很多传统思想还根深蒂固，养儿防老的传统思想霸占着农村这块天。作为一个读过书的人，老罗知书达礼不说什么，他的婆娘却一直愧疚说对不起他，没个仔仔在地方上抬不起头，平时老罗一忙起来连孩子都顾不上，村里的闲言碎语淹得死人，"这个罗兴贵，生个姑娘咯么就不管嘛。造孽哦！"其实，在老罗心里，姑娘仔仔都是人，手板手背都是肉啊，生女儿是他的命——认了。

思前想后，老罗还是打算折转回家，因为故土难离。

2004年10月，罗兴贵回到了牛屎寨。尽管当时有了通信工具，交通设施也多了起来，但是连鸟都不愿飞落的牛屎寨，依然保持着它原始的状态。一条石子路烂得像条糜烂的猪肠子，走路不小心脚下踹飞的石子都会砸到人。牛屎屁卡在石缝里，臭气熏天。他回来的第一天，就有些后悔了。

第二年，他被村民推选为村主任。他第一次发言，就是想改变牛屎寨的交通环境，并给村民立下军令状。想归想，修路的钱到哪里去要？

几个不眠之夜后，罗兴贵硬着头皮向各级政府反映，哪怕就是讨饭也要把资金搞到位。磨破嘴、磕破牙、走断腿、死赖着老脸多方面求人，申请写了一大堆。功夫不负有心人，上级政府终于答应匹配资金和水泥，但有一个条件，老百姓投工投劳。罗兴贵豁出去了，哪怕工作难做，他也要把村民们的思想工作做好。

好在当地村民通情达理，知道修路对大家有好处，只是在扩路上征用路边的少许土地时遇到点小麻烦，但很快就解决了。寨子的路修通那天，整个寨子的老老少少走在平坦干净的水泥路上，像欣赏新衣服一样舍不得下脚，小孩子高兴得在上面打滚，年轻些的妇女还穿着一年到头都难得穿一次的苗族盛装在悠悠的芦笙中跳起了东方探戈——"长衫龙"。

路通了，可是眼下上百人的牛屎寨还是一贫如洗啊，怎样找致富的路子呢？

别人摆热闹的时候，老罗就想起了自家房角屋后种下的那些茶树，茶树不多，但逢春必发。不经意间，他从茶树发芽中看到了赚钱的路子。

记得在浙江时，有一次下雨停班，他和老婆在街上闲逛，偶然逛进了一家茶店，里面摆放着琳琅满目古色古香的茶具，黑陶的、紫砂的、铁罐的，还有经典的茶海茶盘等极具观赏价值。各种名茶应有尽有，什么碧螺春、铁观音、大红袍、乌龙茶，还有他叫不上名的。这些令他赏心悦目，大开眼界，关键是价格，一问才知自己这个老土帽闻所未闻，当场就把他吓了一跳。他和店老板粗略地交流了一下，得知茶饮是当地十分时尚的，许多大老板喜欢闲暇之余聚在一起饮茶，谈事聊天，交朋结友，高端茶成了有钱人身份和地位的象征，尤其是一些低端养身茶，如减压、清肠、减肥、静心的茶，普通市民很喜欢，更是供不应求。临走时，他有意和老板求了张名片。

思虑再三，他鼓足勇气就着名片上的名字，向茶店老板拨打了第一个电话。

"喂，夏老板吗？你好。我老罗啊，贵州的……啊，想不起了？……就是曾经在你茶店聊天的那个贵州人呀。"

夏老板似乎想起来了，回了一句，"你好！有什么需要我帮你的吗？"

老罗很激动，"之前我在你店里见好多的茶，但就是没有看到我们这边的品种，能不能把我的茶摆在你茶店里试着卖一下？"

夏老板好像很感兴趣，答应他，"行啊！我这里的确没有贵州茶，听说你们那边有什么都匀毛尖、云雾贡茶？还有小叶苦丁茶，都十分有名，你邮寄一些来我试卖看看。"

罗兴贵胆子也真大，居然相信了远在千里之外的夏老板，第二天他就把茶叶寄出去了。

一个星期过去了，一个月过去了，始终不见回音。罗兴贵慌了。老婆埋怨他随便相信人，不听老人言，吃亏在眼前。之前老婆就叫他少寄点儿。他不听，按夏老板的要求寄。不得回音，罗兴贵焦躁不安。正当他差点儿崩溃的时候，夏老板来电话了，答应和他合作。要不是女儿在面前的话，他高兴得差点儿抱起老婆转几圈。

生意果然来了，村民们忙着抬牛粪挖泥巴的时候，老罗和婆娘忙碌的是采摘茶叶，几亩茶的茶青也够他们忙活的了，几个月下来寄往浙江的茶叶给自己家带来了不少的收入。

2006年，村民们辛苦地收割自己那广种薄收的庄稼时，老罗笑眯眯地骑着新买的摩托车，后面带着老婆，货架上带着一袋白花花的大米从寨前的水泥路路过，见到的人只是眼巴巴地打量着与往常不一样的他。

尝到甜头的罗兴贵并没有满足眼下的生活，浙江老板那边一直在催货，由于品质上乘，口感新鲜独特，老罗这点儿小敲小打哪能满足得了偌大的茶市场，这给老罗又提出了新的挑战。

怎么办？要想发大财只有扩大种植，可是自己一下子也种不出那么多的茶树来呀。加上小叶苦丁茶在本地只是传统品种，还没有经过繁殖实验阶段。读过不少书的他决定求教县里边扶贫办的相关人员。几经周折后，贵定县扶贫办协同茶办的技术人员给牛屎寨专门开了"小灶"，辅导种植技术。同时还带去了茶苗和鼓舞人心的优先扶贫政策。小叶苦丁茶产业在名不见经传的乡旮旯起到了产业发展的龙头作用，农户思想也发生了天翻地覆的转变。种水稻赚钱还是种茶叶赚钱，村民们心里都有一笔账。既然在北面种植水稻薄收，何不将茶换回的钱买米，茶的收入高出种水稻好多倍。

从未走出过大山的村民们像蒙在帐子里的蚊子，只能瞎乱撞，只有老罗人员广路子多，营销这一块儿就只有靠老罗到外面去闯了。老罗思路活，大家种植，他跑市场。先是都匀、贵阳这些周边的茶市场他跑了个遍，哪里今年是什么价格，哪里销量大他了解得清清楚楚，然后再到村里收购村民手头的茶青。晚上就和老婆在自家的作坊里熬更守夜地揉茶炒茶。这些年在外跑，老罗熟悉茶叶制作技术。由于市场供不应求，传统的纯手工茶已经远远不能够满足需求，老罗决定采用机械加工的方式扩大生产。

雪片一样飞来的订单令老罗眼花缭乱，几十吨的大订单诱惑着他，只可惜自己巴掌大的牛屎寨哪能胜任这么大的订单呀，他只好望茶兴叹错失发财的机会。

一项产业有顶峰也有低谷。牛屎寨人全身心投入种植茶的时候，不幸的消息也不期而至。一些同行搬起石头砸自己的脚，外省有些贪心的老板在苦丁茶制作上做手脚——加色素，导致了一直以来深受人们喜爱的苦丁茶被打入"冷宫"，很难建立起来的信赖市场就这样逐渐消失了。2011年小叶苦丁茶销售一度陷入最低谷，卖不上价。受到打击的村民，怎么也想不到为他们带来福利的茶叶跌得这么厉害，于是有的村民又不得不将种在土里的茶苗拔起来重新种上传统的作物。

老罗平时忙于生意，忙着寻找来年出路，疏于管理自己的女儿罗陶，她成绩不理想。2010年开春，十五六岁的女儿初中毕业面临着择校就读问题。罗陶何去何从？他一直心有不安。

牛屎寨是个苗族民风很浓的民族村寨，每到正月，苗族姑娘们还保持着"坐花园"挑花（刺绣）的传统习俗，也正是青年男女谈情说爱的绝佳时机，刚刚长大的罗陶在芦笙以及手机信息的影响下，懵懂的姑娘开始情窦初开，有了说不清道不明的青春萌动，贪玩儿心加剧。罗兴贵发现二姑娘近来常常不回家，闹得他几夜合不拢眼。心想照此下去姑娘就完蛋了。心急啊！

他找了个恰当的时机和女儿交流，语重心长地对女儿进行了心理疏导，罗陶答应父亲到贵阳茶技术文化学校学习。

不知经历多少次送出接往，2012年罗陶在学校毕业，获得了"评茶员"职业评定。小姑娘从进入学校起就很上进。出于对职业的喜爱加上自己的努力，她在2015年毕节市手工制茶（手工红茶）中获二等奖。

罗陶回到家中后，积极向父亲介绍了制红茶的好处以及当下茶叶的行情，老罗很高兴，看来把女儿送到职业学校去学习还真的送对了！之后，经县政府扶贫办多年的考察，结合本县实际，即南面有享誉中外的贡茶——云雾茶，北面有小叶苦丁茶，看到发展茶产业是为民致富的好路子，于是组织全县搞茶产业的致富带头人到遵义湄潭进行实地考察学习。

内地的学习已经满足不了老罗的需求了，因为他心里边总是不满足本地现有的茶品，于是他又自己悄悄自费到湖南等地学习考察，大开了眼界。他把外面学来的方法实际运用到自己的加工场来，缺什么就补什么。最后还从人家手头硬生生地买来了制茶的机械、竹篾筛子等，把制茶机拉回家的当天，整个寨子简直炸开了锅，当哐啷哐啷的机械摇响，茶叶在滚筒中翻滚的时候引来了不少男男女女观看，当时的乌龙茶在村民眼里是何等的稀奇，当茶从机械滚筒中出来的时候，人们纷纷投来羡慕的目光。

"这个好，这样炒茶就不烫手了。"

"鬼老者会搞，有这个不知要炒好多茶哦！"

其实，炒制红茶，罗兴贵2009年就已经搞过，但当时技术落后设备简单，再好的原料也没能炒制出上好的红茶来，先进技术带来了不菲的红利，老罗并没有满足现状，还是一如既往地支持女儿到福建继续"深造"，培养后续接班人，往后的日子里，全靠年轻人为自己的茶产业注入活力。

茶给老罗带来了经济效益，这是特殊的地域和传统茶品质带来的好处，

第四乐章 精英出贫

因为这里的茶属自然生长，村民们根本没有更多的化肥来施肥，只是在空余时间挑些农家肥培在茶树下，所以茶的口感好。

罗兴贵富起来后并没有忘掉村民，许多村民害怕承担经济风险，所以只能徘徊在小产业方面，老罗了解大家存在这样担忧的原因，所以他主动在寨子里承担龙头作用。从自己种植和炒制到大量收购茶青，制出统一品质统一包装的上好乌龙茶、苦丁茶。

他是个很孝道的人，他从小就懂得失去老人的痛楚，所以在这方面他特别注意关心年迈的老人，当村上的老婆婆采茶卖给她的时候他都会在收购价格上略高过年轻人，曾经就有中年妇女还和他因价格问题发生口角，为什么收购她们的价格就和老年人的不一样，他理直气壮地把对方讲得无地自容，正因为这个原因，大家都十分钦佩他。所以他收购的茶在品质上也赢得了较好的口碑。

不经历过风雨怎能见到彩虹。

昔日的牛屎寨在茶产业的催生下，整个寨子发生了天翻地覆的变化，人们一改那种"坐、等、要"的懒散局面，在罗兴贵挣钱能手的带动下，那些找一个吃一个的懒汉们已经坐不住了。那些养了几个儿子却穷得叮当响的家庭已经暗暗羡慕老罗不得了，都想着和他打"亲家"（联姻）发展茶产业。

2017年以来，村村寨寨亮丽乡村建设开展得如火如荼，老罗在心里策划着该给牛屎寨取一个脱胎换骨的名字，他和几个村干部思忖着给它取个好听的名字。几经商议，既然牛屎寨那么难听，那就给他个翻身的名字——丰收村风景寨，听到这个名字，村民们仿佛一夜之间扬眉吐气了。是啊，是大家用自己勤劳的双手赢得了这个无愧的名字。

看如今的风景寨已经是家家户户水泥新房，街道整洁通坦，寨前屋后绿树掩映，自来水通达各家。村民们往来穿梭忙碌于自己的生意中，早春清明前后采摘高档的精品茶，过了谷雨就采摘大众茶，这些茶经罗兴贵一手打造，统一成"碧灵"品牌，在市场上成了翘首产品。每一季节的茶都给当地村民带来了一笔不少的收入。

大海航行靠舵手，北雁南飞靠头雁。当万家灯火尽享天伦时，别忘了那个种茶人——罗兴贵，那个瘦小却精神抖擞的老人。

高原上的牧场

沈振辉

袁华宁站在海拔接近 1600 米的贾戎村坡头上，颇有点一览众山小的豪迈。天上烈阳灼灼，地上凉风习习。蓝天白云下的青草绿地，牛成群，羊成堆，鸡鸭呱呱叫，好一派充满生机活力的热闹景象啊！他放眼四望，郁郁葱葱的群山绿水尽在眼底，矗立山巅的风车为这里增添了无限风光。放牧人放开喉咙大声吆喝着，有时骂骂咧咧地穿梭其中，说出只有这些畜生才能听懂的话。

袁华宁笑了。

这个高瘦的汉子，放在人堆里绝对看不出有什么出彩，和别人比起来也没有什么特别之处，但是当你走进他的内心，真正了解他，才会为他那近乎疯狂的想法产生敬意，为他筹划贾戎村远景发展蓝图而震惊。

贾戎的前世，是个穷得鸟不拉屎的地方，夜晚的黑，连鬼都怕。如今却成了贾戎村民（第一批首选精准扶贫户）的衣食父母，也成了昌明镇农民合作社种植养殖一体化的成功典范。这一切都与一个叫袁华宁的人有关。

2010 年，即将卸任的老支书陈德书在选择接班人时，用审视的眼光筛查了一遍本地的年轻人，他要选好一个能够带领贾戎村所有村民发家致富的人。袁华宁当时也在那些年轻人中，不过当时他不是这个名字，叫袁华辉。这个年轻人出门打工早，走南闯北见过世面，很有闯劲，自然就进入了老支书视线，成了不二人选。

老支书为什么要那么慎重？因为贾戎村情况特殊。土地主产全部是苞谷、豆类和洋芋，水稻种植只能是高寒品种，收成薄，半年辛苦半年粮。苞谷、洋芋、水稻混合才将就一年。为了改变贾戎村的现状和生活条件，老支书不得不把眼光放宽一些。

老支书瞄准袁华宁，是因为他闯过浙江、福建、广东，做过仓库管理员、工厂车间管理、建筑工地领班。几经辗转最终在广州乐百氏实业有限公司一干就将近十年。从普通员工一步一步地做起，利用自身的智慧和不服输精神不断地要求进步,到 2009 年已经是公司营销部副经理了。其间还获得广州市乐百氏实业有限公司最佳优秀员工称号。每个月可以拿到将近 5000 元的工资,那个时候在广州拿这点工资仍然不算什么,但是在贾戎村人的眼里,非常让人眼热。公司还为他配了 BP 机、诺基亚手机,在公司享受高管待遇。2008 年,他向公司党组织递交了入党申请书,2009 年 7 月转为正式党员。

在收入形成巨大反差的情况下,他选择了放弃丰厚的收入,满足了老支书的愿望,回乡带领大家创业增收。对于他来说,放弃优越的生活和可能影响孩子的前途是个痛苦的选择,但真的能让贾戎村百姓甩掉贫困富起来,哪怕火海刀山,他也要闯一闯。2009 年,刚从广州回来的袁华宁决定先承头挖马路,尽管是那种毛马路,勉强骑摩托车,出门办事总比靠两条腿走路好,因为他也知道,要致富先修路的道理。他把从良田村到贾戎村七八千米的路按照各户的户头分好段,村民负责泥方,他多方筹措资金,求助,向都六派出所申请使用雷管炸药,资金跟不上他自己先垫资购买。

2010 年 10 月袁华宁走马上任村主任,2013 年 10 月任支书,接过老支书的接力棒将近 7 年,他时刻铭记着自己的千金一诺,承诺不是一句空话就可以打发得了的,得有成果,得找到一条好路子带领大家脱贫致富,哪怕能解决 105 户 307 人的贫困户的生计问题也是兑现承诺。贾戎村贫困人口多,类型各异,有的是因病致贫,有的是因学致贫,有的是因智致贫,特别是丧失劳动力的贫困户,在这里要找到适合他们的活儿,谈何容易。原始的刀耕火种怎么改变贾戎村的现状,袁华宁一度陷入了迷茫和沮丧之中。

穷则思变,变则通,通则达。可是变在哪里?怎样做才能让群众的钱袋子鼓起来?这是必须要思考的问题。或许苍天不负有心人,给袁华宁带来灵感的事情是中广核开发的风力发电项目。他看着高高的坡顶,想象着发电的风车像一头蹒跚的老牛,慢慢地转着日子的风景。再看一看施工的师傅,坡头不高不陡他们不去,为什么?就是利用风,强劲的风是取之不尽用之不竭的资源。风力是发电的资源,难道我们贾戎的荒山、草地、树木、竹林、野生猕猴桃、流淌不断的山泉水,不是很好的资源?他默算了一下,村里的草地在 3000~4000 亩,杂木林地也是 3000 多亩,耕地 900 多亩,竹林占地 4000~5000 亩。这些资源都非常丰富,即使是杂木林地和竹林地分到各户村民责任头上,也可以综合利用,还有很大部分草地,属于集体所有。只要合理开发利用,不破坏生态环境,可用资源是相当丰富的。这么多年一直沉睡闲置,无人开发利用,多么的浪费呀!袁华宁恍然大悟,其实我们就坐在金山银山上啊!他突然脑洞大开,眼前瞬间亮了一盏灯,他决定在这些闲置的土地上创造一番事业。

但问题又来了，无论是引进公司招商项目，还是由自己人来开发，路是一大问题，得先把路修好。2015年，袁华宁向镇党委、镇政府提交申请，当年就作为一事一议项目获得审批通过。经过几个月的辛苦奋战，一条光滑溜亮的公路连通到了各家各户门口。

首战告捷，袁华宁开始了第二次"野心"。他代表村里向银行申请贷款，加上80万元国家扶贫资金，成立了贵州省大田生态牧业开发有限公司，开始了贾戎村养殖业的孕育。现在贾戎村的养殖基地第一期为占地面积100亩，建有专业猪圈1个、实底羊圈1个、牛圈两个、附带鸡鸭圈一个、储料间、加工间、工人房、办公室等。目前基地有黑山羊400多只，每20只母羊配一只公羊，一年后数量提高达七八百只。

基地待出栏黑生猪40多头，又从山东引进西门塔尔牛103头，每头牛出肉率在500~700千克，西门塔尔牛产肉量高，产肉性能也并不比专门化肉牛质量差，役用性能也很好，是乳、肉、役兼用的大型品种。梨木站牛50头，照此发展下去，不久的将来，贾戎村一定会"天苍苍，野茫茫，风吹草低见牛羊"。

公司建立起来了，规模（养殖）越来越大，人手、耕地、草料等需求量也非常大。之前的面积已经不能满足现实需要，袁华宁又召开各组村民会议，商讨扩大合作社产业问题，散户养殖纳入总体规划问题，抱团取暖。

袁华宁原先投入大量资金建设养殖场，开办农民合作社的初衷是先一步解决本村105户307人的精准扶贫户的收入问题，但脱贫不是不劳而获，需要他们积极投工投劳。袁华宁第一步是想法把他们的资源（山林，土地）纳入合作社范畴，引导他们积极主动参与种养合作，贫困户可以自主种养，公司包销，解决他们的后顾之忧。对于丧失劳动力的贫困户，实在不能参与劳动，就采取资源分红形式补贴脱贫。合作社目前安排10对夫妻20个贫困户，参与管理和劳务输出。合作社为了让他们安心工作，每个人按照劳务输出工作量而定，可以拿到2000元不等的工资，夫妻家庭每月3500~4000元，每年可收入50000元左右。到目前为止，贾戎村精准贫困户已经全部脱贫，彻底摘掉了贫困的帽子。

贾戎在变，袁华宁干得也欢。广州的繁华生活渐渐远去，贾戎村的前途却令他日夜揪心。养殖场除了满足村里的贫困户就业，他还想接纳更多的村民加入进来。这样可以以自家耕地、草坡、山林入股，也可以用自家养殖的牛、羊、猪、鸡鸭入股。成为股民的村民可以务工投劳，按劳务量照单领工

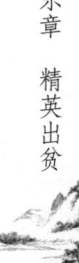

资，年终时根据投入直接分红。合作社会把村民们投入进来的牲口列入编号，群放群养。目前已经接纳 20 户约 600 人成为股民，每人年终分红达 1000 元。

在此方式下，村民们和合作社签订草料、家禽收购合同，自家种植的庄稼作物按照时间按规定卖给合作社，家庭养殖的猪、牛、羊等挂靠合作社集体出售。这种合作方式既保证了村民们自家种养有信心，生活劳动有盼头，又能保证合作社供销产能不断链，还能保证源头产业链畅通。这种产能供销结构模式，确实增加了村民的收入。今年开春以来，因为疫情原因，很多村民们都没有正常出去打工，他们主动来合作社洽谈，村民们（非贫困户）非常有信心，都做好了扩大种植范围的准备，他们相信在家门口也可以挣钱。

袁华宁已和台湾商户陈明昌完成了入股商谈，8 户村民完成了入股协议的签订。有限股份制经营模式，产销一体化，做大做强，带领村民实现小康远景，袁华宁非常乐观。

良性循环利用资源和合理开发，不仅能让贾戎村村民们有活儿干有钱赚，还能在未来的时间里让子孙后代看得见青山绿水，还能听得到鸟语，闻到花香。

是啊，高原上放牧的人们已然不是前世那个寒风刮过草絮飞，冷冽炊烟苦中吟的人们了，牛羊低语中，他们唱响的是一曲走向小康的歌。

兰启文的跌宕人生

唐诗福

"探望时间到！"狱警警示探亲者。

兰启文想不到时间这么短，心中的话还没有讲完，就要和日思夜想的妻子告别了，虽然不是生离死别，但对这两个年轻力壮的当家人来说意味着什么，长时间的分离和感情的考验。

眼神略显暗淡的妻子有些悲戚地向铁窗内的丈夫安慰道："启文，不要心焦，好好在里面改造，听领导的话，相信判决是正义的，我会在家带好两个小娃，你不要想得太多……"

"哐啷"一声，无情的牢门重重地将两颗炽热的心隔开，兰启文的心也"哐啷"一声，眼眶里含着的泪水终于止不住流了下来，妻子回头再次望了他一眼，就是这一回头，他看到了可怜的妻子滚下来的泪水，顷刻间，沉重的脚步重如千钧，从探望室到看守室短短的距离，他仿佛走了一个世纪那般煎熬。

夜阑人静，身形高大的兰启文站在铁窗边望着天上云层里穿行的新月，心里百般滋味涌上心头。这一被逮进来到什么时候才是个头啊。想想自己从小那么胆小，没想到尽管自己那么仔细谨慎还是阴沟里翻了船。这让家乡的亲友们怎么看？往后在两个孩子面前如何树立榜样？尤其是年轻的老婆该怎么办？她还那么年轻，更何况那些还未处理的回收来的废品，哪怕价格便宜点儿也还是值点儿钱的。

想想这些年自己凭着吃苦耐劳在浙江绍兴河山桥村待了下来，刚开始创业的时候老婆不怕苦不怕累跟着自己干了这么多年，原本娇小的妻子为自己生下两个儿子，一天天变成了黄脸婆的她为了这个家能更安稳，不离不弃地打拼……他亏欠妻子太多啊！

一想到这些，兰启文不免望着天花板长长地叹了口气。

忽然间一个熟悉的女人身影在他眼前晃过，手里拎着一个箱子，是他们放钱的密码箱。身边带着很帅气的小伙子，女人边走边回头看他。他揉了揉眼睛，仔细看去，那不是妻子吗？怎么撇下两个年幼孩子就走了？他想抓住箱子，女人轻松地挣脱了他的手，头也不回地执意而去，兰启文望着她的背影大喊："别走，别走……你别走啊！"

"扑通！"一声，兰启文从生硬的床板上摔了下来。一场惊梦，他睡意全无。他重新把自己进牢的前前后后捋了一遍，他开始怀疑自己是不是被冤枉或者是被陷害进来的，想想这短短的几年为什么这么顺利。在一个人生地不熟的地方能赚那么多的钱，是不是结上了什么仇怨？为什么这次那么晕，竟敢回收国家禁令收购的电缆呢？……其实，这个念头不知在他脑海里闪现了多少次，只要睡不着就老想这个问题。"哎！走就走吧！老婆这么些年和自己吃了那么多苦，更何况她还那么年轻，尽管今天探监，妻子口头上那么安慰自己，人家也是个女人啊，何苦死死地拽着她不放呢？让她再找个好男人，也不枉夫妻一场，对得起她……"越是这样想，兰启文心里那片阴云越散不开。"可能是自己想多了，老婆是不会离我而去的，要离，在我最穷最落魄的时候早就走了……兰启文啊兰启文，你这样想怎么对得起还在外面风吹日晒的老婆吗……"兰启文转念一想，还是老老实实接受往后的现实吧。

时间一晃进入了2008年新年，一场空前的大雪灾肆虐了整个中国大地，到处缺水断电，眼看就要刑满释放的兰启文正等着和家人团聚，享受许久没有得到的天伦之乐。然而，老天总是要以最严苛的考验来磨砺一个人的坚强，已经适应牢狱生活的兰启文变得更加焦虑重重，因为自从他进到监狱后，自己老婆反倒没有像他想的那样找个更好的人嫁了，而是更加为这个家狠命地挣钱，妻子经历自己丈夫牢狱之灾这件事之后更加小心谨慎，生意越做越红火，不仅学会了驾驶大货车，还扩大了废品收购站，新租赁了另一家厂房做库房。光2007年底就足足收购了满满两个场地的废旧物品，尽管兰启文身在牢狱却尚还可以和老婆谋划如何把生意做大，这次正等着这批货出手就收手不干了，好好回老家重新找一条发展的路子。

可是，一场大雪无情地又将他俩打入冰点以下，全部投进去的钱眼看就要"打水漂"了。

妻子每天看着大雪覆盖的那些废品，价格一天比一天跌得厉害，想要出手吧又没有人要，原来那些老主顾们一下子就像冬天的苍蝇不知消失到哪里去了，她焦急得简直没有勇气活下去了，几次走在河边，眼望深碧的河水就想一下子扎进去一死了之，可是家里的两个正在上学的孩子怎么办？想到这些她又重新拾回活下去的勇气。

柔弱的她将被大雪压塌的棚子慢慢修理起来，能捡回多少就捡多少，在这样天寒地冻的时节，凌冻将货物封得严严实实的，她生拉硬拽将100多吨的铁像抓住活下去的稻草一般挪了个窝，逐渐生锈的废铁像冰雪里僵硬的死尸。弄完这个她又要将100多吨的可乐瓶打包，堆积如山的塑料瓶散发着难闻的气味，她一天却要在旁边转悠好几回。原先请来的工人由于开不起工资也逐渐裁员，到了年底都走光了，深处困境的兰启文一家简直比雪上加霜更老火，好在平时有一个好朋友，交往甚密，关键时刻拉了他一把。其实生意人也不是绝对帮她，而是看准了兰启文这批货的潜在价值，适逢雪灾，货走不出去，雪灾过后定然翻身。帮忙只是表面功夫，他要的是长远的合作，友谊重要，信任更重要。所以他暂时借了一笔不小的资金给她，让深陷困境的家庭渡过了难关。

　　出狱后的兰启文更懂得珍惜难得的机遇，他心里一直感激他的妻子不离不弃的坚守和朋友的热情帮助，所以在往后的日子里他拼命地干，哪怕价格低一点只要自己肯努力肯吃苦，生意就一定会好起来。

　　随着整个中国经济的平稳增长，城乡差距也越来越小，人们对居住环境和劳动生产环境有了更高的环保意识，亮化美化已经进入了一个全新的时代，昔日名不见经传的河山桥村也在发生着天翻地覆的变化，对废品回收行业更是一个不小的考验，只有具备一定资质的部门才可以回收，一些小的回收站将被取缔。

　　眼看废品回收生意好不容易有所好转又面临夭折的危险，兰启文心里五味杂陈，他和老婆商量将来的出路在哪里。勤劳贤惠的妻子安慰兰启文说："只要老天不死，我们总会有出头之日，要不我们回老家发展其他行业，一定非得要做废品回收吗？"听着弱小的妻子能有这么远大的志向，兰启文又来了底气，仿佛找到了生存的航标。他也宽慰妻子，"好在我们也攒下了一些创业基金，那我们就回家吧，反正孩子也面临着升学，在外面读高中有一定的困难，学籍不好办，家里又有老人，也是该尽孝道的时候了"。

　　多年很少回家的兰启文一家像搬家一样从浙江绍兴搬到了生养他的九尖坡。一路上他想象着以前离开家的时候他是那么意气风发又是那么不舍。在呼啸的高速列车上他不禁回想起离家时的情景，破败的老屋像风烛残年的父亲，洞开的门窗像亲人渴盼的双眼目送着他的离去。在兰启文心里早年就立下了要改变家乡、改变自己贫穷面貌的宏伟志向，今天他终于回来了，带着对家乡满腔的热忱和希望回来了。哪怕再有更多更大的困难，在兰启文眼里已经微不足道了。

　　山峦绵延的九尖坡，位于贵定县都六乡偏岩村东南面，由于它得天独厚

第四乐章　精英出贫

的风力资源，一个个巨大的风力发电"大风车"像巨人一样耸立在九尖坡山上，不知疲倦地发动着电力，输送到祖国需要它的地方去。站在山脚下抬头向上看坡顶，有一种高不可攀的险峻。每一段山麓都有茂林修竹，不时有泉水溪流潺潺流淌，这得天独厚的资源不用，可惜啊！

独特的地理环境养育了当地一辈又一辈的先民，他们与世无争，过着日出而作、日落而息的平静生活。沿路散居的老人，足不出户坚守在大山深处，犹如这里的竹鞭根深蒂固，默默接受大自然给他们的馈赠，靠山吃山的传统思想祖祖辈辈就这么沿袭着。

农户们除了偏岩较为集中外，其他也是分散在路边或者山脚下，坍塌的茅屋已经没有人居住，全县开展脱贫攻坚以来，已经有不少享受了移民脱贫的福利，搬离了这里。村民们虽然嘴上不说但心里是明白的，是谁让他们赶上好时代，是谁让他们过上好日子？老百姓的心中都有块明镜。

没有享受搬迁福利的村民，心里有了自己的小九九，青山做伴水为桥，这里的风都是香甜的，老祖宗留下来的土地，是他们的命根子，他们舍不下这一切。注定他们就是这里的主人。

从县城往南驾车大约20千米到都六村，再沿着平坦的乡村水泥路经过偏岩然后再往左直上就到了九尖坡山脚了。

2020年4月初，新冠肺炎疫情逐渐得到控制，山村像极了世外桃源。几场雨后的山野，空气清新，绿意盎然，到处是一派风和日丽，百花盛开的景象。养猪专业户——兰启文就住在这大山里。

电话那头兰大伯早就等着我们了，转过几个弯儿他在不远处笑脸盈盈地等我们。半坡上，一排临时搭建的简易铁皮棚子就是他的住所了。"大老板就住这样的房子？"我心里闪过一丝异样的猜忌。

兰启文很腼腆，人也很谦和。进得屋里（工棚）落座，他就给我讲起了他返乡创业的苦与乐。

2014年底，兰启文全家人回到久别的家乡——都六偏岩九尖坡，家乡的变化令他吃惊。许多村民已经搬迁到离公路较近的都六或者城里的移民新村去了，许多闲置的荒土、荒山、水田，已经许多年没有人耕种，昔日放牛的山上已经树木茂盛，杂草丛生，连一些山路都被杂草封了。过路黄、野柴胡等中草药随处可见。尤其是一条清澈的小溪从山间日夜不停地白白流淌，甚是可惜。

这一切在兰启文灵活的脑瓜里却是难得的商机啊，多年出门在外的他见过大世面，晓得如何把死的土地盘活。

从浙江辛苦挣来的血汗钱，兰启文并没有像许多村民那样大肆挥霍，而是积攒起来作为发展的启动基金。回到家乡，昔日的热闹早已归为沉寂，满山葱绿是得天独厚的绿色屏障。他一有时间就站在家门前想他的"跌宕一生"。面对绿水青山，几多感慨几多嗟叹。不创业也会坐吃山空啊！与妻子几番商量，兰启文决定在本地方搞起种植养殖。

当初的九尖坡虽然有不少村民居住，但是一条狭窄的穿村路全是泥沙子路，出入十分不便，尤其是运输更是个大难题，要搞养殖种植肯定第一个难题就是运饲料运肥料。种植出来的农产品也要通过这条狭窄的乡村路运出去。兰启文的第一个念头就是修路，但他也考虑到养殖基地的选址，修路也得跟基地配套。为了选择良好的养殖基地同时不给周边村庄带来污染，只有更深入偏远的山沟沟里才是良策，但是越是往深山路就越难修，这些困难并没有把兰启文吓倒，想当初为了方便出入的村民和自己搞运输，自己下定决心把原来上山的一条只有两米多宽的毛坯路扩建成能供货车运输的标准水泥路。

回想起自己扩建路的艰辛，兰启文无限感叹，他说，决定在这里立足真的是万般不易，路只通到山下的住户，而自己将要建的圈棚离偏岩3.9千米远，这里只要下大雨，夹在两山之间的这条毛茅路要么被滚落的泥石阻断，要么就是被山洪冲得坑坑洼洼或垮塌，路断了兰启文就自己扛着铁锹这里修修那里补补，遇到坑坑洼洼就铲一撮泥沙填上。就这样不知多少次清理和排险才有了今天的方便。

为了节约成本，600多米的毛坯路就这样硬生生地被兰启文掰直了。在往后的日子里，村民们也群策群力，多次向县里边申请"机耕道"项目，县里考虑到事关脱贫攻坚项目，利用扶贫项目经费打通"最后一公里"。多方筹措和协调下，一条崭新平整的水泥路直达兰启文的"文鑫种植养殖场"，昔日宁静的山沟沟响起了"嘟嘟嘟"的汽笛声。路通了，可猪圈建在哪里？就建在平坦的山间大田坝子上还是另找地址？山区平坦的土地本来就不多。要想腾出更多平坦的土地今后种植蔬菜就得另想办法，经过一番思想斗争，兰启文就在他自家依山的半坡上铲出了一个较为宽阔的平台，顺势在下斜坡处开了一条出入路径，便于自己运输。

每一个成功故事的背后其实都充满着不为人知的艰辛。兰启文也正是这样的过来人。

2016年10月3日，国庆小长假的第三天，兰启文小儿子在帮助父亲喂好大肥猪后央求父亲："兰老板，跟你干了这么多天，工资不发，也要放松放松一下呀，带我们去吃烧烤嘛！"孩子的央求是有道理的，他看看可怜的孩子，

思忖了一下就答应了。平时对孩子的教育的确严厉了点儿，孩子也是没有怨言地跟着干，怪对不起他们的。于是一家人决定到邻县（福泉）黄丝江边玩半天。一家人高高兴兴地玩到下午，回到家已经5点钟了。

然而，意想不到的事发生了，出门时还在活蹦乱跳的鸡一下子不知什么原因，一只只在地上像喝醉酒似的扑棱着翅膀爪子胡乱踢腾。平时见惯鸡瘟的兰启文也是束手无策，无奈之下只好打电话给金南社区的畜牧站黄凯华技术员来看看，当技术员到来时鸡已经死了一大片，伤心的妻子站在一边无语地听丈夫讲述事情发生的前前后后。经过小黄技术员的观察和当场解剖，判定为"禽霍乱"。眼睁睁看着死去的几十只鸡，一家人心如刀割。因为这属于家禽常见的疾病，是得不到政府补偿的。

在众人眼里，兰启文是个"山财主"，可是又有多少人了解到他成功背后所经历的艰辛呢？2017年至2018年，为了充分利用闲置的荒田荒土地给当地村民务工提供更多的就业机会，他承包别人已经搁置的荒田荒土种植蔬菜，因为是未被污染的土质，头一年种出来的辣椒长势喜人，莲花白也是个头大、口感好，辣椒主要是销往凯里市酸辣厂，当时1.6元1千克，平均2天就跑一趟送货，给自己也给村农带来了一笔不小的收入。可莲花白销路就不是那么理想了，尽管长势好，却逢市场价格回落，两三角钱一斤连采摘的人工价都不够，再加上前期请人工种植，光莲花白种植就亏损了6~7万元。面对巨大亏损，兰启文却鼓励着大家说："亏倒是看着亏点儿，可村民们有了收入，这样做，值！"当我听到兰启文说出这样的话时候，再看看年近60岁的他，我就看到了一个有着强大内心的男人的坚强。

"你不晓得哦！以前我们这里恼火得很，因为穷，许多小年轻讨不到老婆……"兰启文接着说道，"其实，别人眼里觉得我们山财主有钱，哪个晓得我们的艰辛啊，一天到黑，别人有空打麻将，我们六七点钟就起床打苞谷面、拌饲料，然后就开始喂猪，等把几个猪圈的猪喂完又开始铲猪屎扫猪圈，等工人们来了又要到蔬菜地种菜除草，一天忙到黑，连吃顿安稳的饭都难。"

他说："尤其是蔬菜出产的那几天简直是累啊！白天跟着大家摘菜，到了凌晨就要趁新鲜拉到凯里去卖，一天只能睡一两个小时，那种苦有几个人晓得哦！"

谈话间我向窗外看，的确，一畦一垄的菜苗娇嫩而喜人。满园的无茎豆在阳光下缠绕着杆子向上攀爬，尚在开放的犹如倔强的凌霄花，稀稀疏疏地挂在叶间。

……

"2019年非洲猪瘟闹得全县几乎连头猪种都没有的时候，你这里没有受到损失吧？"我又问道。

"还好，我这里一头都没有感染。多谢老天保佑啊。"

"那你觉得是什么原因能让你在这样的风险里稳赚了一笔呢？"

"应该是我选对了地方吧，这里几乎是与外界隔绝的。空气流通得好，简直是天然的氧吧，还有这里有丰富的野菜资源，你看，溪边有柴胡、过路黄，这些都是很好的解暑消炎的好药，在别的地方'非洲猪瘟'闹得沸沸扬扬的时候，我这里请农户帮忙割这些野菜加在饲料里，猪喜欢吃！长得也健康。"

"那说明你去年发了不少喽？出栏的肥猪价格可观啊。"

"……也没赚多少。"

"家里老人身体怎么样？"

"脑血栓行动不便，这也是我们从浙江回来的一大原因，现在最小的孩子在县城读初中，为了照顾家也只好这样了。"

坐得久了，兰启文主动邀请我们走走看看。我们一边走一边聊。他的"文鑫养殖种植厂"就在自己宿舍的旁边。一种全新的模式展现在眼前，洁净的拌料车间从碎料到称重拌料，都是严格按照从网络和书籍上学来的标准执行。干净的饲养栏里，种猪、母猪、仔猪都有序地安置在不同的圈里。尤其令人眼羡的是那一头头躺在地板上的快出栏的大肥猪，仿佛一沓沓耀眼的钞票。

兰启文一路走一路跟我们介绍这些年他干种植养殖的丰富经验以及他所遭受的苦难。

告别九尖坡，回头再看看那座巍峨的九尖山，"大风车"已经停住了疲惫的脚步，夕阳下的山峦，苍翠欲滴。兰启文的身影还在夕阳中晃动。嗷嗷的猪叫在这空旷的山乡，显得清脆而响亮。那蜿蜒的山路从坎坷到宽阔平坦，像极了兰启文不同寻常的跌宕人生。但，当一条小路与大路连接时，它就是一脉相通也是一往无前的。

第五乐章

基层口碑

　　来自基层的人，最了解基层的事。他们作为见证人，站在第三方的立场上评价扶贫攻坚成果，最为中肯。他们又是普通的一员，对那些享受国家扶贫政策的贫困户，目睹其变化，心里会是什么情绪？

正能量传播者

（特写）

王安平

俗话说，天塌下来有长汉顶着。这话用在段兆荣身上，倒有几分等同感。老段个子不高，大约1.58米的样子，像压缩饼干，但脑子很灵光，在谷旺、新铺一带有些名气，这源于他会风水和道事。段兆荣的身体很好，都是70岁的人了，走起路来脚下生风，动如脱兔。

老段家不是谷旺本地人，原本是贵定县城段兆鳌一族，因家败破落，逃到新铺高枧坝谷旺安家，那年父亲才6岁，是舅舅接过来抚养的，不知不觉已是100多年。到了段兆荣这一辈，枯木逢春尤再发，段氏家族兴旺了。

段兆荣生育子女共8个，5儿3女，均有出息，老七西南交大毕业成为京官，任北京铁路局办公室主任，风光了段家门楣，大放光彩。为此，一些领导专门上门参观，也为老段平添了一些身价。

老段的父亲应该是个很能干的人，在谷旺这个寨子里，他家应该是比较富庶的一族。谷旺有148户人家、600多人口，像他家老宅这样一根杉的房子极为少见。并且从下到上的板壁，都是很精妙的木工手艺。段兆荣说这老宅建于1954年，至今已近70年，仍然完好如初，是这个大寨的一道亮丽风景，因为再也看不到这样的古董了。也是老段有先见之明，儿女们叫他在原来的老屋基建新的，他坚决不肯，说，原本建房是为儿女，你们都有房子了，我还建个房子有啥用？就这样，这幢老宅得以完好保存，倒成了谷旺难得的木结构建筑了。

老段很健谈，一说一个笑，典型的地中海头式，而且头发油黑，不显年纪，看上去也不过60岁出头，从他走路来看，还更年轻，像一枚旋转的陀螺，一般年轻人恐怕不是他的对手。

老段还是个书法爱好者，想必练过几天书法，有几分读过私塾的范儿。我看了他书写的一些山歌，抄写的一些古训之类的励志语，警醒子女值得倡扬，要说是书法那倒欠些火候，可作为一个农民，这就是不得了的事。他还喜欢编些顺口溜，现摘录两则如下，以飨读者：

教育家人的有：饥不择食，寒不挑衣；忙不选路，贫不嫌妻；穷要发奋，富莫贪心；贵不踏贱，强不欺人。或许，这些家风对其子女有了教益，子女个个成器。

宣传脱贫的有：共产党，爱人民，中国人民一家人；同甘苦，共患难，什么事情都能干；国要强，民要富，全凭政策来照顾；领导抓，民努力，奋发图强来脱贫；村帮村，户帮户，共同发展来致富。

老段是首先富起来的那一群人，可他想到的是如何共同富裕。他说，一人富不算富，大家富才光荣。生于斯长于斯，尽管他东跑西颠，不常落家，谷旺大事小事他都知道，也很关注，但从不干预，尤其对政府给予贫困户的福利，他热切，力主公平。但也看不惯那些拿国家的福利不当回事的人。

说起谷旺村里的老孤寡陈焕忠，他就不太高兴。陈焕忠身体不好，缺乏劳力，生活没着落，老埋怨政府扶贫，咋扶不到他的头上，对党的政策不理解，有牢骚。

老段听到了，说群众的眼睛是雪亮的，你真的吃不上饭，国家也不会见死不救。发牢骚发不出富裕来。

后来大家推选他为贫困户，政府出钱给他修了40平方米的新房子，他借口说他一个老孤寡，吃得动不得，日子咋过？意思是还得有人照顾。所以，新房不住，宁肯跑去"寄人篱下"，讨一口吃一口。当然老人有老人的难处，无人在身边照顾，生活确实艰难。

按照老段的说法，好歹是自己的窝，国家花钱费米地帮你整了一个房，水电路样样通，还配了餐具床上用品，这是多好的事？能动就得自力更生，政府为你解决困难，你就得当回事。

老段一提起这些事，心头就愤愤不平，现在国家富裕了，想到为老百姓解忧分愁，作为一个受共产党恩惠的人，就不应该忘恩负义。

老段说得很好，很有几分侠肝义胆，打抱不平。现如今，老百姓都享受到了改革开放的红利，脱贫攻坚，更是惠及百姓的大好事，但仍然有那么一些人只顾眼前的蝇头小利，忽略了国家长远的发展战略，对脱贫攻坚这样的利民之事也说三道四，令人寒心。更有甚者，本来就是扶贫，国家的政策也是向贫困倾斜，有那么一些人却目光短浅，人云亦云，嫉妒贫困户享受扶贫政策，如此等等，不一而足。老段对这种人和事也是针锋相对，毫不客气。

扶贫攻坚的紧要年头，正气战胜了邪恶，实实在在的例子证明了党的政策的正确性，贫困户得到了实惠，党的政策深入了人心，爱品头论足者终于闭了嘴。老段说，这才是真理。该是你的打不脱，不是你的闹也没有用。

有一次，他和村里几个人在一起闲聊，有人就说现在低保户都是假的，有关系的得低保，没关系的靠边站，大家都不多，凭什么这个得那个没得？仿佛别人怠慢他一样。老段立马怼怼过去，说你这个人啊，怎么说话像放屁一样？老段一开口，这人就鸦雀无声了。凭老段在寨子里的威信，这个人充其量是个小角色，还不敢和他争论。老段说，你说假的，难道我们的眼睛都是瞎的？低保你愿要可以给你，只要你和低保户一样。缓了一下他又说，说实在话，哪个愿当贫困户，哪个愿要低保？那真的是日子过不下去啊！兰友秀，一个80多岁的老奶奶，又是苗族，人家命不好，养了两个小娃，一个是憨包，一个是哑巴。像这样的家庭，连吃饭都成问题，难道不应享受低保吗？

段兆荣一反问，那人无地自容，在场的乡亲个个嘲笑他，只要你和兰友秀一样，我们评你低保。那人晓得惹了众怒，悄悄溜走了。

段兆荣性格刚毅，爱打抱不平，但平时看不出他刚的一面，他虽然是风水先生，并且小有名气，但他不像其他的风水先生为利而谋，主人家想起给点脚程钱他也要，从不谈价，给多给少随主人家的意，不给他也一样履行自己的职责，不会为难别人。初心不改，"我也是穷苦人过来的，"他说，"人人都有难处，帮人帮到底，送佛送到西。"但这种情况好像没有发生过，这就应了那句话：舍得，要舍才会得。一个人越是想得到，就越是得不到。

老段问我以前来过谷旺没有。我说，说真的，我还不晓得有个谷旺。高枧坝也只是路过，没有停留，主要是去光明乡，那时光明是小乡。老段惊讶地望着我，想不到你还到过光明啊！我说怎么了？惊奇吧！他说是有点。到光明的路你该清楚吧，都是黄沙土路，天干一身灰，下雨一脚泥。这就是当时的现状。我们谷旺更惨，两尺宽的毛狗路，走个高枧坝都要打湿下半身。后来逐渐拓宽，能过马车。随后就甩起了。我说为什么？他说没有钱。话题又落在扶贫攻坚上，老段那张青脸有了喜色，我就说嘛，党的政策好啊，硬化路打通到寨子里，通到每家每户壁根脚，有哪个社会做得到，有哪个国家做得到？老段振振有词，"这扶贫不光是扶持了贫困户，也扶持了整个谷旺。有些人嚼舌根说他没得什么实惠，我看他就是个白眼狼。"他说，"我最恨的就是这些白眼狼，明明得了好处还不承认，好像天底下的人都欠他似的。"

有回他和几个亲戚朋友在一起吃喜酒，大家吹壳子，不知谁提起扶贫的事，在座人七嘴八舌，基本一致地说他们没得什么好处，扶不扶贫与他们一毛钱关系没有。老段越听越不对劲，最后听得怒火中烧，不得不说几句公道话，"你们都是亲戚，我也不好说你们。你们是越说越难听了。我问你们，你

第五乐章　基层口碑

· 201 ·

们哪个敢说没得好处？说来我听听？"大家见他不高兴，不再言语，但嘟嘟囔囔不服气。老段正气凛然，毫不避讳，说，"这一条条水泥路你们拿过钱没有？没有吧！这一盏盏的太阳能路灯，你们出过资没有？没有吧！这些好处你们咋就记不得了？我说你们啊，只看胡子上的几颗饭，却看不到廪里的满仓米。"

段兆荣就是这样的人，眼睛里容不得沙子。看不惯的他爱说，龌龊事他爱管。虽然他的赚钱方式不一样，但他对村里的事，爱主持一个公道。有些爱说风凉话的人，只要遇到他，几句话就叫别人闭了嘴，因为他说得有道理。

老段也很关心家乡建设，他曾给有关领导建议建设黄龙山旅游风景区，这里历史文化丰厚，曾经的国民党89军军长陆军中将刘伯龙就生在黄龙山，"生在黄龙，长在龙里"，是有据可查的，刘家遗址还在。当然，这只是建议而已，能否如愿，那是县里统筹安排的事。不过，段兆荣能有这样的心思，说明他对国家大事的关心，是一种对正能量的宣扬。如果人人都像段兆荣这样关心公益，关心民生，小康何愁不能实现？

银行舅子

(通讯)

兰 馨

　　窑上乡，是贵定县所属的一个最偏远的乡镇，在窑上乡的一座大山脚下，有一个名叫大塘村长寨的布依山寨，它被重重大山像洋葱般包裹，这儿的天，像丝巾一样明亮，寨子前的了迷河，河水像滤过一样清澈，石头像擦洗过一样干净，有一条古驿道通向外界。置身其间，有种外星人穿越时光回到远古时代的迷茫与惊奇，这里土地贫瘠，交通落后、信息闭塞，是一个典型的贫困落后村，村民们种点苞谷、烤烟，靠天吃饭，日子过得紧巴巴的，莫文学就出生在这块贫瘠的土地上。

　　莫文学初中毕业后，和许许多多"下海"青年一样，跨入了打工行列，但他并没有走远，而是到贵定县城去打拼，从小就在淳朴乡风中长大的莫文学，耳濡目染了身边长辈们的优良传统，以及劳动人民身上诸多的优良美德，始终没有脱掉憨实的本色，养成了勤劳肯干的好习惯。在城里，他干过苦力，修过车，做过买卖，用勤劳的双手养活了自己，帮衬父母供养三个妹妹，还俘获了一个贵定姑娘的心，赢得爱情，在贵定拥有了自己的小家。

　　几个妹妹相继出嫁后，父母已年老体衰，莫文学多次劝父母来县城和自己住，可父母说金窝银窝，不如自己的猪窝狗窝，舍不得离开老亲老戚，也不愿挪出自己生活了大半辈子的乡土，孝顺的莫文学只好说服妻子，回老家居住。

　　回到老家，去外地打工多年长了见识的莫文学因地制宜，搞起了蔬菜种植和家畜养殖。他起早贪黑地侍弄3亩蔬菜地，精心喂养200多只鸡鸭，勤劳推开致富门，家里的生活富裕了，还盖起了1幢3层小楼房，惹得村民羡慕不已，纷纷来跟他讨教致富经。一人富不算富，他毫不保留无偿地传授技术给大家，带动一方村民发展养殖业，让他们也走上脱贫之路。

　　2012年，云雾镇要在各村寨招收信贷员，负责发放村民的养老金、低保、扶贫基金。老实、憨厚的莫文学经过层层考核，当上了大塘村信贷员。

信贷工作辛苦而又不被理解，人近中年的他，在7年的工作中，不知道有多少人给过他脸色，也不知道有多少人不支持他的工作而无理取闹，7年多的坚持，委屈和辛酸是别人远远无法想象的。

这几年，他无怨无悔、默默奉献，每月有20多天行走在山水之间、荆棘丛中。大坪、吊桥、鸡羊寨、金竹坡、苦竹寨、大塘冲、小花山、水头寨、破瓦、厂边……辖区每一个寨子、每一户人家、每家的家庭情况他都了如指掌，如果你问起来，他如数家珍。不管是养老金、低保、粮食补贴，还是扶贫资金、危房改造基金，只要一下发，他都会及时地发放到村民手中。

山里寨子，东一家西一家，隔山喊得应，走路要半天，他每天在大山中行走，为当地村民提供金融服务。7年多来，他已走了2万多里，山道上叠满了他42码胶鞋落下的足迹，还有亲如兄弟的他的骡马踩出的蹄印，上山下河，把几万元现金驮进大山深处，把几十万元贷款运到大山里，他从没贪过一分钱、没搁下一笔不良贷款，因为他知道，良心是最优良的资本。

莫文学有一个绰号叫"银行舅子"，是山里人对他的亲切称呼。他很喜欢这个绰号。

在他的帆布包里，放着不少折子，都是村民交给他保管的，只要钱一打到折子上，他就会马不停蹄地送到他们手中。

山门口的米先亮，儿子媳妇在外地打工寄钱回来，乡里没有邮局汇款，钱都是汇到莫文学的银行卡里，莫文学利用闲暇时间到县城取了之后，亲自给他送过来。

金竹坡的王开学，孩子在外地上学，每个月的生活费，也是他帮寄出去。

当然还有，列举也是多余。

说起这些经历，莫文学记忆犹新。由于乡里只有农村信合一家金融机构，村民基本都用存折。几年前，外出打工的农民工将钱带回家，安全问题成了一件令人担忧的事。有的人在车上被小偷摸包，一年的劳苦白费了，有的人上当受骗，丢了钱财。有鉴于此，莫文学担当起了"中间人"的角色，他专门办理了两张建行和农行的卡，外地的老乡们寄钱回家，不管是多少，跟他说一声都可将钱打到他的卡上。每年都有不少老乡的钱从莫文学的卡上转回这个偏僻的山村。为此，莫文学还要默默地贴补着家乡人的异地汇款手续费，可是他从无怨言，怀着对家乡人的一片深情，兑现着村民对他的极度信任，默默地付出。

山中的王开模老人每月的养老金、低保金都是他亲自送到手中，每次接过他步行1个多小时送来的钱，老人家总会拉他抽一口烟子叶、喝杯苦丁茶、摆几句农门阵，把他当作亲人来对待。

7年多来，他在工作上从没出过差错，从未被群众举报，村民说别的村的信贷员会给假钱、会收取手续费，他不会，他们只信赖他。

原云雾镇信用社主任熊德才说，每次去检查，老百姓都反映他不吃老百姓的钱、认真帮老百姓解疑释惑，给予了他极高的评价。

由于他常年在外奔波，爱人虽大力支持他工作，但随着一双儿女外出求学，家里开销增大，他又因没时间打理家里的田土和养殖，导致收入减少，开始对他有怨言。他也曾想过放弃这份一个月才1200元工资的工作，但一想到村民对他的信赖，又坚持了下来。

2015年，中央电视台、贵州电视台记者采访了他，他的感人事迹在电视、报纸上刊载，他成了榜样人物，获得了全县"优秀信贷员"的光荣称号，当熟人在电视上看到他的事迹后，惊喜地告诉他，你成名人了呢。他就憨憨地说，我没有他们说的那样好，我只做了自己该做的分内事而已。他还表示，他祖辈都是农民，了解农民疾苦，对农民有深厚的感情，只想在助他们脱贫的路上，尽好他的责任和义务。

莫文学心怀谦虚，坦荡磊落，他说，做村民最信赖的朋友，是一件幸运的事；和村民打交道，是一件幸福的事；履行好一名基层信贷员的责任与义务，也是无比光荣的事。

老百姓是面镜子，他能照出公仆们的美丑善恶。莫文学是百姓的贴心人，让老百姓得到实惠，让他们体验到了谁是他们的知心者，基层信贷员莫文学的美好心灵，彰昭于斯，铭刻于斯。他就是他们心中那位一心为民的帅哥。

2016年，寨子里组长换届选举，村民一致推举他当了组长。莫文学觉得肩上的担子更重了。在其位谋其职，带领寨邻老幼走上脱贫致富的康庄大道，便成了他的光辉使命。

水是生命之源。长寨村饮水十分困难，祖祖辈辈每天都要走2里多路，到山下的了迷河挑水喝。好几代的长寨人，为解决人、畜饮水难的问题，付出了数不尽的艰辛和努力，终因困难太大，信心不足，资金缺乏而落空。莫文学当上组长后，义不容辞地承担了这一重任。为了寻找水源，他与村支书踏遍了大塘村山山水水，多次跑县里找乡里抓设计、立项目、求资金，并发动群众集资，在县、乡资助和水利技术人员指导下，克服一个又一个困难，带领村民投工投劳、开山放炮、砌水池、筑水窖、挖水沟、埋水管，经过几个月的艰苦奋战，终于把清清亮亮的自来水引进了各家各户。自来水开通那天，全寨男女老幼敲锣打鼓庆祝，像过年一样热闹。几位老人捧着甘甜的自

来水流下了激动的热泪。莫文学成了村民心目中的英雄,他用执着的精神和不懈的努力,圆了长寨村人期盼已久的自来水梦。

脱贫攻坚工作开始,他带领驻村干部、网格员走村入户了解贫困户情况,无偿地给不懂布依语的网格员当翻译,把争取到的扶贫物资、资金如实发放到贫困老百姓手中。

随着都香高速公路的修建,大批的游客开始涌进仙境一般的了迷河畔,来这儿观光、游玩、野炊。他抓住这个机遇,美化村容、洁净道路,开办农家乐,让旅游业的发展把村民的荷包鼓了起来。

一分付出就会有一分收获,莫文学凭着敢闯敢干的开拓创新精神,与村党支部一起带领长寨村人民群众艰苦创业,得到了领导的信任、好评和群众的拥护。近年来,他多次被乡党委评为先进人物。面对荣誉,他没有沾沾自喜。因为他知道,这只不过是万里长征迈出的第一步,以后的路更长更艰险。艰苦的生活需要坚韧的奋斗,贫瘠的土地需要勤劳的开发。

而今,长寨村发生了天翻地覆的变化,村寨道路已修通,老百姓已经退出贫困。"无限风光在险峰。"富民兴村计划还没有落实,小康村目标任重道远。而这一切的实现,绝非一朝一夕之功。

随着国家富民政策的实施,莫文学临战于没有硝烟的激烈战场,在贫困堡垒的攻坚之地冲锋陷阵,愈战愈勇,他决心大力发展种植、养殖业、旅游业,实行多业并举,以达共同致富为目标。

他坚信,不久的将来,一个文明、富裕、小康的长寨村会展现在人们的面前。

乡村行军路

唐诗英

题记：一位走出山里又回到山里的退伍军人，不忘初心，艰苦奋斗，践行使命，无怨无悔。用自己的青春演绎军人的本色。

走进昌明镇铜荡村马家洞，似乎走进了世外桃源。

这里古朴静谧、人杰地灵，这里山清水秀、鸟语花香，这里白云苍狗、渔歌互答。

一条独路穿过群山，穿过麦香，尽头处就是马家洞。马家洞形似葫芦，也有宝葫芦之称。居民大多为马姓，故名马家洞。今天要说的人姓马，名前生，马家洞老住户。他当过兵，就是马家洞的军人。当兵回到马家洞，行不改名坐不改姓，马前生还是原来的马前生，但有一点不同，他是解放军这个大学的毕业生。

"葫芦洞"里秘密多，马前生之前不知道，入伍了，生活在这里的父辈们早出晚归，日出而作日落而息，日子过得平平淡淡，想不到马前生一回来，这种日子就变了，变得幸福快乐了。马前生自然也创造了自己的秘密。

1996年春天，22岁的马前生从部队退伍回来了，依然一身黄军装，矫健威武的样子，好多姑娘欣羡地歪着脑壳看。马前生正值身强力壮、干劲十足之年，身上有一股虎气。

他没有像其他年轻人一样急着找工作或外出打工，而是在家里闲逛起来，一逛就是半年，黄军装依然还是黄军装，他喜欢穿。穿着黄军装不慌不忙，整天除了上山瞧瞧、下地看看，就是吃睡，什么事也不见做，一副天塌下来有长汉顶着的悠闲。可寨里有人看不惯了，说他："当兵有啥用，钱挣不到、庄稼不会种，不如我们这天天下地的老农哥。"

父母看他游手好闲，急得跺脚，抱怨连天。唯有曾任过旧治乡乡长的爷爷马庆先理解他。爷爷对他的行为可是一点儿没意见，还持支持态度，常常陪他聊心事，鼓励他："别在意旁人怎么看，怎么说，坚持你自己的想法就

第五乐章 基层口碑

好，不管你做什么，爷爷都支持你。"也只有爷爷相信他不是一个好吃懒做、胸无大志之人。谋事在人成事在天，马前生有他宏大的计划。

往往表象不能体现真正的自我，人们眼中的马钱生也是如此。大半年时间考察下来，马前生决定为寨里坝后分到户的秃山改头换面，真真正正成为它们的化妆师。

每个成功人背后都有着感人的故事，榜样的背后也有着不为人知的付出。马前生也一样。

说干就干，年轻气盛的马前生不惧孤独、不怕吃苦，每天天刚亮，就扛上锄头、箩筐、镰刀上山了。从自家的山头开始，砍掉杂草，拔出树苗，挖好树坑，栽下树苗。不管刮风下雨，不论严寒酷暑，一天天、一月月、一年年坚持着。只要有恒心，铁棒磨成针。他的恒心没有去磨铁棒，而是去磨大山。几年下来，这坝后荒山在他的打造下，陆续换上新装，越发美丽动人。春天五彩斑斓，夏天绿树成荫，秋天满山金黄，冬天苍劲挺拔。

山头的突变，鸟儿的增多，这爱山爱水爱家乡行动改变了家乡人对他的看法，也赢得村、镇级领导的赏识。2004年在村选举护林员中，他顺理成章当选了铜荡村护林队长。担任这一职务的他，很清楚自己的职责"不光栽树，还要护林"。他深知每一株树苗成长的不易，每一片山林后面的辛苦付出。深爱这片山水的马前生常说："坐山吃山，靠山护山，山是依靠，水是血液，山水都是家乡人的生命之本、灵魂之依，护林工作绝不允许半点儿马虎。"日后的护林工作，他不仅带领队员认真完成上级要求的"每天上山一巡，情况每天一报"的工作任务，自己还要抽时间多巡多看，尤其自己值班时，基本整天待在山上，与树木打交道，这棵树歪了去扶正，那棵苗蔫了去重栽，这里杂草去拔，那里枝叶去修……东做做，西摸摸，一天没干上几个山头天就黑了，为此，他常常感叹时光太快、岁月无情。

战贫穷、奔小康是一场特殊的战斗，而这场战斗怎能少得了当过兵的马前生呢？是军人就不能离开战场。马前生担起了战士的责任，冲锋在抗贫斗争第一线。他更忙活了。栽树护林、调解乡民纠纷、土地占用、关心群众生活等，寨里大小事务，没有一件他不放在心上，没有一件他不去亲力亲为。家里的大小事情、孩子教育管理几乎丢给妻子一人，时间长了，妻子也不满意了。一天，妻子终于忍不住了，问他："别人巡逻是一趟，你巡逻就是一天，差别这般大，你是比别人多领几个钱还是不愿回这个家？"面对妻子的抱怨，他不假思索地回答："我这辈子和林子耗上了，有无酬劳我都去做，还望你多多理解，多多支持。"其实，他心里明白，自与妻子结婚几年来，真的对不起妻子，给不了她物质上的富足生活，也给不了她精神上的相依相伴，相反给了她操不完的心、干不完的活儿、做不完的家务事。

是呀，在这个物欲横流的社会，寨里人有工作的领工资，没工作的出去打工挣钱，或做生意赚钱，就连种地的也有作物收成，村里哪个年轻人还愿意为每月800元的收入去干护林员呢？马前生愿意，不但愿意，他还要将其精神发扬。

脱贫战中，护林工作绝不停下。每天的值守：上山巡逻，防止乱砍滥伐、森林防火，一样也不落下。2015年7月的一天，正值盛夏酷暑，太阳火辣辣地炙烤大地，山里没有一丝风，没有一声鸟鸣，所有动物都害怕炎热似的躲起来了，更不要说人们来山林子里活动了。然而作为护林队长的马前生仍穿着封闭式工作服，不怕炎热，精神抖擞地在山间巡逻。突然传来"当当"声，他意识到有人砍树，他轻手轻脚地走去，果然看到有人在砍树。走近一看，原来是"老哑"。"老哑"30岁，是寨里的精神病人。不知为什么，"老哑"要砍罗老弟家山林里的大松树，一棵已被砍倒、剃光，另一棵则将要倒地，面对"老哑"的行为，他犯难了。他知道，精神病人是无法沟通的，且还是不会讲话的精神病人，更无法同他讲道理。转过来想，如果此次不制止，以后"老哑"还会不会来砍树？这又是一个问题。他突然灵机一动，电话告知村长，村长通知"老哑"弟弟及山林主人罗老弟到现场处理，经村长和他的劝说，"老哑"弟弟诚心道歉，罗老弟爽快原谅对方。对于犯病的"老哑"，他和村长还是狠狠批评、吓唬，目的是让其害怕，以后不再犯错，不再毁坏山林。

2016年8月，女儿拿到大学录取通知书，一家人沉浸在欢乐中，细心的马前生却发现女儿并不开心，经耐心询问后得知女儿是在为同学忧虑。女儿的同学是本村刺蓬寨一低保户女孩子，平常和女儿玩得很要好，此时也拿到了南京科技大学的录取通知书，可是这可怜的孩子在本应兴奋的时候却开心不起来。女孩子父亲早年病逝，母亲改嫁，一直跟着年迈的奶奶和一个特老实的伯伯生活，家境极其困苦，因此孩子很担忧上大学的费用。善良的女儿也跟着好友忧心忡忡。马前生看到女儿为朋友焦愁，心里也不是滋味。俗话说爱屋及乌，女儿善良的心触动了他的灵魂。家里日子本就过得紧巴巴的，但他还是掏腰包拿出500元捐赠给这位贫困女孩，并发动自己身边的亲人及好友200元、300元地为女孩捐款，最后女儿及女儿朋友一起顺利进了大学。

2018年3月，马前生刚到家准备午餐就接到值班护林员的电话："马队长，糟了，坝后的山林燃起来了。"他听到这紧急的报告，顾不上吃饭，急忙

奔出家门，箭一般来到林业站，如实将情况告知站里领导，随后立即召集所有护林队员迅速集结，直冲失火现场。现场一片混乱，山火此时已经扩大，浓烟四起，火力正旺，稍不注意就会伤到人，马前生带着队员冲在最前面。他动作娴熟，富于经验，还不停地提醒大家注意保护自己。扑救中，他指挥若定，沉着应战。几个小时过后，大家终于战胜了可怕的火魔，一仗下来，队员们个个弄得灰头土面、筋疲力尽，而他则像刚刚经历了一场精彩的演习，津津乐道地跟大家分享扑火经验，当过兵的优势在这场扑火战中演绎得淋漓尽致。

此次失火是高寨魏大头妻子在自家苞谷地里沃火土（用于栽苞谷种的被火燃烧过的植物灰），引起，魏妻害怕，苦苦求宽恕。索性损失不大，马前生没有责怪对方，反而耐心安慰，同时提醒她以后小心些。群众大会上，他不止一次以此事作为案例向大家宣传预防火灾知识、自救方法、扑火技巧，每次宣讲都赢得一阵阵热烈的掌声，迎来一句句高度赞誉。

2018年初夏的一天，马前生早早就起来了，他伸了伸懒腰，猛吸了几口新鲜空气，发现自家的垃圾没有及时清理，即刻提着到寨里集中垃圾处去倾倒，突然轰的一声，苍蝇齐飞，一下子把他围得水泄不通，这突如其来的攻击，一下子就把他惊呆了。

在长满杂草的空地上，成堆的垃圾如小山似的突兀地立在眼前，散发出来的臭气叫人作呕，满地蚊虫嗡嗡嗡乱飞乱撞，不注意嘴里、眼里便是它们自由进入的地方。这肮脏杂乱的景象与宁静安好的早晨形成了极大反差。他是军人，爱干净、讲卫生，对这样的乱堆乱放，容易引起疾病的恶习，从来都看不惯。

目睹此情此景，马前生思索了一个晚上。几经思想斗争，他决定组织大伙改建垃圾池，变废为宝。于是找村干部商量，村干部非常支持。他马上组织群众开会，会议上如实将自己看到的寨里存在的问题向大家通报，并说出了自己的想法及计划，大家听后，一致举手同意，但也有人提出："马队长为大家好，提议将垃圾地改修文化堂是好事，我们支持，我们也愿意投工投劳，但修建资金数目不小，到哪里弄去？"确实，核心问题来了，去哪里弄资金，马前生心里也没谱。有人提议大家集资。有人说"我家没钱"。马前生见大家在"钱"字上争论不休，就说："今天提出的修建方案，是为大家，不为哪一个人。你们想，寨子中间有这么一个人见人怕，谁都躲着绕路走的地方，谁还愿意来你寨子？再说，那臭味、那满地的细菌一经成了传染源，又会有多少人受传染？是钱要紧还是命要紧？消灭脏乱差，就是消灭细菌，保护大家的健康。"听他这么一说，懂理的人马上响应："是呀，既然是大家的事，那就大家出资。"他趁热打铁："不搞强迫，不规定数目，大家采取志愿捐资，数目不等，根据自家能力大小量力而行，我先出资800元。"说着便将钱掏出来，请专人代收并作登记。一人响应，群而跟之。带钱的纷纷将钱捐出来，没带钱的也表示后面补来。这事一传开，驻村工作队干部们也纷纷解囊相助，300元、500元的捐助。大家齐心协力下，耗时3个月，马家洞的文化堂、休闲亭全部竣工。在竣工典礼上，大家不住夸赞修得好、修得美，当然也不停夸赞马前生。而他，看到原先臭气熏天的空地变成眼前平整舒适、极富文化气息的休憩场、娱乐场时，也满意地笑了。

2020年初全寨防疫战中，马前生更是尽职尽责。从接到通知的那天起，他是一天不落下地坚持在卡点值守，大家劝他轮班休息，他坚定地说："你们可以轮班，不用考虑我，我军人出身，天天值守扛得住，只有这样，才能更好地了解情况，安排部署，同疫情战斗，保护寨里人身体健康。"

在寨里、村里他只是个护林员队长，只是个村民代表，可他却做着超出职责范畴的事，不是他太闲，更不是他多管闲事，而是他从小受其爷爷的教诲："做人不能只为自己，要多为别人，不求人人夸赞，但求一人不责。"更重要的是他当过兵，有着为国为民的大爱之心。

时间在前行，生活在继续，相信在未来的每一天，他将一如既往地行军于乡村的道路上，无怨无悔地为家乡谋发展，为村民谋幸福。

一方小舞台，演绎万种风情
——访布依族妇女罗显琴

郭云仁

从古色古香的盘江石板街中部分手，沿着整洁清爽、沥青铺就的大道上行不到两百米处，有一座民族风情浓郁、文化底蕴深厚的高大寨门。过了寨门，眼前出现一个集演艺厅、布依文化展示中心、文化墙、景观亭、旅游接待中心和商业区于一体的宽阔的文化广场。紧挨着广场的上方，是一大片整齐别致、新颖恬静的独门独户独院小楼——这里就是贵定县盘江镇"千户布依寨"生态移民新村。坐落在千户布依寨中部的50号小楼，就是笔者受命采访的对象，盘江镇新沿村布依族妇女、贵定县人大代表罗显琴的家。

罗显琴家院门两旁，醒目地贴着一副别开生面的对联：

歌舞表演摄影制作样样会

生活用品零食小吃件件全

门楣上写：显琴杂货店

通过这副对联，人们不难联想到这是个愉悦和谐、勤劳致富的幸福家庭。

是日上午，笔者拨通了这家杂货店女主人罗显琴的电话，不巧，她因为店里供货不足、忙着补充，赶早去了贵定县城"出货"。听说是记者要采访她，又忙不迭地赶了回来。

罗显琴中等身材，40多岁，给人的第一印象是精明能干、热情大方、朴实无华。尤其是她那一口地地道道的乡音，让人感到分外亲切。

寒暄后，我在火炉边的沙发上坐下来，与罗显琴随意地交谈：

"很忙吧？"我问。

"咋个做，要吃饭嘛！"乡音很甜，这句"要吃饭嘛"样子像在叫苦，脸上却洋溢着笑容。

"生意咋个样？"

"没得哪样生意，只是讲方便大家，自己也能赚两个小钱补贴家用，也没指望靠它吃饭是不是？"

我问："千户布依寨现在入住的有好多人家？"

她答："321户。我们村共有540户、2181口人，3期的房子还没修好，所以有部分人家还没搬过来。"

嘀！想不到她熟悉新沿村的情况，就像熟悉自家的情况一样，张口就来。

"对千户布依寨的感觉咋样？"

"居住环境和交通条件那是没得说。和老村比较起来，不晓得强到哪里去了！"

我又问："你们家是好久搬过来的？"

"2017年12月26日。"罗显琴的记忆非常好！她接着说，"花甲水库兴建那年征用了新沿村的土地，河边寨、岩底都属于水淹区，还有一些属于库区范围生态移民搬迁对象。那时候，有很多人不愿意搬，他们怕丢了土地以后没得饭吃。我晓得那个是国家工程，不搬也要搬！要顾全大局，局部就要做出一点儿牺牲！我还相信，政府不可能把2000多人丢在这儿不管不问，搬迁户的生活一定会有出路的——只是会有一个适应过程。自己想通了，我就一家一户地去动员，宣传、讲解政策。"罗显琴停了一会儿，有点诙谐、幽默地接着说，"说来好笑，我家本来准备在元旦节过后就搬的，哪晓得我到别人家去做搬迁动员工作，自家的房子却被拆迁队的人偷偷撬垮了，我家只好马上搬喽！反正早晚都是要搬的嘛！"

罗显琴一家有5口人，丈夫罗焕洲在镇上的公安派出所当协警，一个月有1000多元收入，儿子罗文豪在德新交警队当协警，儿媳妇在当地做零工，孙子罗章瑞麒都6岁多了。

她一开始说话，我以为她是村里的干部，问她是不是在村委会工作。

"不是——"罗显琴笑了笑说，"我一天东跑西颠的，有时候去承包绿化的老板那里找点儿小工做，有时候闲了就和亲友们去唱唱歌。做村干部那个工作，我没那个能力。"

听她说来，就像一个无职无业的家庭妇女，就像一个日子过得潇洒而浪漫、整日无忧无虑、充满逸致闲情的人。

"你很喜欢唱歌？"我问。

"喜欢！我们布依族都喜欢唱歌！"

说起唱歌，罗显琴的兴趣大增。

她说："我从小就爱唱歌。在老村（指搬迁前的住地河边寨）的时候，哪家有个大物小事他们都爱约我去唱歌。2016年7月3日，我参加由贵定县民宗局、贵定县布依族学会举办的中国·贵州布依族'六月六'民族风情节暨布依山歌十八调大赛，还得了个优秀奖；2019年9月29日——就是国庆节的头一天，我和几个老姊妹去参加黔南州和福泉的市文联、音协在福泉市农博城举办的'农博城杯'第三届暨福泉市第十一届本土歌曲演唱大赛，又得个山歌组第二名；2019年12月15日，我们参加由格鲁格桑贵州民俗大观园举办的'格鲁格桑贵州民俗大观园第二届布依文化月歌舞大赛'，也得了个'山歌擂台赛'三等奖……"

罗显琴说着，从卧室里拿出几本《荣誉证书》《获奖证书》来给我看。这些"证书"，不仅记载着这个布依儿女优秀的舞台成绩，还标志着她为集体、为地方、为民族争得了光彩！

面对这些"证书"，罗显琴情不自禁地轻声唱起来！的确，她的歌声很优美，嗓音清丽透明，悦耳动听——"新沿三个布依娘，移民搬迁到盘江；感谢国家政策好，日子越过越风光""以前住在大山边，没有好过哪一天；天天巴倒活儿干，只有吃来没有穿"。

她随口就唱，越唱越响亮。"感谢党的政策好，动员我们来搬迁；搬到千户布依寨，现在过得像神仙。""自从有了共产党，国家越来越富强；脱贫攻坚到农村，精准扶贫做导航。"

看她唱得兴起，我也不好扫了她的兴致，任随她唱。

"走村串户颠倒忙，助推脱贫奔小康；村规民约写墙上，核心价值要发扬。""社会和谐展宏图，全民得享党的福；人人生病有医保，孩子免费有书读。"

她现编现唱，委婉感人，而且内容丰富。如果将之作为一种文化打造，使之深入人心，那就不是一个罗显琴，而是一群罗显琴，那歌声会是一种号角、一种鼓点。比如她唱的："春回大地遍神州，布依儿女亮歌喉；祝福祖国走好运，人民生活乐悠悠。"表达了布依人对祖国的痴情。

又譬如："村规民约要加强，核心价值要发扬；遵纪守法带头做，同心同德奔小康。"这是号召，也是希望。

还有那些迎客歌，更令游人赏心悦目："贵客来到我盘江，莺歌燕舞来朝阳；青山绿水风景好，欢迎各位来观光。"

……

这些歌词一改传统的情郎妹子旧情调，显得新颖而时尚，朴实而健康！我问她："这些歌词很不错！是你自己编的吗？"

她说："我们唱山歌基本上都是自己编歌词，就像说话一样开口就来，看到哪样编哪样，想到哪样编哪样。"

对她的这句话我很欣然，于是又问："你自己编的歌词有好多？有记录下来的没有？"

她说："我唱了几十年的歌，也不晓得编了好多，除了有些编得好的以外，一般都不保留。我手机里头记得有一些，一会儿我转发给你。"

奇才！我深深地惊讶了，连小学都没有读完的一个少数民族农家妇女，竟然有如此惊人的创作才华和丰硕的创作量，真是奇才！

我们更深一步去体会和理解罗显琴编写的这些歌词，就会发现，它不单是一件件熠熠闪光的艺术珍品，还反映了走出大山的布依儿女，在甩脱了贫困、走上了致富道路后的喜悦心情，更是一部唱响贵定县决胜扶贫攻坚战的壮丽凯歌！

我们正说着话，有几位村民来找罗显琴了——

来人中有一个叫陈兴伦的村民听了我和罗显琴的对话，便插话说："罗显琴不仅爱唱歌，她也是个大能人，还是一个大忙人。很少有人看到她大白天坐在家里头摆'农门阵'的。她天天在路上走动，看到地下有张废纸、有片落叶、有个烟头，她都要捡起来丢进垃圾桶；看到哪一样公共设施坏了，她都要把它修好。她天天在寨子头走动，家家的底细她都了解得清清楚楚，哪家有几口人，哪家有人生病，哪家来了远客，哪个老人的生日是好久，哪个孕妇的预产期是哪天，她都晓得！不管哪家有困难，她都会去关心，哪个没找到活儿做、在家头闲起，她也想方设法帮助解决——我就是在她的帮助下，才办起了家庭酿酒的作坊。现在，酒酿出来了，没有销路，她又帮我在民俗大观园联系到免收租金的铺面。我今天来找她，就是请她带我去看铺面的。"

我突然明白：这就是她说的，"我一天东跑西颠的"内涵所在！在我的心目中，罗显琴的形象渐渐高大起来！

另一个叫罗焕军的村民接着说：

"她才帮你联系了一个铺面？她都帮我们村的贫困户联系了6个铺面了！在我们新沿村，可以说找不出一家没有得到过她帮助的！那些读书人常讲的'助人为乐'，其实，我说啊，只有真正了解了罗显琴这样的人，才会懂得哪样叫助人为乐。"

是的，一个人做点儿好事并不难，难的是长此以往，坚持始终！但是在罗显琴身上表现出来的，并没有刻意坚持的痕迹，而是出于一种可敬的本能，可爱的本质，可贵的本性！这才是真正的"助人为乐"！

罗显琴被他们说得不好意思了，急忙阻止他们："不要讲了！不要讲了！我还不是和大家一样的！"

陈兴伦又说:"你能和别人一样吗?全村的人为哪样只选你当人大代表又不选别个?村委会为哪样要你当村民组长不要别人当?"

村民罗似应说:"我说啊,大家选她当人大代表的原因,助人为乐只是一个方面,更重要的是她一贯的大公无私,关心民生,热爱集体,敢说真话,能够站在大众利益的角度说话,这些才是最主要的!"

——这话一点不错,那些英雄的高大形象,无一不是从自己平时的言行中,一点一滴积累起来的。

我问罗显琴:"原来你还是村民组长啊!"

"不是,你不要听他们乱讲——"罗显琴谦虚地说,"我只是副组长。组长是王登品。"

大概陈兴伦不知道我是在工作,而以为我是来串门找人聊天的闲汉,于是催促罗显琴早点动身,免得去晚了找不到管理人员。

罗显琴面带微笑地看着我。我知道她是在征求我的意见。便说:

"你们有事快去吧,我也要走了。"

罗显琴客气地说:"你多坐会儿嘛,家里头有人陪你。吃了晚饭再走。我很快就回来了!"

我说:"不用了,我也还有事。大家都走吧!"

出了门,罗显琴坐上陈兴伦开来的车一溜烟地走了。我在罗显琴的丈夫、罗焕洲的陪同下去了村民组长王登品家,继续我的采访。

王登品的家离得不是很远,不到300米距离,几分钟就走到了。

年过半百的王登品,也是个很好客的人,刚见面就忙不迭地让座,递烟,泡茶。

由于时间关系,我不再走过场,直接进入话题:"我今天到新沿村来,主要是采访罗显琴的。"

听说是采访罗显琴,王登品搬了把椅子坐在我对面,感慨万千地说:"罗显琴这个人啊——大好人一个,哪个都和她合得来,全村老小都服她!我们这个组全得靠她撑起来!以前在河边寨的时候,我们是两个组,后来合并到一起的。迁移到盘江后,也没有重新编组,还是原来的老哈数。组大了,人家就多,人口也多,麻烦事情也多!搬迁以前,大家都有自家的生活规律,那是几千年流传下来的农民的正常生活规律。该种田的种田,该挖土的挖土,自家的活儿自家安排。搬到千户布依寨后,这个规律被打破了,没有田土就没有耕种,没有耕种就没有收成,没有收成就要饿肚子!几千口人在等米下锅,你说麻烦大不大!农民出身的人都闲不住,没得事情做了他心是毛毛的!

他就要来找我给他想办法——我有哪样办法？我自家都是毛焦火辣的找不到门路，都不晓得去找哪个帮我想办法。"

"李支书找罗显琴来当这个副组长真是找对了。她这个人踏实，能干，还肯干，从来都关心群众的事情，哪家有困难她都去帮。其实，当不当这个组长对她来说都一样，她从来都热心群众的事，热心帮别人的忙。要说有哪点不一样的，那就是她比当副组长前更积极，更勤快，处处以身作则。还有，她这个人处理事情从不会有私心、偏心！她在外头找到点儿事情，都先问问别人做不做，没得人愿意做的她就自家做。

"她还发动那些不合适出去做活儿的妇女在家做点儿小吃啊、做点小手工啊，去景区摆小摊赚两个小钱补贴家用——我家屋里头的也在做……"

我新奇他们都做了哪些小手工？王登品的老伴取出一包做好的鞋垫，摆在筛子里给我看。我感叹这些老年妇女精致美观的针线工艺，也感叹她们的劳动价值！

王登品说："当工人就要有工作，当农民就要有土地，我们这一帮工人不像工人农民不像农民的人，不这么做又咋个办？管他的，一天有几元也好，坐着也是坐着，得一点儿算一点儿。"

"我们在动脑筋，政府也在想办法。政府帮我们修了一座1000多平方米的扶贫车间，等到安排生产项目。又给我们送来几千株蓝莓集体培植，送来2000盆花苗分到各家各户，还流转了我们老村那边闲置的土地种了2000多亩桑葚。我们这边也栽了十几亩地的辣椒——慢慢来嘛，慢慢地就好了。"

王登品话没说完，就听人说罗显琴回来了！她刚到家就拿着小锄头和一把辣椒苗去辣椒地里补种"赊窝"去了。又有人说："她哪个时候不是这样子？把集体的辣椒地看得比自留地的还精细！"两个人的对话，打乱了王登品的思路，他只得以笑作结。

据了解，新沿村曾经是一个典型的深度贫困村。搬迁到新村千户布依村寨后，虽然失去了原有的土地，但是，在政府和广大村民的共同努力下，村民的生活水平和人均收入较前有了大幅提高。应该说，他们已经跳出了贫困圈。眼下最大的矛盾是村民们渴求"人人有事干！"劳动是生存的根本，勤劳是中华民族的传统美德。我想：如果人人都能像罗显琴那样自觉地提高认识，更新观念，互相关心，互相帮助，维护大局利益，建设一个富裕的新沿村定能指日可待！

要比较全面地了解罗显琴，还有一个人是必须采访的。这个人就是新沿村的党支部书记李文忠。

第五乐章 基层口碑

采访李文忠，是我事前就预约了的。我还没有走到他家，他已经站在门口等着了。

"与人为善，助人为乐是罗显琴的天性。关心集体，热心公益事业也是她的本质。"李支书说。

"花甲水库是列入贵州省水利建设'三位一体'规划、水利建设'三大会战'和省政府'确保县县有中型水库'目标拟建的中型水库，2017年，上级要求新沿村整村搬迁，阻力很大，多数人都不接受搬迁，他们害怕失去田土，失去生存的依靠，更不习惯一个地地道道的农民突然变成'干居民'。罗显琴硬是一家一户、一个人一个人地去做思想工作，直到做通为止——这些工作并没有人要求她去做，她也不是村干部，但是，她还是自觉自愿、积极主动地去做了，而且做得很好！

"2017年以前，她是我们村的村级派驻民生监督员，她对监督检查我们村的'民生资金项目管理和四议两公开、两议一公开'落实情况，集体'三资'管理使用情况；查阅、复制与检查都做得很仔细。

"搬到千户布依寨后，群众担心的事还是发生了，政府的帮扶和补助是有限的，这些都要靠我们自己想办法解决。几千个人要吃饭，要做事，要生存，成群结队的人上门找我——我们村现在没有村委会主任，支书主任的工作都是我一个人在干，实在是应承不过来，我就推荐罗显琴来担任村里头的'民政协管员'。

"民政协管员的工作和职责要比民生监督员复杂得多！低保户、五保户、流动人口登记、生养死葬等一类工作，都归她管——说实话，民政协管员一个月400元补贴，根本没有人愿意做！但是她做了，而且像专职工作人员一样认真负责，做得有模有样，干得有声有色，凡事井井有条。村民、政府、民政局都很满意！罗显琴却说：'只要领导用得着我，我就好好地做，钱不钱的我不在乎。'事实上，她从来没有问过补贴的事，我不催她，她都记不得来领取补贴！"

关于村集体的事情，李支书这样说："村里利用现有的荒坡荒地，种了几十亩金丝蜜橘、十几亩地的辣椒，还有几千株蓝莓和2000钵花苗，都是她在带领大家干。

"去年4月份，黔南州在我们新沿村搞试点观摩，各级政府、各部门、各单位领导和各县市的来宾很多，我忙于接待和汇报，至于环境卫生，绿化这些事都由她组织人去做。她真是帮了我的大忙！"

在李文忠书记那里，我还知道了很多关于她的逸闻趣事，尤其是在去年4

月份，黔南州在新沿村搞试点观摩活动期间，整个活动的最大的亮点、最吸引观摩者眼球的还是新沿村的业余民俗表演艺术队的演出节目。这些演出节目都是罗显琴组织村民们废寝忘食赶排出来的，在观摩大会上取得了很好的效果，把观摩活动推向高潮，得到上级领导的表扬和好评。

政府为了切实解决花甲水库移民搬迁户的就业和后期扶持问题，促进千户布依寨经济、社会稳定协调发展，结合千户布依寨旅游景区的特点，大力发展乡村旅游业，增加移民收入，解决移民就业，增加移民生活经济来源，为提高移民素质，提高移民旅游接待能力，推动当地旅游产业发展，吸引游客，服务游客，不仅组建了布依歌舞表演队，还举办各种培训班。培训内容有布依族礼仪、民族风情习俗，简单的布依语言及山歌培训；布依山歌：敬酒歌、山歌联唱、情歌对唱和布依山歌十八调；布依族舞蹈培训：竹竿舞、腰鼓舞、板凳舞、咕噜山歌舞、刷把舞、扇子舞等；布依族乐器培训长号、短号、大号以及布依族土话等。此外，还有关于种植、养殖、家政、育婴、生产技能等多方面的培训，拓宽了村民们的就业门路，提高就业者的职业技能。罗显琴响应政府的号召，不仅自己积极参加，还大力动员群众积极参加。

疫情防控期间，她一直坚持在执勤卡点的岗位上。

村民们都说：凡是有公益活动的地方，一定有罗显琴的身影！

罗显琴，一个普通的农民，没有惊天的伟业，也没有动地的事迹，她干的都是日常生活中，人人都能办得到，却很少有人去做的琐事。这些众多的琐事，慢慢积淀和凸显了她精彩的人生。

"一方舞台，演绎着万种风情；几束灯光，投影出苍生百态；一段故事，倾诉尽世上炎凉；丝缕遐想，悟出了人生真谛！"

一个不可思议的女人

彭 芳

隔着时空,潘云芳声音清脆,笑声爽朗,让我笃定:她不仅是一个直爽开朗的女人,还是一个能干热情的女人!被她愉快的笑声感染,电话这边的我,也开心地笑着!

我们在电话里聊了半个多小时,不仅聊脱贫攻坚对老百姓生活的改变,聊农村因脱贫攻坚而发生天翻地覆的变化,还聊我们"70后"这一代人的家庭、命运、文化、想法、妇女们的追求。两个没有见过面的女人,像是多年的朋友,聊得真诚而默契,这种莫名的亲切感,让我无论如何都想亲自去见一见这位健谈直爽的女人!

见到潘云芳,她比我想象中的还要爽朗大方。49岁的她,不仅是星溪村的妇女主任,还是脱贫攻坚工作中的一个大忙人,她把妇女主任的工作和村委工作以及脱贫攻坚工作融在一起,配合驻村工作人员,一直在为星溪村的脱贫攻坚工作而努力。

我们采访的时候,村里在开关于脱贫攻坚的会议,打了好几个电话来催她。她笑呵呵地接电话说,领导,我在接受采访嘞!谈到驻村工作人员,快人快语的潘云芳说:"哎呀,我们村里的驻村工作人员很辛苦啦!他们特别认真负责,都是白天走访,晚上加班加点做资料。有时候大晚上了,还挨家挨户地走访,连星期六星期天都不放假,周末回家就是去换件衣服洗个澡就回来了。"

"特别是网格员,对寨子里那些孤寡老人、残疾人、没有劳动力的人家,他们都是尽心尽力的去帮助。哪个村民、哪家贫困户有点什么事情,网格员都是第一时间去解决!网格员也是平凡人呀!可是寨上那些人呀,把网格员当作了义务工,有什么大事小事,就是米毛一点儿小事情,比如邻里之间呛两句嘴,水管里没有来水,电停了,都要去找网格员帮助解决!我们村几个寨子都挨着河边,河边又打造有旅游景点,到了雨季,尤其是下暴雨的时候,村领导、网格员,都要时时去河边巡查,怕游人或村民出事,紧挨河边的人家看到水漫上来，大晚上还要打电话喊网格员帮忙搬家！有一次河涨水，湾潭有一家水漫到门口，网格员是个小姑娘，半夜三更也要去帮忙搬家！唉，实在辛苦得很哪！"

"这些网格员都很和蔼，脾气又好，随喊随到。开院坝会议的时候，没有板凳，都坐在老百姓家门口的石阶上。去到老百姓家，板凳拉来就坐，擦都不擦；倒茶来就喝，也不怕有传染病。还常常和老百姓打成一片，田边地角遇到都要和老百姓拉家常，问情况。"说到驻村工作人员，潘云芳对他们赞不绝口，讲到网格员帮助老百姓办的事情就滔滔不绝。

说到在脱贫攻坚工作中，村里最大的变化是什么？潘云芳说："自从县里派工作人员驻村以来，全村老百姓的生产生活条件得到很大的改善，全村村容村貌和老百姓精神面貌发生了巨大变化。现在各村各寨、家家户户，都不会操心水、电、路、住房、孩子读书没有钱这些问题。我就讲一个最大的变化吧。那就是全村的卫生环境的改变。以前的农村人，哪里有垃圾箱呀？哪家有垃圾桶呀？没有！家里的生活垃圾，都是随便丢在门口，各家各户的垃圾都是随便倒在路边、沟边，特别是有些人家把生活垃圾倒在路边，路过的时候臭得要命；人们手里的垃圾，也是随手乱丢、乱甩。现在呀，家家户户都有了统一的垃圾桶，村口、路边都摆放有大大的垃圾箱，在村领导和网格员的监督下，当然啦，还有我（笑），也跟着监督老百姓把卫生搞好，安排低保户打扫寨子卫生，现在全村的卫生大大改变。现在每一家人的生活垃圾都不会乱甩乱倒了，家里的垃圾桶满了，也会自觉提去倒进大垃圾箱里。你们不知道哟，我家背后有一家贫困户，原来家里又脏又乱，就是一点点东西也要捞来家，去坡上得一棵草一根柴，都往家里背，还喂一些鸡放在门口，又不整个鸡笼关好，一个院坝里鸡屎满地。去他家，家里脏乱得落脚的地方都没有。尤其是那个厨房哟，锅摆在一边，碗放在一边，也不收拾。哎呀，帮扶他家的网格员亲手教他整理家呀，我们妇女开会的时候，也拿来重点讲，我也跟着监督他家打扫卫生，也像网格员一样，教他家人叠被子，收拾家务。现在这家贫困户确实改变多了，院子扫干净了，家里的东西也摆放整齐了。有时候想啊！我们国家真好，派那么多驻村干部来管理老百姓的吃喝拉撒！这是几辈子人都没有遇见过的好事情，还是习主席的政策好哟！以前哪个管你家干不干净！哪个管你穷不穷！国家工作人员哪会来跟老百姓打扫卫生、叠被子？"

作为妇女主任，潘云芳不仅常常协同驻村工作人员，做好老百姓的思想扶贫工作，寨子里的妇女、家庭，出点儿大事小事，有点大小纠纷，夫妻间

第五乐章 基层口碑

吵个架，都是她去协调解决。潘云芳感慨地说："现在通过脱贫攻坚，老百姓的生活水平提高了，人们的思想素质也比以前高多了，男的虐待女人、欺辱女人事情少多了，基本上没有了。"

潘云芳哈哈一笑："作为一名农村妇女，你要下得厨房，也要上得厅堂，种得了庄稼，养得了儿郎。女人就是要自强自立嘛！不要总是想依靠男人生活嘛！要想没有男人我也要活得好好的嘛！"

对于怀疑老公出轨来找她诉苦的女人，潘云芳会狠狠地"教训"那些女人一顿："你一个女人，你要自信，要有能力，你不自信，没有能力，像寄生虫一样，每天还想过以前谈恋爱的日子，那怎么行呢！老公肯定看不起你喽！男人他心里也是有把秤的，你不管他去哪里玩，但他心里也是会权衡的，也是会比较的。你有出息了，不是你担心他出轨，是他担心守不住你！"

说到自己，潘云芳说，我是20世纪70年代的，快50岁了，我自强自立，就什么都不怕。我从来不担心老公，我谅他出去也找不到比我强的！（笑）一个女人，手里有点儿自己努力赚来的钱，就算是卖鸡卖猪卖米得来的钱，说话都要硬气点儿，走路头都要抬高点儿，胸脯都要挺点儿！伸手向男人要钱的女人，受气死了！

潘云芳说到一件事，有天晚上，寨子里一个嫁去邻寨的姑娘和老公打架，姑娘的父母找到她跟着去解决。她说，那天晚上家里还有事情，她还是跟着姑娘的父母去了姑娘婆家。已是晚上12点钟了，姑娘又哭又闹，很凶，骂她老公又穷又没有出息，想几刀捅死人家，几脚踢死人家。虽然姑娘是她们寨子的，她还是帮理不帮亲，当时就跟这个姑娘讲道理，"你说人家穷没有钱，你当初谈恋爱的时候是知道的呀！你不嫌弃人家穷你才嫁来的呀！既然你选择了，两人就得好好努力过日子呀，不要一言不合，就骂人家穷，骂人家没出息呀！现在社会这样好，什么都不缺，只要勤快点儿，不懒，日子好过得很！作为女人，你不仅要争气，要尊重自己，还要尊重老公！"道理讲得姑娘没有话说。

为了鼓励妇女，爱唱山歌的潘云芳编了这样的山歌词：

叫我唱歌我唱来，
肚无文化口无才，
十行八样我不唱，
要唱妇女强起来。

现在时代在变迁，
女人不怕男人嫌，
撸起袖子加油干，
也能撑起一片天。

但是话要说回来，
女人一定要自爱，
勾三搭四不要做，
被人骂娘划不来。

不让男人来看低，
女人一定要独立，
自己挣钱自己用，
男人才会看得起。

自当妇女主任后，潘云芳思考得最多的一件事就是：45 岁以上的女人怎么过？做什么！有什么可做？她说年轻妇女可以外出打工，可以在镇上进厂。沿山镇有很多产业，如山王果刺梨厂，老干妈厂等，但都只招收 45 岁以下的年轻人，她们村 45 岁以上的妇女很多，有的老了不想和儿女住，有的辛辛苦苦把儿女抚养长大，儿女长大了却靠不住。面对这些情况，潘云芳特别想搞一个什么产业、项目，让这些中年妇女有事情做，老有所用，老有所依，排解寂寞，不靠儿女就能生活得有滋有味。

潘云芳特别低调，特朴实，她说她是发自内心地想为村里的妇女做点儿事，她也想了很多点子，很多项目，但都拿不出手，都没能实现。她们村里的妇女特别喜欢钩毛线鞋，她想把这个作为一个产业来搞，但毛线鞋太普通，怕钩出来没有销路。前两年村里引进了外地投资商，租老百姓的土地种苹果，她也积极参与磋商，想让村里年纪大点儿的妇女去打芽，去拔草，去薅土，一天就是只得几十元，只要有事做，一个月下来也是一笔收入啊！结果没搞成投资商就跑了，花了冤枉工夫。

对于这件事情，潘云芳虽说是好事变坏事，她却非常难过，主要是觉得对不起老百姓。这几天，也有外地投资商来村里协商租老百姓土地种车厘子，种草莓，村主任、支书都参与磋商这个项目，潘云芳也旁听了他们的讨论，参与了意见，希望成功。车厘子在本地市场卖价昂贵，50 元到 60 元一斤，如

果能够在他们村栽种成功，价格就不会那么昂贵，就可以提高本地人的购买能力，还可以让村里的妇女有事可做，有钱可赚。同时她又担忧，害怕像上次种苹果一样，弄坏了老百姓的土地，投资人却跑路了，她没法向村里人交代。

一个农村妇女想创业，想为村里的妇女谋福利，想让村里的妇女们活得自强一点儿，有志气一点儿，金贵一点儿，尊严一点儿，尤其是想让那些年龄大的妇女还有事做，还有梦想，就算经过多次努力没有成功，潘云芳的精神，也让我们对之肃然起敬。

潘云芳讲了两个家庭故事，一个是村里的小群（因涉及个人隐私，用假名），命特别不好，生两个小娃都是她自己捡胞衣长大，（我琢磨"捡胞衣"三个字很久，得出答案，就是自己生下孩子，自己捡，自己包，当时没有任何人在身边帮忙）。小娃才隔奶，老公就在外面打工出车祸死了，小群好不容易把两个小娃拉扯大，姑娘没有结婚就跑去人家，儿子不好好读书，又不愿做农活，小群去年到外地打工，又伤到脚，回家来，一天裹着伤脚做不了活儿，身上又得了其他病，去医院检查，肾不好，心脏也不好。这个苦命的小群，可能是八字不好，身体不好，小娃又靠不住，爷爷奶奶只关心伯伯叔叔家，又不想她家！

潘云芳可怜她，多次向村两委和驻村干部反映她家的情况，给她争取低保，可因小群年纪不大，又起有住房，有儿有女，达不到低保条件，申请几次未果，潘云芳说为了小群老来的生活有保障，她还要尽力去给小群争取低保。

另有一家，两口子结婚多年，一直没有孩子，到各大小医院检查，也通过亲朋好友介绍吃各种民间偏方，吃中药，结果都没有孩子。这家人也真是苦命，寻医问药，求神拜佛，孩子没有怀上，厄运却降临下来，丈夫甘荣水得了尿毒症。面对这样不幸的家庭，潘云芳除了同情他们，也积极地向村领导和驻村工作人员反映他们家情况，帮他们写低保申请，组织村上开低保小组评议会，大家一致同意后，村主任就赶紧把申请交给镇领导。低保名额下来，潘云芳比这两口子还要高兴！

还有一个是他们寨子的，是个贫困户小姑娘，才十一二岁，没爹没娘，帮扶的网格员常常给小女孩儿送钱送衣服，还叫小姑娘到村委会吃饭，潘云芳还教小姑娘学习做饭，潘云芳在村委会给驻村工作人员做饭，就是想要小姑娘学做点儿事情，以后好照顾自己。后来这小姑娘得肾衰竭，送去医院，怎么也医不好，潘云芳买东西去看这小姑娘，鼓励她战胜病魔，坚强地活下去。最后这个可怜的小姑娘，还是被病魔夺走了！

在送我们出来的路上，潘云芳看到小群在她家门口，就远远地跑过去和小群说话，隐隐约约听到她问小群："现在身体感觉如何？你有没有再去医院复查一下呀？"小群没有说话，一脸忧郁。潘云芳告诉我们，她担心小群得尿毒症，希望小群再去医院彻底地查一下。我心想，你这个妇女主任，对她身边的女人就像对自家姐妹，真是个热心人啊！

潘云芳是个说话响钢声的女人，沿山镇人大代表。我们在她家墙壁上看到她的人大代表证。作为一名人大代表，每一次参加镇上的人代会，潘云芳都积极写提案，反映老百姓生活中遇到的困难和问题。她说，老百姓年年交医保，一个人250元，有的人家人口多，要交上千元，可是，村里的卫生室，老百姓可以刷卡买的药特别少，有的老人，腿脚不好，拄拐走十几里路，才到村卫生室，结果却买不到自己需要的药，很可怜。有家小孩子半夜发烧，一家人急忙送卫生室，结果卫生室连退烧药都没有，只得往县医院送。而且村卫生室的刷卡机常常不能刷卡。有时候是没有网络，有时候是其他故障。比如在村卫生室输液一次50元，如果能够刷卡，只要15元，刷卡机不能刷，老百姓只能自己掏腰包，这种情况老百姓的医保卡就等同于一张废纸，村民对此意见非常大。潘云芳特别强调她的意思，写这样的提案，就是希望镇政府高度重视一下村里的卫生室，联系上级卫生部门把药物配备齐全，设备完善。毕竟，现在年轻人都在外面务工，都是老人在家里面带着小孩啊，很多老人不会开车骑车，去县医院镇医院很不方便的，要是村卫生室的药啊、医疗器械都备齐全一点儿，也相当于给这些老年人和孩子行了方便。免得有个疾病来，老人慌急慌倒，有病乱投医，害了孩子。

她说，国家对老百姓的住房、读书、医疗都是有保障的，就是村医疗这一块还没有完全完善。她希望自己的提案能够得到上级领导的重视，老百姓遇到的这些困难早日得到解决。

潘云芳看到的情况我也知道。我的爷爷奶奶也是常常拿医保卡去医院、药店买药，很多药都买不到，很多药都不能用医保卡刷。我去莲花村采访援朝老兵宋大笔的时候，他大儿子也给我说这个情况，他们生病了在村卫生室根本刷不了卡，买不到药，买一包头痛粉都要跑到仙桥去买。

潘云芳想为老百姓做的事情很多，按她的话说就是："苦于自己没有能力"。但她一直尽力，再努力。她说，进沿山镇同城化大道有个路口，分岔到他们高小寨那里，以前有一个大大的标志，现在因修同城化大道把标志拆了，在那里起了一个门，那个门斜斜的，两边还种植绿化树，晚上很多人——不管是外地人还是本地人，走到那里找不到路，她也多次向上级领导建议在那里安一个指示灯，晚上方便大家出行。

积小溪而成江河。如果人人都像潘云芳一样，用眼睛去观察老百姓的生活，用真心去关心老百姓的疾苦，用女性的自强自立、乐观开朗去面对芜杂艰辛的尘世，这个世界就会充满阳光。

文章写到最后，我还不知道应该用一个什么样的题目，才能诠释我心目中的这个姓潘的女人。她是个性情直爽、快人快语的女子，是农村成千上万普通妇女中的一员，可又是与众不同的一员。她给我发来她的山歌，"脱贫攻坚人人夸/孤寡老人有了家/无依孤儿有学上/衣食住行有人拿"。她的心依然是那颗感恩的火热之心，她的歌依然是一首希望之歌，弱势的老人、女人和孩子，是她难以舍下的亲人。

潘云芳，一个不可思议的女人。

以平凡之心铸就不平凡
——访退休教师赵仕群

郭云仁

一条不规则的筒子街,静悄悄地向南北两个方向伸延,灰黄色的路灯光喷洒在平整而洁净的街面上。街上没有行人,只有远处传来"刷刷……"的扫地声。按常规推测,扫地的应该是早起的环卫工人,实则,这条小街是没有环卫工人来打扫的。因为它不是城镇街道的一部分,而是贵定县金南街道南平村所辖的一个村民组——沙沟。

天放亮了,一位街坊大嫂开门走出来,热情地向扫地的"清洁工"打着招呼:"赵老师,你又起这么早打扫卫生啊?"扫地的人抬起头来,满面笑容地回答:"习惯了,就当早锻炼。"

"说得好。我和你一起锻炼锻炼!"街坊大嫂说着,也拿出一把竹丫扫,和赵老师一起扫起地来。不多时间,参与扫地的人越来越多,长长的一条筒子街很快就扫完了。大家相互打着招呼,喜笑颜开地回到自己的家里去。

赵老师看着整洁光鲜的街面,微笑着最后一个离开。

赵仕群老师原来是凤凰小学的教导主任,"净美沙沟"是她长期以来的愿望!她认为:让农村成为令人向往的地方,乡村振兴是目标之一,而要实现这个目标,改善人居环境是第一要素。退休以前,她不具备打扫小街的时间条件,退休以后,她就一直坚持带头打扫小街上的卫生。

记者采访她的时候,她感慨地说:"以前,农民的生活和劳动方式决定了他不可能像城里人一样讲究环境卫生,现在情况不同了,国家的政策这么好,农民也富裕起来,家家都盖起了又漂亮又气派的楼房,政府还帮我们硬化了路面,安装了路灯,我们为哪样不好好地爱护它?保护它?偏偏有些人恶习难改,习惯随地丢垃圾。还有一些人家喜欢养狗,但是,他们只养而不训、不管,街上到处都是狗尿,臭气熏天,我给他们讲过多次,有些人家还是不在乎,没得办法,我就自己去打扫,天天打扫!愚公都能感动上天,我不相信我不能感动这些人——现在好了,大家都尝到了在一个清洁卫生环境下生活的甜头，人人都自觉地爱惜卫生，积极地参与打扫卫生——我们能有现在这样一个亮丽的生活环境，也是来之不易！"

正像南平村党支部书记周训祥说的那样：赵老师是一个热心公益，爱护集体，大公无私，原则性很强，且团结群众，和睦邻里，以人为善，乐于助人的人。沙沟街的环境面貌大改观，赵仕群老师功不可没！

是的，赵老师热心公益，还爱护集体，大公无私！周训祥支书还说起一件可以印证他这句话的事例：2018年5月下旬的一天，村里召集村民代表会议商讨一些有关整体工作部署的问题，其中包括对通往冷水苗那条路的改造。因为会议上提出商讨的某些问题可能影响到沙沟的局部利益，所以，遭到部分与会人员的强烈反对，尤其是有些人总是把干部和群众作为两个对立面来看待，搞得会议很难进行下去。这时候，赵老师站出来说了公道话，她不仅发表了自己的意见、观点和想法，还讲明了局部和整体利益的关系，讲明了"舍"与"得"的相辅相成关系，条理分明，有理有据，在场的大多数人都被她说服了，少数人也就不再坚持自己本位主义的观点，使村里的工作得以顺利开展，赵老师也赢得了大家的好评！

记者采访中，赵老师也讲了类似的一些问题：河道两岸原来都是沙沟村民组的土地。这些土地被征用后，修筑了宽阔的金南大道，修建了县政府办公大楼、贵定县第二小学，开发了几个居民小区楼盘……这些本来都是好事，但是，新建的贵定二小不接受本地的孩子入学；居民小区的管理也不到位，车辆乱停乱放，阻断了我们沙沟村民组的进出通道，对以上问题，群众很有意见，经常去村委会吵闹，上面有领导下来走访或做贫困调查，他们也去纠缠。解决不了问题，他们就借故不缴纳水电费。我耐心地去开导他们：有问题要按正常程序反映，不要给帮助我们脱贫攻坚的领导平添额外的麻烦。慢慢地，群众的情绪稳定了，矛盾解开了，驻村工作组的工作也顺利展开了。

赵老师还给记者讲了一件事：有个街坊老太太是个贫困户，年关将至，政府给了她补助，她不理解得到的是什么钱，便逢人就说："我都领到烤火费了，你们得了没有？还不快去领！"一些不明就里的村民都跑到村委会去要烤火费，领不到就责怪村干部"吃了"他们的钱。搞得村干部很被动！我就去找那个老太太做思想工作，告诉她：因为你的情况与别人不一样，你有困难，政府补助你是对你的关心、照顾，别人家不困难就不享受这个补助。以后再遇到这种情况就不要到处做反宣传了。她听懂了我说的道理以后，时时检点自己的言行，再也没有类似情况发生。其他不理解的村民听了我的劝告和解释，也不再去村委会吵闹了。

赵仕群老师和村民的关系很好,她说的话人家都愿意听,这不仅得益于她说话条理清晰,说理透彻,深入浅出,明白易懂,还得益于她的人缘好。村民们告诉记者:赵老师是个大好人、大善人,哪家有事她都去关心,哪个有困难她都去帮忙,人家的娃娃没有钱读书了,她就替人家交,有人生病没有钱治疗,她就帮人家付。接受过赵老师帮助的人太多、太多了!

说起赵仕群的为人、处世和品行,她的母亲、85岁高龄的燕金荣老人也引以为荣!

燕金荣老妈妈说:赵仕群从小就讨人喜欢,她懂得尊老爱幼,喜欢帮助别人,读书也很长进。她从1978年3月参加工作——当民办老师,1996年转正,1998年升任凤凰小学教导主任到退休,年年得到组织上的奖励和领导的表彰!

燕妈妈说着,从里屋拿出一大堆奖状、奖章、荣誉证书和获奖证书来给记者看。

燕妈妈又说:赵仕群在学校对学生好,对同事们好,工作能力和教学质量都是有目共睹的;回到家,对街坊四邻好,不管看到哪个人都是一脸笑容,大人娃娃都喜欢她;在家里,她对娃娃、老人、丈夫也好,一家人亲亲热热、和和睦睦!她每天上班来回要跑十几里路,早晚在家还要做家务,做饭菜,把公公、婆婆和我都照顾得服服帖帖的,我们这个家里头从来不会发生冲突和矛盾。赵仕群的哥哥赵仕荣也不错,为人正直,关心集体,做工作任劳任怨,从2009年起被群众推选为村民委员会主任、贵定县人大代表,一直到2018年他认为自己年纪大了,身体也不太好,才谢绝继任村委会主任。

听了母亲的插言,赵仕群感慨万千!她回想起母亲一生辛劳,勤俭朴素,为人正直,思想进步,眼里噙满了感恩的泪花。

她说:我们两兄妹完全继承了老妈的性格和人品!老妈在刚解放的时候,就积极参加迎接解放军进贵定的活动和人民政府组织的庆祝活动,在定南乡加入了少年儿童团,后来加入共产党,在高坪村干了35年的领导工作。到现在,我们做的任何一点有益于社会的工作,她都非常支持。

记者感触颇深——这样的家庭,无疑是优秀人才辈出的家庭!

采访即将结束时,村党支部书记周训祥又说:"我想起一个事情:疫情防控期间,我们考虑到赵老师是退休人员,应该在家休息养老,就没有接受她参加监测检查卡点值班,她的心却一直留在卡点上,于是,她就把自己家小商店里的香烟、牛奶、水果送到卡点上,给了值守人员很大的鼓舞!"

赵仕群说:我想到那些执勤人员顶着天寒地冻、风霜雨雪在为我们阻挡

病毒的侵袭，非常辛苦，就从自家的小卖铺里拿了些香烟、牛奶给他们送去，以表达自己的感谢心情。疫情就是命令，政府要求封城、封镇、封村，体现了国家对人民群众健康的关心。我不能为抗击疫情做其他事情，也要响应国家的号召，自觉地居家隔离，不给政府添乱。我还给附近的街坊、村民打电话说：需要什么东西就打电话告诉我，我给你们送过来，你们不要出来走动！

周训祥书记最后告诉记者：赵仕群老师不是村干部，她却为南平村的工作尽了很多义务！她从来不说落后话，从不说不利于社会、不利于团结的话，充满了正能量！

——这就是一个平凡的退休人员，一个优秀的中华人民共和国公民，为党的脱贫攻坚大政默默奉献着！

弱小女子抗疫情

李永平

题记：一个普普通通农村妇女，看似瘦弱的，骨子里却是坚强。逆行新冠肺炎疫情防控第一线，用自己的青春演绎基层共产党人的使命与担当！

庚子年，一场突如其来的新冠肺炎疫情改变了人们以往欢度新春佳节的生活节奏，自控预防成为抗疫的原始手段。国人每天关注的都是媒体宣布的数据、智能手机公布的信息，一种高度紧张的抗疫状态进入了人们的生活。作为贵定北端的一块净土——新巴镇，虽然四面环水，交通道路单一，但是也根据贵定封城的统一指令，同步进入了封镇、封村、封组的紧急状态，而幸福村小坪组的交通卡点，是进入新巴镇的咽喉要冲，可以说守住了小坪组，就守住了整个新巴镇。

疫情防控期间，细心人都会发现，有一个瘦弱的年轻妇女，奔忙于小坪组的交通卡点和大街小巷。她就是陈茜，一个普普通通的农家妇女，一名主动请缨防控的基层共产党员。

陈茜，1988年出身于一个平凡的农村家庭，中等个儿，身形显瘦，看似柔弱，却也脸露微笑，神采奕奕，给人精致、乖巧、坚毅的感觉。初中毕业后的陈茜，和其他年轻人一样，在外闯荡多年。一个偶然的机会，认识了现在的丈夫唐兴海，2014年秋天喜结连理。

刚刚嫁给唐兴海的时候，没有分家单住，全家大大小小近十口人挤在老房子里，住的不像住的，吃的不像吃的，生活散乱无章，混沌不堪。面对家庭的艰难，陈茜没有退缩，用一个女人柔弱的身躯扛起了家庭的重担。几经周折，她开办了农家乐、快递点，做起了水果批发生意，开办学生托管班，一趟趟踏上创业之路，一步步实现精彩人生。

几年后，她用赚来的钱对旧屋进行了升级改造，同时也在老房子的旁边建起了自己温馨、舒适的新居。风雨之后是彩虹。陈茜说，我一个农家弱女子，白手起家，创业之路可想而知。但我总是和丈夫一起，互相鼓励，共同

分享成功喜悦，一起面对生活中的风风雨雨！困难再多，也挡不住我们前进的步伐。夫妻同心，其利断金。

2015年9月，陈茜在贵定一小旁的天源花园开办了顺心托管班。为节约成本，她雇了两个辅导老师，自己既当厨师又当辅导员。开班时学生只有十几个，陈茜没有灰心，她相信坚持就是胜利。对于入托学生，陈茜从不嫌弃学习差的、不拒绝调皮捣蛋的，而是诚心地包容和爱护他们，渐渐地，慕名前来的学生和家长越来越多。2016年9月，陈茜的第二个顺心托管班在贵定二小校区附近的高坡村诞生。到2019年秋季学期，天源花园托管班，学生就已超过了50人。

托管是陈茜的事业，也是她与每一个家长和学生真诚相处和情感交流的地方，创业的同时感受奉献的乐趣。她强化细节管理，为家长省心省力。每逢天气变化，陈茜总是第一时间告知托管对象的父母或其他监护人，每天定时查看那些学生的气色、穿衣、饮食等情况，若有异常，先及时自行解决，不能处理的，第一时间与监护人联系。

曾红盈，一个自尊心很强的女孩子，托管时只办理了午托，家住沙坝，上五年级。有一天，曾红盈因为未及时完成作业，不敢回家，由于平时父母严厉，存在打骂孩子的现象。到了晚上，父母发现孩子没回家，非常焦急，打电话给陈茜问孩子有没有到托管？陈茜接到电话，非常担心小女孩的安危。

她主动提出和家长一同寻找孩子下落，那时她刚开始准备吃饭，丢下碗筷，简单和辅导人员交代工作后，就匆匆赶去和曾红盈的父母会合。天越来越黑，外面还下着毛毛细雨，他们在城里找了一圈又一圈，把该寻找的地方都走遍了，还是没有结果。因为托管里还有其他孩子，陈茜一边开着车在县城与沙坝之间转，一边时不时地给托管班打电话了解托管班的情况。无奈之下，她只得拖着疲惫的身子回到托管班，因为孩子们见不到她是难以安静入睡的。

孩子们入睡了，她仍然呆坐着等结果。直到凌晨2点，才接到曾红盈已被找到的好消息，于是她连忙掉头，迅速驱车赶到曾红盈的家里。女孩子浑身发抖，头发和衣裳都被雨水打湿了。看到陈茜，拉着陈茜的手，激动得不停啜泣，说不出一句话。陈茜用温暖的手拍了拍小女孩冰凉的手，不停安慰她，把她送进卧室休息，并轻轻地关上了门，然后对其父母进行了批评："教育孩子要讲究方式方法，打骂解决不了实际问题，作为一个女孩子，今天的问题多么严重，如果今天有什么意外，你们后悔都来不及。"女孩父母非常后悔，表示歉意："大晚上的，害你和我们操心劳累，以后我一定用孩子能够接受的方式去教育孩子，绝不会打骂孩子了！"夫妇俩把陈茜送到了路边，直到陈茜启动车子，他们才转身回家休息。

陈茜渐入富人行列，但她没有忘记自己的义务。2020年新春佳节，新冠肺炎疫情席卷中国大地。幸福村小坪组43户100多人也要对新冠肺炎疫情进行防控。陈茜第一时间跑到幸福村村委会，主动请缨加入疫情防控志愿者，她自行采购消毒药水，免费义务为村寨消毒，主动承担交通卡点值班值守工作。陈茜得到了爱人的支持，合理分了工，丈夫主内她主外。陈茜担起了幸福村小坪组43户人家疫情防控摸排的重担，同时向寨邻老幼宣传疫情防控相关知识。

设卡封路期间，丈夫总是对她无微不至的关怀，早早地起来为她做早餐，她很感动，工作更放心了。吃过早餐，她打开创建的小坪组微信交流群，登记好每一家需要购买的生活必需品，驾车到指定的地方去采买，她很荣幸也非常乐意成为一名大家信任的采购员。为了避免大家集聚，陈茜把每一家的东西分包装好，放到电动三轮车上，一家一家地为他们送到家门外。陈茜送完物品后，又继续回到组上的卡点，和值守人员一起值班。

幸福村小坪组位于县道两旁，来往车辆比较复杂，陈茜看到家里还有一些之前购买的"84"消毒泡腾片，于是找来喷雾器，每隔一天就走家串户地为大家做消杀工作，在每一条串寨路上和小坪区域的县道上，每天都会看到陈茜背着喷雾器认真消杀的身影，许多村民对她竖起了大拇指。村民颜华发自内心地对陈茜说："陈茜，感谢你！"短短一句话，陈茜仿佛看到了一颗颗信赖的心。虽然很累，但是老百姓赞许的眼神就是力量，再苦再累也是值得的。

她对我说："疫情防控期间，像我一样一直坚持值班的还有很多村民，我很感谢他们与我并肩作战，给了我鼓舞和力量。嫁来村里后，寨邻老幼都很关照我，我有什么大事小事他们都热心帮衬。"说起这些往事，陈茜满脸喜色，"寨邻老幼很信任我，遇到困惑都会找我帮忙，有些政策他们不明白，我解释不了就会带着他们去村里咨询，或者自己去咨询回来告诉他们。有时开车在路上遇到村里人，我会主动带他们一段，如果是老年人，还会帮他们把东西放好并扶他们上车坐稳。邻里一家亲，他们给我亲人般的关怀，我也不能忘记他们。往后哪里需要我，我就会出现在哪里！"

陈茜平时缺乏锻炼，身子骨比较弱，加上连日劳累，两个肩膀很痛，回家也会偶尔跟爱人撒撒娇、倾诉倾诉。陈茜展示的小坪组交通卡点值班签到册上，从2020年2月19日到3月16日，每天都有她的值班签到记录，关于值班安排，陈茜并没有与他的爱人唐兴海商量，直接把他排入值班表，每到他爱人值日的时候，他都会准时到岗。爱人知道后非常疼惜她，经常炖汤给她补身子，丈夫的支持就是力量，陈茜的爱心行为也感染了丈夫，他带着其

他兄弟，同陈茜一起完成每天的消杀任务。

疫情期间，她协调蔬菜种植大户罗德富把本来要售卖的蔬菜无偿捐赠给镇里面，由镇里面统一协调，解决抗疫物资紧缺的问题。陈茜组织30多名村民参与蔬菜收割，主动把自己购买的口罩发放给大家，短时间内完成了蔬菜的采摘、分解和捆扎等任务后，她又组织车队，在领头车引擎盖上用红纸黑字书写着"干部一线勇抗疫，群众爱心联防控，新福村小坪组罗德富及小坪组全体村民"字样，把罗德富的爱心蔬菜及时送到抗疫战场，此举感天动地，大大提升了全镇参与抗疫的自觉行动，路人纷纷称赞。

组上有家几兄弟发生口角之争，吵得不可开交，互不相让，很多人都劝不住，其中一人还报了警，陈茜在卡点值守，见寨子有人群聚集，骑着电动车立马赶了过去，制止这场相煎何急的事件。派出所警察赶到的时候，围观人群早已散去。

陈茜热心公益处理寨邻纠纷，自嫁到这个村庄以来，每次寨子上有什么矛盾纠纷，她都会义无反顾地冲在第一个，尽力为大家化解矛盾。如果有什么集体活动、公益事业，大家都相信她，陈茜也愿意承担起最重的那个担子。一个娇小的女人，总是用她孱弱的身躯为乡亲们遮风挡雨。

2019年春节，小坪组开展文体活动，把这个村寨的文体活动搞得热热闹闹，她是积极倡导者。脱贫攻坚，她积极配合村委和网格员，主动承担起小坪组向导员、宣传员、联络员的任务。2019年2月荣获幸福村优秀共产党员称号。2018年至2019年度，陈茜一家被贵定县文明办推选为州级文明家庭。

陈茜本人身体不好，为抗击疫情，忍着疼痛参与抗疫，直至2020年3月下旬交通卡点撤除，才去都匀做手术。2020年4月底村委会成员补选，陈茜被推选为幸福村村委会副主任。陈茜想，村副主任一职是百姓对她工作的褒奖，既然戴上这顶村官帽，那得为村民做点事。她善于思考问题，譬如在玉米等低效农作物调减问题上，她结合幸福村缺水的致命问题，提出了合理的调减建议。她希望积极争取项目资金，修建沟渠，发展壮大种植养殖合作社，寻求最佳的创业项目，结合目前整组实施的葡萄庭院经济种植和土鸡圈养的发展模式，结合贵黄高速开口的交通区位优势，带领老百姓发展壮大农旅文化项目，早日摆脱贫困致富奔小康。

荣誉面前，陈茜没有骄傲，她总是保持积极、平和、谦虚的态度，积极参与到各项脱贫攻坚工作中，她的先进事迹先后被新巴镇、活力贵定、贵定电视台等媒体刊登和宣传，她的事迹在新巴镇乃至贵定县可谓家喻户晓，但她总是非常淡然地面对鲜花和荣誉："我只是做了一些非常普通的事，作为一个共产党员，要不忘初心，牢记使命，对得起胸前佩戴的党徽！"

山长青，水长流
——记致富带头人刘秀

曾荣丽

翁威冲，一条地处贵定县东南面的谷地，是典型的两峰夹一河山地，正是这样的地貌，孕育了一个景色秀美的世外桃源——竹坪。

竹坪是一个地处贵定县东南面边缘的行政村，与麻江县乐坪相邻，20世纪七八十年代，铁路是竹坪通往县城的主要交通方式。后来，铁路停运，竹坪村一度成为深度贫困村。如今，一条直通县城的通组路，让竹坪逐渐藏在深闺有人识。依河而建的几个寨子，就像点缀在元龙山脚下的绿宝石。

3月的一个下午，我驱车前往20多年前工作过的竹坪村，去拜访竹坪村脱贫致富带头人刘秀。

刘秀，正如她的名字一样，外秀内中，是一个精干的女人。她的眼眸如同寨前流过的溪水，清澈而明亮。面色很白，大家闺秀般地柔美、羞怯。

刘秀今年42岁，土生土长的农家女，几十年从未离开过养育自己的大山，干练中带着几分内敛，朴实中带着倔强。小儿子5岁，大女儿17岁，婆婆80岁高龄。丈夫雷运槐和她同龄，是个英俊能干讨人喜欢的大小伙子。这个幸福的5口之家就是竹坪人脱贫致富的先进代表。

刘秀不善言谈，和我交流也是就干巴巴的几句话。问一句答一句。对于从未走出这个山沟的刘秀，这种方式对她来说都是勉强的。

刘秀打小就有一个心愿，好好地吃一顿饱饭，舒舒服服地快乐一天。然而，一年过去了，十年过去了，这个心愿就像浆在墙上的画，看得到摸不着，只能画饼充饥。成年了，她又想把自己嫁出大山，可偏又遇到了雷运槐，爱得死去活来，这样的念头从此消失在幻想之中。

成家了，为人父母，走出大山的心愿越来越强烈，有时简直就是歇斯底里。可这种心愿逐渐磨砺，最后流落在对孩子的希望中，对孩子的希望又激发了她的心愿，就是让这个寂静的山沟不再贫穷。

当初从相隔不到3千米的罗坪嫁进翁威冲，她就想着一定要让家人幸福。

不便的交通让冲里的女孩纷纷远嫁,男孩也外出谋生不常回来,只有她和丈夫雷运槐对这片土地不离不弃。

山长青,水长流,10多年前面对一条走不出去的路,刘秀从来没有灰心,她从不埋怨自己身处大山深处所遭受的困苦。曾经自己辛辛苦苦地种了蔬菜,和丈夫雷运槐骑着摩托带到县城去买,可是新鲜的蔬菜一路地颠簸,到了城里就没有了卖相;曾经自己挑着散养的鸡鸭走二三十千米的铁路到麻江赶早市,凌晨两三点钟就得出发,晚上九十点钟才回到家;曾经和丈夫一起起早摸黑,挑着自己做的豆腐走村串寨,"卖豆腐喽"的吆喝把她的矜持撕得粉碎。从此她就不再腼腆羞涩,泼辣得像"洋辣子"。

一路走来所受的苦,只有她自己清楚。她心中想着一定要走出一条致富路,所以毅力支撑着不畏艰苦,因为她这一生和这个生养她的小山沟实在有缘。当初见到雷远槐就是一见钟情,她也不知道看上他的什么,可就是对他闪火花。后来知道他家就是竹坪人,依然一如既往。这就是传统的爱情吗?她说不出。

从姑娘成为媳妇后,她才感觉现实离她的理想太远。因地处边远,基础设施落后,没有产业,人们思想观念落后,边远村寨成为贫困发生的"重灾区",竹坪村是贵定县贫困村,刘秀就在这样的贫困村里挣扎。

为让边远村寨不再落后,2017年开始,贵定县开启了脱贫攻坚"春风行动",2000多名干部深入基层,走最边远村寨,看最真实的贫困,想最硬朗的措施,鼓最强劲志气,竹坪村迎来了前所未有的机遇。竹坪村以思想为先,积极发展产业的同时,全面开展"六个山"行动。2016年共实施通组路7.315千米,实施户户连5.36千米,黄泥巴路变成了水泥路。山门打开,刘秀和丈夫更加坚定脱贫致富的信心,夫妻双双被村民选为村委委员。守住生态发展是竹坪村发展的根本,刘秀心底一直在琢磨一条生态发展之路,她所住的河边组是村里离河最近的村寨,生态养鸭是一条不错的路子。2014年,刘秀就开始摸索生态养殖,2015年到2016年收获不少。借助扶贫政策和"农旅一体化"的发展,在刘秀的带动下,河边组的村民成立了贵定县农丰种植养殖专业合作社,刘秀是合作社的法人代表,从自己种植养殖到专业合作社的成立,这份喜悦的背后不知付出了多少汗水。

几年前,刘秀在赶集的集市上偶尔看到有人开着车来收鸡鸭,但是只收本地的土鸡鸭。她就想,现在自己和寨子上的农户每家都养有鸡鸭,主要是养了以备有远客到来招待客人之用,或者逢年过节时自己吃,要是多养一些来卖出去,岂不是一笔创收收入?聪明的刘秀就从本村农户手中买了50多只本地鸡鸭苗来试着喂养，几个月后，这些本地鸡鸭被熟人买走。从那时起刘秀心中逐渐有了一个打算，在寨前的河中养鸭，在自家房前屋后的空地上养鸡，并扩大规模。渐渐地，不断有人到家中买鸡鸭，由于受房舍的局限，每年最多只产出300~400只，远远满足不了市场。

2017年，为让群众了解竹坪在环境整治、群众思想以及产业等方面与其他地方存在的差距，竹坪村组织村两委、组长、党员、群众代表到新巴镇母鸡田观摩学习，在这次观摩学习中，刘秀感觉自己不应该单打独干，而是要凝聚村民的力量，才能共同创建美好的家园。但示范是必要的，要想在这个山沟沟里谋出一条致富路，先得自己干起来。

在之前的磋磨中，刘秀知道，靠天靠地不如靠自己。在和爱人商议之后，刘秀买了300只小鸡苗和300只鸭苗来摸索养殖。相对于之前100多只的放养，这次刘秀是真想养出一条路子来。她多次去县城买一些关于养殖方面的书籍来学习，经常在手机上查阅家禽养殖的知识，有空就到附近养殖规模较大的农户家中淘经验。经过对散养和圈养的比较，刘秀发现散养的鸡鸭肉质更嫩，但重量最多有三四斤，圈养的鸡鸭没有散养的有嚼劲，但可以养到八九斤，对比市场的价格和销量，散养的规模可以扩大。

时下，农村闲置的空地和山坡比较多，是散养鸡鸭的最佳环境。经过一年的实践，刘秀尝到了散养鸡鸭带来的甜头。她想扩大规模，但是场地有限，经过一番思量，她同村里一些村民进行合作，村民们对于刘秀的想法都表示支持，这毕竟是对大家有益的一件事。刘秀开始向村民们交流了自己养殖的心得，最终提出走生态养殖这条路，相对于传统养殖，生态养殖的规模化风险大，但是利润空间也大，在饲养和销售两个方面由刘秀承担。结合农村电商，刘秀心想一定要借势让竹坪村的生态养殖火起来。2018年夏天，刘秀成立了"贵定县农丰种植养殖专业合作社"，吸纳村民为股东。当年县委县政府提出竹坪产业将以养殖业和旅游业为主，发展"农旅一体化"，正合了刘秀的思路。

现在全村的沿河步道、村级活动广场、农根文化陈列馆、家风家教家训传承室等已建设完毕。有了县委县政府的支持，有了外来商人的投资，竹坪村已有多家果林和林苗种植基地，而这片果林和林苗种植基地就在刘秀所在村组的旁边，看着这片还未成林的果林基地，刘秀心中又有了一个好主意，把鸡鸭放养在果林里，鸡鸭能为果林除草，给果林施肥，又解决了扩大养殖规模的需要，这不是一举两得的好事吗？于是，刘秀找到果林基地的负责人，讲了自己的想法，对于刘秀的想法，果林负责人也想尝试一下，一拍即合。

第五乐章　基层口碑

经过一年的尝试，在果林里散养鸡鸭是一个可以实施的好办法，第一年的养殖就获得了很好的收益。经过两三年的经营和摸索，刘秀的种植养殖业已初见成效，她想推进生态高品质绿色无公害果林和本地散养家禽一体化，且加强与外界联系，拓宽市场，同时引入更为快速和见效的产业进村，依托农村淘宝这个平台，把产业变为产品，引入商品销售新渠道，脚踏实地把产业做大做强。

刘秀的"野心"可真大啊！

我与刘秀到果林园里时，她的丈夫提着一袋食料走过来，身材魁梧的雷运槐走路时一瘸一拐，当时我不好问他的腿伤是原先就有的还是现在才伤着的，后来刘秀告诉我，雷运槐的腿上是去年（2019年）义务为村里运送垃圾时出意外伤着的，在床上躺了足足3个月，腿骨现在还打着钢钉没有取出来。雷运槐是一名退伍军人，他和妻子刘秀在自己致富的路上，没有忘记朝夕相处的村民们，现在村里居住的青壮年不多，有的常年在外务工不回来，有的在县城买了房，夫妻俩就想守住这个山沟，守住竹坪村的幸福。2020年初疫情刚有好转，在外务工的村民纷纷回到竹坪，他们不知有多久没有享受这山水间的惬意了。雷运槐是村里的村警，也成了村里的主心骨，全村上上下下有什么事，只要找到他，他都会热情地帮忙。

夫妻一条心，黄土变成金。走进刘秀家的院子，醒目的"贵定县农丰种植养殖专业合作社"的牌子挂在院子里，一排姹紫嫣红的花朵在院墙上迎风招展，院子后面是放养家禽的果林，一股山泉从院子外流过，长流不息的山泉滋养了竹坪这片适宜静养的谷地。在脱贫攻坚这条路上，贵定县涌现了众多像刘秀这样守住家园发家致富的山里人。

近年来，竹坪村因为有了刘秀的养殖专业合作社，有了农根文化陈列馆，已逐渐被外界认知。刘秀对竹坪的一山一水有着割舍不去的情怀，虽然她不曾走出过翁威冲，却没有停止过自己的致富梦。

第六乐章

神圣之责

扶贫攻坚，开冥破顽，2000多名战士吃住在村里，与民同甘共苦，体现了共产党员和党的干部高风亮节的大无畏精神。不忘初心，牢记使命，落实在行动上，就是老百姓一天不脱贫，一天不收兵。

黔粤情深，携手共进

——广州市南沙区援定工作组采访纪实

郭云仁

2018年末，广州市委召开了一个"对口援助贫困地区扶贫攻坚专题工作会议"。会上，市委书记张硕辅很专注地扫视会场，忽然，他把手指着蔡健问道："小伙子，你是哪个部门的？"

蔡健回答："我是南沙区现代农业产业集团公司的。"书记又问："多大了？"蔡健回答："27岁。"

张书记没有再问。他望着眼前这个朝气蓬勃，一脸机灵劲儿的小伙子，心里想着：年轻人到前线去摔打摔打、锤炼一下有好处。这个小伙子，算一个！

广州市入黔扶贫工作组是从2017年开始的。第一轮到贵定驻县扶贫的就荆茂团一个人。"对口扶贫是一项很具体的工作，不能搞形式、走过场。一个人的能力再大，又能干得了多少事？这一轮要多派人去，把扶贫工作做得扎扎实实！"张硕辅书记是这么考虑的。于是，蔡健作为广州市南沙区入黔对口扶贫工作组的第二批成员之一，进驻了贵定。

蔡健身材高大健壮，精明强干，活力四射。见到记者时他却显得有点儿不自然。他扭扭捏捏地说："我太年轻，没什么阅历，更谈不上经验。我是来学习的，希望领导和同事们多给我帮助。要说取得成绩和具有经验的，应该是我们的荆茂团副县长，他虽然驻贵定3年届满现在回广州了，但是，他的事迹才是真正值得我们总结和学习的……"

蔡健说的荆茂团，确实是个非常有能力、有魄力，脚踏实地的实干家！他在贵定挂职副县长期间，为贵定县人民做了很多让人难以忘怀的事情。"既然选择奔赴脱贫攻坚的'战场'，纵使扶贫路上千难万难，也要想尽办法去克服。"这是广州市南沙区扶贫干部荆茂团经常告诫队友们的一句话。

2017年3月，脱下穿了27年的军装，转业至南沙区城管局仅73天的荆茂团，被选派到贵州省黔南州贵定县挂职县委常委、副县长。在开展脱贫攻坚、对口帮扶、扶贫协作工作过程中，荆茂团时而成为"销售员"，为农民拓宽销路，推动优质黔货出山；时而成为"职业猎头"，主动匹配岗位，为贫困山区的富余劳动力拓宽就业渠道；时而成为"卫生监督员"，用"小手拉大手"方式进行环境整治，转变村民卫生意识；时而又成为"社会资源的搬运工"，利用自己的社会资源为山里的贫困学子送来校服……近3年的时间，荆茂团始终奋战在脱贫攻坚最前线，成为当地老百姓心中的"百变县长"。其间，唯一不变的，是荆茂团的为民情怀。他虽然身不着戎装，能吃苦、能战斗的军人品格没有丢。虽身处异地，不怕累、不惧难的干部情怀没有忘。贵定有着独特的气候优势和当地种植能手，广州有着广阔的销售市场，黔货出山，欠缺的仅仅是一座沟通的桥梁。荆茂团主动承担起了"桥梁"这一角色。

共建扶贫蔬菜种植基地，让贫困户在家门口实现就业增收，就是由荆茂团推动、落地的扶贫产业项目之一。竹坪村是贵定县22个深度贫困村之一，森林覆盖率高，水资源丰富，当地群众是种植蔬菜的能手，而广州市南沙区现代农业产业集团公司主营现代农业产业、供港澳绿色食品生产加工和物流等，两地优势互补，共建基地主要种植适销对路的白萝卜，基地建设覆盖48户202人，其中贫困户18户27人。

"职业猎头"，就是主动匹配就业岗位，为贫困百姓拔穷根。

2019年12月10日晚9点多了，刚吃过晚饭的荆茂团不放心新沿村"扶贫车间"的施工进展，他披上外套往二十几千米外的盘江镇新沿村赶。这是和老百姓就业息息相关的项目，不到现场看一眼不安心。挂职以来，他早已习惯了这样忙碌的工作节奏。

在盘江镇新沿村"扶贫车间"建设现场，一栋3层高、建筑面积2630.44平方米的建筑已顺利封顶。早一天建好，就能早一天引进企业，就能早一天解决1000多户安置移民的就业问题。

引进来，走出去。荆茂团坚信"扶贫先扶志，就业拔穷根"，他在开展协作培训、转移输出、联合招聘等方面苦下功夫。在荆茂团的促成下，2019年7月，贵定县中等职业学校首批59名学生踏上前往广州市南沙区美的华凌冰箱公司实习就业之路，该批学生中的19名贫困学生，在稳定就业3个月后，这些贫困学生就业者除工资之外，还可以拿到每人每月1380元的社保补贴。

"卫生监督员"的话题说起来很有趣：山区的贫困户们，因常年奔忙于生计而往往忽略生活环境，肮脏对他们来说，已经无所谓了。为了从根本上转变山民们的观念，荆茂团采取从学校的孩子们的观念转变入手，再由孩子去影响家长。贵定县沿山镇的杨柳村，由6个自然村寨组成，建档立卡贫困户

132 户 593 人。由于经济、文化落后，村居环境卫生曾被贵定县委、县政府通报 4 次。在孩子们的带动下，寨子里的村民纷纷拿起工具，自发打扫院落、清洁街道。现在的杨柳村不再有卫生死角。当地很流行的一句话就是："小手拉大手，拉出新杨柳！"

说到"社会资源的搬运工"，这里有一个故事：荆茂团最初看到山里的孩子们大多身上没有一件完整的衣服，逼近零摄氏度的天气里，还有孩子的衣服正前面敞着一道大大的口子，肚皮不时露在外面。看到这一幕，这个在部队历练了 27 年的山东大汉差点没忍住眼眶里打转的泪水。"一定要让孩子们穿上漂漂亮亮的校服！"这是荆茂团给自己下的命令。他找到自己的好朋友，厚着脸皮要来了 2 吨布料，又找到了一家愿意以成本价给孩子们加工校服的服装生产企业，将 2 吨布做成了 2059 套校服，从此改写了 5 所学校没有校服的历史。当看到贫困村的孩子们穿上整齐划一的新校服，荆茂团露出了欣喜的笑容。

3 年的时间，荆茂团的足迹遍布贵定县 1631 平方千米 95 个村落。刚到贵定的时候，军人出身的荆茂团走路极快，普通人要追着跑才能跟上。后来，因为长期走山路，他的双腿陆续出现了静脉曲张、水肿等情况，他遵医嘱戴上护膝。

"我戴护膝只是为了走更远的路，做更多的事情，不想让我的'腿疾'拖了贵定县脱贫攻坚的后腿。"荆茂团说。

既要下田头，也要守案头。荆茂团的案头上满是迎考材料，报告、台账、总结……厚厚的文件堆满了桌面，每一份材料他都要反复确认。东西部扶贫协作"国考"是荆茂团挂职工作的重要环节，为了"国考"工作顺利进行，他几乎每天都带着团队工作到凌晨，累了就直接在办公室的沙发上睡一会儿，经常是好几天没回过宿舍！荆茂团说："我最大的希望，是在自己离开贵定的时候，不留遗憾。"

硬汉子也有柔情细腻时。在荆茂团的办公抽屉里，有一个他留存了 3 年的文件袋。文件袋中装了很多票据，其中有 20 多张是他妻子往返广州和贵定的高铁票。因为工作原因，荆茂团没时间回家，妻子就自己买票来贵定看望他。这 3 年，荆茂团对自己和南沙的其他扶贫干部说得最多的一句话就是：咱是来帮忙的，不能给南沙丢人，更不能给当地添麻烦。在脱贫攻坚的 1000 多个日日夜夜里，荆茂团看到帮扶村的变化和群众脸上的笑容，庆幸自己来贵定，一路与他们奋斗拼搏，换来百姓的笑容就是他开在心底的花。2019 年，荆茂团被评为"贵州省脱贫攻坚先进个人"。

"这是荣誉也是汗水",蔡健说,"荆副县长的事迹太多太多!多得一时间数不过来,他才是最值得我学习的榜样!"

说完了荆茂团的故事,蔡健似乎找不到话说了。小伙子直率、年轻,不善掩饰自己,那表情告诉我,就是不想说自己。

"说说你自己吧!"我再次催促。蔡建再次婉拒,"我来得晚,也没做出什么成绩,确实没什么好说的。"他的腼腆,倒显得有几分纯情少年的可爱。

蔡建,1991年出生于广州市,毕业于华南师范大学。他是个懂得感恩和孝敬父母的孩子。按照他本人和家庭的意愿,他当时准备大学毕业后出国继续深造的,适逢母亲身体不适,他不忍心只身远涉重洋留下母亲无人照顾,便决意放弃留学陪在母亲身边,选择了在南沙区现代农业产业集团公司工作。2018年12月受广州市委委派,参加第二轮入黔扶贫工作队,现任贵定县"扶贫综合开发服务中心"副主任。

在我的"逼问"之下,蔡健勉为其难地说:"入黔之前,我是带着一种学习、参与、考察了解心态参加工作队的。到贵定后,又有些担心语言不通,生活不习惯,对工作的内容和程序不了解等顾虑。很快又想到,同路的11个人,人家为什么没有那么多顾虑呢?说明自己缺少锻炼。于是,就安下心来,专心致志地投入工作中。"

东西部扶贫协作,是推动区域发展、协调发展、共同发展的大战略,是加强区域合作、优化产业布局、拓宽对外开放新空间的大布局,是实现先富帮后富,最终实现共同富裕目标的大举措。蔡建对这一大原则的认识非常透彻。他说今年以来,驻贵定县工作队深入学习习近平总书记关于扶贫工作的重要论述,贯彻落实中央和省委、省政府关于东西部扶贫协作工作的安排部署,贯通思想,付诸行动,强化东西合作与协调,助力贵定县高质量打赢脱贫攻坚战,为下一步乡村振兴与全面贫困清零工作奠定基础。蔡健人虽年轻,头脑却灵活,说起大政策也是滔滔不绝。

蔡健入黔工作期间,按照中央要求,"贵定所需,南沙所能"的原则,注重扶贫与协作、扶智与扶志相结合,围绕"组织领导、产业合作、劳务协作、人才支援、资金支持、携手奔小康"六大任务,突出和倾斜深度贫困地区,聚焦精准扶贫和精准脱贫,紧紧依靠干部群众,加强调研谋划、积极衔接落实。大力弘扬"团结奋进,拼搏创新,苦干实干"的工作作风,荣获"贵定县招商引资服务工作先进个人"称号。

他还积极牵头两地签订劳务协作合作协议,为贵定县闲置劳动力提供就业机会;联系两地签订价值40万元的蔬菜种植收购合同,共建粤·黔蔬菜种

植基地；并与贵定多家企业签订合作协议，构建"黔货入粤"消费扶贫的长期销售渠道。大力推动饮水思源"十分"爱心定制饮用水项目；策划"共筑健康梦·关注慢性病"义诊活动，送医送药到最偏远村寨；同时立足本职，克服困难，开拓创新，树立了援黔干部的应有形象。

为了有针对性做好扶贫开发工作，尽快掌握贵定县的真实情况，克服语言不通，蔡健与工作队队长对全县22个深度贫困村进行了走访和调研，与乡镇领导、群众促膝交谈，了解他们的安危冷暖，倾听他们所想，倾听他们的意见建议，掌握了详细、真实的第一手家底资料。同时虚心向基层干部群众请教，积极学习扶贫惠农政策，努力和基层干部群众打成一片，较快适应了新岗位，进入了新角色。同时，他非常注重学习与实践相结合，通过学习，使个人的人生观、价值观得以升华，使理论转化为生产力，表现出良好的理论功底，业务水平和工作能力。

"扶贫先扶志，治穷先治愚。"蔡健说，"对于贫困户来说，他们的心里很脆弱，尤其对于那些因病、因残致贫的贫困户来说，他们的心理防线就更脆弱，有些甚至于接近崩溃的边缘。要让贫困户重新树立富起来的信心，必须从思想上武装他们的头脑。激发他们脱贫内生动力。"

注重对贫困户的扶志教育，依托党建阵地强化宣传引导，不断深入强化宣传工作。通过大力开展思想扶贫活动，不断增强贫困群众脱贫致富的信心，引导其转变等靠要思想，鼓励其增强信心。蔡健是这样说的，"使其真正懂得，要想尽快摆脱贫困局面，只有在政府扶贫政策帮扶下，靠自己勤劳的双手、辛勤的汗水和不懈的奋斗，才能摆脱贫困，提高生活水平和质量，日子过得一年更比一年好"。基于此，蔡健配合工作队队长开展了冬季送温暖、"让爱回家"主题活动、节日慰问和经常性走访等活动，送去慰问品和关怀。

贵定县拥有良好的生态环境以及优质的农特产品，但在品牌知名度、销售渠道、附加值不高等因素的制约下无法走出大山。了解情况后，蔡健和工作队队长多次带着刺梨汁、茶叶、大米、茼蒿面条等当地农特产品到广州市南沙区开展农特产品推介会。同时主动邀请广州市国营农产品物流配送公司、广州市瑞光食品公司相关负责人到贵定县实地调研。在多方的共同努力下，与贵定县宝山街道竹坪村农村合作社共建广州市南沙区对口帮扶第一家蔬菜种植基地，并签订收购70吨蔬菜种植合同，极大提高了当地老百姓的积极性，同时让高品质的绿色蔬菜走进广州。相关内容已被新华社、《贵州日报》、《广州日报》、学习强国、天眼新闻等多家媒体宣传报道。蔡健还牵头广州市瑞光食品公司与当地3家农产品企业签订合作协议，2019年以来共计销售5

大类 11 种价值 30 多万元农特产品，多措并举拓宽黔货销售渠道。

为了落实党中央"不忘初心、牢记使命"主题教育要求和脱贫攻坚决策部署，进一步推进健康扶贫工作，蔡健和他的团队主动联系派驻贵定县人民医院医疗骨干策划"共筑健康梦·关爱慢性病"大型义诊活动。送医送药到贵定县最偏远的竹坪村，来自广州帮扶的医疗团队为村民提供免费测血压、血糖、用药等指导。本次义诊活动共服务村民 100 余人次，免费解答村民咨询的各类健康问题 150 多个，为村民提供了全方位、零时差的健康医疗服务，为贫困人口脱贫夯实了健康基础，将精准扶贫落到了实处。

为推进贵定县农村劳动力转移就业工作，给企业用工和劳动者求职搭建供需平台，更好地满足务工人员就业需求和企业用工需求。蔡健团队多次主动联系两地人社部门，同时邀请广州红新劳务派遣有限公司与广州市诚一水产养殖有限公司到贵定调研劳务协作工作，经多方磋商，成功与贵定县人力资源和社会保障局签订劳务协作协议，进一步拓宽了就业渠道，为外出务工人员提供更多的就业机会。

另外，蔡健团队还开展贵定县中等职业学校与广州南沙美的集团校企合作"美的班"项目，59 名学生赴广州市南沙区美的集团开启实习之旅。通过建立校企长期的人力资源供需合作关系，实现学校、企业、学生"共赢"，实现了由"输血式"扶贫向"造血式"扶贫转变，切实帮助当地真脱贫、脱真贫。

为了进一步拓宽对贵定的宣传渠道，蔡健团队通过制作"南沙情涌，情满贵定""金花清香送万家，脱贫攻坚'油'奔头""一双棉鞋勾出一条致富路""让爱回家""中山一院赴贵定县开展义诊活动""小手拉大手，文明家家有"等 8 个微场景，平均浏览量在 500 人次，极大提高了创新工作亮点的宣传力度。

战鼓声声催人急，不待扬鞭自奋蹄。蔡健和他的团队，接力 2020 年贵定的脱贫攻坚收官，重任在肩。他们正以"扶贫铁军"的作风，和千千万万的扶贫人一起奋战在脱贫攻坚第一线，以决战决胜的姿态夺取贵定县脱贫攻坚大决战的最终胜利。黔粤同心，携手同富。

搭载过幸福列车的人
——张建华纪实

唐诗福

可能是年龄相仿的原因，采访张建华有些局促。张建华 47 岁还是单身一个，就更加显得神秘。

张建华是莲花村老王田村民，家中 77 岁老母亲腿脚不便小病不断，长期以药养命，生活无法自理。谈及自己是贫困户，张建华有些惴惴不安，从他的眼神中看出他的无奈。仿佛被烙印上这个略带嘲讽的称谓，自己更显得卑微，人前抬不起头来。贫困就贫困嘛，又不是永久甩不掉。一番思想斗争后他只能这样安慰自己。

随着谈话的逐渐深入，他抛弃了羞惭，将内心长时间的压抑全释放出来。男人有泪不轻弹，只是未到情深处。从噙着泪的眼眶可以读出一个大男人走过来的艰辛。

莲花村位于黔南州贵定县新铺乡北面，距离县城 18 千米，距新铺乡政府 7 千米。东与福泉市相连，贵仙公路穿村而过。当地主要以水稻、玉米、烤烟、养殖为主。森林资源丰富，生态环境优美。

然而这一切优越似乎与张建华无关，因为生活在这块他熟悉得不能再熟悉的土地上，他似乎没有尝到任何甜头。从小到大，他熟悉哪里长着一棵什么样的树，哪里结什么样的野果，就像了解自己身上每一根跳动的神经。

他努力过，抗争过。然而命运偏偏就这样捉弄他。

张建华早年丧父，早早地就承担起全家人的重担，家中 2 个妹妹 1 个弟弟，为减轻家里负担，弟弟也是早早从学校出来到外省打工，而两个妹妹一个还在读中学。自从父亲去世，母亲的身体也是一天不如一天，好点的话也只能做些饭菜而已。

不到两年，弟弟自己在外省有了女朋友组建了小家庭，看着弟弟自己也能自理成家，作为哥哥的张建华感到很欣慰，但是这样一来，全家的重担都落在了张建华一个人的肩上。他看着弟弟年纪轻轻白手起家，不好意思拖累弟弟，于是主动和弟弟分了家，母亲和妹妹由他全权负责。

当时，尚还读书的两个妹妹也十分懂事，她体恤做哥哥的辛苦，每一次回家都会帮着家里干些力所能及的家务活儿。都说穷人的孩子早当家，在重担面前，张建华从没叫过苦，反而磨炼了一个十分坚强的自己。

张建华在农村长大，从小跟着父亲学养蜂，家里保留下来的几箱蜜蜂就是自家唯一能赖以维持的经济来源，谈及养蜂他满脑子是发财的创想。

可现实并不是他想象的那样简单。莲花村地处贵定北面，这里缺水，种植水稻受限，所以主要以种植耐旱作物为主，平时农户靠搞些副业补贴家用，要想靠项目扶贫很困难。

为了农户创收早日脱贫致富，贵定县政府、扶贫办、德新镇镇政府、相关领导干部想尽了办法。脱贫攻坚战打响的头年，莲花村驻村干部张宇带着镇政府的使命来到了该村，他从实地走访查看到详细分析当地产业开始，结合实际情况，了解到张建华一家是实实在在的贫困户，于是经过多次交流后与县扶贫办取得联系，制定了张建华脱贫致富的实施方案。

2016年底是张建华最难忘的日子，驻村干部张宇带来了令他欣喜的好消息，县里答应莲花村农户只要愿意通过自己勤劳的双手致富的，都可以到农村信用社办理国家贴息小额贷款。听到这个消息，心里早有盘算的张建华已经按捺不住那份激动的心。

2017年初，张建华拿到生平以来第一笔丰厚的发家致富的资金，他像被关久了的勤蜂急不可待地来到县扶贫办，在有关同志的协调下，张建华在自己已有10箱土蜂的基础上又增加了20箱本地引进的"中华"蜂。"中华"蜂个头大，听说对一些轻微的农药不是很敏感，不像本地土蜂采上喷洒农药的花就会死。张建华听到这个好消息，别提有多高兴。

请运输车到贵定拉蜂箱的那天，他高兴得像过年一样，在车上，他专注地打量着这些即将为他产生经济效益的小精灵，心里充满了对美好新生活的渴望与憧憬。想到自己就要凭着这些小精灵发家致富、讨老婆、生孩子、养母亲、起新房……张建华脸上就微笑不断。

回到家里，乡亲们知道建华扩大规模养蜂的消息，都说他要当养蜂专业户了。一传十，十传百，传得整个莲花村无人不知无人不晓。好朋友更是关心，上门讨教。无奈，只得硬着头皮请邻里几个玩得好的朋友畅快地喝了一顿。席间大家一致眉飞色舞地给他创想了今后的美好新生活，和他开起了玩笑。

"建华，等发了财，到村东头把那个漂亮的李寡妇搞过来，跟你生个胖小子……那寡妇还在水露露的！她老公死在工地死得好惨……天！现在不得人心哦，看着都可怜哦……"

40好几的张建华听到这个，心里像灌进了烧酒一样，一股说不出的念想在心中涌动起来。不消别人说，前些天他路过李寡妇门前。曾红着脸朝着人家多看了几眼，那种怦然心跳的感觉直到现在都还在。

不管自己有多醉，张建华都不会忘记查看自己那些宝贝。等大家散去他还是像他父亲那样走到放置蜂箱的空地上，他像照顾婴儿一样仔细观察那些即将为他创收的小精灵们……

一大早建华盘算好要将蜂群赶往哪里，他自己的理念是不能任凭蜂自己飞到更远的地方去采蜜，要勤快点帮助蜂追赶花期，只有良好的花才是蜂蜜们需要的。

刚开始张建华请的是本村的运输车，劳累点，30箱蜂自己一个人搬上搬下，每到一个采蜜点他都是一个人住上好几天，不知多少个日日夜夜他像野人一样住在简陋的帐篷里，一到天变，狂风大作的时候就是他拼命的时候，野外的生活教会了他如何应对突如其来的变故，好几次他差点在风雨中被洪流冲走。但他凭着艰苦的人生经历都化险为夷。

辛苦是有回报的，等采到新鲜的蜂蜜储存后他就赶往下一个有花的地方，蜜上市了，那时候就是自己最富足的时候，他先给家中的老母亲置办一个星期的生活必需品，后又给妹妹们些零用钱。总之，一家人的开销都依靠他一个人的来支付。

贵定北面是个高寒的地方，盛产野花的地方不多，只要几个大坝子的油菜花一过就几乎没有可采的花了。整个贵定只要开花的地方他都到过。

由于蜂蜜优质上乘，张建华的蜂蜜是不愁销路的，因为他家很早就养过蜂，老顾客一个连着一个到家来买，简直是供不应求，就只怕产不出蜜来。

生活的路总是曲折的，命运不知不觉给张建华挖了一个陷阱。正当"中华"蜂即将在这个贫困山区安家落户的时候，这些远道而来的小家伙们却不是他想象的那么强大。因气候的不适，花的缺少，这些引进的蜂种在颠沛流离中死的死，散的散。看着一只只亡命天涯的蜂群，一天天消失在旷野，张建华哭了，哭得凄凄惨惨。当他搬着一个个空荡荡的蜂箱回家时，那种落寞、那种失望犹如半路遭劫，让他悲恨交加。他不知多少次面对着排列有序的蜂箱暗自嗟叹：老天为什么这样不公？

梦想就要成真的张建华一下子跌落谷底。

好在自己保留的土蜂（当地蜂）还比较适应当地气候被保留了下来，几箱土蜂就像自己的孤儿一样，为了不断种，他精心伺候，百般呵护。可几万元贷款眼看就要到期，他心里急得像热锅上的蚂蚁，虽说是县里负担利息，可本钱要还呀。

　　驻村的干部张宇、秦梅了解到张建华的情况后对他多方走访，实地察看了他的真实情况后上报了他贫困的原因，第一书记韦玉军时常给张建华母亲送去了温暖，2018年危房改造，张建华就是当地第一家得到温暖的人。在他家原有的木瓦老房旁边，新建了60多平方米的两间平房，从此母子俩告别了风雨飘摇的老屋，住进了安心踏实的水泥平房。韦玉军也经常关心过问张建华的养蜂情况，为他送去了一些养蜂科技书籍，也为他拓宽了养蜂的市场。他鼓励张建华说，只要他肯干，县里边的困难他来解决，至于贷款的事可以放宽借贷时间，同时也还可以继续增加借贷。

　　张建华虽然年纪不算太大，但也是久历风霜，岁月的印痕留在他的脸上，明显地成了网状，显得老态龙钟。同时也印证了他一路走来的艰辛。他真真切切就像老舍笔下的骆驼祥子一样，为命运抗争过、努力过。但是，他已经经不起太多的磨难，他只有在多难面前向命运妥协。目前只想一心把母亲照料好，尽到一个孝子应尽的孝道后再考虑自己的个人问题，尽管如此，他还是积极乐观地在附近打些零散工贴补家用，有结余就凑着还贷款。他更期待有更合适的机遇再赶上另一班幸福的末班车。

第六乐章　神圣之责

贵定教育改革的践行者
——吕登豪采访纪实

教育局：黄云　记者：郭云仁

"凿壁偷光"的启示

　　初夜时分，白马山下的都六小学教室里聚集着参加晚自习的寄宿同学和老师。突然停电了，教室内外漆黑一片，孩子们"哦——"的一片惋惜声传出教室，在大山下的旷野间回荡。

　　站在校园内停车场一旁，正商量工作的几位县教育局、镇指导站下沉驻村干部，闻声向教学楼过道上一片晃动着的憧憧人影望了一眼，一位领导对驾驶员说："把车灯打开吧。"

　　车灯打开了，驻村干部们继续商量着工作。无意间，两个孩子静悄悄地来到车前，借着明亮的车灯光，匍匐在地上，认真做起家庭作业来。不多时，两个孩子变成了4个孩子、变成一大片孩子。深受感动的驻村干部们连忙退到一旁，把有限的灯光让给孩子们……

　　古有匡衡"凿壁偷光"，今有学子勤学借光！这个震撼人心的故事在贵定县教育界广泛流传着，作为一局之长，吕登豪也在久久地沉思着——

　　吕登豪是一个非常诚恳、非常勤奋、非常敬业、非常踏实的优秀领导干部。无论是他在贵定一中任团委书记、政教处副主任，在贵定三中任副校长，在贵定一中任副校长，在新巴镇任党委副书记，在德新镇任党委副书记，在贵定县委办任副主任、常务副主任，还是在县教育局任局党组书记、局长，他那工作勤恳，为人师表，严于律己，任劳任怨、埋头苦干的精神和先进事迹，都在曾经所在的单位留下了很多动人的佳话！此刻，他头脑中浮动着孩子们借光苦学的感人场景，联想到孩子们"奋发不当贫困户、立志学成报桑梓"的求知精神，深深自责自己做得远远不够，有负县委政府的重托，有负学子们的成才祈愿。

　　《管子·权修》曰："一年之计，莫如树谷；十年之计，莫如树木，终身之计，莫如树人。"古人都知道这个道理，我们更应该把培养人才这件大事抓好，才对得起父老乡亲啊！

教师眼中的教育局局长

贵定二中的教导主任罗江红在接受采访时说："二中实施教学改革的时候，正处在一个低伏期，一个严峻的转折关头！吕局长没有苛责任何一个人，而是客观地分析问题，帮助我们找出原因，解决困难。鼓励我们总结经验教训，支持我们迎难而上，重铸辉煌。吕局长这个领导特别理解人，工作方法好，工作能力强！"

罗江红在谈到学校的教育扶贫工作时说："吕局长和局里其他领导经常到我们学校来检查工作，学校的食堂、学生的寝室……都认真仔细地查看，一旦发现有不足之处，总是善意地提醒改正。对贫困学生的补助也抓得很紧、很细！吕局长常说的一句话是：'一个人都不能少报，一分钱都不许漏发！'他每次下来我们学校，只要有机会，都会去和同学们交谈，询问同学们的生活、学习情况，还关心贫困学生家庭的经济状况……"贵定四中校长唐玉在接受采访时说："吕局长善于调查研究，善于做思想工作，勇于承担责任，工作有魄力！他关心学校师生的工作、学习、生活、身体状况。疫情防控期间，我们开设'空中授课'，由于我们学校处在农村，学生家庭的经济能力相对薄弱，很多学生没有手机，吕局长就联系通信部门给予支持，把手机送到学生们的手上，确保'空中授课'顺利进行。学生返校后，他又亲自下来安排、布置进校人员的体温监测……我们学校部分设施还不完善，天气热了，难免有些学生下河洗澡，当我们把这一情况反映给吕局长后，他不拖、不等，现场办公，立即解决。很快，男、女各40个喷头的两大间浴室就安装完毕。"

贵定五中的副校长曹轶在接受采访时说："我和文佳平校长都是去年8月份才调到五中来的。我们学校离县城比较远，硬件设施和软件设施也相对差些。很多成绩好的学生都被外地学校挖走了，我们只有在现有条件基础上努力完善硬件和软件设施，加强教学质量和关心学生学习和生活，把失去的一切找回来。在这个问题上，吕局长特别关心、帮助和支持，经常来我们学校指导工作，了解师生的思想动态，和学生打成一片，随意地亲切交谈，没有半点儿架子。对我校的'监察八小件'、校园安保配置等处处关心，而且经常是牺牲自己的休息时间，在晚上赶过来的，对我们触动很大！"

文佳平校长补充说:"吕局长虽然经常来我校指导和帮助工作,却从来没在我们这里吃过一顿饭,甚至偶尔买一包烟招待他,都被他指责是浪费!在脱贫攻坚驻村帮扶工作上,他也很上心!我校负责栗山、光辉、秀河和友谊4个村的帮扶工作,尤其是偏远的深度贫困村栗山,来回有一百多千米。吕局长关心得很细致,建议我们:党员要到最艰苦的地方去,曹轶副校长亲自挂帅!吕局长还提醒我们,下村工作一定要注意安全,要对女老师多加照顾,等等。我们学校部分设施还不完善,天气热了,难免有些学生下河洗澡,当我们把这一情况反映给吕局长后,他不拖、不等,现场办公,立即解决。他这个人深入基层,没官气,接地气!"

白天是驻村工作队长,晚上是教育局局长

昌明镇都六村是教育局负责帮扶的一个点。据实地走访了解,都六村位于贵定县城之南,坐落于巍峨的白马山下,距贵定县城19千米,距昌明镇11千米,辖13个自然寨15个村民组,总面积45平方千米,绿水青山,四面环绕,住户1060户4634人。

吕登豪不仅担负着全村的脱贫攻坚帮扶的全面工作,自己还兼着高粱坝村民组的具体帮扶工作,常驻高粱坝。

走入吕登豪驻扎的高粱坝,一幅幅"撸起袖子加油干,脱贫攻坚当示范"等激励人心的标语和美丽乡村的山水画映入我们的眼帘,教育局驻村干部李永平告诉我说:"这些都是吕局长带领教育局驻村干部们利用多个周末的时间,一笔一画地画出来的。"

在高粱坝村民组的罗康举组长家里,他和我们聊起扶贫的事,喜悦之情溢于言表:"以前我家特别的困难,连饭都吃不饱,孩子更是没有书读,多亏了驻村干部们,不仅帮我解脱了贫困,还帮我家做起了小微企业,搞起了蔬菜种植,喂养了两三亩水域的鱼。生活好起来了,新房子也盖起来了。"

高粱坝是个美丽的地方,只是缺乏开发。顺着路走下去,清澈见底的小河犹如明镜一般透亮,小鱼游弋于斯,自由自在,仿若无忧无虑的孩子。弯弯的水泥片石拱桥,横跨两岸,仿若玄月飘逸人间,躬身于此,舔舐人间甘露。过得桥去,一个名叫"百福堂"的小型广场,各样器材均有,有些老人还在那里玩"荡秋千"。这里田园风光,空气新鲜,凉风吹来,凉爽惬意。

教育局驻村干部陈士昌和李永平向我介绍:"你们现在看到这条漂亮的小

河,是驻村工作队来了以后才带领村民清理和维护起来的,眼前这个叫'百福堂'的小广场,也是吕局长带着我们修起来的。现在每天晚饭后还有村民到这里聊天,跳舞,村民的生活质量更高了,幸福感更强了!"

吕登豪驻村扶贫不忘教育初心,时刻抓牢抓实脱贫攻坚教育保障,在都六村高粱坝组有一个辍学的女孩桂凤(化名),因为早恋产生了厌学的情绪,吕登豪得知后,多次上门了解情况,加以劝诫,联系心理咨询医生,和桂凤促膝而谈。最后终于使桂凤返回了校园,现在就读贵定县第二中学;若不,势必影响或改变她一生的命运。

忙完一天走村串寨的脱贫攻坚工作,吕登豪又深夜开着车匆忙赶回办公室。熬夜处理教育局的日常工作,为完成教育保障工作任务,加班到凌晨三四点是常态,熬夜最长的时候就是1个星期,每天只睡一两个小时。

学生资助服务中心的工作事关贵定县在读学生的资助问题,加班是家常便饭,作为局长的他全程参与,出谋划策,对学生资助做到心中有数,防微杜渐。

县教育资助服务中心主任胡志伟对我们说:"吕局长每次陪同我们加班到深夜,考虑到我们的辛苦,都要送一桶泡面和一瓶牛奶给我们,激发我们的动力。他是令人敬佩的好领导,跟着他干事,心情愉快,被动会变为主动。"

在吕登豪的带领下,今年脱贫攻坚教育保障"四个重点"工作,以零问题的优异成绩顺利通过省级检查。

2020年注定是个不平凡的年份,伊始,一场新冠肺炎病毒蔓延全国,特殊的战斗就此打响。除夕之夜,举家团圆,吕登豪却在昌明参加疫情防控紧急工作会议。

大年初一,千家万户都在喜迎新春,喜庆嘉年华,而吕登豪局长却依然坚守村寨,和村委领导一道,顶着凛冽的寒风,迎着飞舞的雪花,深入疫情防控第一线,拖着拉杆音响,开着流动宣传车,不断地到各自然村寨,把防控通告最新的疫情信息传递到家家户户!深夜,他的身影又出现在疫情防控关卡点,给值守同志们送去水、方便面,给他们送去暖暖温情。

冷冷寒夜中,吕登豪协调各方、爱心团体先后来到都六村开展走访和慰问工作,他们捐款、捐物,有力助推都六村抗击疫情的防控工作。

疫情防控最吃紧的时候,大多数驻村工作队员从2月1日返岗工作以来,近两个月时间没有回过一次家,也没有理过一次发,吕局长想前线所想,把驻村工作队员们的困难放在心上,通过教育局工会主席杨海霞,联系贵定菲灵美管家锦江华府店的4位美发师拎着工具箱,到都六村免费为驻村工作队

员和群众理发。漂亮的发型使一个个工作队员变得潇洒帅气,抛去了长毛嘴尖的凌乱和苦恼。这只是一个小小的关爱,却鼓舞抗击疫情的战士精神振奋,奔赴战场,无怨无悔。

疫情防控期间,吕登豪办公室的灯彻夜通明,由于教育系统人多涉及面广,事情特别的杂乱,但他思维敏捷,对上级指令立即着手,细化部署。

"在他的手下干事比较轻松,工作方法上,他条理清晰;工作态度上,他敢作为,敢担当,能作为;对下属不红脸,体谅下属。"局机关基础教育科科长潘兴奎这样说。

在各学校教师的眼中,他是教育改革的领军人,学校发展的护航者。新冠肺炎疫情防控期间,吕登豪亲自安排部署疫情防控工作。要求各站、校(园)严格排查本校教职工生活及其家人外出情况、与外界接触情况、身体状况等,每天必须上报。亲自过问学生在家的上网课情况,要求各校排查是否每一位学生都能线上学习,在接到全省高三、初三复学通知后,安排部署了各校做好开学前的各种准备,要求制定一校一策,确保学校平安顺利迎接学生返校复课。开学后,不时到各校巡视,了解复课情况,解决各校在工作开展中存在的困难,确保师生在校的健康安全。

他经常到学校与教师共享工作心得。疫情未发生之前,他随时到各校去调研,大多数情况下,不通知学校,不要人陪同,不听汇报,直接走入师生中。深入课堂,了解师生课堂教学情况及需求,获取第一手资料,了解最真实的情况。发现问题,立即要求限时整改,效率高,效果好。为使城乡教育资源均衡,确保城乡孩子享受同等的教学,他到各校实地察看校园的基础设施、教学设备等,教育资金向基础薄弱的学校倾斜。经常到一所学校了解具体情况,马上现场办公,解决问题,为各校的发展保驾护航。据了解,在疫情防控期间,吕登豪曾多次晚上实地走访各校,了解学校的物资准备、学生状况等情况。

"一分钱都不能少发,一个学生也不能漏掉。""要将有限的经费用在学生身上。""好好做,我们一起想办法。""党员干部要冲锋在第一线。""脱贫攻坚教育保障和教学质量两步走。""办法总比困难多,有困难一起想办法……"这些都是吕登豪常挂在嘴边的口头禅,他的亲和、细致、脚踏实地、敢于奉献,正如大家口中所说,他是一位"令人敬佩的好局长"。

挺进大山的"水军"团队
——贵定县水务局驻乐邦村脱贫攻坚工作队纪实

郭云仁

前 言

全面建成小康社会，是"十三五"时期主要目标任务之一，能否如期实现"全面小康"这一目标，关键取决于脱贫攻坚战能不能打赢。贵定县水务局80%的"水军"指战员闻声而动，所向披靡。局长罗兴平亲自挂帅，挥师挺进大山，携手新巴镇和乐邦村的干部群众，用辛勤的劳动和汗水，共同浇灌幸福花！

一

空空荡荡的贵定县水务局办公楼，显得冷冷清清——这些人都到哪去了？罗兴平局长应约在他的办公室里等我。

第一眼见到罗兴平的时候，他那敦实而健壮的身材，他那炯炯而睿智的眼光，他那浑身蓄满动力、亟待喷发的劲头，给我留下极深的印象！

他待人很热情，也很细心，端茶倒水忙活一阵后，才坐下来与我交谈。

"我是2019年3月28日才从交通局调到水务局的，对前期的工作了解不多，只能将我接手后的情况说一说。我接手水务局工作的时候，脱贫攻坚已经到了关键的时候，是当时工作的重中之重！现在依然是这个样子，所以，我们的主要精力都投入驻村工作中了——可能你也看到，我们局机关只有为数不多的留守人员。"

简短的客套之后，罗兴平转入正题："水务局负责乐邦、谷兵两个村的脱贫帮扶工作，局里安排了18个人常驻乐邦，安排了9个人常驻谷兵，其他人

（包括各乡镇水务分局）遍撒全县各相关工作点上。主要是协助村里厘清发展思路，开展脱贫攻坚。协助做好医疗、教育、住房、饮水等方面工作。在补短板基础上发展生产，提高村民的经济收入。根据我局的资金情况，结合乐邦村的现实状况，配合村、支两委搞产业发展。我们的驻村工作，重点是在乐邦。"

罗兴平说得没错，乐邦村情就是如此。乐邦是新巴镇下属的一个"深度贫困村"，自然条件相当恶劣，尤其是严重缺水，另外就是产业太单调、太原始、太落后！缺水的原因，是地势太高，存不住水。人、畜没有水就不能很好地生存，植物就不能很好地生长。有史以来，乐邦当地的山民都是种植以苞谷为主的浅根系农作物。没有地面水灌溉，稻田很少，即使有，也是望天水田，只有靠天吃饭！久而久之，乐邦村就成了典型的吃苞谷饭的地方。乐邦属于干山地带，经济来源单一，老百姓用钱很困难，深度贫困村的帽子一直戴着。

多年来，当地村镇干部一直试图解决乐邦的贫困问题，但都是有心无力。针对乐邦的实际情况，县委和政府把水务局放在乐帮，其用意不言而喻，就是要解决乐帮的人、畜饮水问题。罗兴平说，以前没有解决吃水困难的条件，水务局既然帮扶乐邦，解决吃水问题就是当务之急。

通过两年的努力，水务局圆满实现了预期的工作目标，开发水源和调整产业结构，基本解决了乐邦村的根本问题。到目前为止，水务局在乐邦修建了 8 个大大小小的水厂，发动老百姓开发种植了 5000 多亩油茶园……

听了罗局长的介绍，我动了实地采访乐邦村的念头！"可以，这件事我来安排。"罗局长很爽快地答应了我的要求。

在去乐邦村的路上，我和水务局副局长张明海愉快地闲聊，他问我："你到过乐邦吗？"

"没有，这是第一次。"我说，"我觉得，这边的交通条件蛮好嘛！"一路都是柏油路、水泥路，很宽敞。

张明海斜了我一眼，说："那是现在！以前，这条路啊，弯弯拐拐，坑坑洼洼，坡陡路窄，只有拖拉机和越野车能跑，从乐邦到贵定 33 千米，一般要跑一两个小时，现在的路是近两年才修好的"。他笑了笑，玩味地说："若是新中国成立前，这条羊肠小道只能徒步和走驮马……"

看见路旁标志牌上写着"乐邦村"三个醒目的大字，我知道，我此行的目的地到了。但是，那干净的路面，整洁的民房，热闹的集市及赏心悦目的绿化和林荫，又让我觉得是不是走错了地方？

"这地儿就是乐邦村了？"我很诧异。张明海说："是的，这地儿就是乐邦村了。今天是赶场天，人有点多。"

在我的脑海里，那个深度贫困的乐邦村与眼前繁荣亮丽的乐邦村怎么也叠合不到一起来，便茫然地说了一句："这个乐邦村很不错嘛！"

张明海笑着说："现在看起来确实不错！再错，那就是我们的错了！"听了张明海的这句话，我也自嘲地笑了。

二

在村党总支部办公室里，我见到外出办事、刚风尘仆仆地赶回来的总支书记陈元国。他靠在一把单人木质沙发上，饱经风霜的脸上带着些许疲惫，低沉的话音显得有点儿劳累过度。

陈元国说话干净利索，直截了当，毫不拖泥带水！乐邦的村情是这样的。乐邦村总面积36.5平方千米，下辖17个村民小组、24个自然村寨；全村963户人家3039口人，其中，贫困户有298户共962人；实有耕地面积3616.9亩；全村有党员78人，总支部下设2个党支部、7个党小组。全村实现水泥浇筑地硬化通村道路21.94千米，连户道路20.08千米，合计42.02千米；修建、修复了8口水塘（最大的储水量达1万多立方米，最小的储水量也有五六百立方米）；修建了8条沟渠，合计长度7339.4米；修建了排洪沟800米；在2018—2019年，参与房改造411户，旧房维修117户。全村的农村医保参与率达到100%，农村医保签约率达到100%，入户走访率达到100%。全村没有适龄儿童辍学。到2019年底，298户962个贫困人口全部清零！这些数据出自陈元国之口，应该没有半点儿虚假。

说起群众饮水难的问题，陈元国叹息一声，幽怨地说："吃水的事给我的感触实在太深了！以前，一提起饮水难我就脑壳痛！不要说解决饮用水问题是我的一块心病，它更是广大村民的硬伤。尤其是平江4组、蒿枝田、重阳2组等寨子，连续10天不下雨，就要靠政府用车运水去解救！"陈元国就像从历史中走出来一样，长声叹气。叹气之余，又好像底气十足，他说驻村工作队在水务局的领导带领下，集中一切人力物力财力，终于攻克了这一堡垒，保障了数千人口从此喝上了清洁卫生、清凉爽口的自来水。

许奂宇回忆说，他是瀚淼实业有限公司总经理，也是乐邦取水的施工单位，"确定寻找新水源后，我们在局领导的带领下，走村串寨，翻山越岭，钻刺蓬，探岩洞，惊险迭出，多数人都有过磕磕碰碰负点儿伤的经历"。许夭宇说经过一段时间的探索，最后决定开发一座高山下岩洞里的泉水。这股水质量很好，流量也能满足全村的人、畜饮用，就是工程太大，扬程275米，铺设管道几千米，投资高昂。为了减轻县财政压力，罗兴平日思夜想，并通过多方面的努力，从广州南沙区引进了一笔资金。

建设期间，罗兴平废寝忘食地奔波于施工现场。大家也都在夜以继日地工作，流一身汗、脱一层皮这些词汇，根本表现不了施工人当时的艰辛。当把水引进了老干地的大型储水池，再经过水厂处理，流向四面八方的时候，当几千名村民都在欢呼山泉进家的时候，他们只盼望能够躺下来好好地睡一觉。

陈元国说："乐邦2组的杨正朝家的位置不好，自来水进不了家，网格员们想了很多办法都没能处理好，水务局的领导知道后，亲自前去查看、测量、重新定位、排除障碍、改变管道的路径和走向，哗哗的自来水才流进杨正朝的家。"陈元国憨笑，"就是他家费点事，折磨人。"

饮用水问题刚解决，新的问题又来了。要保障高山上的这几千名村民永远喝上甘甜的泉水，管护是个重要的问题，而且需要专业人员管护，长期管护！

水务局副局长罗祖华说，乐邦村饮水安全巩固提升工程建成后，在落实管护方面推进难度大，群众意见不统一，仍然存在吃"福利水"和大水漫灌传统观念。为及时改变农村饮水工程长期只用不管的乱象，罗兴平局长在乐邦村驻村帮扶期间，多次占用晚上休息时间到各村民组召开群众院坝会，宣传脱贫攻坚农村饮水安全相关政策，与群众面对面测算水账和工程运行费用，让群众懂得了农村饮水工程只有实行用水缴费、有人管、有人修，家家户户饮水才有保障的道理。通过走村入户做工作，群众用水管水观念有了转变。2020年3月，群众一致同意将乐邦村饮水工程纳入公司化管理，实行市场化运作。工程自公司管理以来，全村自来水水量、水质、水压得到稳定，乐邦村群众告别了饮水难和季节性缺水问题，为打赢脱贫攻坚战奠定基础。

新巴镇的副镇长庭玉佳动情地说：就贵定县范围来说，新巴镇最大的特点就是缺水！不是人们口头常说的"十年九旱"，而是年年有旱情！就像陈支书说的那样：有些村寨连续10天不下雨就要靠政府用车运水去解救——10天不下雨那不是常事嘛！所以说，旱情在新巴镇是随时发生的。县领导把水务局的工作组放到乐邦村，用意是非常明显的。罗兴平局长带领的驻村工作队不负众望，彻底解决了乐邦村和新华村共计23个村民组4278人、1318头牲畜饮水安全问题。这一创举改变了乐邦村千百年来严重缺水的现状，为乐邦村树起了一块历史的丰碑！

三

　　山泉进村，解决了乐邦的头等大问题，但是，离全村脱贫致富的目标还差得很远！驻村工作队会同村镇等领导多次开会商讨，寻找新的、长效的出路，并四处考察了解调研，最后统一了思想，确定了选种油茶树这个项目。

　　副镇长庭玉佳侃侃而谈，她介绍说，茶油是国家提倡推广的纯天然木本食用植物油，也是国际粮农组织首推的卫生保健植物食用油，它的使用价值和经济价值比橄榄油还高。各地的先进种植经验证明，盛产期的亩产值达到五六千元是完全有把握的，仅这一点，就比当地传统的种苞谷产值翻了好几倍，丰产期的亩产值还会高！新巴镇在贵定县范围内来说，属于高原地区，平均海拔1150米，山坡上覆盖着终年不衰的灌木植物，这些灌木植物同油茶树一样，属于深根系植物中的同一类别，况且我们这里的土壤、气候、光照程度等，都适合种植油茶树。油茶树的最大优点是一次种植，百年受益！平时不需要投入太多劳力，种植户有大量的时间去从事其他有益的工作。综合各地的经验和专家论证，我们这个地方是很适宜种植油茶树的，前景非常看好！

　　罗兴平补充说，村镇两级领导选定的种植油茶树项目，我们认为是很对的，所以必须大力支持。不仅要做好对村民的宣传鼓动工作，我们还出资62万元，带头在老干地开辟油茶种植园131亩，另外又投资20万元，培植了70亩的猕猴桃基地。

　　说干就干，乐邦村到现在为止，开辟荒山荒地种植的油茶园总面积近万亩，种植刺梨2000亩、天麻51亩、茶园618亩、红豆杉257.4亩。这些新的种植项目，为乐邦村的长效致富打下了良好的基础。但这些品种也有缺点，就是见效慢。比如油茶树，5年之内不会有大的成效，于是村里发动群众，在长效种植园里套种苞谷、黄豆、矮子豆、瓜菜一类不影响长效种植物生长的矮株农作物。目前，套种面积已经达到800多亩。

四

　　农民是占我国人口绝大数的一个庞大群体，是中华民族的主体部分。千百年来，他们为了生存，在与天奋斗、与地奋斗的过程中，培养了朴素善良、老实本分、勤劳勇敢的秉性。他们始终是物质财富的创造者。但是，也有部分人因为长期束缚在特定的生活环境中，养成了安于现状、孤陋寡闻、墨守成规、不讲卫生、不求上进的思想意识，这样的人是必然的贫困者。因此说，思想扶贫是脱贫攻坚的一个重要内容。

　　罗兴平说："搞农业不是我们'水军'的强项，所以，我们把很大一部分精力放在'思想扶贫'工作上。思想扶贫不能只局限在口头，而是要落实在行动上，表现在以身作则上！"

　　关于思想扶贫，陈元国讲了两件令人感慨的事，先记录如下：有一个叫姚西林的村民因家庭极度贫困，并且生活上相当不讲究，是一个典型的脏、乱、差家庭，罗兴平了解到这情况后，一方面积极建议对这户人家政策扶贫，一方面耐心细致地开导他家改变观念、勤劳致富，还亲手帮他家打扫卫生、整理家务，果断地烧掉他家部分破烂肮脏的衣服、被褥、用品，自己掏钱为他家置办新的。姚西林一家非常感动，思想深受启发，从此摒弃了破罐子破摔的俗念，走上了自力更生，发愤图强的道路。

　　有些农户传统观念太强，思想很保守，不相信新生事物，不愿意打破常规，固守在那人均不到1亩2分的耕地上刨食。为此，罗兴平和驻村工作队员做了大量深入细致的工作，他们深入农家，坐在烂板凳上和他们谈心，开导他们。给他们解释现在种植油茶树，主要是开垦荒山荒地，并没有要求完全占有原来的耕地，不会对群众的正常生活造成太大的影响，有什么值得顾虑的呢？如此等等。老百姓一想，也对哈。思想一通，干劲就来了。当他们认清了种下的就是未来的摇钱树、发财树时，不需再费口舌，他们自会早出晚归。

　　水务局工作队在驻村期间，投入7万余元改善村、支两委办公条件；投入3万余元办起了公务食堂；投入5万余元整改了乐邦街道、集市和绿化；投入52700元建设和改进了村里的其他公益设施。这些好事深深刻进乐邦人的心里，10年后、100年后，他们都不会忘记，脱贫攻坚，最大的受益人就是他们。

其实，老百姓得了实惠，谁又知道帮扶人的难呢？村党总支副书记李纯君是这样评价的：当时，由于工作队的人力资源不足，栗山4组还没有配备网格员，罗兴平就亲自兼任栗山4组的网格员。他和省档案馆驻我村的第一书记张劲松一起，挨家挨户地下去摸底，发现了很多亟待改进的问题。罗兴平发现了问题就及时改进，有力地推动了乐邦村的脱贫攻坚工作。

党的十八大提出社会主义核心价值观和文化自信理念，弘扬中华传统美德。罗兴平以身作则，带领群众大搞环境卫生，整改村容村貌，建设群众运动场地、娱乐场地、文化学习室，把党的十八大倡导的富强、民主、文明、和谐、自由、平等、公正、法治、爱国、敬业、诚信、友善24字核心价值观的基本内容镌刻在文化墙上，烙印在村民的心里，融入社会发展各方面，转化为人们的情感认同和行为习惯，为脱贫攻坚、迈进小康、奔向富裕打下坚实的思想基础。现在的乐邦村虽然还不是到处莺歌燕舞，起码是旧貌换新颜！

驻村工作队员蔡宁兴谈起罗兴平就神采飞扬，他说："罗局长是一个办事非常认真、负责的人，在入户调查走访中，他坚持一户都不落下，特别是对那298个贫困户家庭，了解得尤其仔细，从家庭收入、身体状况、孩子上学到柴米油盐，事无巨细，一样都不放过！一旦发现人家遇到突发的、亟须解决的困难，他都立即帮助解决，甚至不惜自己掏腰包也要为人家解决。在指导农户栽种油茶苗等农作物时，他都下地亲自动手，株距行距、坑深窝浅，一点都不含糊，常常把自己弄得像个泥猴儿似的。在对饮用水的调查走访中，他不仅详细了解用户的使用情况和广泛征求用户的诉求，还亲自拧拧水龙头，查看安装有没有问题，亲口品尝体验水质。"

驻村工作队员黄军在接受记者采访时说："疫情防控期间，罗局长和我们都坚持在抗疫一线，但是，其他人都能隔三岔五或十天半月回一次家，他却坚守岗位，近两个月时间里一次都没有下过山，他把回家的机会都让给了我们。当时有几个村民是从武汉打工和读书回来过年的，大家都担心他们带有病毒，不敢去接近，不敢去查询，罗局长挺身而出，直到完全排除了疑问，他才放下心来。其中有个学生害怕自身携带病毒而拒绝去医院检查，罗局长就亲自上门去做思想工作，启发他说，检查，是为了你好，也是为了你的家人好，更是为了全村人的健康安全。经过检查，如果没有问题，大家都放心；如果发现问题，就及早治疗，何必等到病情发作，祸害了你一家人、祸害了全村人的时候才去治疗呢——你是个读书人，应该明白这个道理！这个从武汉回来的学生和他的家人都被说服了，顺从地去医院做了检查。罗局长关心他人胜过关心自己、胜过关心家人，他从来都把同志当亲人、当兄弟一样看待！有这样一个好的领导，我们没有理由不做好自己的工作！"

采访临近结束时，我问罗兴平对今后的扶贫工作还有什么新的打算？罗局长笑着说："我一切都按上级的要求行动！脱贫攻坚走到今天还远远没有结束。虽然我们水务局的'经济社会发展综合测评指标情况'在州级考核中，我县2018年度实行最严格水资源管理制度考核结果为优秀，今年三条红线考核上报资料预排位前三名；驻村工作：一是发展油茶产业，全年完成油茶种植面积5000亩，解决群众增收；二是完成老干地村民组的思想扶贫点打造；三是乐邦村的贫困户全部清零。但是，离国家和上级的要求还差得很远，'摘帽不摘责任，摘帽不摘政策，摘帽不摘帮扶，摘帽不摘监管'的历史使命，要求我们一如既往地坚守下去！"

我希望看到罗兴平局长和他率领的"水军团队"在今后的工作中取得更加优异的成绩，在脱贫攻坚工作中再立新功！

我的老公在扶贫

晓 翠

2018年5月，我的老公曾祥虎作为县教育局一名普通干部，有幸成为贵定县2000多名下沉干部中的一员，开始了摆耳村的脱贫攻坚工作。

摆耳村地域狭长，两面高山耸立，中间一条冲子，3米宽水泥路沿山脚盘旋而上，蛇一般梭进村里。该村耕地少，荒林多，没有任何经济来源，很多孩子初中毕业就外出打工了，留在村里的大多是老弱病残的村民。

老公包保小寨组，102户人家438口人中，有残疾人，有孤寡老人，有各类重病患者，35岁未婚男子20人，32家是建档立卡户，可见，在整个摆耳村12个村民组15个自然寨中，总人户576户，总人口2406人，建档立卡贫困户145户共495人，这样一个贫困村，老公要和同事们一起带领老百姓们走出贫困，要面临多大的困难啊！可老公和同事们在每天的工作中都拿出"贫困不除，誓不罢休！"的勇气，攻坚克难、逆流而上、扎实工作。

为了摸清底数，达到精准脱贫的目的，老公白天走了一遍，晚上又去一遍，不清楚第二天又复来，与农户交心聊天拉家常，找准每一户致贫的原因。没有启动资金，帮助申请"特惠贷"；没有技术的，安排参与培训；有"等、靠、要"想法的，想方设法提高思想认识，消除他们"等、靠、要"的想法。没用多久，组里哪个在哪儿打工，有多少收入，哪个生的是什么病，治疗有没有保障，哪家孩子在哪儿读书，得到的教育资助是多少，哪一家的房子是顶漏雨、四壁透风；哪家的吃、穿是什么情况，哪家的水通没通，他都弄得清清楚楚。组长王明权说："曾老师对我们小寨的情况，比我这个在寨上生活了几十年的人都还要清楚。"

这就像考试，老公得了及格分，他感慨地对我说，"要不是这回驻村，一辈子我也不知道老百姓穷成什么样子。也不知道有那么多人找不到媳妇！"

第一课满意，老公信心倍增。夏天，他顶着炎炎烈日，下村走访，身上的T恤全部湿透，干了，盐渍斑白一圈黄一圈，像地图一样，令人心疼。而他还在微信朋友圈调侃自己，烈日灼我顶/酷热蒸我身/只要能脱贫/二者皆可征。

贫困户刘大坤的父母70多岁了，常年生病，儿子刘兴顺是偏瘫，家里的房子是危房，是这个村最困难的贫困户之一。老公看在眼里，记在心头，大中午就自个儿买了2袋米1桶油，肩扛手提，一路上坡，吭哧吭哧爬了1000多米路，送到了刘大坤家里。老公患有严重糖尿病，走到刘大坤家门口时终于支撑不住，差点昏倒了。老公后来对我说，那天他在刘大坤家门口坐了好半天起不来。

打驻村伊始，老公就没有周末了，也没有上下班时间。偶尔回来都是匆匆忙忙，拿件换洗衣服或洗个澡就走。那时女儿在外读高中，我一人在家，晚上因害怕不敢关灯睡觉。有天晚上睡觉时，我突然感觉天旋地转，昏倒半小时才缓过来。缓过来哭了很久，也不敢给他打电话。那一刻，我不知道老公那么辛苦的意义在哪里？如果我就在晕倒的那一刻醒不过来，他可能几天都不知道。而老公偶尔在我们仨群里晒的照片，不是在走访，就是他做的贫困户一户一档、卡外农户一户一档、危房改造一户一档、易地搬迁一户一档和劳动力就业一户一档等等资料，这些资料摆满了他的办公桌。他说这是扶贫攻坚的第一手资料，必须认真填写，反复印证。

这一年，女儿曾芃高考，老公不要说平日陪伴女儿，连女儿高考这样重大的事情他也无暇顾及。女儿高考的前夜，他开完院坝会，回到宿舍已是晚上十一点多了，深夜的繁星就像女儿的眼睛一样明亮，他终于牵挂起女儿来，心也随之疼痛难忍，走出宿舍，看着对面黑黝黝的大山，思念的无奈令他心潮难平，便在手机上给女儿写了一封信。

芃：

父现刚结束村民小组"三小产业"意向种植摸底会议，忆及汝明日将走上人生第一大考——高考。心内期盼、担忧、期待，俱各有之。

父今下沉驻村摆耳，为输不起的脱贫攻坚的战士之一，为贫困户脱贫，为贵定县脱贫摘帽，为国家于2020年达小康之目的，献父之一点微薄之力。

古有忠孝两难全之语，今于爷爷奶奶处吾不得尽孝，承欢膝下，于汝母之前不得尽为人夫之责，于汝处亦未尽为父职，甚愧且愧甚。

然汝慧且知且恤，能自力，恤父母之难及无奈，事事皆能。甚少让汝母及吾操心。吾有女如汝，心甚慰且傲。

高考，人生之一经历而已，尚不能决定人之一生，宜以平常心以待之，应常记父平日之言，人生路漫长，此仅为起步而已，尚有太多之经历须汝一一蹚之、涉之、越之。

入考场之前，宜细查随身之物品，以昂扬之态、坦然之心、必胜之念，天下我有，睥睨天下，会天下之英杰。此不愧为吾之女也。

于汝之学习之言行之态度。吾感之亦颇深，亦将于脱贫攻坚战役中，尽吾之力，展吾之长，力争有建树。亦冀吾之娇女高考中尽展所能，金榜题名。

吾未能于汝高考之时陪伴左右，父愧之疚之，然以汝之慧，必能恤父之难，愿吾时向苍穹之默祷，助汝高考顺之利之。

吾及汝母、爷爷、奶奶、门中先人等均静候汝之佳音。

千言之，万语之。唯"俟高考完，吾备胜利之飨宴以待汝"之，一语以嘱汝。切记，切记。

些许之言，与汝共勉之。

父于摆耳村
2018.6.6 夜

写完这封信，并用微信发给了女儿，老公释重负般睡着了。

女儿高考是我去陪的。

高考分数下来，要填志愿，老公仍没能请假回家帮女儿做参考。那些为女儿填志愿时的不安忐忑、陪女儿等待录取时的焦虑彷徨，老公没有体会到。

九月初，女儿要去上学了，他依然未能送女儿。录取女儿的江苏师范大学在徐州，我们娘俩提前三天飞南京。在六朝古都，女儿一路给我讲解历史古迹，一边给爸爸发信息，她说，爸爸，你不能陪我高考，不能送我上学，我不怪你。看到美丽的南京，再看到惨无人道的南京大屠杀，我终是明白，一个国家的富强是多么重要！习大大的脱贫攻坚是对的，你能够成为脱贫攻坚中的一员，女儿我感到骄傲！

老公对女儿那颗愧疚的心，在看到信息那一刻，彻底得到抚慰！他眼睛潮湿了。

2019年6月，老公得到了村两委的支持和村民们的拥戴，被选为摆耳村第一书记，他肩上的担子更重了。

要致富，先修路。"大交通"是贵州脱贫攻坚的大战略。摆耳村的村村通公路已实现，通组路、连户路却迫在眉睫。

老公清醒地意识到，要完成寨寨通组路、家家连户路的建设任务和目标，他和村两委不但要在工期上做好督促，还要在质量上做好监督，只有这样，才对得起老百姓对他们的信任，才能向政府交一份优秀的答卷。可修建时却没有他们想象的顺利。

"这条路占我的这块土地了！国家要赔偿，不赔偿我家不干嘞！"

"我家土地本来就少，还要占我家地！我家吃什么？"

通组路和连户路都会占到老百姓的土地，国家政策规定，通组路和连户路所占土地，是没有赔偿的。不理解的老百姓，就去堵住工人开工，和老板吵闹。

这样的状况，老公就得给被占土地的老百姓做思想工作，给他们分析路通后的种种便利。每一次做思想工作都苦口婆心，讲得口干舌燥。

每天监工也不容易。通组路要看工人的砂浆配比是否合格，用的水泥标号是否达标，路面水泥层是否达到政府要求的高度。连户路，要求宽达到1.2米，还担心工人们会偷工减料，导致路面不合格。

在曾老师与他的同人们的监督下，修建了摆耳村委到半坡、过路山、小青山等小组14.6千米的通组路；修建了村委到小寨、南香山、泥河等小组16千米的通组路；修建了村委到大寨6千米多的通组路。摆耳村12个村民小组15个自然村寨家家都通了1.2米以上的连户路。

上善若水，厚德载物。

修桥补路的事，历来都是功德无量的事。

截至2019年8月，摆耳村的通组路和连户路大功告成，村民们看到在家门口的平坦亮堂的水泥路，一个个脸上都露出了喜悦之情。

可他一称体重，足足轻了10斤。他的脸更黑了。

党中央说，发展产业是实现脱贫的根本之策。要因地制宜，把培育产业作为推动脱贫攻坚的根本出路。

为了推进摆耳村的产业发展，好几个周末，老公都没有回家了。我给他打电话说得最多的一句是："你又要加班了？"然后听到他无奈地回答："是啊！"

一个周末，他回贵定开会，到楼下给我打电话，叫拿换洗衣服下楼给他。我拿着衣服下楼，隔着防护栏调侃道："大禹先生，几过家门才入家？"他说："早上在贵定开农村产业发展会，下午忙给村民发猪仔！明天早上带种中药的老板去小青山考察。下午，县领导还要去摆耳检查产业发展情况！"他接过我送来的衣服，歉疚地说，"下周一定。"

老公的努力没有白费，现今，摆耳村已实施了30万元的蜜蜂养殖，每年分红4万元，30%留存壮大村集体，70%通过利益联结作为摆耳村140多户建档立卡贫困户的分红；原0.5万元开始创业的黑山羊养殖，现已经扩大为

38.5万元的黑山羊养殖，利益同样联结到各贫困户；引进了由民天康源有限公司捐献的19023株，价值152200元的花椒苗，已种植200多亩。在引进小青山的海花草种植项目上，他亲自和项目老板多次实地考察，计划此项目不仅为村民带来利益，同时还能解决部分村民的务工。

同时老公还为有意愿、有场地、有能力的贫困户实施了"三小工程"，让他们养上了猪、马、牛、羊。如今，在摆耳村的元龙山上，随处可见牛马成群。

为了不让土地荒芜，减轻村民种地的负担，老公还带领老百姓购上了犁田机，引领有烤酒技术的村民烤上了小锅酒。规划了2000亩中药材（吴茱萸）种植基地（现实际已开挖种植1680亩）。海花草、吴茱萸、花椒等种植产业，实为一种长效产业，它们为摆耳村贫困群众增加收入，为已脱贫的贫困户稳定脱贫奠定了坚实的基础。

周末跟着老公去摆耳村，入村的路上，一眼就会看到空中横幅"画里乡村、诗意摆耳"的特色标语。路边宣传栏里，村规民约和新时代文明贵定"十不做十不当"公布其间。而每一家人的门口，也都有一块刻有家风家训的石头。老公说，这些石头是他发动村民们自己到山脚下的二岔河中挑选的，家风家训也是他鼓励村民根据各自家庭的情况和主人的喜爱所刻。"忠厚传家""和谐邻里""勤劳致富"，这些有其深意的家风家训看得我心怦然。想到习大大的打造美丽乡村，想到老百姓从吃不饱、穿不暖，到今天通过国家各项扶贫政策的支撑，贫困户腰杆挺直了，脸上有笑容了，他们的人生，有了诗意和远方，这是一个多么艰辛而又神奇的转变啊！

老公说，为了提高村民们的思想文化意识，他和住村扶贫队员们，在每个自然村寨中都绘上了思想扶贫标语、宣传画，将党委政府的浓浓关心、期望，呈现在村民们的眼前。还时不时地举行"大手拉小手，文明家家有"的卫生评比活动，对每一个学生的家庭卫生状况进行了评比。"很不容易呀！"老公说："我们刚刚开始驻村的时候，为了让老百姓的环境卫生和生活习惯有个全新改变，每一个网格员要亲自给村民示范叠被子，收拾家务，打扫院子，我还亲自带头捡寨子里人们随手丢弃的垃圾。"

"现在，我们摆耳村村民随着收入的增加、生活质量的提高、生活环境的改变，文明化程度得到了提升。摆耳村村民从以往'我要争当贫困户'积极地向'我已脱贫'的方面大力转变。整个村实现了现行标准下145户495人的全部稳定脱贫。"

在老公的叙述里，我听出了他满满的成就感。

今年的 7 月 1 日，是建党 99 周年的大喜日子，也是老公最骄傲的日子。就在这一天，他被县委县政府评为"全县脱贫攻坚优秀共产党员"，他们摆耳村被评为"全县脱贫攻坚先进党组织"。领奖的那一刻，老公迫不及待地在我们仨群里发照片，看着老公戴着鲜红的、印有"全县脱贫攻坚优秀共产党员"绶带开心的笑容，我忽然明白老公辛苦的全部含义。

为了乡村的亮丽
——贵定县住建局脱贫攻坚纪实

郭云仁

题记：世上本没有房子，他们到过的地方，就会有房子；他们到过的地方，烂房子就会成为好房子；他们到过的地方，旧房子就会成为新房子！

圆了千家万户的安居梦

贵定县住建局的干部职工都说，局长张文平是个实干家。有一个实干的领导，必然带出一个实干的队伍。经过实干，贵定县住建局在脱贫攻坚中心工作中，取得了优异的成绩和辉煌的战果！

这些战果是：从 2014 年以来，全县累计实施农村危房改造 13741 户，农村老旧住房透风漏雨整治 5669 户，2017 年以来稳步推进农村危房改造同步配套"三改"5510 户。

与此同时，对就地脱贫建档立卡贫困户住房进行房屋安全性评定，实现贫困户房屋安全评定全覆盖，全面实现了农村住房安全有保障，有力地改善了农村生活生产条件，改善了农村人居环境，增强了广大群众的认可度和幸福感。

2019 年，在通过第三方评估脱贫摘帽后，继续常态化开展农村住房安全监测，通过开展农村住房安全有保障"回头看"，强化对农户住房安全隐患进行全面排查，查缺补漏，及时对因灾受损房屋进行整治，完成因灾受损房屋整治 55 户，确保农村住房安全持续得到保障。扎实开展脱贫攻坚农村危房改造和住房保障整县验收工作，农村住房安全有保障现场核实 4 个 100% 整县验收。切实推进农村住房保障巩固提升。

在农村危房改造和住房安全有保障实施过程中，贵定县住建局全局一盘棋，上下一条心，强化组织领导，确保责任压实；强化政策支撑，确保目标明确；强化精准识别，确保实施精准；强化过程跟踪，确保措施有力；强化统筹调度，确保稳步推进；强化检查指导，确保督促到位；强化问题整改，确保户户安全；紧紧围绕"政策、责任、工作"三落实，对标对表聚焦农村住房安全保障，抓好各个重点环节和工作任务的落实，充分尊重群众意愿，通过实施农村危房改造和老旧住房透风漏雨整治，全面实现了所有农户不住危房的目标。

辛勤换来乡村的新天地

陈文刚是住建局的原党委书记，也是住建局驻昌明镇黄土村工作队的队长，他那一脸黝黑的肤色表明他也是一个常年风里来雨里去的实干家！自2017年进驻黄土村以来，一直坚守了4个年头。他性情很耿直，说话也很爽快，开门见山！

他告诉记者，富乐寨原有排水沟是在寨内主干道一边挖掘的土水沟，主要用于村民生活污水的排放。由于使用时间年久，排水沟内堆积了许多淤泥，造成排水不畅，长期以来成了鸭鹅戏水之地，加之排水沟是明沟，沟面上没有遮盖物，给人的整体观感极差，给村民出行安全带来不便，也给村民的健康造成不良的影响，村民苦不堪言。工作队了解这一情况后，立即向局领导汇报，争取建设资金，得到领导的大力支持。工程完工后，改善了村民生产生活和出行条件，村容村貌也得到极大改观。

他还说，我们工作队和黄土村的村、支两委紧密配合，紧扣县委、县政府要求，聚焦"一达标两不愁三保障"和"两率一度"目标任务，在镇指挥所、镇党委、镇政府的统筹下，坚持目标不变、靶心不散、频道不换，强化基础设施建设、产业发展、基本公共服务的稳定支撑，为乡村振兴战略打下坚实的基础。在具体工作中，一是深入调查，二是认真鉴别，三是突出重点，四是加强责任心，不走过场，不做面子工作，让领导放心，群众满意！

黄土坎1组村民祝时运带着记者一边参观他家的房子，一边满怀激情地说，我家原来太穷了，吃饭穿衣都成问题，是脱贫攻坚让我家翻了身，是党和政府让我家住上了好房子……祝时运的家里到处都贴着习近平主席和国家领导人的画像，可见他是发自内心地感谢国家的好政策。

黄土村下辖10个村民小组5个自然寨，全村总人口627户2682人，以布依族为主的少数民族占总人口的77%。总面积12.2平方千米，其中耕地2056

亩，人均0.74亩。黄土村也是个美丽的地方，山清水秀，风光绮丽，旅游资源非常丰富，多年来没有进行有效的开发和利用。

县住建局驻村工作队进驻以后，调动各方面资源，帮助各村民组完善了水、电、路、通信、房等基础设施。全村以铸造"公司带村组、基地带农户、强户带弱户、黄土变黄金"的黄土品牌为目标，加快产业结构调整、提升黄土整体形象，推进乡村振兴工作，取得了显著成效。现在，全村79户278个贫困人口全部有效脱贫，旅游景点的打造基本成型。村委会主任祝勇说，住建局的帮扶工作是卓有成效的。再看一溜新建的各种设施，我不得不感慨，脱贫攻坚确实是动真格的了。祝勇说，2020年，他们村将围绕"三落实""四不摘"，干群万众一心加油干，切实落实各项具体目标措施，确保2020年脱贫攻坚任务全面完成。

沈林是住建局的老同志，当过县自来水公司经理，也是住建局驻南平村工作队队长，大家都称他为"智多星"，意思就是他解决问题的点子多、办法多，很棘手的事在他面前都能得到合情合理的解决。至于为何称他为"智多星"，没有过多做考究，只晓得他干工作非常认真、细致而负责，果断、踏实而有魄力。同时记者也了解到，危房改造是住建局面对全县的大范围工作，只是其中一项。驻村工作队就不能局限在这一方面，而是要面面俱到，医保、教育、危改等一样都不能落下，而且还要对自己所做的工作负责。

沈林介绍说，南平村2014年建档立卡贫困户共204户348人，2017年精准扶贫深度核查后，清退了168户303人，到2018年建档立卡贫困人口共18户45人。

对这18户贫困户，沈林说要区别对待，对症下药，老弱病残的采取政策扶贫，其他的就要采取智力脱贫、思想脱贫等方法，打消他们"等、靠、要"的懒惰思想。方式上要么给他们安排工作，要么为他们寻找致富门路，要么帮助他们改变产业结构。2019年底全部贫困户清零。

通过沈林的介绍，南平的情况我略知一二。南平村虽然是个城中村，原来的基础设施是比较薄弱的，驻村工作队围绕"五个一批""六个精准"的要求，将精准扶贫精准脱贫各项工作做实做细，重点放在改造基础设施方面。2017年至2018年度山区公路组组通项目，仅实施体育馆至平2组、平1组至皂荚树组组通2条，总里程就达2.114千米，覆盖农户148户。到目前为止，南平村组组通、户户连、家家到的工程项目已全部完工。

南平村围绕小种植、小养殖、小作坊项目，由贫困户与驻村队员共商共购共养，17户贫困户2019年初户均增收2700元，基本做到了组组有产业，

第六乐章 神圣之责

户户有增收。

2019年，为了提升市民文化素养，培育休闲文化氛围，全面升级改造南平村平寨广场，打造文化大舞台。平寨广场安装上了路灯、座椅、垃圾桶和中杆照明灯。各组还成立保洁队伍，定期和不定期进行公共区域清扫，南平村与驻村工作队一起与贵定二中共同开展了"小手拉大手、文明家家有"活动，完成了全村10个村民组卫生家庭评比工作，美化亮化了村容村貌，改善了群众生活质量。

采访中，沈林队长还带记者参观了他们的档案室和党建文化活动室。党建文化活动室办得非常有生气、有活力，有特色。档案室更是规范有序。沈林队长介绍说：我们实施每一项工作的详细情况都记录在卷、入档保管，每一个村民组、每一个村民家庭、每一个村民的详细资料，从这里都能查得到。

村主任高进国和村支书周迅祥感慨地对记者说，工作队对我们村的帮扶力度很大，以前，我们村委会大门前是一条烂泥巴路，926县道过境路段也是坑坑注注，他们都帮助平整、硬化了，还安装了路灯和路心隔离带；把一块烂田坝建成了运动场，安装了LED灯；动员群众开辟荒山荒地种植了710亩山桐子；打造了冷水苗思想扶贫基地。

苦了，累了，心里却很快乐

脱贫攻坚是一项伟大而光荣的工作，也是一项艰巨而复杂的工作。工作条件差，工作量大，翻山越岭，走村串户，生活艰苦，没有规律自不必说，最难做的还是农民的思想工作！

南平村处在城乡接合部，经济条件和生活条件相对较好，但是，村民们争当贫困户的热情很高涨，有的家里建起了5层楼的大房子、有的开着豪华的轿车、有的办得有家庭企业、有的在外当包工头……然而，这样的人也喊着叫着要救济，要补助！还有些人闹着公平对待，人人有份！冷水苗有个60多岁的老太婆被评为贫困户后，另一个20多岁的女大学生也非要当贫困户，甚至不惜争得面红耳赤。世之百态，淋漓尽致，明争暗斗，手段使尽。沈林问他们，你们觉得争当贫困户很光荣是吧？脸薄者尚能知羞，厚颜人则不买账。对这样的人，工作队就需要去做耐心细致的思想工作，而且要真正做通思想才行，否则会影响整个脱贫攻坚工作的推进。所以，沈林说："工作不累，就是打嘴仗累。"

驻黄土村工作队的陈文刚队长也说，精准扶贫的时候，老百姓不理解我们的工作。争着要低保，以为是政府给的福利，见人有份。所以胡搅蛮缠，像吵架一样。我经常召集他们开会，还把他们请到我们工作队来开会，反复做工作，走家串户上门去一个个谈心，宣传政策，讲明道理。做好这个工作，费了好大的劲儿。

脱贫攻坚工作辛苦是人所共知的，但是再难再辛苦，驻村队员们没有一个有怨言。住建局工会主席罗大林，身患严重的糖尿病，依然坚持在脱贫攻坚的第一线。他不仅担负着工作队 20 多人的后勤保障、物资采购，还承担了 38 户网格户的工作，天天奔波在村上组上，查看危改施工进度，没见他喊过一声累。进农户家中拉家常宣传政策，脸上总是挂着笑。这种活对于病患缠身的人并不轻松，但罗大林还是兢兢业业，勤勉履职。

小家服从大家，这是下乡工作队必须经历的痛苦煎熬。2019 年 9 月，网格员姚俊辉结婚，夫妻两人都在昌明镇党政办工作，没有自己的住房，只能挤在 30 平方米的一套狭小的单身公租房里。他住在扶贫点，一住就是半个月，有时工作压头，时间会更长，对于一个新婚的年轻人来说，抛家别妻、长住扶贫点，其痛苦程度可想而知，但他没有怨言，而是一如既往，似乎这样更能够体现自身的价值。他说："父母很理解我的工作，他们生病了都不告诉我，不想让我分心。"

说起家的话头，似乎家家都有一本难念的经。队长陈文刚笑着说，下乡驻村回不了家，照顾不了家庭，老伴经常为这个事吵闹。她吵她的，听多了也听习惯了，不理她就是了。

住建局办公室的顾福忠也说，困难家家有，驻村工作队员的处境大同小异。我在乡下住村，爱人也有她的工作，娃娃没人带，只好交给托管所。岳父是和我们住在一起的，他身体不好，经常生病，经常住院，没有人照顾，但还得克服。他说，有一天半夜里，娃娃发高烧，爱人送他去了医院。在空荡荡的病房里，娃娃说，妈妈，我害怕！听了娃娃的话，我爱人也害怕起来，她就打电话给我，那时候已经是深夜两点多钟了，我匆匆忙忙赶回贵定去，陪着他们母子坐了一夜，第二天早上天一亮又急忙赶回工作点上来。

昌明镇计生办驻村队员李启江，谈了个女朋友，已经相处好几年了，感情很好，都要商量结婚了。小李被派驻村，两人见面的时间就少了，有时连打电话的时间都没有，女孩子慢慢有了怨气和牢骚，就在电话里经常找李启江发泄不满，她也需要温存啊！小李满足不了她的要求就吵架，再后来就直接提出分手了。李启江好像很平静，对我说：分就分吧，这种不理解我、不

第六乐章 神圣之责

· 273 ·

支持我工作的人，没什么好留念的！因为驻村家庭闹矛盾，或是有怨言的，没有刻意去统计，但也不会少。

类似李启江的例子，在驻村工作队中也不是孤例，但他们就是无怨无悔，依然坚守在自己的工作岗位上，因为他们懂得脱贫攻坚意义重大，能为造福社会、建设新农村而做出贡献，牺牲一点儿个人利益值得！

网格员们都说，我们的工作很忙，尤其是每逢上级领导下来检查的时候更忙，"5+2""白加黑"对我们来说是常事，通宵达旦地加班加点也屡见不鲜！他们又说：最忙的人还是我们局长张文平。他既要忙局里的事，又要忙扶贫点上的事，还要忙全县农村危房改造的事；房地产扯皮的很多，拖欠工程款的纠纷也不少。这些他都要管；县里、州里、省里的相关会议他也必须参加。想到局长那忙，我们的这点儿忙也算不得一回事了。

——这就是我们的驻村工作队员，这就是我们脱贫攻坚战役中，冲锋陷阵在第一线的英雄战士！他们苦着、累着，并快乐着！

不忘初心，牢记使命

不忘初心，牢记使命。贵定县住建局的脱贫攻坚团队是一个坚强的团队，他们深入贯彻落实习近平总书记"四不摘"的重要指示精神，巩固农村住房安全有保障，强化农村房屋动态监管，持续推进农村危房改造和住房安全的巩固提升，把农村危房改造和改善农村人居环境与农村精神文明建设结合起来，积极引导农户改变生产生活上的陈规陋习取得了卓有成效的成绩，是可喜可贺的。

譬如，黄土村的水、电、路等基本设施发生了根本性改变，教育、医疗、住房保障政策实现了全覆盖，形成以草坪种植、葡萄种植、"精品茶园（长效产业）+生猪养殖"、草莓种植林下养鸡（短期产业）的长短结合产业发展模式，2019年村集体经济年收入达到76万元以上，村年人均可支配收入达到10200元以上。全村村民在党和国家的政策帮助下，实现了"一达标两不愁三保障"。

今后怎么办？驻南平村工作队的队长沈林在总结工作时说：加大脱贫巩固提升力度，一是紧盯关键。围绕现行扶贫标准，紧盯住房、饮水、教育、医疗等关键环节，深入开展"两不愁三保障"突出问题大排查、大整改、大提升活动。二是防止返贫。对全村脱贫人口，要以防返贫、防滑坡为重点，加大后续帮扶力度，增强自我发展能力。持续发展基础设施、基本公共服务。建立防返贫动态监测机制，实行扶贫对象动态管理，及时掌握贫困户实际状况，及时采取措施进行帮扶。三是坚持摘帽不摘责任。保持驻村机制不变，持续加强脱贫攻坚组织领导，坚决保证脱贫攻坚工作落到实处。四是坚持摘帽不摘政策。在攻坚期内，原有的产业扶贫、就业扶贫、教育扶贫、健康扶贫、金融扶贫等脱贫攻坚政策继续保持不变。五是坚持摘帽不摘帮扶。继续落实"三位一体"全覆盖帮扶机制，驻村人员、帮扶单位、帮扶责任人马不撤，严格执行驻村工作机制，深入开展结对帮扶工作。六是坚持摘帽不摘监管。我们将继续保持攻坚决战态势，坚持力度不减、干劲不松、标准不降持续巩固脱贫成果，做好脱贫攻坚和乡村振兴的无缝衔接。

沈林说，加大思想扶贫力度。为推动实现南平村"物质脱贫"与"精神脱贫"同步推进、同步完成的目标，他们将加大思想扶贫宣传教育；实施环境卫生整治行动、实施先进典型选树行动；实施教育、技能培训提升行动。成立思想扶贫工作队，对贫困户从思想上、精神上进行帮扶，帮助他们摆脱思想观念上的"贫困"。并采取多种措施充分调动他们干事创业的热情，不断激发贫困群众脱贫致富的信心和共建美好家园的愿望。

他还说，巩固提升物质基础。南平村将结合"32111"发展总思路结合"三小工程"，开发土地，硬化产业路，完善1个合作社（贵定县佳源种植养殖农民专业合作社），建设1个农村基层党组织阵地、1个农贸市场。形成企业带村组、基地带农户、强户带弱户，贫困户与非贫困户互动、互促、互进的产业发展局面，实现越扶贫所有农户越满意的目标。

听了沈林的话，无形中产生了自信感。我相信，南平，一个更加美好，更加亮丽的富裕新农村即将出现！

后 记

脱贫攻坚是一项伟大的事业，贵定县在这场脱贫攻坚伟大事业中，始终以党和国家的政策为法宝，战胜困难，多措并举，扶贫扶志，助力振兴，彻底打赢了脱贫攻坚之战。

根据国家扶贫办的文件要求，将这一伟大历史事件记录下来，存史资政，以飨后人，也是县扶贫工作领导小组的责任和义务。经集体研究决定，委托贵定县政协副主席、县扶贫攻坚领导小组副组长顾龙先牵头组织，县扶贫局具体负责，聘请县作家协会作家深入基层采写，真实记录各个层面人员发挥作用，做出贡献的先进事迹。

创作者为了精准展现脱贫攻坚的壮举，深入基层，面对面采访，采用报告文学、通讯、新闻特写、纪实等文字表达方式，集中表达了他们的所见所闻，真实反映了脱贫攻坚战士的风采。

本书由顾龙先同志主编，县扶贫局组织实施，全书20多万字，分为六个乐章。从不同侧面表现人物的真实人生。其间不乏诸多细节，叙述酸甜苦辣的脱贫攻坚生活，感人至深，令人耳目一新。

诚然，文章写得再好，不足以囊括所有的人和事。金无足赤，人无完人。作家们的写作或许不够完美，或许表达不尽如人意，敬请主人翁体谅和理解。

由于时间匆忙，文章挂一漏万，粗劣在所难免，敬请读者诸君批评指正。

编 者

2020年10月